# HIJA

## DE

# ESPARTA

Título original: *Daughter of Sparta*

Publicado por primera vez por JIMMY Patterson Books /
Little, Brown and Company, Hachette Book Group, 2021

1.ª edición: octubre de 2021

© Del texto: Claire M. Andrews, 2021
© De la cubierta: Hachette Book Group, Inc, 2021
© De las fotografías: Mujer vestida de griega antigua © David Paire / Arcángel
Imágenes; Chica mirando el mar © iStock / Getty Images;
Chispas y humo © Shutterstock
© De la traducción: Jaime Valero Martínez, 2021
© De esta edición: Fandom Books (Grupo Anaya, S.A.), 2021
Juan Ignacio Luca de Tena, 15. 28027 Madrid
www.fandombooks.es

Publicado por acuerdo con Dystel, Goderich & Bourret
a través de International Editors' Co.

Asesora editorial: Karol Conti García

Diseño de cubierta: Amanda Hudson, Faceout Studio

ISBN: 978-84-18027-18-5
Depósito legal: M-20634-2021
Impreso en España - Printed in Spain

PAPEL DE FIBRA
CERTIFICADO

# CLAIRE M. ANDREWS

# HIJA
# DE
# ESPARTA

Traducción de Jaime Valero

FANDOM BOOKS

*Para mi madre,*
*que crio a las hijas más fuertes*

MONTE OLIMPO

TESALIA

MAR J...

MAR JÓNICO

ORÁCULO
DE DELFOS

DELFOS

TEBAS

MONTAÑAS DEL CITERÓN

TEMPLO
DE DEMÉTER

BOSQUE FOLOI

ELEUSIS

ATENAS

TEMPLO
DE HERA

ARGOS

EGINA

CORDILLERA
DEL MONTE
TAIGETO

MICENAS

RÍO EUROTAS

ESPARTA

MAR DE CRETA

APARCTIAS

TRASCIAS

BÓREAS

ARGESTES

CECIAS

CÉFIRO

APELIOTES

LIBIS

EURO

LIBONOTO

EURONOTO

NOTO

# CAPÍTULO 1

El sol emprende su descenso por detrás del monte Taigeto, bañando el cielo con un fulgor dorado mientras el honor de mi familia recae sobre mis hombros.

El desafío de Lykou resuena en el ambiente. Los vítores típicos de las Carneas se han convertido en meros susurros, mientras la multitud que nos rodea aguarda mi respuesta.

Lykou sonríe de medio lado y acepta la *dory*, una demoledora vara de tres metros de longitud confeccionada con madera y metal que le entrega el paidónomo Leónidas. Su desafío no esconde malicia, es más bien una prueba. Siempre hemos bromeado con la idea de quién ganaría en un combate cuerpo a cuerpo.

Alkaios se encuentra entre el gentío. Mi hermano mayor me dirige un ademán con la cabeza, mientras mantiene los labios fruncidos. El combate dejará entrever que sé muchas más cosas de las que debería. Como motaz que soy —una persona no nacida en Esparta—, no debería aspirar a mucho más que a una vida de servidumbre, pero, como hija adoptiva de un éforo, tengo más libertad. Aunque tampoco demasiada.

Sin embargo, mi ego me impide rechazar el desafío de Lykou.

—Necios —murmuro al ver que mi hermano y Lykou, al igual que los demás hombres presentes, subestiman mi determinación. Subestiman mi deseo de vencer.

11

Estamos celebrando las Carneas, así que no hay mejor momento para demostrar mi valía ante Esparta y ante los dioses.

Varios sirvientes avanzan de pira en pira alrededor del ruedo improvisado que nos separa con unas antorchas llameantes. Hace un calor sofocante propio del comienzo del verano, así que estoy empapada en sudor, mi piel despide reflejos ambarinos bajo la creciente luz de las llamas. Acepto la *dory* que me entrega el paidónomo Leónidas, el gran general, y la hago girar; me deleito al notar su peso en el brazo. Un gesto furioso cruza el rostro sombrío de Alkaios.

Lykou no me da ocasión de ser la primera en atacar. Cruza el ruedo y descarga un golpe con su *dory*. Bastará un golpe de refilón para poner fin al duelo y nombrar al vencedor. Echo a rodar por el suelo y lo esquivo por poco el impacto del hombro sobre la tierra me deja sin aire en los pulmones. Pero, antes de que pueda atacar de nuevo, ejecuto un barrido para intentar derribarlo.

Lykou esquiva el ataque. Me incorporo. Él me apunta al pecho con la *dory*, pero me aparto fuera de su alcance. Yerro el siguiente golpe y a Lykou se le escapa una risita.

Contengo un bufido y reprimo una mueca. Me tiemblan un poco las piernas, tengo los músculos doloridos a causa de los ejercicios matinales. Le lanzo una mirada fulminante por detrás de mi cabello indomable. No pierdo tiempo en enjugarme el sudor que amenaza con meterse en mis ojos, no le doy la espalda a mi oponente en ningún momento.

Lykou se cambia la *dory* de mano, a la izquierda, y descarga un golpe dirigido hacia el espacio entre mi brazo y mi cadera. Lo esquivo por poco, y mi cuerpo se resiente cuando echo a rodar sobre la tierra y las rocas; después, vuelvo a situarme en posición de ataque. La afilada punta de hierro suelta un destello cuando Lykou descarga un golpe en el lugar donde me encontraba hace un instante.

Será chulo. El muy imbécil es diestro.

Sin quitarle los ojos de encima, yo también me paso la *dory* a la mano izquierda, repleta de callos. Reprimo una mueca cuando siento una punzada de dolor en el brazo izquierdo producida por ese sencillo movimiento. Me duele el hombro, me está saliendo un moratón del tamaño de una granada. Lykou se mueve a mi alrededor, renqueando ligeramente con la pierna derecha, pues tiene la rodilla inflamada tras rodar por el suelo para esquivar mi golpe.

A nuestro alrededor, los vítores se vuelven ensordecedores y el hedor penetrante del humo me provoca un escozor en la nariz. Los soldados amigos de Lykou aúllan desde los laterales, pegan unos pisotones en el suelo que levantan nubes de polvo. Incluso el rey Menelao contempla la escena desde un estrado, sumido en un silencio adusto, mientras su bella esposa, la reina Helena, se inclina hacia delante con las manos apoyadas sobre el corazón.

Las Carneas, la festividad anual para honrar y celebrar las dádivas de Apolo, acaban de comenzar. Lykou y yo somos el primer entretenimiento de la noche. Bailes, comida y festejos aguardan al otro lado del ruedo, pero ahora mismo nadie piensa en eso.

Hacía mucho tiempo que no se producía una contienda entre un hombre y una mujer, y jamás se había visto una entre una motaz y un espartano de pura cepa.

Me siento desnuda delante de la enfervorecida multitud, cuyas burlas atraviesan mis ropajes con más facilidad que si fueran cuchillos. Aunque muchos espartanos —hombres y mujeres por igual— combaten desnudos, yo llevo puesto un quitón de color amapola, anudado alrededor del pecho y tan corto que revolotea sobre mis muslos. En la muñeca izquierda llevo un brazalete de bronce que reluce bajo la luz de las llamas. El brazalete tiene una inscripción: «DIODORO», el apellido de mi familia adoptiva, el único símbolo de estatus que me permito ostentar. Cualquier otro abalorio solo serviría para ralentizarme.

Lykou sigue sonriendo. Lleva puesto un quitón de color negro que deja al descubierto buena parte de su pecho musculado, y la tela se aferra a su piel a causa del sudor. Estoy deseando borrarle esa ridícula sonrisa de la cara. Bloqueo su siguiente ataque, giro sobre mí misma y descargo un golpe alto con la lanza que le obliga a agacharse para esquivarlo. Los gritos entusiastas del público resuenan a mi alrededor, resultan ensordecedores.

Me concentro en el movimiento de sus musculosas piernas. Con una mueca forzada de dolor, inclino ligeramente el hombro magullado, ofreciendo un blanco fácil. Lykou muerde el anzuelo y se abalanza sobre mí, apuntando hacia mi maltrecho hombro.

Qué idiota.

Cuando salta sobre mí, giro el cuerpo hacia él. Lykou pega un grito y trata de corregir su trayectoria, pero, antes de que pueda hacerlo, le rozo el costado con la *dory* y desgarro la escasa tela de su quitón, un golpe que me da la victoria.

Los hombres y mujeres del público sueltan un quejido. Lykou arroja la *dory* al suelo entre una nube de polvo. La derrota ha modificado sus ademanes, de normal tan seguros. Sin embargo, no me atrevo a alargar un brazo para darle una palmada en la espalda o aplacar su enojo por la derrota. Alkaios ha desaparecido y seguramente me llevaré una reprimenda más tarde. Encaramado aún al estrado de madera, Menelao me lanza una mirada torva y severa antes de hacerles una señal a sus consejeros. No sé qué significará ese ademán con la cabeza, pero me basta con saber que mi *anax*, mi soberano, ha presenciado mi victoria.

El entusiasmo inicial por mi victoria se viene abajo, el desprecio y las malas miradas del público aumentan. Me niego a permitir que me afecte su animadversión; en una sociedad donde la fortaleza lo es todo, no puedo permitir que me vean como alguien inferior a los hombres junto a los que lucho o a los que me enfrento. Haber nacido motaz, forastera, solo es un arma que pueden usar en mi contra si yo se lo permito.

Con la cabeza alta, arrojo la *dory* al suelo, junto a la lanza de Lykou, y me dirijo hacia la banda.

El paidónomo Leónidas me agarra del brazo. Señala hacia los reyes, que aguardan expectantes.

—No olvides cuál es tu sitio, motaz.

No necesita añadir nada más: ya sé que hasta la hija adoptiva de un político tiene un límite en sus aspiraciones. Con los dientes apretados, me doy la vuelta y me arrodillo ante Menelao. Me arden las mejillas, pero no por el esfuerzo del duelo. Leónidas no ha insistido para que Lykou se postrara.

Leónidas me aborda de nuevo cuando me marcho:

—Buen trabajo, Dafne Diodoro. Tus hermanos podrían aprender un par de cosas de ti. —Eso es un gran halago viniendo de un paidónomo, aunque lo matiza al añadir lo siguiente—: Tus movimientos son imprudentes, impulsivos. No solo debes aprender a interpretar los movimientos de los demás, sino también los tuyos.

Abro la boca para recalcar que podría decirse lo mismo de Lykou, pero Leónidas me interrumpe:

—Antes de que te molestes en mencionar a Lykou, debes saber que ya les he dicho lo mismo a él, a sus hermanos y a todos los soldados espartanos. —Leónidas cruza sus musculosos brazos—. Te digo esto para prepararte. Nadie ha desafiado a Esparta durante más de cien años porque nuestros monarcas han pacificado la región. Hemos conservado nuestra hegemonía gracias al poderío de nuestro ejército, el más fuerte que Grecia haya conocido.

Eso lo sabe todo el mundo. Ningún ejército de la historia conocida ha superado nunca el poder, la fortaleza y la capacidad estratégica que posee Esparta. Solo monarcas necios con más riquezas que sabiduría nos han desafiado en el último par de siglos, y todos regresaron a sus míseros tronos con el rabo entre las piernas y apenas una fracción de su ejército en pie… Eso si nuestros reyes se sentían benevolentes.

—Temo que el tiempo de las batallas fáciles haya terminado. —Leónidas se da la vuelta para ver el siguiente combate. El hermano de la reina, Pólux, le está dando una tunda a uno de los amigos de Lykou. Son espartanos de pura cepa, la familia de la reina Helena es célebre por su fortaleza—. La sequía ha afectado a nuestro pueblo. Los reyes de Grecia están inquietos, su gente pasa hambre, y los dioses están aburridos. Se acerca la hora de la verdad.

Siento un hormigueo en las palmas de las manos. Antes de que pueda preguntar a qué se refiere, me da una palmada en la espalda y se dirige hacia el estrado del rey. Me abro paso entre la multitud, el entusiasmo que flota en el ambiente es lo bastante embriagador como para empujar las palabras de Leónidas hacia el fondo de mi mente. No dejaré que la paranoia de un anciano me arruine la victoria, no cuando la noche todavía es joven y rebosa de todas las posibilidades que las Carneas pueden ofrecer.

Apenas he tenido tiempo de alejarme cuando oigo que Lykou me llama.

Se abre paso hacia mí. A pesar de su derrota, se siente orgulloso de mi victoria y se dirige hacia mí con una sonrisa radiante. Cuanto más se acerca, más percibo con azoramiento las muchas, muchísimas razones por las que Lykou alborota la mayoría de los corazones en Esparta.

—Tu quitón ha conocido tiempos mejores. —Le devuelvo la sonrisa, roja como un tomate, y señalo hacia su atuendo desgarrado mientras intento no detener la mirada sobre sus robustos pectorales—. ¿O es que pretendes iniciar una nueva moda?

—Una mujer hermosa intentó arrancármelo, no pudo contenerse —replica Lykou, haciendo una reverencia burlona.

—Ya. —Me pongo a juguetear con el bajo de mi quitón, no puedo dejar las manos quietas—. Imagino que debió de sentirse sumamente provocada.

Lykou se echa a reír.

—Siempre que consideres que desafiarte a un duelo es una provocación.

—Alkaios me echará la bronca por eso, estoy segura. —Niego con la cabeza.

—Esta noche has demostrado por qué el ejército espartano necesita mujeres como tú. —Lykou se frota la nuca—. Aunque haya sido a costa de mi dignidad.

16

—Pues claro que las necesita, pero el paidónomo no lo permitirá. Una mujer puede aprender a empuñar un arma, pero que los dioses la libren de hacerlo en el campo de batalla.

—Sea como sea, lo has hecho genial. —Lykou me aparta un mechón de cabello de la cara, provocándome un cosquilleo traicionero en la barriga.

Sigo con la mirada el contorno de su bíceps y se me seca la boca de repente. Quizá podría deleitarme con los suaves labios de Lykou, comprobar qué se siente al deslizar los dedos por esos rizos oscuros... Meneo la cabeza con fuerza para ahuyentar esos pensamientos tan inoportunos. No pienso atarme a ningún hombre. No mientras el apelativo de «motaz» siga pendiendo sobre mi cabeza.

Abro la boca para añadir algo más, pero uno de los amigos de Lykou se acerca y le tira del brazo.

—Es hora de prepararse para la carrera.

Las Carneas alcanzan su culmen con un agón. Cinco hombres solteros son elegidos por los cinco éforos de Esparta para perseguir a un venado. Si lo apresan, será un año excelente para el ejército y las cosechas. Y, si no..., se avecina el desastre. Más vale que el venado sea capturado. Este año es especialmente importante tener éxito y ganarse el favor de Apolo, ya que Helena y Menelao partirán pronto para reunirse con el rey loco de Creta.

Además, gracias a nuestro padre, este año mi hermano Pirro tiene el honor de haber sido seleccionado para el agón.

Lykou se despide de mí con una sonrisa e inclina la cabeza de tal modo que sus rizos de azabache quedan pendiendo sobre sus ojos.

—¿Vendrás a verme cuando me coronen?

Estoy a punto de decirle que no, como me pasa siempre que Lykou cruza esa línea. Sin embargo, me contengo al ver sus ojos oscuros y ávidos, cálidos como ascuas de carbón. No seré tan brusca en mi respuesta, pero solo por esta vez.

—Pues claro que estaré allí cuando ganes. —Lykou esboza una sonrisa tan radiante como la mismísima luna—. Pero no se lo digas a mi hermano, o renegará de mí por no haber apostado por su victoria.

Sonriendo, Lykou se marcha con su amigo y yo me doy la vuelta para ir en busca de mi hermano.


No me cuesta encontrarlo. Los rizos pelirrojos de Pirro resaltan como un faro entre los cabellos corvinos de los espartanos. Esquivo codos y copas de vino rebosantes para llegar hasta él. Me acerco por detrás sin hacer ruido y le tiro de los pelillos de la nuca.

—¿Listo para la carrera, Pir?

—Pues claro. —Mi hermano se gira y esboza una sonrisa contagiosa—. Piensa en el honor y el prestigio que recibirá nuestra familia tras mi victoria. No volverán a burlarse de nosotros.

—No te anticipes tanto. Los dioses no...

—... No ven con buenos ojos a los mortales que presumen de ser mejores que ellos. —Pirro hace una imitación perfecta de Alkaios, erguido como un palo y con la cabeza bien alta, para burlarse de nuestro puntilloso hermano mayor.

—Ten cuidado —replico, arrebatándole un sorbo de vino—. Una impertinencia más y los dioses pensarán que no te lo tomas en serio.

—Al cuerno los dioses, Daf. —Me atraganto con el vino y él vuelve a coger la copa—. ¿Por qué debemos venerar a esos dioses que nos trajeron a este lugar desolado?

Vuelvo a quitarle el vino y le espeto entre dientes:

—¿Estás loco? —Miro en derredor para comprobar que no haya nadie, pero la gente está tan entretenida con la fiesta y el vino que ni siquiera nos miran—. El *anax* podría arrancarte la lengua por ese sacrilegio. Alkaios te cortaría la cabeza.

—Alkaios detesta a los dioses tanto como yo. —Pirro ladea la cabeza, su sonrisa acentúa el hoyuelo que tiene en la mejilla izquierda—. Y tú también. ¿O es que tu constante búsqueda de aceptación te ha hecho olvidar que los dioses son los culpables de nuestro estatus social?

Pirro y Alkaios perdieron mucho más que yo la noche que nací. Yo no conocí a nuestros padres. Mis hermanos perdieron a un padre y una madre a los que querían y admiraban, y fueron traídos a Esparta, lejos del hogar en el que se criaron.

Me abstengo de decirle que ha dado en el clavo con sus palabras. En vez de eso, me cruzo de brazos y le digo:

—Si esta es tu forma de intentar escaquearte de la caza, yo...

—No le temo a nada. —Pirro aletea las cejas—. Además, Alkaios abatiría a ese venado si no me creyera capaz de hacerlo. Ya sabes lo que dice: el honor antes que la familia.

—No seas injusto. —Le pego un golpe en el brazo—. Alkaios no está aquí para defenderse.

—Tiene buena intención, aunque preferiría que no soltara tantos sermones. A veces cuesta distinguir si Alkaios está entrenando para ser un soldado o un sacerdote. En fin, voy a buscar más vino.

Pirro me da un beso en la mejilla y me guiña un ojo mientras desaparece entre la multitud. Mi ánimo decae en cuanto nos separamos.

Me abro paso entre el gentío y diviso a mi criada Ligeia, a Alkaios y su esposa y a mis padres adoptivos alternando con los exultantes espartanos. Me alejo en dirección contraria para huir de sus reproches y regañinas. Alkaios sin duda les habrá hablado de mi duelo ante los reyes.

Tras despojarme de los grilletes de la dignidad y el decoro que exigen tanto Esparta como el honor de mi familia, me mezclo con los juerguistas. Bailo durante horas, girando y agachándome al ritmo de un millar de tambores. Cuando me siento a descansar, chupeteando la grasa del cordero asado que se me ha quedado en los dedos, resuena un cuerno que convoca al pueblo de Esparta para el comienzo del agón. Con la luna de Selene en cuarto creciente, la multitud emerge de las hileras de tiendas de campaña hacia los campos oscuros que se extienden fuera de la ciudad. Los espartanos llevan un año esperando este evento, la tradición más importante de Esparta, y nunca había sido tan relevante como ahora.

El rey Menelao y la reina Helena aguardan pacientemente junto a la orilla del río Eurotas, iluminado por la luz de una enorme hoguera que desprende chispas y un olor a pino quemado hacia el cielo nocturno. Avanzo entre la impaciente multitud, miles de espartanos aguardan en los límites de la ciudad a que nuestro rey dé la orden de empezar. Se me acelera el corazón y me da vueltas la cabeza a causa de la expectación.

Cuatro jóvenes *hómoioi* avanzan por el terreno y se inclinan con respeto ante Menelao. La luz de la hoguera reluce sobre sus cuerpos desnudos y depilados.

Siento un nudo en el estómago al no ver los rizos pelirrojos de mi hermano por ninguna parte.

¿Dónde está Pirro?

# CAPÍTULO 2

Mientras busco a Pirro entre la multitud, diviso a Alkaios a varios metros de distancia. Tiene el ceño fruncido y los puños y los dientes apretados.

La ausencia de Pirro supone una deshonra para nuestra familia. Si no participa en la carrera, dejarán nuestras vidas a disposición de los dioses como mensaje y advertencia para los que vengan después.

El corazón me palpita en el pecho y me retumba en los oídos con más fuerza que los tambores del festival. Se me entrecorta el aliento al percibir el creciente nerviosismo de la multitud, que dirige una mirada impaciente e inquisitiva desde la fila de corredores hacia Alkaios y yo. No tardarán en pedir nuestras cabezas. Esto es exactamente lo que esperan de los motaces como mis hermanos y yo. Nuestro padre asumió un riesgo al elegir a Pirro, y ahora mi hermano está a punto de echar por tierra el honor de nuestra familia.

Miro a Alkaios con desesperación, pero él se limita a asentir con la cabeza, con una mirada indescifrable desde tan lejos. Si Pirro no corre, tendrá que hacerlo otro joven de nuestra familia. Pero Alkaios está casado y supera con creces la edad requerida.

El peso del futuro de Esparta recae enteramente sobre mis hombros.

Maldito Pirro. Así lo encuentre Némesis y haga que se marchiten sus partes nobles.

Me yergo y doy un paso al frente.

—Las mujeres no pueden correr —grita alguien.

—¡Esto pasa por elegir a un motaz! —añade otro.

—Los dioses nos castigarán por esta blasfemia —grita una mujer—. Será una deshonra para Esparta. Detenedla.

—¡Motaz! ¡Motaz! ¡Motaz!

Forastera. Forastera. Forastera.

Esta gente siempre me verá de este modo. Aunque sea libre, mi valía como motaz apenas supera a la de un esclavo. Mis hermanos y yo solo podemos aspirar a la prosperidad que pueda granjearnos el matrimonio. Mis hermanos no podrán aspirar a más que a servir en el ejército, a pesar de ser los hijos adoptivos de un éforo. La participación de Pirro en esta carrera podría haber cambiado eso, podría haberle librado del funesto título que pende sobre nuestras cabezas.

Niego con la cabeza, contengo las lágrimas que amenazan con escapar de mis ojos. Me parte el alma saber que nuestros padres adoptivos están presentes entre esta ruidosa multitud, viendo con impotencia cómo el futuro de nuestra familia depende de los hilos de las Moiras y de la indulgencia del *anax*.

El griterío remite cuando me aproximo a la fila de corredores, donde les dirijo una reverencia a los reyes. Ellos no dicen nada, se limitan a asentir con la cabeza con expresión adusta. No se tiene constancia de que alguna mujer haya participado en la carrera, pero los reyes harán lo que sea con tal de asegurar el futuro de Esparta.

Los demás corredores solo tienen ojos para los monarcas. Incluso Lykou, que se encuentra a mi izquierda, me ignora, mantiene la cabeza alta y la mirada fija sobre Menelao. El otro hermano de la reina, Cástor, se encuentra a mi derecha, tieso como un palo, y a su lado se encuentran dos hijos de los políticos más reputados de Esparta. Se tambalean con la mirada perdida, por haberse excedido con el vino durante el festival. ¿Dioniso se sentirá orgulloso de esta inoportuna ingesta de su brebaje favorito?

Arrodillada, miro al rey tras el parapeto de mi pelo, pero en su lugar me topo con los ojos oscuros de Helena. Ella me mira con orgullo y con algo más difícil de interpretar. ¿Envidia, tal vez? No sé por qué. Ella es más hermosa, rica y poderosa de lo que yo jamás llegaré a ser.

Pero entonces me acuerdo de Helena antes de que se casara con Menelao. La recuerdo corriendo por los campos era la espartana más veloz que he visto en mi vida, capaz de rivalizar con la mismísima Atalanta.

Agacho la mirada y dejo de pensar en la reina cuando la voz de Menelao resuena entre el clamor de los exaltados espartanos:

—Las reglas son sencillas. —Se pone en pie para que todos sus súbditos lo vean—. Estos cinco jóvenes se asegurarán la gratitud de Apolo al recuperar para Esparta una ofrenda de su hermana gemela, Artemisa.

Se acerca un sirviente que trae un venado. El animal forcejea con su captor, pues aún no se ha resignado a su destino. Alrededor del cuello lleva una guirnalda hecha con ramas de laurel salpicadas de flores. Se me forma un nudo en la garganta por la lástima que me produce el venado, cuyos ojos reflejan la luz de la hoguera.

—Debéis recuperar la guirnalda antes del amanecer. Si el venado escapa y la diosa Eos trae consigo la aurora antes de que la guirnalda regrese a mis manos, las cosechas de Esparta se perderán. El Eurotas se quedará seco. Los miembros de nuestro ejército serán pasto de la muerte y la enfermedad. La sequía de esta primavera ya ha puesto a prueba la fortaleza de Esparta. Que vuestra victoria atraiga las lluvias que tanto necesitan nuestros campos.

Menelao se gira hacia una joven oráculo, ataviada con un peplo rojo, con ojos oscuros como una noche sin estrellas. La joven da un paso al frente y dice en voz alta, para que toda Esparta lo escuche:

—Con esta carrera no solo pedimos el favor divino de Apolo, sino que también queremos entregarle nuestra fortaleza. Sin duda habréis oído hablar de la inquietud que se extiende más allá de Esparta. Reinos enteros desaparecidos de la faz de la tierra, ejércitos sin nada que llevarse a la boca salvo arena y bronce, y niños del Mesogeios sacrificados cada año a las bestias que acechan en las entrañas de las ciudades.

»Esos infortunios nos alcanzarán —prosigue, ondeando un brazo hacia el monte Taigeto y hacia las tierras que se extienden al otro lado—, igual que han alcanzado a los dioses en lo alto del Olimpo. Zeus ya no nos trae lluvias, así que nuestros cultivos languidecen. Hera cada vez nos bendice con menos hijos con los que renovar nuestros ejércitos. Los territorios occidentales tiemblan bajo la ira de Poseidón, y Atenea no ha bendecido nuestras empresas bélicas hacia oriente. Los dioses están perdiendo sus poderes y pronto sufriremos las consecuencias.

Imposible. Un murmullo se extiende entre la multitud. Los dioses son intocables, están por encima de nuestras desventuras. No se tiene ni se ha tenido constancia de que exista algo capaz de perturbarlos.

—Levantaos, elegidos de Apolo —ordena al rey, alzando los brazos.

Obedecemos sin titubear y varios sirvientes se acercan para pintarnos el cuerpo de rojo y dorado, los colores que representan la sangre y la riqueza.

—No debéis interferir con los demás corredores. Cada uno de vosotros corre por la gloria de Esparta. Si uno de vosotros entorpece a otro paladín, será considerado un acto de traición y será castigado por ello. —El rey emplea un tono tan frío e implacable como una espada de hierro, mientras nos mira uno por uno a los ojos—. El futuro de Esparta recae sobre vuestros hombros.

Menelao hace señas a un par de sirvientes, que traen un cojín enorme cubierto por una sábana de seda. Se me corta el aliento cuando retiran la sábana y aparece, centelleando bajo la luz de la hoguera, la *dory* más perfecta que he visto en mi vida.

24

—Si tenéis éxito, las recompensas serán copiosas.

La lanza tiene talladas con mucho esmero vides y hojas de laurel; el mango es de madera de cerezo, coronado por una punta de hierro en forma de hoja y con una base dorada en el otro extremo. Aunque no posee la longitud habitual de una *dory* —apenas es un poco más alta que yo—, esta lanza bañada por la luz de la luna fue adquirida en las tierras del sur por un precio considerable.

Me hinco las uñas en las palmas. Los espartanos no se dejan deslumbrar por armas bonitas, pero esta lanza es algo más. Es un regalo digno de un cazador, cuyo verdadero premio es traer buena fortuna para Esparta. No ganaré esta carrera por una simple lanza. La ganaré por el futuro de Esparta y por el mío propio.

—Corredores, a vuestros puestos. —Menelao alza el brazo derecho.

Me apresuro a alinearme con los demás corredores y estoy a punto de tropezar. Estoy tan impaciente que no puedo parar quieta mientras colocan el venado a diez pasos por delante de nosotros.

—Que las alas de Hermes impulsen vuestros pies.

Menelao baja el brazo y echo a correr a toda velocidad.

# CAPÍTULO 3

Pongo rumbo al bosque Taigeto, surcando el terreno a una velocidad insólita. Cástor y Lykou me flanquean, sus largas piernas los impulsan cada vez más fuerte y más lejos con cada zancada. Los otros dos corredores se quedan rezagados, atontados por el vino e incapaces de seguir compitiendo. Mejor.

Tengo más que perder que todos ellos, pero también más que ganar. Las Carneas son territorio masculino, así que soy una aspirante indeseada.

El aliento que escapa de mis labios emite un sonido sibilante. Ya he atravesado la mitad del campo y me estoy acercando rápidamente a la linde del bosque. La comida del festival, que tan rica me supo, se agita en mi estómago. Mis músculos y pulmones, que ya aquejaban el desgaste de tanto jolgorio, se resienten mientras fuerzo mi cuerpo hasta el límite.

Por Esparta. Por mi familia. Por mi honor.

Lykou se adelanta, mientras que Cástor sigue avanzando a mi ritmo. Pero no tarda en adelantarme y me quedo mirando las espaldas de mis rivales mientras se alejan. Una hilera de cipreses se alza ante nosotros, señalando el comienzo del bosque Taigeto.

La oscura fila de árboles me recibe como si fuera una amiga. He dedicado muchos días y noches a cazar en las profundidades del Taigeto, así que conozco el bosque mejor que mis competidores. Pero debo alcanzarlo primero.

Un árbol caído señala el final del prado. Salto por encima y aprovecho el impulso para adelantar a Lykou y a Cástor. Me sumerjo entre los matorrales. Dejo atrás la luz de la hoguera y me adentro en la oscuridad.

Suelto un bufido cuando unas ramas me arañan los brazos. Las pisadas de Lykou y Cástor flaquean a medida que chocan y forcejean entre la impenetrable oscuridad, pero yo sigo adelante, impasible. Estos son mis dominios, mi santuario. Conozco este bosque mejor que nadie en Esparta. Continúo corriendo, mis oídos guían mi avance.

Con los músculos de las pantorrillas a pleno rendimiento para remontar la pendiente del bosque, prosigo la persecución. La arboleda deja paso a una pared rocosa que forma una barrera entre la ladera y las montañas.

Como si los dioses me guiaran, un haz de luz de luna ilumina la cola blanca del venado a mi derecha. Lo sigo, esquivando ramas y saltando sobre árboles caídos, con la mirada fija en mi presa. Me pego a la pared rocosa, lista para lanzarme sobre el cuerpo atlético del ciervo. Pero no tengo ocasión de hacerlo.

El venado sale disparado y apenas logro rozarle el costado. Patino sobre el terreno al cambiar de dirección, siguiendo de nuevo al ciervo hacia la arboleda. El animal se lanza entre los pimpollos y yo suelto un improperio con el aliento entrecortado.

El eco de unas pisadas indica que Lykou y Cástor se están acercando. Sigo al ciervo, sin tiempo para examinar este sendero desconocido antes de irrumpir en un valle recóndito.

Situado a pocos metros de distancia, el venado me observa con unos ojos demasiado perspicaces para tratarse de un animal silvestre. Es una mirada artera. Como si él no fuera la presa, sino el cazador. Entonces me fijo en el rayo de luna que se proyecta por detrás de él.

En mitad del valle se encuentra una joven hermosa con la guirnalda del ciervo en la mano.

—Hace mucho tiempo que quería conocerte, Dafne —dice Artemisa, la diosa de la caza.

# CAPÍTULO 4

Cuando aún estaba en esa edad en la que puedes dedicarte a reír y a jugar sin reparos, Ligeia me metía en la cama y me arropaba con cálidas pieles y sabias palabras. Tejía historias como si fuera una araña, donde cada palabra era un nuevo hilo que me atrapaba en una maraña de sueños y leyendas, de aventuras y destinos.

Mientras yo la contemplaba pasmada con los ojos muy abiertos, ella me hablaba de los tiempos en que las criaturas más temibles merodeaban por el mundo: grifos y Erinias, sirenas y krakens. Pero sobre todo me hablaba de los dioses, de sus desventuras y sus amantes, de sus leyendas cargadas de fechorías y heroicidades. Siempre con la advertencia de los mortales que salían malparados tras inmiscuirse en los asuntos de los olímpicos. Mis favoritas eran las historias de Artemisa, la virgen cazadora.

Su control sobre el bosque y los animales, el ejército de ninfas a su entera disposición, y la promesa que le arrancó a Zeus, el más poderoso de los dioses: jamás tendría que casarse.

Cuando aún no había cumplido cinco años, Ligeia me sorprendió en el cuarto de baño con una vasija llena de agua mezclada con arcilla y lodo, mientras intentaba teñirme el cabello de rubio para asemejarlo a los oscuros y lustrosos rizos de Artemisa. Me limpió las manos de barro antes de que a mi madre adoptiva le diera un síncope al ver las travesuras de su hija. Mientras me lavaba el pelo, con sus callosas y cuidadosas manos, Ligeia me dijo que Artemisa se habría sentido decepcionada conmigo.

«Artemisa no pierde el tiempo con banalidades. No le importa la ropa, ni el cabello sedoso, ni las reglas de los mortales. Lo único que le preocupa es la libertad de las mujeres y las criaturas del bosque».

Mientras evoco esas palabras, contemplo la imagen de la diosa plantada frente a mí en mitad del valle. Es un enorme espacio abierto, un paraíso hermoso. Me reprendo mentalmente por no haberlo encontrado antes.

La luna se refleja en un pequeño estanque, brotan anémonas de la tierra, y una hilera de cedros se elevan hacia el cielo despejado. Bañados por la luz plateada de la luna, los árboles montan guardia alrededor del valle, como si fueran soldados protegiendo a su reina. Considerando las historias de Ligeia sobre las ninfas de los árboles y su inquebrantable lealtad hacia Artemisa, bien podrían serlo.

—Si has terminado de poner cara de pasmarote, tengo un mensaje importante para ti —dice Artemisa.

Dejo de contemplar este valle insólito y me giro hacia la diosa, que me observa con el destino de mi pueblo pendiendo de su mano, y me arrodillo de inmediato en señal de respeto. Aún tengo el aliento entrecortado y la adrenalina por las nubes a causa de la carrera. Debería pegar la nariz al suelo para acentuar la reverencia, pero no puedo dejar de admirar la belleza sobrenatural de Artemisa. Pese a que tendrá mil años o más, su apariencia es la prueba palpable de su inmortalidad. Es tal y como siempre la había imaginado. Apenas un poco mayor que yo, en la flor de la vida, pero con ese gesto de fría arrogancia propio de los olímpicos. Lo que más me sorprende es la gelidez de su mirada. Siempre había supuesto que Artemisa sería la más indulgente de los dioses a la hora de tratar con mujeres mortales.

Con una sonrisa artera, que deja entrever cierta crueldad, deja la guirnalda colgando de un único dedo. Ni se me ocurre intentar cogerla, porque Artemisa está haciendo girar una flecha larga y dorada con la otra mano.

—Ya puedes levantarte —dice, mientras sigue girando la flecha. La fría punta metálica pasa cerca de mi rostro, acompañada de un sonido sibilante—. Si quieres la guirnalda, Dafne, ven a buscarla.

—Tú me has guiado hasta aquí.

No es una pregunta, y no me puedo creer que haya empleado ese tono tan directo con ella, pero Artemisa debe de tener un buen motivo para convocarme. Los dioses siempre tienen motivos para llevar a cabo sus artimañas.

—Un dios que agoniza es un dios peligroso.

También es habitual que los dioses respondan con acertijos y medias verdades.

Detesto los acertijos.

—Cabría pensar que todos los dioses son peligrosos para una simple mortal como yo —respondo, levantándome, pero con la cabeza ligeramente inclinada a modo de reverencia.

—¿Una simple mortal? ¿De verdad crees que le pediría ayuda a una cualquiera? —Artemisa ladea la cabeza mientras me observa.

Abro la boca para preguntarle qué quiere decir, pero ella hace girar la guirnalda y añade:

—¿Es esto lo que quieres? Si tanto lo deseas, puedo concederte cualquier cosa que me pidas, cosas mucho más valiosas que una ristra mugrienta de flores y hojas.

Artemisa alza la guirnalda, como si me retara a cogerla.

—¿Qué más podría querer?

Deseo muchas cosas, pero Artemisa no tiene por qué saberlo.

—¿No hay nada que quieras pedirle a una diosa? —Artemisa enarca las cejas—. Podría concederte riquezas, poder, excelencia y buena fortuna. —La diosa sonríe de medio lado—. Podría convertiros a tus hermanos y a ti en auténticos espartanos. Tu gente olvidará haberos tachado alguna vez de motaces.

La posibilidad de encajar entre ellos. Se me corta el aliento. No dudo que Artemisa podría concederme ese deseo, así que siento el impulso de arrodillarme de nuevo y rogarle que haga realidad mi anhelo más profundo. Pero me contengo.

Por poco.

—El Olimpo siempre exige algo a cambio —susurró—. ¿De qué se trata?

Artemisa suelta un largo suspiro.

—Mis poderes, y los de mi familia, se están debilitando. El Olimpo está atravesando su peor momento, el afecto y la veneración de los hombres cada vez escasean más. No tardaré en morir, mi familia también, y todas las dádivas que hemos concedido a los mortales desaparecerán como el polvo que cubre las rocas bajo una tormenta.

Tomo aliento y me muerdo el labio inferior. El oráculo dijo que las dioses estaban debilitados, pero jamás pensé que hasta este punto.

Artemisa se gira hacia los árboles y continúa:

—Necesito tu valentía… y tu lealtad incondicional.

Una silueta sombría emerge de entre los árboles, impulsada hacia el claro por las afiladas astas de un venado.

—Dafne.

Pirro cae de rodillas cuando lo alcanza la luz de la luna. Se me corta el aliento. Mi hermano tiene el rostro ensangrentado y amoratado, la ropa hecha jirones.

—Por favor —suplica, besando las sandalias y los pies de Artemisa—. Mi hermana no, ella jamás traicionaría tu confianza. Por favor, no le hagas daño. Castígame a mí. —Empieza a decir incoherencias, mientras solloza con el rostro pegado al suelo.

—¿Qué has hecho, Pirro? —No puede ni mirarme. Me doy la vuelta hacia Artemisa, horrorizada—. ¿Qué ha hecho?

—Espiarme. —Su cabello comienza a elevarse sobre sus hombros como un nubarrón de tormenta. Los árboles que rodean el valle se estremecen, azotados por un viento imperceptible. A lo lejos se oyen los chillidos de las aterrorizadas criaturas del bosque—. No solo una vez, sino dos. Como necio mortal que es, ha venido aquí esta noche para espiarme de nuevo.

—Deja en paz a mi hermana. Haré lo que sea. No lo volveré a hacer.

Las súplicas de Pirro se tornan frenéticas. Intenta tocar a Artemisa, aferrándose a su pálida pierna. Nunca había visto a mi hermano tan humillado, tan patético. Artemisa se zafa de él, con una mueca de aversión.

—Por favor —le ruego, dispuesta a tirarme al suelo al lado de Pirro para suplicar también—. Dime lo que debo hacer para librarlo de tu ira.

—Te necesito a ti. —Artemisa me señala, mientras sigue fulminando con la mirada al desconsolado Pirro—. Pero él no me sirve para nada.

La transformación no viene precedida por ninguna advertencia ni fanfarria dramática. Pirro está arrodillado a los pies de Artemisa y, de repente, en un visto y no visto, aparece un ciervo ante mis ojos.

—¡Pir! —grito, mientras corro hacia el venado de pelaje rojizo en que se ha convertido mi hermano.

Pirro corcovea como si así pudiera desprenderse de su apariencia animal. Artemisa observa la escena en silencio. Intento agarrarlo del pelaje. Mi hermano me repele, resoplando y zarandeándose. Esquivo por poco la embestida letal de su cornamenta, pego un grito cuando me derriba de un cabezazo y echo a rodar por la hierba.

—¿Pirro? Soy yo. Tienes que calmarte.

Intento acercarme a él otra vez, para agarrarlo del pelaje aunque solo sea un momento, pero él me empuja con el hombro. Aterrizo en el estanque, el impacto me deja sin aire en los pulmones.

—Me parece que a tu hermano no le entusiasma su nuevo aspecto. —Artemisa suelta una risita que suena como una fría llovizna de otoño—. A cada segundo que pasa, desaparece un fragmento de su humanidad, empezando por sus recuerdos.

Aprieto los puños y necesito hacer acopio de autocontrol para no golpear su inmaculado rostro. Un mortal imprudente es un mortal muerto.

—Di lo que quieres a cambio de la vida de mi hermano.

—Debes abandonar Esparta.

Convertirme en una traidora y deshonrar a mi familia. Se me encoge el estómago.

—Lo que sea menos eso.

Artemisa traza un círculo a mi alrededor, con pasos sibilantes, mientras hace girar la flecha dorada entre sus dedos largos y gráciles. Los pensamientos sobre mi familia quedan en segundo plano mientras hace girar la flecha ante mi nariz. El proyectil irradia energía en forma de oleadas de calor y volutas de humo.

—Esto fue un regalo de mi tío Hefesto el día anterior a su boda con Afrodita, un objeto de lo más intrigante. Tengo curiosidad por ver qué tal funciona.

Antes de que pueda siquiera parpadear, Artemisa se gira y me desliza la punta de la flecha por el pecho, a la altura de mi alborotado corazón. La flecha, más larga que mi brazo y más afilada de lo que sería humanamente posible, me desgarra la piel. Se me escapa un grito al sentir un calor abrasador que me envuelve el pecho y se extiende por mis extremidades, dejándome inmovilizada durante un instante. Artemisa se aparta. Mi sangre gotea del proyectil.

Es una advertencia. Si sigo poniendo a prueba su paciencia, mi sangre no será lo único que manchará esa flecha.

Artemisa se acerca y me quita todas las hojas y ramitas que tengo en el pelo. Ignora la rabia que me consume, mientras inspiro hondo para tratar de serenarme.

—Le devolveré a tu hermano su apariencia normal —me susurra al oído mientras me quita una hoja mojada del pelo—, pero solo si ayudas a mi familia. A mi padre le han robado algo muy preciado. No sé quién fue ni cómo lo hizo, pero, si no lo recuperamos, los poderes del Olimpo se desvanecerán. Sin nuestro poder, los cultivos de Esparta se echarán a perder, los humanos se debilitarán y los ejércitos de Grecia serán arrasados por unas fuerzas que escapan a tu comprensión. Necesito que halles las respuestas que a mi familia se le escapan. Solo hay un individuo que podría saber dónde han sido escondidos esos poderes y quién los robó, pero se niega a responder a cualquiera que venga del Olimpo.

Artemisa me mira de arriba abajo.

—Solo hablará con alguien lo bastante valiente, necio o desesperado como para ir a buscarlo.

Pirro está mordisqueando unas flores y, al verlo atrapado en ese cuerpo, me embarga la ira. Artemisa me ha arrebatado a mi hermano, los dioses me arrebataron a mi madre, y ahora quieren arrebatarme Esparta. La familia de Artemisa mató a mi madre, a mi verdadera madre, antes de que tuviera ocasión de conocerla.

Mi rostro ha debido delatar mis emociones. Artemisa vuelve a girar la flecha, demasiado rápido para los reflejos de cualquier mortal, y me desgarra el tejido del quitón hasta llegar a mi estómago.

—No des por hecho que me dan igual tus problemas y los de tu familia. Que no sé cómo murió tu madre o lo que ocurrió para que terminaras recalando en Esparta —masculla Artemisa. Profiero un grito ahogado cuando hinca la flecha un poco más en mi abdomen—. Esto solo es una garantía para que no nos traiciones ni a mi familia ni a mí.

Mi sangre empieza a brotar, se mezcla con el tinte carmesí del quitón mientras una llamarada ardiente se extiende por mi vientre. Artemisa extrae la flecha y yo me tambaleo hacia atrás, hacia la orilla del estanque, mientras me llevo las manos al ombligo para contener la hemorragia. Pero cuando las miro están limpias. Me palpo el estómago, resollando, en busca de la fuente del dolor.

Tengo el vientre surcado por una sólida franja dorada que centellea bajo la luz de la luna. Tiene un tacto robusto. Con cuidado, deslizo un dedo tembloroso a lo largo de ella. Bajo el ligero roce de mis manos, la franja dorada ondula y se expande, se desliza por mi piel como si fuera una serpiente dorada.

—¿Qué has hecho? —pregunto con un hilo de voz, tan trémula como mis manos.

—Ahora llevas mi marca —responde Artemisa, que vuelve a alzar la flecha.

Doy un paso atrás por acto reflejo y me hundo hasta el tobillo en el estanque. Artemisa avanza, me hace retroceder hasta que el agua me llega por la cintura.

—La maldición de Midas te envolverá, te someterá y te vinculará a mí. La franja dorada puede extenderse hasta los dedos de tus pies, moldeándote hasta convertirte en una herramienta que pueda empuñar a mi antojo. Si te burlas de mí, la franja dorada ascenderá hasta tu cuello, reprimiendo cualquier insolencia antes de que puedas pronunciarla. Si osas traicionarme a mí o a mi familia, la franja envolverá tu corazón y la sangre dejará de correr por tus venas.

Sus palabras resuenan en el ambiente. Percibo, con tanta claridad como si fuera el roce de unos dedos, la franja dorada que se extiende sobre mi piel. Una advertencia permanente por si alguna vez olvido que los dioses me controlan.

—Recuerda —añade Artemisa, con una sonrisa maliciosa—: un dios que agoniza es un dios peligroso.

—Eso ya lo has dicho —replico, roja de ira.

Esta diosa le ha arrebatado a mi familia la oportunidad de recuperar su honor, me ha arrebatado a mi hermano y ahora me ha marcado como si fuera una esclava. El respeto que antes sentía por ella ha quedado reemplazado por un desprecio vehemente. Pero, por el bien de mi hermano —y por el de mis país—, accederé a su juego.

—¿Qué quieres que haga?

La maldición deja de expandirse por mi piel, se detiene por encima de mi pecho a la espera de nuevas órdenes. Pero Artemisa no le da ninguna. En vez de eso, dice:

—Ayúdanos y recuperarás a tu hermano. Averigua dónde han sido escondidos los poderes del Olimpo y retiraré la maldición de tu cuerpo. Si el Olimpo cae, la franja dorada que recorre tu cuerpo te consumirá y no quedará nadie para salvar a tu pobre hermano.

Artemisa desliza un dedo bajo mi ropa y entre mis pechos hasta detenerse sobre la franja dorada que se agolpa sobre mi corazón. El movimiento incesante de la maldición me produce un cosquilleo en la piel es un recordatorio implacable del control que ejerce la diosa.

Si muero, Pirro será el siguiente, y ninguna vida ulterior en el inframundo evitaría el dolor que sentiría si fuera la causante de su deceso. Discutir toda la noche con Artemisa no me granjeará la libertad de mi hermano. Solo la obtendré si coopero.

—Los espartanos aguardan con nerviosismo el resultado de la cacería —prosigue Artemisa—. Ve a reclamar el premio de las Carneas. Nadie debe saber del poder menguante del Olimpo ni la tarea que te he encomendado. —Tras arrojar la guirnalda al agua, cerca de mí, Artemisa se aleja en dirección a la maraña de árboles que nos rodean—. Mi hermano te esperará a las afueras de la ciudad, será tu escolta y protector. Antes de que me digas que no necesitas ayuda, debes saber que irá contigo tanto si te gusta como si no. Apolo ha sido el blanco de las iras de nuestro padre durante mucho tiempo, así que este viaje allanará el camino hacia su reconciliación.

Artemisa se da la vuelta para marcharse, dando por concluido el encuentro, una vez asegurada mi participación en su gesta. Pirro sigue a la diosa sin rechistar.

—¿Qué pasa con mi hermano? —inquiero—. ¿Lo soltarás por el bosque y podrán cazarlo como si fuera un animal silvestre?

—Tienes hasta la luna de cosecha, joven Dafne, para cumplir con tu deber hacia mí. Hasta entonces, tu hermano estará a salvo —responde la diosa, mientras su silueta se va desvaneciendo. Sus últimas palabras resuenan como un susurro traído por el viento que sopla entre los árboles—: Pasado ese día, no puedo prometerte nada.

El repentino silencio que deja la marcha de Artemisa me envuelve, mientras me pongo a pensar otra vez en las historias de Ligeia. Siempre decía que los dioses son justos y crueles, temidos y venerados. Su labor fundamental es mantener ese equilibrio sobre los mortales.

Temiendo por la vida de mi hermano —y por la mía propia, que ha quedado a merced de una maldición dorada—, me estremezco con el corazón acelerado y caigo en la cuenta de que los dioses también nos tienen miedo.

Los dioses son justos y crueles, temidos y venerados. Ligeia insiste en que los dioses son tan despiadados porque nos aman, asegura que solo quieren lo mejor para nosotros. Yo creo que lo que ocurre es que nos tienen envidia. Jamás conocerán la belleza de ver transcurrir el día y saber que bien podría ser el último. Jamás experimentarán el regusto amargo del miedo cuando anega tus sentidos, ni la sensación agridulce del dolor.

También nos temen porque saben que los latigazos en la espalda se curan con el tiempo y que tarde o temprano dejaremos de postrarnos ante ellos.

# CAPÍTULO 5

Estoy hecha polvo cuando salgo del bosque Taigeto. Un clamor ensordecedor anuncia mi llegada. Los espartanos gritan y corean mi nombre al ver la guirnalda que cuelga de mi mano. La carrera parece un recuerdo lejano, la guirnalda pesa bastante, pero no tanto como el destino de Esparta y el de mi hermano, que cargo sobre los hombros.

Los jirones de mi quitón penden sobre mi cuerpo, manchados de sangre, barro y sudor. La maldición dorada gira sobre mi pecho, traigo el cuerpo y el corazón doloridos. Pero no me paro a pensar en mi andrajoso aspecto mientras atravieso el prado.

Solo tengo de margen hasta la luna de cosecha. Ese lapso de tiempo, aunque para mí supone varios meses, para Artemisa será tan fugaz como un parpadeo. Me la imagino sentada en un trono de roble, limpiándose las uñas con la punta de una flecha mientras aguarda el desenlace. Seguramente abatirá a Pirro cuando fracase. O se lo dará de comer a Alkaios.

Lo que le parezca más poético.

El clamor de la multitud aumenta a medida que me acerco, recordándome la tarea que tengo entre manos.

Alzo el puño hacia el cielo nocturno, exhibiendo la guirnalda.

Esparta ya tiene su preciada victoria, tenemos asegurada otra temporada de bonanza.

Una vez confirmado mi triunfo, la multitud vitorea y se lanza hacia delante. Muchos alargan la mano para tocarme los brazos y los hombros mientras me abro paso entre ellos, con la mirada puesta en el rey.

Menelao se revuelve con nerviosismo en su asiento. Se aferra a los brazos del trono, con una mirada inescrutable. Quizá se arrepienta de la decisión de permitirme —a una motaz, nada menos— tomar parte en la caza. Se me acelera el corazón.

Alkaios se abre paso entre el gentío y se sitúa por detrás de mí. Agradezco esa muestra de apoyo.

Cuando llego ante el estrado cesan los vítores; todos contienen el aliento a la espera de que Menelao anuncie mi victoria. Con los labios fruncidos, el rey asiente y coge los restos de la guirnalda. La aferra tan fuerte que se le blanquean los nudillos. A mi alrededor, la multitud prorrumpe en vítores y gritos. Helena me ofrece la *dory*. Me agarra la mano con tanta fuerza que me hace daño.

—Tu triunfo será una luz gloriosa que nos guiará a través de la inminente oscuridad.

Haber ganado la carrera no me parece glorioso. El encuentro con Artemisa reverbera en mi mente como olas agitadas por una tormenta, y el recuerdo de Pirro bulle en mi interior y me provoca un nudo en el estómago. El maleficio me tensa la piel y se asienta peligrosamente cerca de mi corazón, como un doloroso recordatorio de que no puedo recrearme en mi victoria.

Asegurado un nuevo año de prosperidad, Helena y Menelao encabezan la procesión de vuelta al palacio mientras se reanudan las Carneas. Me escabullo entre la multitud, con cuidado de no llamar demasiado la atención. La celebración me proporcionará la oportunidad necesaria para salir de Esparta.

Alkaios se pega a mí. Como no se lo impida, me seguirá hasta casa. Se negará a dejarme salir de Esparta y me dirá que supondría una deshonra para nuestra familia adoptiva. Y, ya de paso, me dirá que se siente orgulloso de mí. Alguien tan noble y pragmático como Alkaios jamás entendería que no decido marcharme por gusto, sino por la voluntad divina del Olimpo. No puedo dejar que me siga y tampoco recrearme en el orgullo que siente por mí.

Cuando dejo atrás la primera hilera de casas, logra alcanzarme y me agarra con firmeza por la muñeca.

—Espera, Dafne. Deja que te felicite primero, antes de que te vayas corriendo con tus amigos.

Se me acelera el corazón. Noto la mirada de Artemisa sobre mí, en la franja dorada que llevo aferrada al cuerpo. Espero con impotencia a que ataque a Alkaios y lo castigue por impedirme cumplir sus órdenes de inmediato.

Pero Artemisa no hace nada, así que suspiro y permito que Alkaios me coja de la mano, disfrutando de este inusual momento de complicidad.

—No recuerdo una sola vez en que te sintieras orgulloso de mí.

—Ahora no es momento de compadecerse. —La voz de Alkaios es tan afilada como un puñal. Es la voz propia de un hermano obligado a desempeñar el papel de padre—. No es propio de ti.

Se me suben los colores y aprieto los dientes. Ya debería saber que Alkaios nunca sentirá otra cosa que desprecio hacia mí.

—¿Estás celoso? —Me zafo de él con más fuerza de la necesaria. Le replico con unas palabras que son como puntas de lanza que también me perforan el corazón a mí—: Si tú hubieras ganado la carrera hace años, podrías haber honrado a nuestra familia, como he hecho yo. ¿Te avergüenza que yo sea ahora más espartana de lo que tú jamás llegarás a ser?

Alkaios pone una mueca que deja al descubierto sus dientes.

—Tú no eres espartana. ¿Crees que por ganar esta carrera eres uno de ellos? Seguimos siendo motaces, eso no cambiará nunca. Por más que Pirro, Ligeia, tú e incluso esos impostores que fingen ser nuestros padres insistáis en que nuestro sitio está aquí, os equivocáis. Porque ellos no son nuestros padres, y tú eres el motivo por el que mi verdadera madre está muerta.

Alkaios pronuncia con tanta vehemencia esas palabras —esas palabras punzantes y dolorosas— que se estremece con cada aliento que toma, clavando sus ojos castaños sobre los míos grises.

Eso es lo que siempre seré para él. No una hermana, sino una asesina. Pirro culpa a los dioses por la muerte de nuestra madre. Alkaios me culpa a mí.

Doy la vuelta para marcharme, pero Alkaios vuelve a cogerme de la muñeca, esta vez con mucha fuerza.

—Espera. ¿Dónde está Pir?

—No lo sé. —Me zafo de él y se me cae el brazalete de bronce, que aterriza junto a sus pies. Un recordatorio de que jamás encajaremos aquí—. Buena suerte para encontrarlo. A lo mejor si le rezas a Artemisa te da alguna pista. Pirro es un animal indomable.

Alkaios se agacha para recoger el brazalete y yo aprovecho la oportunidad para darle esquinazo, abriéndome camino entre el ruidoso gentío como si fuera una sombra.


Me alejo de los últimos juerguistas mientras la diosa Eos tiñe el cielo con los colores del alba, bañando la ciudad con una luz lila y dorada. Los ecos del festival se convierten en un murmullo lejano cuando llego a casa y cruzo corriendo el patio de baldosas de jade hasta mi habitación.

A cada paso que doy, aumentan mis remordimientos. No tengo tiempo para despedirme de todas esas pertenencias que quizá nunca vuelva a ver. Mi primer arco, una pantera tallada en roble, las flores que dejó Lykou ayer desperdigadas por el suelo. La capa con la que llegué a Esparta, envolviendo mi cuerpecito, mientras Pirro me llevaba en brazos a través del umbral de la casa de nuestros padres.

Yo era demasiado pequeña como para recordar nuestra llegada, no tenía ni dos meses. Pirro me explicó muchas cosas de lo ocurrido aquel día, cuando por fin accedió a mis incesantes preguntas sobre nuestra vida previa a Esparta. Me habló de las nieves tempranas que se extendían tras sus pasos, de la obstinada negativa de Alkaios a llorar, aunque no pudo evitar que su rostro reflejara su aflicción. También me contó que me llevó en brazos durante el larguísimo camino hasta Esparta desde el pueblo costero donde nací. Y me describió la sorpresa que se dibujó en el rostro de mis padres espartanos mientras nos contemplaban agolpados ante su puerta.

Al principio se mostraron titubeantes, según Pirro, con cierto resquemor en sus palabras. Era impropio de la élite política de Esparta acoger vagabundos. Pero Ligeia, ataviada con el manto rojo de un oráculo, no necesitó pronunciar más de seis palabras para que nos invitaran de inmediato a pasar:

—Son los elegidos de los dioses.

Qué tonta fui al creer que fue una simple argucia por parte de Ligeia para conseguirnos un hogar. En cierto modo, lo fue. Yo no soy la elegida de los dioses. No soy más que un peón en sus manos.

Ahuyento ese recuerdo. Me muevo con la precisión de un soldado mientras recojo las pertenencias esenciales para la tarea que me aguarda. Una capa, mi peto de cuero, unos cuantos quitones resistentes y un himatión apropiado para viajar, una caliptra —un velo indispensable para las mujeres en los rincones más intolerantes de Grecia—, una cantimplora de piel para el agua. Lo meto todo en un saco raído, me lo echo sobre los hombros y me cuelgo la *dory* nueva a la espalda.

De camino a la puerta me fijo en el peine que está encima de mi lecho. El mango es de marfil, con filigranas doradas y esmeraldas incrustadas, traídas desde Troya a través del Egeo. Mi padre adoptivo me lo regaló esta misma mañana, para conmemorar lo que su esposa y él esperaban que fueran mis últimas Carneas como soltera.

Salgo a toda prisa de mi cuarto y arrojo el lujoso peine en el centro del patio para que lo encuentren. Rebota y traquetea por el suelo. Con suerte pensarán que me he marchado a causa de ese regalo, que he huido de un matrimonio inminente, y me considerarán una ingrata después de todo lo que han hecho por mí. Sería lo mejor, para que así nadie intente seguirme.

Todo lo que han hecho por mí, todos mis esfuerzos para convertirme en una igual a ojos de los espartanos, se han ido al traste. Reprimo un sollozo.

Absorta en mis pensamientos, no reparo en el olor a sándalo que anuncia la llegada de mi criada. Envuelta en un halo de luz radiante, Ligeia se encuentra en el umbral.

Observa de una sola tacada mis prendas andrajosas y el saco que llevo a la espalda. Su rostro envejecido y arrugado esboza una sonrisa melancólica. Antes de que pueda inventarme una excusa plausible, se adelanta con los brazos extendidos y yo me dejo abrazar por ella. Se me encoge el corazón al pensar en la posibilidad de no volver a verla. Tendría que haber prestado más atención a sus historias, haber apreciado más su sabiduría y su cariño.

—Desde el momento en que te vi, supe que algún día los dioses te apartarían de nuestro lado.

Sujetándome por los hombros, me mira fijamente con un solo ojo, pues el otro lo tiene blanquecino y empañado. No me molesto en preguntar cómo sabe lo de mis tratos con los dioses. A Ligeia no se le escapa nada.

—Invéntate alguna excusa para mi desaparición —le ruego, atropellando las palabras—. No deben saber adónde voy. Ni yo misma lo sé. Y no quiero que piensen que Pir es un desertor.

Ligeia asiente, avanzamos por el patio cogidas del brazo. Se agacha y recoge el peine antes de guardarlo entre los pliegues de su vestido.

—¿Creías que tus padres pensarían que te has fugado? Bah. —Ondea una mano—. No son tontos. Diremos que te has ido al oráculo de Delfos a dar gracias por tu asombrosa victoria de esta noche. Y por el camino necesitarás cazar para alimentarte.

—Coge de la pared mis puñales y me los entrega, junto con el resto de mi equipamiento de caza—. Pero también necesitarás otras provisiones.

Mientras espero en la cocina vacía, Ligeia prepara un morral con higos secos, pan sin levadura y cecina, antes de desaparecer en una habitación adyacente y regresar con un pequeño bolsito de piel que tintinea de un modo sospechoso. No me hace falta verlo para saber lo que contiene.

—Son tus ahorros. No puedo aceptarlo.

Ligeia sonríe con tristeza e introduce el bolsito en el saco grande.

—Cuando tengas ocasión de hacerlo, esconde tantas monedas como te sea posible. Unas cuantas en el saco, otras en la vaina de la espada, y el resto llévalo encima. Puedes esconderlas incluso en ese pelo tan rebelde que tienes. Los caminos cada día son más peligrosos, sobre todo los que quedan fuera del alcance de Esparta. Ten cuidado con los traicioneros atenienses. Mejor aún, no te fíes de nadie.

Me envuelve en un cálido abrazo y cuando se aparta me deposita un objeto pequeño y frío en la mano. Es un colgante, delicado y hermoso en su sencillez. Pende de una fina cadenita de plata. Tiene forma de cuervo con las alas desplegadas, hecho de oro blanco.

—Es un regalo que he guardado durante muchos años. Y antes de eso lo custodió tu madre. —Ligeia me pone el colgante, después me apoya las manos en los hombros—. Te pareces mucho a ella, has heredado buena parte de su porte y su carácter.

—¿Mi verdadera madre? —Rozo con los dedos el frío metal mientras se asienta entre mis pechos, la única pista de un pasado olvidado.

—Sí. Ella quería que lo tuvieras. Al parecer, conocía el destino que le aguardaba. —A Ligeia se le entrecorta el aliento mientras desliza el dedo sobre la franja dorada que decora mi piel—. La maldición de Midas. Ay, mi indómita *kataigída*.

Me doy la vuelta, ocultando la franja dorada todo posible con la mano.

—¿Cómo es que conoces la maldición?

Ligeia apoya un dedo bajo su ojo lechoso.

—Este ojo ve mucho más de lo que te imaginas. Vio el destino de tu madre y los de muchas otras antes que ella. Puedo ver las sinuosas sendas de los dioses y las trampas que tienden a su paso.

Intento averiguar más, pero ella me dice:

—Eso es una historia para otro día. Ahora debes irte.

Por temor a que Ligeia vea mi miedo o lo perciba en mi voz, asiento una vez con la cabeza y le doy un beso en la mejilla. Después me enderezo y cruzo el patio hacia los establos. Ensillar un caballo a oscuras no es tarea fácil, pero una vez hecho salgo al galope a las calles de Esparta.

Cuando llego a las puertas de acceso, me doy la vuelta para echar un último vistazo a esta ciudad que tanto he llegado a querer. Aún relucen hogueras en la distancia y retumban tambores más allá de las casas que bordean los campos. En el centro se alza el *gymnasion* donde pasé una década aprendiendo a manejar la *dory*, a montar a caballo y a luchar con puñales. En el anfiteatro resuenan las voces de los últimos juerguistas; el palacio y el templo de Artemisa proyectan dos sombras idénticas sobre el horizonte.

Hace tiempo le juré lealtad a la diosa en ese altar. Estuve a punto de entregar mi vida para ponerme a su servicio. Lykou, tal y como había hecho muchas otras veces, dio muestra de su inagotable afecto hacia mí, pero aquella vez fue diferente. Tenía un fuego en la mirada, su deseo era tan palpable como la puesta de sol. Yo sabía que solo era una cuestión de tiempo antes de que sus palabras se convirtieran en preguntas que yo no podría responder.

Así que subí la colina hasta el templo de Artemisa, atravesé el umbral de mármol blanco y me arrodillé delante de la estatua. Sin embargo, la promesa de mi servidumbre eterna no llegó a salir de mis labios. Si dedicara mi vida al sacerdocio tendría que renunciar a la *dory*, a la espada y a todo cuanto tiene que ver con la sangre y la batalla. Habría tenido que renunciar a mi objetivo de convertirme en una espartana.

Si hubiera pronunciado esas palabras, ¿me encontraría ahora en una situación distinta? Eso solo pueden decirlo los dioses.

# CAPÍTULO 6

La escolta olímpica prometida por Artemisa me espera al otro lado de las puertas.

Apolo está sentado a lomos de un imponente corcel castaño y, mientras el sol se alza por detrás de él, su rostro queda sumido entre las sombras. Cuando me acerco, distingo mejor sus rasgos y se me forma un nudo en el estómago.

«Como si fueran dos caras de una misma moneda, Artemisa y Apolo son gemelos. Son uña y carne, no pueden concebir la existencia sin la presencia del otro. Artemisa es la luna, proyecta una luz fría y curativa, mientras que el sol de Apolo es dueño de una belleza recia e implacable».

Evoco esas palabras de Ligeia. Al igual que su hermana, Apolo tiene la apariencia de un joven apenas uno o dos años mayor que yo y posee una belleza sobrenatural. Su piel pálida tiene una tersura insólita que recuerda a la de esos nobles altaneros que se cobijan en sus casas mientras las personas de clases inferiores trabajan bajo el ardiente sol. No porta armas, a excepción de un centelleante arco dorado que lleva colgado a la espalda.

Un arma de cobardes, a ojos de un espartano. Esa idea alimenta mi creciente aversión hacia los olímpicos y me aferro a ella como a un clavo ardiendo, porque, si no, ¿cómo podré acostumbrarme a la compañía de un dios?

Apolo me observa bajo un grueso manto de pestañas, con unos ojos tan azules como las aguas del Egeo en un día despejado. Sus labios esbozan una sonrisa.

—Dafne —pronuncia mi nombre como si fuera una carantoña.

«El dios del sol y la profecía persiguió sin descanso a hombres y mujeres, tal y como hizo su padre, incluso hasta que los alcanzó la muerte».

Asiento con la cabeza a modo de saludo.

—Escolta.

Me giro hacia la carretera para recobrar la compostura. Con suerte, Apolo no compartirá la afición de su hermana por lanzar maldiciones.

—¿Adónde vamos? —pregunto, aferrada a las riendas para contener el temblor de mis manos.

—Al monte Kazbek. Allí vive un viejo amigo que tiene las respuestas que buscamos.

No puedo evitar soltar un gemido.

—Eso supone al menos un mes de trayecto desde aquí.

—No te preocupes por eso —dice Apolo, ondeando una mano—. Llegaremos al monte Kazbek mucho antes de lo que te esperas.

—¿Ventajas de ser olímpico, supongo?

—La primera de las muchas que puedo ofrecerte.

Apolo se inclina hacia delante, manteniéndose en equilibrio sobre su corcel hasta que nuestros rostros están a punto de rozarse.

—No me dejaré seducir por ti, ni por ningún otro dios. —Me doy la vuelta otra vez y hago restallar las riendas.

Quizá debería ser más respetuosa con los dioses que controlan el mundo. Pero nunca he sido una persona muy paciente, y la manipulación de Artemisa ha consumido el poco respeto que podría tenerles. Además, no quiero sumarme a la lista de las desdichadas conquistas amorosas de Apolo.

Noto una presión en la base del espinazo que me obliga a girarme sobre mi caballo. En ese momento, Apolo aparta la mano, demasiado rápido como para que pueda darle un manotazo.

—¿Qué estabas haciendo? —inquiero, mientras me palpo la espalda para comprobar que no me haya metido algo en la ropa para gastarme una broma. Pero lo único que encuentro ahí es la maldición de Midas. La franja dorada se desliza sobre mi piel, rodeando mi cintura dos veces como si fuera una serpiente estrangulando a su presa.

Apolo se muestra sereno, con los ojos tan abiertos e inocentes como los de un niño.

—Quería ver la maldición de Midas.

—Pues pídele a tu hermana que te la enseñe —replico mientras azuzo a mi caballo hacia el extremo contrario de la carretera. Lo más lejos posible de él—. A lo mejor te pincha con esa flecha si se lo pides por favor.

Sin inmutarse, Apolo me sigue y se sitúa a mi lado una vez más. Me pongo colorada al ver que está siguiendo el contorno de mi cuello con la mirada.

—Me fastidia que Hefesto se la regalase a Artemisa y no a mí. Es obvio que el dorado es mi color.

Se pone a juguetear con sus rizos castaños. Ni siquiera me molesto en responder. No podría ser más pomposo ni aunque se esforzara.

—Era broma. El rojo me sienta mucho mejor.

Me equivocaba.

—¿Puedes dejar de hablar, por favor? —replico.

Apolo enarca una ceja.

—No soporto el silencio. Me aburre.

Hago acopio de toda mi paciencia para no pegarle un empujón y tirarlo al suelo. Si lo hiciera, ¿Artemisa anularía su promesa de proteger a mi hermano? ¿Ordenaría a la maldición de Midas que me matara ante tal agravio? La endurecida franja dorada se extiende por mi espinazo como si hubiera leído mis traicioneros pensamientos, pero, aun así, me siento tentada de comprobarlo. Al final opto por cambiar de táctica:

—¿No preferirías quedarte con tu hermana en vuestro lujoso palacio en lo alto del monte Olimpo? ¿No serían Atenea o Hermes mucho más apropiados para esta tarea?

Apolo pone una mueca.

—No durarías un día con ninguno de ellos. Atenea aprovecharía cualquier oportunidad para fastidiarte. Y Hermes te robaría el vestido con un chasquido de sus dedos y te obligaría a cabalgar desnuda durante un mes.

—¿Así que debería agradecerte que no me hayas robado el vestido antes de tocarme sin mi permiso? —Le fulmino con la mirada y me estiro el quitón para que llegue lo más abajo posible.

Apolo se aproxima con su corcel, y el calor antinatural que irradia su cuerpo me provoca un pequeño escalofrío.

—Exactamente.

Antes de que pueda replicar o apartarlo de mi lado, Apolo se inclina hacia atrás con una sonrisa engreída y me roza con la rodilla mientras se adelanta sobre su caballo. Habría que estar loco o ser un monstruo para querer hacerse amigo de alguien como él.


Mi caballo avanza con paso cansino, y yo necesito hacer acopio de todas mis fuerzas para mantener derecho mi cansado y dolorido cuerpo. Los árboles se alzan a ambos lados de la carretera, formando muros impasibles de color verde oscuro.

Qué comienzo tan poco prometedor.

Un rato más tarde, se me erizan los pelillos de los brazos y la nuca. Observo el trecho de carretera que hemos dejado atrás, pero no veo nada de particular. Ni siquiera una polvareda sobre la carretera que señalice nuestro avance. No nos hemos cruzado con ningún otro viajero durante horas, a excepción de un gitano que intentó venderme unas inservibles coronas de laurel. Los dos días posteriores a las Carneas son días de descanso tras los festejos, así que nadie debería salir de la ciudad a corto plazo.

—¿Qué voy a encontrarme en el monte Kazbek? ¿Qué clase de «amigo» nos espera? —pregunto para romper el silencio—.

¿Un grifo posado sobre un risco que descenderá en picado para devorarme? ¿Una banda de amazonas con las que tendré que luchar para no acabar convertida en su esclava? ¿Tifón, preparado para desintegrarme con su mirada?

Apolo me da la espalda por primera vez en horas, aferrado a las riendas.

—Digamos que es un antiguo amigo de la familia.

Mi caballo relincha, enfadado, cuando pego un tirón de las riendas.

—¿Quieres decir que vamos a viajar hasta el monte Kazbek sin garantías de que ese amigo vaya a ayudarnos? ¿Qué hiciste? ¿Le robaste la esposa? Olvídalo, no respondas a eso. Ya sé que no me gustará la respuesta.

Impávido, Apolo se acomoda sobre su montura.

—No creo que tuviera esposa y, aunque así fuera, mi padre nunca se molestó en presentarnos. Supongo que es mejor así.

«Porque seguramente la seducirías y luego la abandonarías a su suerte», pienso, pero no lo digo en voz alta.

El sol inicia su descenso, se oculta rápidamente por el otro lado del bosque. Los últimos rayos arrancan destellos cobrizos del cabello de Apolo. Observo sus manos: tersas, gráciles, propias de alguien que no ha trabajado en su vida.

—¿Por qué tú? —inquiero. Apolo se inclina hacia delante al oír mi pregunta—. ¿Por qué tienes que acompañarme tú y no algún otro dios más útil?

Apolo evita mirarme a los ojos mientras desliza los dedos a través de la oscura crin de su corcel.

—Debo ganarme el favor de mi padre... y su perdón —responde al fin. No puedo evitar fijarme en cómo se le blanquean los nudillos mientras aprieta el puño.

La perspectiva de abochornarle todavía más me hace sonreír.

—¿Qué hiciste para provocar la ira de Zeus? ¿Mancillar su trono? ¿Seducir a su amante? ¿Le prendiste fuego a su reino favorito hace medio siglo?

Mi voz está cargada de cinismo y no me esfuerzo por disimularlo. Pero mis burlas no le afectan lo más mínimo. Apolo escruta mi rostro antes de centrar su atención en el colgante de mi madre.

—Qué abalorio tan curioso —dice, aunque sin el menor atisbo de simpatía—. Detesto los cuervos.

Me guardo el collar bajo el quitón, lejos de sus miradas indiscretas.

—¿Por qué te parece curioso?

—Hace muchos años conocí a la dueña de ese colgante.

—¿Conociste a mi madre?

Apolo enarca una ceja.

—Ese collar es mucho más antiguo que tu madre.

—¿Y de quién era, antes de que llegara a sus manos?

—De alguien que preferirías no conocer.

Apolo mira hacia la carretera sin ofrecerme más respuestas. Está decidido a mortificarme con la intriga. Volvemos a quedarnos en silencio, roto tan solo por el traqueteo constante de las pezuñas de los caballos. Me entretengo rememorando mentalmente las lecciones del paidónomo Leónidas, repaso los diferentes golpes y bloqueos que emplearía un soldado al verse atacado por más de tres agresores armados. Pero no puedo dejar de pensar en Esparta y en mi nefasto encuentro con Artemisa.

Algo llama la atención del dios sol, pero no soy yo, sino algo que se encuentra por detrás de nosotros, en la carretera. Apolo frunce el ceño.

—Deberíamos acampar —dice.

Y, sin añadir nada más, se adentra con su corcel en el oscuro bosque que nos rodea.


Unas sombras alargadas extienden sus tentáculos alrededor del círculo de nuestro campamento improvisado. Las chispas de nuestra pequeña hoguera revolotean hacia el cielo, para luego caer trazando una espiral sobre las centelleantes ascuas. Mientras las observo, mordisqueo un trozo de carne seca, aunque no tengo apetito. Apolo sostiene una cílica de vino que parece haber surgido de la nada. Pega un largo trago, con el rostro sumido entre las sombras.

Dejo la carne a un lado para coger mi nueva *dory* y sopesarla entre las manos. A pesar de ser más corta, tiene una estabilidad y una constitución aceptables, de sobra para ensartar a cualquiera que pretenda hacerme daño.

—¿Qué nombre le vas a poner a tu trofeo? —pregunta Apolo, que apunta hacia la lanza con su cílica, agitando su contenido.

—Poner nombre a las armas es propio de idiotas.

Apolo se queda sorprendido.

—Es lo más absurdo que he oído en mi vida. Los mortales llevan poniendo nombre a sus armas desde hace siglos. ¿Qué temería más un agresor? ¿Un palito esmirriado como ese o una lanza que se llamara Praxídice, «la que imparte justicia»?

Abro la boca para replicar, pero no se me ocurre nada. Aunque deteste admitirlo, es un nombre bastante ingenioso. ¿Las Moiras me serán favorables si nombro a mi lanza en honor de una de ellas?

—Ya veo que te gusta. —Apolo me mira de soslayo, sonriendo de medio lado—. ¿Vas a defender mi honor con la poderosa Praxídice si nos atacan unos bandoleros por la noche, guapita?

Con la *dory* —Praxídice— aferrada sobre el pecho, me recuesto en mi saco de dormir y lanzo un sonoro suspiro.

—No hay ladrones tan cerca de Esparta. El ejército patrulla con regularidad estos bosques y elimina a cualquier sabandija que amenace el comercio. Además —añado, mientras deslizo el pulgar por el filo de la punta de la lanza—, yo al menos voy armada. ¿De qué sirve tener un arco dorado si no cuentas con flechas que lanzar?

Señalo el arco dorado que tiene a su lado y que centellea a pesar de la oscuridad.

Pese a mi aversión hacia esa arma propia de cobardes, debo admitir que es un arco muy hermoso, con incrustaciones de marfil y decorado con un meandro tallado de punta a punta. Con un diseño sencillo y excepcional a la vez, el meandro representa el flujo eterno de la vida, una serie de líneas que se pliegan sobre sí mismas de un modo muy parecido a las corrientes de un río. Es un diseño exclusivo de la realeza.

Por el precio de ese arco, podría comprarme un palacio.

—Este arco me lo dio mi madre, Leto. —Apolo agarra el arco y lo hace rodar sobre la palma de su mano. Señala hacia la luna que nos contempla desde lo alto, llena y centelleante—. Mi hermana tiene uno igual, aunque solo puede utilizarlo cuando la luna está en cuarto creciente.

Alzo la mirada hacia la luna, esperando ver algún indicio de Artemisa en su rostro plateado, pero no hallo ninguno.

—Solo aquel que tenga sangre olímpica corriendo por las venas podrá llegar a tensar la cuerda de estos arcos —añade Apolo.

—No has respondido a mi pregunta. —Me recuesto boca arriba—. ¿De qué nos sirve para defendernos?

—No te preocupes por eso. —Apolo se sacude una mota de polvo imperceptible de su quitón—. Las ninfas y las dríadas de mi hermana nos protegen.

—Los poderes del Olimpo se están desvaneciendo, o eso asegura tu hermana —replico con un tono mordaz—. ¿Qué será de nosotros cuando sus compinches ya no se vean en la obligación de obedecer sus órdenes?

—Eres mucho más inteligente de lo que dejas entrever con esa actitud tan tosca.

—No soy tosca, tengo seguridad en mí misma. He sido adiestrada como soldado de Esparta…

—No eres un soldado —me interrumpe Apolo, con un levísimo destello burlón en la mirada—. Eres una motaz, una persona que jamás podrá alcanzar la categoría de espartana. Además, aunque no temas a los mercenarios, ladrones o bandidos, sí deberían aterrorizarte otros moradores de la oscuridad. Por aquí acechan criaturas mucho más crueles que unos simples delincuentes.

—Los espartanos no tienen tiempo para pensar en los misterios del mundo —replico.

—Y lo dice la jovencita que sigue pidiéndole a su querida Ligeia que le cuente cuentos antes de irse a la cama. No deberías preocuparte por esas cosas, pequeña *kataigída*.

Me quedo perpleja al oír mi apodo familiar, pero no tengo ocasión de preguntarle cómo lo sabe. Apolo deja en el suelo su cílica de vino y profiere un suspiro exagerado.

—De momento, lo único que deben preocuparnos son los espías.

Chasquea los dedos. Se oye un revuelo entre los árboles y me pongo rápidamente en pie. Apolo echa a correr hacia el bosque. Se oyen los ecos de una breve escaramuza antes de que el dios regrese con paso sereno hacia la hoguera. El espía avanza por delante de él.

—¿Lykou? —exclamo.

Mi amigo se ruboriza mientras Apolo lo empuja hacia la hoguera. Le recoloco suavemente un rizo oscuro por detrás de la oreja, revelando el moratón que se le está formando en la sien, así como el corte profundo que tiene en el labio inferior.

—Me di cuenta de que nos seguía más o menos al mediodía —dice Apolo, con el ceño fruncido y los dientes apretados. Gira en círculo alrededor de Lykou, escrutándolo de arriba abajo—. Percibí el olor de su mortalidad con tanta nitidez como si fuera estiércol en un establo. ¿Es amigo tuyo?

—¿Mi concepto de amigo? —replico, agarrando a Lykou de las manos—. ¿O el tuyo?

Le volteo la palma para examinarla, tiene una herida. Debió de sufrir una caída aparatosa cuando Apolo lo sorprendió espiándonos. Mientras sopeso si es preciso limpiar y vendar la herida, me fijo en su muñeca.

Lleva anudado un cordel del que penden unas hojas rotas y flores secas. Es la guirnalda de las Carneas.

—¿Qué estás haciendo, Dafne? —inquiere con una mirada suplicante—. ¿Por qué has salido de Esparta?

Apolo responde por mí:

—No estás en disposición de hacer preguntas.

¿Cómo se enteró Lykou de mi marcha? Le suelto la mano. Aprieto los dientes, noto un nudo en la garganta que me impide soltar un improperio. No sé qué motivo absurdo le habrá llevado a seguirnos, pero ahora él también se ha convertido en un peón en los juegos de los dioses. En otra persona a la que debo proteger. Me gustaría decirle que eche a correr antes de que Apolo desate su ira. Pero el dolor que siento por dentro me confirma que ya es demasiado tarde.

Sin saberlo, Lykou ha entrelazado su destino con los siniestros juegos del Olimpo.

—Creía que estabas desertando —explica Lykou, agachando la cabeza—. Por eso te seguí… Pero entonces te vi con él y quise averiguar quién era…, quise…

Niego con la cabeza, desconcertada. Es imposible que Lykou decidiera abandonar a su familia, a su pueblo y a toda Esparta solo porque yo haya tenido la osadía de coquetear con él. Lo aparto de un empujón.

—Eres un necio. Regresa a Esparta antes de que te consideren un desertor.

Intento insuflar ira y desdén a mi voz para enmascarar mi miedo. Tal vez pueda salvar a Lykou, conseguir que se marche, antes de que Apolo tenga ocasión de plegarlo a su voluntad.

—¿Qué has utilizado para retenerla a tu lado? —inquiere Lykou, que se gira para mirar a su captor.

—La vida de su hermano y las de todos sus seres queridos, Esparta y todo el pueblo de Grecia. —Apolo enumera esa lista con los dedos, hasta que termina señalando a Lykou con un largo dedo índice—. Y ahora tú.

Palidezco. Tengo la garganta tan atorada que debo hacer un gran esfuerzo para poder hablar:

—Deja que se vaya. No dirá nada.

—Es humano, claro que hablará. —Apolo chasquea la lengua con un gesto burlón—. Pero yo puedo cambiar eso. ¿Has dicho que te llamas Lykou? Qué apropiado.

Pego un grito cuando por fin comprendo cuál es el plan que Apolo tiene reservado para mi amigo. Su transformación es diferente a la de Pirro. Lykou cae al suelo, gruñendo y retorciéndose. Se araña la cabeza, la espalda, las piernas y el cuello; su piel se deforma y se contorsiona abajo la luz de la hoguera. Oigo un pitido en los oídos al ver cómo su cuerpo se contrae sobre sí mismo para luego desplegarse otra vez, al tiempo que su apariencia humana cambia por la de un lobo.

Abro y cierro la boca, mientras el corazón me retumba en los oídos. Aturdida y horrorizada, deslizo unos dedos temblorosos sobre el áspero pelaje negro del lomo de Lykou. Mi amigo gimotea, me lanza una mirada suplicante, me ruega que lo arregle. Porque yo he permitido que ocurra esto. Otra vez. He permitido que los dioses me arrebaten a otra persona importante en mi vida.

Apolo suelta una risita, por detrás de mí. Lykou gruñe y enseña sus largos colmillos.

—¿De dónde les viene a los olímpicos esa obsesión por convertir a los mortales en animales? —Alzo progresivamente la voz hasta que termino gritando.

—Ese. —Apolo me señala a la cara. Le aparto el dedo de un manotazo, me entran ganas de hacérselo tragar—. Ese es el fuego que habita en tu interior.

—Vaya, ¿así que quieres fuego?

Se oye un crujido cuando mi puño impacta contra la barbilla de Apolo. El dios pega un giro y cae de rodillas.

¿Impulsivo? Sí.

¿Gratificante? Sí.

¿Temerario? Desgraciadamente, sí.

Lykou tiene los ojos como platos y el pelaje erizado. La maldición de Midas se revuelve alrededor de mi garganta, lista para arrebatarme la vida de un plumazo.

Con ese puñetazo imprudente nos he condenado a mí, a mi hermano y a mi amigo a pasar el resto de nuestros días en el Tártaro.

Apolo se pone en pie y se sacude la tierra del pecho y las rodillas con movimientos lentos y pausados. Deja de mirarme durante lo que me parece una eternidad. Estoy dispuesta a suplicar de rodillas; si no por mi vida, sí al menos por las de mi hermano y Lykou.

Apolo se gira hacia mí. Esboza una sonrisa escurridiza y peligrosa como una víbora cornuda. Me postro ante él, hincando las manos en el suelo.

—Perdóname, lo he hecho sin pensar... —comienzo a decir, pero me quedo a medias.

Apolo se acerca hasta que me roza la cabeza con la rodilla. Me muerdo el labio, observándole de reojo, pero él me insta a levantarme con un dedo apoyado bajo mi barbilla. El dios detiene la mirada sobre el cuervo que llevo entre los pechos antes de mirarme a la cara.

—Me gusta tu carácter —dice en voz baja y ronca. La maldición de Midas se desplaza hasta enroscarse alrededor de mis hombros—. Pero debes saber que, cuando se juega con fuego, las llamas no tienen piedad.

Me aparto dando tumbos, con la boca abierta.

—¿Vas a castigarme?

Apolo suelta una risotada mientras recoge su cílica. Señala hacia mi saco de dormir, para indicarme que tome asiento, y obedezco sin titubear. Lykou se pasea por detrás de mí, enseñándole los dientes al olímpico. Apolo lo ignora y me observa desde el otro lado de la hoguera. Me mira de un modo tan intenso que me pone nerviosa. Deslizo los dedos por el bajo de mi quitón, por el saco de dormir, por la cantimplora, lo que sea con tal de no pensar en su implacable escrutinio.

—No te castigaré, pero tampoco voy a devolverle a tu amigo su apariencia original.

Abro la boca para protestar, pero Apolo me interrumpe alzando una mano, con la palma apuntando hacia mí. Está cubierta por unos callos que no había advertido antes, que relucen bajo la luz de la hoguera.

—No, al menos hasta que nuestra misión haya concluido. Tu amigo debe ganarse su libertad.

Lykou vuelve a gruñir. Su pelaje de color basalto se agita bajo la luz de la hoguera, tensa esos músculos propios de un guerrero espartano, listo para entrar en acción.

—No seas necio —replica Apolo, irguiéndose—. Podría haber hecho algo mucho peor. Podría haberte transformado en un caracol para luego aplastarte con el pie.

Los gruñidos de Lykou cesan de golpe. Resignado, se recuesta sobre el saco de dormir y apoya la cabeza sobre sus patas, mientras fulmina a Apolo con la mirada. Yo le acaricio el pelaje, apaciguando sus furibundos temblores.

—No podemos pasarnos el día peleando si queremos sobrevivir a este viaje, Dafne. —Apolo alza la mirada hacia las primeras estrellas, que empiezan a salpicar el firmamento—. Artemisa te eligió por un motivo, así que te sugiero que no la hagas quedar como una tonta provocando que nos maten a todos.

Me muero por preguntarle si sabe el motivo por el que Artemisa me eligió, pero en el fondo tampoco quiero hacerlo. No quiero deberle nada a Apolo, y mucho menos respuestas.

—Soy tu aliado, no tu enemigo —añade, mirándome a los ojos.

Me gustaría replicar, decirle que en circunstancias normales no me aliaría con alguien que transforma a mi familia y amigos en bestias salvajes. Pero, aunque deteste admitirlo, Apolo será posiblemente lo único que se interponga entre el inframundo y yo a lo largo de esta misión. Me muerdo la lengua y asiento ligeramente con la cabeza.

—Bien. Ahora descansa un poco. El viaje será largo y no tenemos mucho tiempo.

Apolo se tiende boca arriba, contemplando las estrellas con la cílica apoyada sobre el pecho. Siguiendo su ejemplo, me recuesto sobre el saco de dormir con mi himatión plegado a modo de almohada improvisada, pues no tengo fuerzas ni ganas para seguir discutiendo con él. Me rindo ante el dios Hipnos, que me sumerge en un sueño profundo.

Me asolan las pesadillas, mis peores miedos cobran vida dentro de mi mente dormida.

Sueño con Pirro, que deambula por el bosque convertido en ciervo, acechado en todo momento por un cazador furtivo. El cazador emerge de entre los árboles y le apunta con una flecha. Un haz de luz iridiscente se proyecta sobre su pálida piel y revela el rostro severo de Alkaios. Ajeno a la transformación de nuestro hermano, Alkaios dispara el proyectil.

Me despierto sobresaltada cuando la flecha alcanza a Pirro en el corazón.

# CAPÍTULO 7

Cabalgamos sin descanso, la senda nos conduce más allá de los límites del mundo que conozco, más allá de los confines de Grecia, hacia las montañas del Cáucaso. Un trayecto que debería habernos tomado varios meses apenas nos lleva unos días. Cada noche, Apolo nos saca del camino y nos adentra en el bosque para acampar. Allí me asolan las pesadillas. Y, cada mañana, cuando dejamos atrás la arboleda, salimos a un camino completamente nuevo. Mientras duermo, cientos de leguas de terreno se deslizan bajo mi cuerpo y, al cabo de solo siete días, llegamos a los pies del monte Kazbek.

Al contemplar su gigantesca silueta se me seca la boca de repente. La montaña emerge del suelo como si fuera el pulgar de un gigante, desprovista de árboles que enmascaren su superficie rocosa y grisácea, cubierta de nieve, en claro contraste con las exuberantes montañas de Esparta, ricas en tonos verdes y rojizos.

Sin mediar palabra, Apolo reanuda la marcha, cabalgando con paso firme hacia la ladera de la montaña. Intento no dejarme intimidar por la altura del Kazbek ni por la brisa gélida que desciende desde su cumbre nevada. Me envuelvo en mi capa y me estrecho entre mis brazos. Apoyo los dedos sobre la maldición de Midas. A cada día que pasa, el maleficio se expande, alargando unos finos tentáculos dorados desde mi abdomen hasta el pecho, recordándome que ahora soy un instrumento a merced del poder y la voluntad de Artemisa.

Lykou trota junto a mi caballo. Nos ha seguido, gimoteando a cada paso. Aunque me da lástima, no puedo hacer nada. Mis intentos por convencer a Apolo para que lo devuelva a la normalidad solo han suscitado silencio o sonrisas burlonas, dos reacciones igual de irritantes. Mi última petición provoca que el dios se arranque a cantar una canción obscena sobre lobos y doncellas que me saca de mis casillas.

Cuando Apolo detiene nuestros caballos a los pies de la montaña, pienso que preferiría pasar una semana entera escuchando sus cánticos. La pared de roca y los picos escarpados de la montaña se alzan amenazadores ante nosotros. Un espectro desconocido acecha en el pico más alto, esperando su momento, aguardando mi llegada. Al ver que a Apolo no le preocupa quién pueda estar esperándonos, me inquieto todavía más.

Reprimo el miedo antes de bajarme del caballo para recoger mis armas y mi morral.

«Los espartanos no temen la muerte. La muerte los teme a ellos».

Percibo un tic en la sien de Apolo, que aprieta los dientes mientras se acerca con su caballo. Desde que llegamos a las montañas del Cáucaso, Apolo se ha sumido en un silencio inusual y apenas me ha mirado de reojo en alguna ocasión. Desmonta, su quitón blanco e impoluto deja al descubierto unas piernas fibrosas y musculadas. Me obligo a mirar para otro lado mientras jugueteo con mi ropa, mucho más humilde. Mi quitón, que antes lucía un precioso tono carmesí, está manchado de barro, y el tejido se ha endurecido a causa de la mugre y el sudor.

—¿Vas a ir desarmado? —le pregunto, al ver que ha dejado el arco dorado en su caballo.

—¿Te preocupas por mí? Qué enternecedor. —Apolo me mira brevemente antes de volver a centrarse en la montaña—. Aquí las armas no nos servirán de nada.

Me giro hacia Lykou, me agacho y le acaricio el pelaje oscuro y espeso. Él refunfuña a modo de respuesta, pues ya sabe lo que le voy a decir.

—Necesito que te quedes con los caballos. Cobijaos entre las sombras.

Lykou gruñe y agacha las orejas. Es su forma de decir que no. Ladeo la cabeza para intentar sostenerle la mirada. Me duele que lo único que quede de su agraciado rostro sean esos ojos oscuros.

—Por favor, Lykou. Este terreno no es apropiado para un lobo. Y necesitaremos los caballos para el viaje de vuelta, así que debes quedarte aquí y asegurarte de que estén a salvo.

Lykou resopla, suelta un gañido y lanza unas dentelladas hacia los cascos de los caballos, para guiarlos hacia una pequeña arboleda. Al menos, la sombra de los árboles le proporcionará un respiro frente a este sol de justicia.

—Ve tú primero —dice Apolo, que está a mi lado, clavando su mirada sobre mi rostro.

—Después de ti, *aeráki*. —Esbozo la más dulce de mis sonrisas.

Las despobladas lomas del monte Kazbek son agrestes e implacables. Los matorrales me arañan la piel, y las piedras del suelo amenazan con agujerear mi único par de sandalias. Intentando no pensar en el trecho que me queda por recorrer, me concentro en poner un pie delante del otro y en apartar de mi mente cualquier sonido que no sea el de mi aparatosa respiración. Aunque poseo un nivel de resistencia considerable, gracias a los años de aprendizaje en Esparta, la sucesión de noches plagadas de insomnio y de pesadillas me han dejado exhausta.

El estrecho sendero traza una pendiente muy marcada, luego desaparece alrededor de unos salientes rocosos. Me dejo guiar por mi instinto, tal y como Helios guía al sol por el firmamento, que me abrasa los hombros y me deja empapada en sudor. Avanzo a ras de la roca, arrastrándome de un saliente a otro, pisando con cuidado el suelo desmigajado de los precipicios.

—Piensa en cosas bonitas, mortal, para lograr superar esta prueba. Por ejemplo, en agua fría, en un corderito adorable...

—En arrearte otro puñetazo en la cara.

—Sobre gustos no hay nada escrito.

—Perdona —digo, apretando los dientes—. Es difícil mantener el civismo cuando el dios que me mantiene cautiva me provoca.

—Entonces hablemos de otras cosas. —Apolo aprieta el paso para seguirme el ritmo—. ¿Dónde conseguiste ese collar?

Apenas puedo oírle a causa del ruido de mis jadeos.

—¿Qué? Ah, ya te lo he dicho. Era de mi madre.

—Ya, pero ¿de dónde lo sacó ella?

—¿Cómo quieres que lo sepa? —replico, apretando el paso—. Los dioses me la arrebataron antes de que pudiera tomar mi primer aliento.

—¿Y no tienes curiosidad por saber dónde lo consiguió?

—Claro que la tengo. —Me enjugo la frente con el reverso de la mano. Apolo no tiene una sola gota de sudor en el cuerpo.

—Si quieres, podemos hacer un descanso —dice Apolo, señalando hacia un peñasco para que me siente.

—No estoy cansada, en serio. —Niego con la cabeza. Y no miento cuando le digo—: Solo estoy acalorada.

—Qué curioso. —Apolo frunce los labios, sus ojos despiden un destello irónico—. Alguien más débil no aguantaría este ritmo.

—Pues ya ves que yo no soy débil. —Continúo montaña arriba, los músculos de mis muslos y pantorrillas se tensan para remontar la pronunciada pendiente. Pese a todo, la quemazón muscular resulta agradable, me recuerda que sigo viva—. El entrenamiento en Esparta me ha preparado para tareas aún más penosas que esta.

—¿Alguna vez te has fijado en que eres mucho más veloz que los demás? —Apolo me sigue el ritmo sin esfuerzo. Alarga una mano hacia mí, pero se la aparto de un manotazo—. ¿Y que incluso eres mucho más fuerte que la mayoría de los hombres?

Me paro en seco. De pronto, me he quedado sin aire.

—¿Qué estás insinuando?

Apolo también se detiene. Nos quedamos cara a cara. Vuelve a fijarse en el cuervo que pende sobre la base de mi cuello.

—¿De veras crees que derrotaste a Lykou y al príncipe Cástor en la carrera por el bosque sencillamente porque entrenaste más que ellos? El príncipe es un atleta nato, viene de una familia de luchadores y corredores, a pesar de su linaje real. Lykou es el más veloz entre la gente de su edad y lleva años entrenando para las Carneas.

—Conozco el bosque mejor que cualquiera de ellos —replico, airada.

—Los venciste, y sería de tontos creer que se debió solo a que eres más rápida. —Apolo se acerca aún más. Noto el roce cálido de su aliento en la mejilla mientras agarra el cuervo y lo sostiene en alto—. Pero tú no eres nada tonta. Pregúntate de dónde salió este collar y por qué tu madre te lo legó a ti y no a ninguno de tus hermanos. Por qué se lo dio a tu querida Ligeia en su lecho de muerte, de la cual culpaste a los dioses. Por qué a lo largo de tu vida has salido victoriosa, contra todo pronóstico, de carreras y combates contra hombres que te doblaban en tamaño y destreza. ¿De verdad crees que puedes achacar todo eso a lo duro que has entrenado?

—Sí. —Le quito el colgante y retrocedo un paso—. Porque desde pequeña he tenido todas las probabilidades en mi contra. Pero he sabido verlo y me he esforzado por superarlas. Vi a esos hombres que, como bien dices, me doblaban en tamaño y destreza, así que me esforcé cuatro veces más que ellos. No les debo nada a los dioses, y menos aún esas victorias que he conseguido a cambio de sangre, sudor y lágrimas.

—Tu madre no era tan tozuda como tú —dice Apolo, ladeando la cabeza.

Me quedo callada, boquiabierta. Apolo me deja oscilando entre la sorpresa y la furia, con los dientes tan apretados como para pulverizarlos, y entonces reanuda la marcha. Dedico un buen rato a serenarme para poder salir tras él sin empujarlo al vacío desde lo alto de la montaña.

Cuando llegamos a un saliente angosto en el que apenas cabemos los dos, dejo escapar el aire con un silbido agudo. Una colosal pared de roca se extiende hacia el cielo. Trato de encontrar asidero, la piedra tiene un tacto áspero y está muy caliente debido a la exposición al sol. Apolo escala por ella con facilidad, inmune a las leyes de la naturaleza que limitan a los mortales como yo.

Cuando llega a lo alto del risco, alarga un brazo hacia mí.

—Dame la mano.

—Antes prefiero comerme una piedra.

—Quizá te toque hacerlo —replica, encogiéndose de hombros.

Ignoro su ayuda y pego un salto, pero enseguida me arrepiento de ser tan testaruda, cuando mi cuerpo impacta contra la superficie de piedra. Consigo agarrarme por los pelos al saliente rocoso.

Cometo el error de mirar abajo para buscar asidero y el estómago me pega un vuelco. El suelo desaparece bajo el saliente y estoy colgando sobre el vacío. No era consciente de lo alto que habíamos subido ni de lo peligroso que resulta el terreno. Si la suerte estuviera de mi lado, al caer podría aterrizar sobre la plataforma que hay más abajo. Embargada por el pánico, rezo a la diosa Tique para que me dé suerte y me aferro a la superficie de roca, cerrando los ojos con fuerza.

—Busca asidero, Dafne.

Apenas puedo oír a Apolo entre los estrepitosos latidos de mi corazón.

—Abre los ojos —me ordena. Miro hacia arriba y lo veo asomado desde el borde del saliente, con un gesto de preocupación—. Busca asidero y trepa. No pienses en lo que hay debajo, solo en lo que te queda para llegar hasta aquí.

Me obligo a mantener los ojos abiertos y miro hacia arriba. Allí, cerca de mi mano derecha, hay otra pequeña grieta. Me aferro a ella, después localizo otra, y otra más, y así hasta que consigo pasar el cuerpo por el borde de la plataforma. Resuello para recobrar el aliento, mientras intento recomponer lo poco que queda de mi dignidad.

Apolo me observa con una sonrisita que viene a decir: «Tendrías que haber aceptado. mi ayuda».

—No necesito tu ayuda —le digo, mirando para otro lado.

—En ese caso, tu tozudez nos costará la vida a los dos.

Alzo la mirada, pero enseguida me arrepiento. Ya no está sonriendo. Se ha ruborizado a causa de la ira, sus ojos relucen como los fuegos del Tártaro. Con las rodillas aferradas al pecho, me esfuerzo por contener el rubor que se extiende inexorablemente por mi cuello.

—Una cosa es sacrificar tu propio pellejo —prosigue Apolo, sus palabras restallan como si fueran latigazos—, pero otra muy distinta es sacrificar la misión entera porque seas demasiado orgullosa como para aceptar mi ayuda. Esto no se limita a recuperar a tu hermano; el objetivo es salvar mi hogar. Y si eso no te anima a pedir ayuda cuando la necesites, entonces Artemisa se equivocó al elegirte.

—No se equivocó —replico, poniéndome en pie.

Apolo se agacha hasta que nuestros rostros están a punto de tocarse.

—Demuéstralo.

Cuando llegamos a otro saliente y él me ofrece de nuevo ayuda, elijo la seguridad antes que el orgullo por primera vez en mi vida.


Cuando por fin llegamos a la cumbre, me apetece descansar, disfrutar de la sensación de triunfo por haber escalado esta montaña. El viento me azota, me alborota el pelo sobre las mejillas y los hombros. El suelo está cubierto de nieve, parpadeo para contener unas lágrimas mientras los rayos del sol se reflejan sobre la superficie blanca. Me cubro los ojos con una mano y me quedo paralizada.

Un hombre, sujeto entre dos columnas idénticas con los brazos y piernas en cruz, pende inerte de los grilletes que tiene aferrados a las muñecas. Cuando alza la cabeza y nos ve, esboza una sonrisa que parece una mueca.

Nunca me gustaron las historias sobre las peripecias de Prometeo y su cruel castigo, aunque a Alkaios le encantaban. Ligeia me las contaba para alertarme sobre las crueldades de este mundo y los castigos de los dioses, que eran aún más crueles.

Prometeo no es como me lo imaginaba: apenas es un poco más alto que yo, y su cabello moreno está salpicado de mechones plateados. Bajo una capa de cicatrices y cortes, y a pesar de siglos de abandono y malnutrición, su cuerpo musculoso y tonificado resiste con firmeza los envites del viento. Me lanza una mirada penetrante que me deja paralizada, con unos ojos de color marrón oscuro que albergan un universo de conocimiento.

—Así que Zeus ha enviado a uno de sus retoños a negociar conmigo.

Prometeo se inclina sobre una de las columnas y las cadenas traquetean a causa del movimiento. Miro a Apolo en busca de consejo, de alguna pista acerca de qué decir, pero él se limita a mantener los labios fruncidos.

—Créeme —dice Prometeo, dirigiéndose a Apolo—: a Zeus no le queda nada que ofrecerme.

Avanzo un paso, pero Apolo intenta detenerme, apoyando una mano ardiente sobre mi piel azotada por el viento. Me zafo de él, lanzándole una mirada fulminante, y me dirijo hacia Prometeo. Cuanto más me acerco, más arrecia el viento. El colgante parece palpitar con cada paso que doy.

Le ofrezco mi cantimplora y el titán asiente con la cabeza. Bebe con avidez, gimiendo mientras le vierto el agua en la boca. Cuando se queda saciado, empieza a toser; las cadenas se zarandean hasta que vuelve a quedarse colgando de ellas. Meto una mano en el morral para sacar un trozo de pan.

Prometeo niega con la cabeza.

—La comida mortal no puede saciar mi hambre, pero te agradezco el detalle. —Se fija entonces en el collar de mi madre y esboza una sonrisa cómplice—. No es habitual que una *kataigída* se presente en el pico de tu montaña en busca de respuestas.

—¿Puedes decirme qué le robaron a Zeus? —pregunto, aferrando el colgante. A pesar del viento, tiene un tacto cálido—. ¿Y dónde puede encontrarlo Apolo?

Apolo se acerca para oír mejor. Prometeo lo mira fijamente y borra su sonrisa. En sus ojos se refleja algo parecido al miedo. Me giro y le apoyo una mano en el pecho.

—Vuelve con Lykou y los caballos. Prometeo no me dirá nada mientras estés aquí.

—¿Osas darme órdenes, mortal? —Aunque lo dice con resquemor, en el fondo solo lo hace para provocarme. Sin embargo, el recelo con el que observa a Prometeo me lleva a pensar que Ligeia quizá no conociera la historia completa.

—Necesitamos respuestas —insisto, apretando los dientes para que no me castañeteen—. Para eso me has traído hasta aquí.

Apolo está a contraluz, así que no distingo bien el gesto de su rostro, pero su nerviosismo resulta palpable en la tensión que tiene acumulada en los hombros. Finalmente se marcha, mascullando algo entre dientes hasta que desaparece.

—No hay quien lo aguante. No me extraña que no quisieras hablar con él —le digo a Prometeo.

—El orgullo es uno de los muchos defectos del dios de la profecía. Es obvio que le molesta recibir órdenes de un titán caído en desgracia y de una joven insignificante en apariencia.

—¿En apariencia?

Prometeo suelta una risita ronca e ignora mi pregunta.

—Las Moiras juegan con él. Ser el hijo de Zeus implica una gran carga.

—Ya, debe de ser horrible tener el mundo a tus pies —replico con sarcasmo. Antes de que Prometeo siga yéndose por las ramas, voy al grano—: ¿Qué pides a cambio de responder a mis preguntas? ¿Tu libertad, tal vez?

Señalo hacia las cadenas que se extienden junto a sus muñecas despellejadas. Pese a llevar varios siglos en lo alto de este risco desolado, el metal se mantiene inmune a los elementos. Obra divina de Hefesto, sin duda.

—Si estuviera en tu mano concedérmela… —Prometeo niega con la cabeza. Al ver mi gesto de incertidumbre, añade—: Solo Zeus puede liberarme. Créeme, tengo amigos que lo han intentado. Mot lo intentó cuando estaba en el culmen de su poder, pero no tardaron en encarcelarlo.

—¿Quién es Mot? —pregunto, mientras me apresuro a apartar la mano de las cadenas.

Prometeo esboza una pequeña sonrisa, con la mirada puesta en el horizonte. Sus labios se agrietan y derraman unas gotas de sangre.

—El mundo no se limita a Grecia, es mucho más grande.

Parece que los titanes comparten el gusto de los dioses por los acertijos.

—Entonces, ¿qué puedo ofrecerte?

—Una promesa.

Me pongo en guardia, recordando las advertencias de Ligeia. «Nunca hagas tratos con un dios. Una simple promesa puede desembocar en una vida entera de esclavitud».

Como si me leyera la mente, Prometeo ensancha su sonrisa.

—Tu niñera te ha enseñado bien. Dame un poco más de agua, tengo los pulmones hechos polvo y cada palabra que pronuncio es como una puñalada en la garganta.

Tras terminarse el contenido de la cantimplora, el titán suspira y reemplaza su sonrisa por una mueca.

—No te pediré que me entregues tu vida, ni tu futuro, ni siquiera las vidas de tus seres queridos. Te pido que prometas que llevarás a cabo una labor en mi nombre.

Sujeto con fuerza la cantimplora vacía. Una promesa, ya sea para hoy o para dentro de muchos años, puede suponer igualmente una condena.

—No te fías de mí. —Prometeo suspira de nuevo—. Me parece justo, teniendo en cuenta tus recientes experiencias con los vástagos de Zeus. Si no tienes éxito, la maldición de Midas te consumirá antes de que concluya el verano. Lykou y Pirro jamás recuperarán su apariencia humana. Apolo, que es voluble como la brisa estival, puede robarte el corazón, con o sin intención de hacerlo, y sumirte en la miseria. Alternar con dioses tiene sus riesgos. Puedes ver por ti misma la suerte que he corrido yo.

Esas palabras me provocan una oleada de pavor, ya se trate de una profecía o de una advertencia. Intento disimular mis sentimientos, endureciendo mi expresión y enderezando los hombros. Recuerdo lo que Alkaios me ha inculcado desde el día en que di mis primeros y temblorosos pasos, y digo:

—Un verdadero espartano no se deja vencer ni destruir por aquello que...

—Pero tú no eres espartana. —Prometeo me interrumpe con una mirada fría y afilada como un pedernal—. Puede que Esparta sea tu hogar, pero no eres espartana.

Sus palabras me afectan. Me he esforzado toda la vida por ser espartana, por dejar atrás el título de motaz que pende sobre mi cabeza.

—Entonces, ¿qué soy?

—Tendrás que descubrirlo y asimilarlo por ti misma. Hablemos ahora del verdadero objetivo de tu viaje. —Prometeo estira el cuello e inclina la cabeza de un lado a otro—. Nueve bienes muy preciados han sido sustraídos del Olimpo y es preciso devolverlos. Cada día que se prolongue su ausencia, la magia y el poder de los olímpicos seguirán dispersándose. Esos bienes —Prometeo lo pronuncia con cierta aversión— refinan el poder del Olimpo para que los dioses puedan ostentarlo. Sin ellos..., se vuelve volátil. Cualquiera puede absorber y aprovechar ese poder, ya sea mortal, titán o dios.

—¿Cualquiera puede absorber ese poder?

Prometeo asiente con la cabeza.

—Es preciso recuperar esos bienes antes de que eso pueda suceder. Con que falte uno solo de ellos, las consecuencias serán desastrosas. Uno de esos bienes fue sustraído hace casi mil años y reinos enteros cayeron en desgracia.

El miedo me forma un nudo en la garganta y trago saliva para aflojarlo.

—¿Quién los ha robado?

Prometeo mira en la dirección por la que ha desaparecido Apolo.

—Un traidor entre los olímpicos.

—¿Y qué son esos nueve bienes?

—Mi empatía hacia los apuros de Zeus tiene sus límites. Además, tanto él como Apolo saben de sobra lo que se han llevado. —Prometeo se encoge de hombros, haciendo traquetear las cadenas—. Pero puedo compartir contigo cuatro visiones. Cuatro pistas. Acércate, Dafne, pues los vientos tienen oídos y no quiero que le transmitan esta información a nadie que no seas tú.

Me inclino hacia él con tiento, su aliento cálido y seco me cosquillea la mejilla. Reprimo un escalofrío. Prometeo ladea la cabeza para escrutar mi rostro.

—Apóyame un dedo en la frente. Así verás lo que ha sido y lo que será. Mi maldición divina es el conocimiento.

—¿Maldición? —Titubeo con la mano situada por encima de su cabeza inclinada—. ¿No es un don?

—Los poderes del Olimpo no son ningún don. —Prometeo niega con la cabeza antes de inclinarse de nuevo hacia mí—. Adelante.

Apoyo unos dedos temblorosos sobre su frente fría y pálida.


Mi vida y un millar de vidas más pasan a toda velocidad ante mis ojos, aparecen y desaparecen en el lapso de un parpadeo. Después regresan, con imágenes invertidas y bañadas por una luz grisácea y azulada. Desaparecen otra vez, luego regresan bajo una apariencia totalmente distinta.

Estos lo que significa tener el poder del conocimiento. Así es como se ve el mundo a través de los ojos de Prometeo.

El titán ve todo lo que ha sido, lo que será y lo que podría ser. Ve las bifurcaciones en el camino, las vueltas que da la vida, y sabe que nuestra existencia no está moldeada por el destino, sino por las decisiones que tomamos.

Ya no estoy en esa montaña desolada. Estoy rodeada por unas paredes de cañas que se estremecen bajo los envites del viento. Hay una chimenea encendida en un rincón de la cabaña y en el otro hay una mujer tendida sobre un lecho confeccionado con hierba seca y sábanas ásperas. Un dolor agónico le recorre el cuerpo, sumida en una sucesión interminable de contracciones, mientras el viento aúlla y brama en el exterior. Se aferra a las sábanas que tiene debajo con manos temblorosas.

«Algo así no debe nacer —murmura un hombre en la visión. Se pasea por la cabaña, maldiciendo entre dientes—. Será abominable —añade—, un monstruo. Traerá la desgracia al pueblo de Grecia, provocará guerras y dejará a su paso un río de sangre».

La puerta se abre de golpe, entra un oráculo —es Ligeia, reconozco la mata de pelo encrespado que le rodea la cabeza—, se dirige hacia la mujer que chilla. Se me corta el aliento al ver que Alkaios, pequeñito e inocente, entra corriendo en la cabaña, mientras que una versión infantil de Pirro, cuyo cabello forma una maraña de rizos pelirrojos, llora en un rincón, aferrado a una manta harapienta. Me gustaría poder peinarle ese cabello que parece un nido de roedores, así como limpiar el hollín que cubre sus mejillas.

La mujer, que tiene una melena rubia y una barbilla fina muy similares a las mías, lanza un último grito. Un bebé se abre camino hasta este mundo, pataleando. El hombre ignora tanto al oráculo como al recién nacido mientras corre hacia la mujer, que se estremece, para deslizarle una mano trémula sobre la frente perlada de sudor.

Pirro coge al bebé de manos de la partera y al fin comprendo que soy yo, al ver una cabeza engalanada por una mata de rizos pajizos. Pirro presiona la frente sobre la mía y noto una presión dolorosa en el pecho. Al ver cómo Pirro me abraza de ese modo, el rostro del hombre pasa de la desesperación a la furia.

—Vete —masculla, soltando esputos por la boca. Tras soltar la mano inerte de mi madre, se pone en pie y me señala, mientras sigo en brazos de Pir—. Y llévate a esa criatura lejos de aquí.

—No, papá. —Alkaios se agarra a las piernas de mi padre—. Es nuestra hermana. No puedes deshacerte de ella.

—No es vuestra hermana.

Mi padre observa a Alkaios, que sigue aferrado a su pierna. Las llamas de la chimenea titilan, iluminan el abanico de emociones que surca el rostro de ese hombre. Dolor, furia y por último resignación. Aparta a mi hermano de un puntapié y esboza una mueca amenazante.

—Ese bebé es una maldición. El vástago de algo desconocido. Un engendro de los olímpicos.

»Y vuestra madre es una fulana —añade, señalando hacia su esposa inerte. Después señala a Pirro y por último a Alkaios—. ¿Cómo sé que vosotros no sois el fruto maldito de los dioses?

Ligeia se acerca y estrecha a Pir entre sus brazos.

—Mide tus palabras. Los dioses lo oyen todo y no perdonan fácilmente.

—Malditos sean los dioses —brama aquel hombre—. ¿Qué más pueden hacerme? No les queda nada con lo que atormentarme. Se han llevado a mi esposa y me han dado como hija a un engendro del Tártaro. Que me maldigan cuanto quieran, pues ningún arma ni maleficio podrá hacerme más daño del que ya siento. —Me señala con un dedo alargado—. Y tampoco podrá ese monstruo.

—No, papá —dice Alkaios. Le tiemblan los labios mientras cae un torrente de lágrimas por sus mejillas manchadas de hollín—. Soy tu hijo.

Su padre no se digna siquiera a mirarlo.

—Llevaos a esos bastardos. Lejos de aquí. Como vuelva a verlos, me encerrarán por parricida.

Abre la puerta de la cabaña de un golpetazo. La lluvia entra con fuerza mientras él se marcha, dejándonos acurrucados junto al fuego.

Noto un tirón, me deslizo de una visión a otra como si me arrastrase la suave corriente de un arroyo. Me siento aturdida. No me sorprendo, a pesar de las revelaciones de Prometeo.

—Para liberar el poder del Olimpo, tres bienes le fueron entregados al *anax* de Creta para apaciguar a su díscolo hijo —dice Prometeo, que se aparece ante mí despojado de las cadenas que lo aferran desde hace medio milenio.

Me encuentro en lo que supongo que es una cueva, húmeda y oscura, con el suelo de piedra cubierto de huesos. Ante mí se yergue una jaula imponente, en cuyo interior hay tres figuras acurrucadas, con el rostro sumido entre las sombras. Oigo un revuelo por detrás de mí y me doy la vuelta, con una espada rota en la mano. No emerge nada de la oscuridad, pero ante mis pies veo una máscara con forma de toro. De sus cuernos gotea sangre.

Retrocedo tambaleándome y choco con algo duro. Me sobresalto, pero cuando me doy la vuelta compruebo que se trata de un muro de arenisca y que el suelo está manchado de sangre. Resuenan unos aullidos, eclipsados de repente por el traqueteo de unas pezuñas.

Prometeo alza un puño y empieza a caer arena de entre sus dedos flexionados.

—Otros tres le fueron entregados a la plaga de Tebas como sacrificio para contener su poder. Su única salvación se halla al otro lado de unas puertas que solo se abrirán por medio de una prueba de ingenio y palabras. No pierdas la esperanza. Te estarán esperando.

De repente, noto el roce del agua en los pies, un agua que despide destellos negruzcos, verdosos y azulados. En la otra orilla me espera un hombre. Viste con un peplo de color azul oscuro, su cabello refulge bajo la luz de la luna. No hace falta que Prometeo me confirme que se trata de Hades y que lo que se extiende ante mí es la laguna Estigia.

—Un sacrificio, que marcará un cisma, revelará otros dos objetos en los confines de Okeanós, cuyo destino está vinculado a la laguna de los muertos. Y el último, el más laureado, se ha unido a Tántalo en su tormento eterno y exigirá sacrificar el cuerpo y el alma.

El contorno de cada una de estas visiones resulta borroso y flota en el ambiente un olorcillo a magia, un aroma tan tangible como el de un campo de lavanda. El caudal de la laguna se incrementa y de sus profundidades emerge Apolo. Tiene el pelo más largo, sus rizos castaños le llegan hasta los codos, y lleva puesta una tiara dorada. Me agarra de las muñecas y me atrae hacia su pecho. Su piel tiene un tacto abrasador. Sus ojos despiden un fulgor vehemente.

Pero, cuando alza una mano para apartarme un mechón rizado de los ojos, lo hace con ternura.

—Mi querida Coronis. ¿Qué he hecho yo para merecer esta traición?

Lo que dice no tiene sentido, tensa los dedos con cada aliento que tomo. A lo lejos se oye el sonido de una lira.

—¿Por qué me has traicionado, amor mío? —pregunta Apolo, ignorando los gemidos de dolor que profiero mientras me hinca los dedos cada vez con más fuerza.

La melodía de la lira sube de volumen, va ganando en intensidad. Apolo abre la boca para decir algo más. Un cuervo blanco lo interrumpe, revoloteando hacia el rostro del dios. Mi campo visual queda ocupado por unas plumas de color marfil. Apolo suelta un bramido y yo me zafó de él, me tambaleo hacia atrás.

El cuervo se gira hacia mí para atacarme. Con cada impacto de sus alas blancas aparece otra imagen, cada cual más confusa que la anterior. Veo el jardín de las Hespérides, las manzanas doradas del árbol que se pudren y caen al suelo. Hay un *pixis* enorme, más alto incluso que yo, situado en mitad de una tumba oscura. El recipiente está tallado, pero, antes de que pueda acercarme para leer las inscripciones, me veo arrastrada hacia otra parte una vez más.

Es abrumador. Nada tiene sentido. El bramido de las olas al romper, un aullido sofocado, el traqueteo de los cascos de unos caballos. Caigo de rodillas y me sujeto la cabeza. Cierro los ojos con fuerza, varios cuervos graznan desde las alturas mientras me veo inmersa en una lluvia de flechas. La intensidad va en aumento, hasta que todo aquello desemboca en un único y prolongado alarido.

Alguien me apoya una mano en el hombro, mientras los ruidos se interrumpen de golpe. Abro los ojos. Prometeo me ayuda a levantarme y, cuando me suelta la mano, aparezco de nuevo sobre el risco desolado. Sus muñecas vuelven a estar aferradas por unos grilletes.

Resuello en busca de aliento. Sigo oyendo un zumbido en los oídos.

—¿Qué significa todo eso?

—Lo entenderás cuando llegue el momento. —Prometeo se estira, pone una mueca cuando los grilletes le desgarran la piel de las muñecas.

—¿Y Apolo debe encontrar todas esas... cosas? —El viento arrecia, como si lo azuzara mi creciente turbación, y el pelo me azota con fuerza el rostro—. ¿Él solo?

Prometeo me observa de nuevo, escrutándome de arriba abajo.

—¿Preferirías que fuera de otro modo?

—¿Y si Apolo es el traidor? —pregunto, apretando los puños tan fuerte que me hinco las uñas en las palmas de las manos—. Siempre le han gustado los juegos peligrosos, entrometerse en la vida de los mortales. ¿Y si fue él quien se llevó esos bienes tan preciados? No puedo confiarle esta información.

Prometeo se limita a mirarme con un gesto indescifrable.

—Tengo que hacerlo —digo, para convencerme más a mí que al titán—. Debo encontrar esos objetos y devolverlos al Olimpo.

No añado lo que estoy pensando: «Aunque eso signifique que Pirro siga siendo un ciervo». La culpa me corroe como una enfermedad.

—Eres una pequeña parte de este mundo, una más entre un millón de almas, cada cual tan fuerte, tan decidida e inteligente como tú. ¿Qué te hace pensar que eres apta para esta tarea?

—Porque no hay otro remedio. Llevo toda la vida entrenándome para esto. El objetivo no es solo salvar a mi hermano. Aunque regresara junto a Artemisa con las respuestas que necesita, ¿de qué servirían si el poder del Olimpo cayera en malas manos? Esparta podría ser eliminada de un plumazo.

El titán sonríe de medio lado, como si su pregunta hubiera sido una prueba y yo la hubiera superado.

Tal vez siga siendo un peón, un arma empuñada por los dioses, pero Prometeo me ha conferido un don. Con sus visiones, ha plantado en mí la semilla de la esperanza. La esperanza de que pueda ser yo quien lleve a cabo este viaje y devuelva esos bienes sanos y salvos al Olimpo.

Más allá de las montañas del Cáucaso, Grecia se extiende a lo largo y a lo ancho cargada de posibilidades, muchas más de las que he conocido en Esparta. Surcaré las aguas fulgurantes del mar, atravesaré los vastos desiertos de arenas doradas y me abriré camino a través de las montañas rojas. Kilómetros y más kilómetros de terreno liso o escarpado, peligroso e ignoto, una expansión infinita de tierra y mar.

El descenso del monte Kazbek resulta arduo y me consume mucho tiempo; no es fácil descender por sus escarpadas pendientes sin desplomarse al vacío. Una voz en mi mente me urge a ir más deprisa, a correr más riesgos durante el descenso, me recuerda que tengo poco tiempo, pero la ignoro.

Tardo muchas horas en descender por estos riscos, aferrándome con todas mis fuerzas a cuantos asideros logro encontrar. No es hasta que los últimos rayos de luz abandonan el cielo cuando por fin recorro el último trecho del camino envuelta en una maraña de polvo y piedras. Apolo y Lykou se levantan al verme.

—¿Qué ha dicho Prometeo? —inquiere Apolo, ignorando el nuevo muestrario de arañazos y moratones que me ha procurado la caída—. ¿A dónde tengo que ir ahora?

Lykou ladra junto a mis pies, diría que preguntando lo mismo. Los ignoro a ambos, me monto en mi caballo y cojo las riendas.

—¿Adónde vas? —grita Apolo, mientras me encamino hacia la carretera.

—Al mar —respondo, girando la cabeza por encima del hombro—. Nos dirigimos hacia el mar.

Su corcel galopa detrás de mí, pero no me doy la vuelta. Hinco los talones en los costados de mi caballo y yo también empiezo a galopar por la carretera, mientras Lykou corre a mi lado.

Ni puedo ni quiero darles más detalles. Prometeo me ha confiado esas pistas a mí, y solamente a mí.

Hay un traidor entre los olímpicos, y podría ser Apolo.

# CAPÍTULO 8

El bosque irradia vida. Las dríadas siguen con la mirada todos mis movimientos, observan mis armas con detenimiento y siguen el rastro de mis pasos. El canto de los pájaros remite a medida que se asienta la noche, pero estoy segura de que las dríadas todavía merodean entre las sombras.

Advertí su presencia por primera vez una mañana, antes de llegar al monte Kazbek, cuando vi que alguien había desplazado mis pertenencias desde la parte superior de mi saco de dormir hasta los pies. Aunque en un principio sospeché de Apolo o de Lykou, las pisadas que había repartidas por el campamento las delataron.

Por el rabillo del ojo, veo cómo los árboles alargan sus ramas hacia mí antes de apartarlas en cuanto giro la cabeza. Su respiración, a veces suave, a veces pesada como los jadeos de un perro hambriento, resuena en mis sueños.

Lykou ha salido a olisquear el bosque en busca de indicios de bandidos o mercenarios que pudieran atacarnos, así que me he quedado a solas con Apolo. La hoguera se está apagando, las sombras extienden con avidez sus tentáculos hacia mí. Nerviosa, me muevo para quedar fuera de su alcance.

—¿Cuánto falta para que podamos dejar atrás estos bosques?

—El viaje resultaría mucho más corto si me dijeras exactamente adónde vamos —replica Apolo, con sus largas piernas extendidas ante él.

—No me hace falta ir más rápido —miento, pues es justo lo contrario de lo que necesito.

Al pensar que cada vez queda menos para la luna de cosecha, esa mentira me deja un regusto amargo en los labios. Mis pesadillas recurrentes sobre la muerte de Pirro no hacen sino azuzar mi nerviosismo. Me pregunto cuánto tiempo mantendrá Artemisa a salvo a mi hermano. Me revuelvo sobre el saco de dormir, mientras miro hacia los árboles con inquietud.

—Siempre puedes volverte a casa —dice Apolo, que hace girar una cílica llena de vino bajo su nariz—. Dime adónde debo ir y podrás regresar a tu querida Esparta. Te prometo que no te juzgaré por ello, pequeña *kataigída*.

—No puedo renegar de esta misión —replico, apretando los dientes—. Y menos cuando sé cuál sería el precio a pagar.

Apolo suelta un bufido antes de beber, ya que mis palabras no le han engañado.

—Nunca dejará de asombrarme la importancia que os dais los mortales.

Solo le he dicho que nos dirigimos a la costa, una información con la que se ha conformado a regañadientes. Quiere saber más, pero yo no suelto prenda. No tengo motivos para fiarme de él.

Como si me leyera la mente, Apolo añade:

—¿Recuerdas cuando estuvimos hablando en el monte Kazbek sobre la importancia de la confianza mutua?

—Claro que lo recuerdo —me apresuro a responder. Pero tras las visiones de Prometeo, no me fío ni un pelo de Apolo.

—¿De veras? —Se gira hacia mí, mientras prueba otro sorbo de vino—. Porque tu actitud dice lo contrario.

Me callo la réplica que tenía preparada.

—Entonces, dame un motivo para hacerlo. Según tú, no puedo fiarme de las historias de Ligeia. En ese caso, cuéntame tu versión.

Apolo se queda mirándome durante un buen rato antes de recostarse sobre los codos.

—¿Qué sabes del reino de Feras?

—Poca cosa, aparte de que su príncipe fue uno de los muchos pretendientes de la *anassa* Helena.

Apolo asiente, como si se esperase esa respuesta.

—El príncipe Eumelo. Pues bien, su padre era un gran amigo mío. Admeto.

—¿Tienes amigos?

—La duda ofende. —Apolo dejó el vino a un lado y se pone a dibujar en la arena con un dedo—. El *anax* Admeto es uno de mis amigos más íntimos. Pasé una década viviendo en Feras, como pastor de ovejas, e hicimos buenas migas.

—Ah, sí —digo, sonriendo—. Ligeia me contó esa historia. Te habían exiliado del Olimpo por matar a alguien. Otra vez.

—¿Quieres que siga o no? —protesta Apolo, frunciendo los labios.

Ondeo una mano para indicarle que continúe.

—¿Por dónde íbamos? —Alza la mirada hacia el firmamento estrellado—. Ah, sí. Admeto. A pocos he querido tanto como quise a ese hombre, pero él no me correspondió. En vez de eso, bebía los vientos por la princesa Alcestis. Fue gracias a mi intervención divina que consiguió su mano en matrimonio.

El dibujo de la arena se había convertido en un rostro angosto, con unos pómulos prominentes y una mirada artera.

—¿Se supone que debo aplaudirte por ayudar a un amigo que frustró tus tentativas, en lugar de quemar su reino hasta los cimientos?

—No, lo que tienes que entender es que no todas mis historias terminan con una traición o un derramamiento de sangre.

—Percibo algo en su mirada, como si se sintiera dolido.

—Bueno, supongo que algún día escucharemos qué dirán los poemas épicos sobre esta desventura que estamos viviendo.

—Me sorbo la nariz. Si quiere mi confianza, se la tendrá que ganar—. A ver..., ¿dónde nos encontramos?

—Estamos más o menos a una legua de Maronea. Desde allí nos quedará una jornada más de viaje hasta la costa. —Apolo se recuesta, con una jarra de vino apoyada en el pecho—. Hay un estanque a poco más de un kilómetro de aquí, en la dirección que señala la constelación de Auriga. —Señala al cielo, trazando el contorno de las cinco estrellas que conforman su carro—. Las náyades frecuentan ese estanque, aunque son amigas de Artemisa y no nos desean ningún mal. Nos protegerán esta noche.

—¿Siempre eliges así los lugares donde acampar? —Enarco una ceja—. ¿En función de dónde puedan protegernos los esbirros de Artemisa?

Apolo suelta una risita.

—Ten cuidado con lo que dices sobre los amigos de mi hermana. Podrías ofenderlos y entonces recaería sobre mí la labor de protegernos.

—Que los dioses te libren de tener que hacer algo y ensuciarte las manos.

Me giro de golpe sobre mi manta al oír el siseo de las llamas al extinguirse. Apolo ha vertido el agua que quedaba en mi cantimplora sobre las ascuas.

—¡Necio arrogante! —exclamo con voz lastimera—. Tardé una eternidad en encender ese fuego.

—Hago más cosas de las que te imaginas. —Apolo se levanta y me fulmina con la mirada—. Si no fuera por mis habilidades, ni siquiera habríamos obtenido aún las pistas de Prometeo.

Yo también me levanto.

—Y, que yo sepa, es muy posible que estemos metidos en este lío por tu culpa. No sé qué fue sustraído del Olimpo ni quién se lo llevó. —Rodeo la hoguera y le hinco un dedo en el pecho—. ¡Eres un idiota arrogante y pomposo! Me necesitas más que yo a ti. Y hasta que averigüe por qué, no te deberé nada, y menos aún las pistas de Prometeo.

—Me necesitas más de lo que crees. —Incluso bajo la tenue luz de las ascuas, percibo el fulgor iracundo que despiden sus ojos.

—Eso ya lo has dicho. —Alzo la cabeza, orgullosa—. Pero hasta ahora has hecho muy poco para demostrarlo.

Estamos tan cerca que nuestros rostros están a punto de rozarse.

—Esparta te ha inculcado la arrogancia de un millar de guerreros. Respalda tus palabras con la espada y demuestra tu fortaleza.

Aparece una espada en su mano. Es más larga que la mía, el metal negro despide un brillo antinatural. Retrocedo un paso al ver cómo la ondea por encima de su cabeza, con movimientos precisos y elegantes.

Desenfundo mi espada. Apolo se abalanza sobre mí cuando aún no estoy preparada. Alzo el arma en el último momento, se oye un estrépito metálico cuando las dos espadas colisionan. El mundo contiene el aliento mientras nos enzarzamos en una danza letal.

Apolo me pone a prueba con una finta tras otra. Flexiona las piernas. Entra dentro del alcance de mi espada, intenta asestarme un puñetazo en el abdomen. Lo aparto de un manotazo y giro sobre mí misma. Él suelta una risita y esquiva sin esfuerzo mi contraataque.

—¿Tu paidónomo no te enseñó a enmascarar tus expresiones? —inquiere—. Puedo leer todos tus movimientos antes de que los lleves a cabo, pequeña *kataigída*.

—¿Para qué quiero una máscara si en la batalla portaré un yelmo?

Nubecitas de vaho escapan de mi boca. Aunque detesto admitirlo, estoy jadeando. Empiezo a acusar los efectos del viaje.

—Ahora no estás en una batalla, así que invéntate otra excusa.

Me pone a prueba otra vez, se agacha para ejecutar un barrido con la pierna. Salto y evito por los pelos que me derribe. No puedo ofrecerle más facilidades.

Y tengo que estar atenta a sus puntos débiles. Sigo con la mirada el movimiento de sus piernas, esperando a que se lance sobre mí. Realiza otra finta, me golpea el hombro con el brazo derecho. Aprovecho la abertura que me ofrece y me lanzo sobre él. Le hinco un codo en el pecho. Apolo tose, pone los ojos como platos mientras se lleva una mano a las costillas.

Antes de que pueda saborear mi pequeña victoria, Apolo me pone la zancadilla.

Caigo al suelo, pero apoyo los codos para alejarme rodando, antes de que pueda intentar algo más. Vuelvo a ponerme en pie enseguida, con el rostro ardiendo, mientras resuello entre dientes como un felino salvaje. Me hierve la sangre, como si fuera hierro fundido. Voy a hacer pedazos a este imbécil engreído.

Mi espada es una extensión viviente de mi brazo con la que descargo estocadas a diestro y siniestro. Apolo se mueve con brío y confianza, sin dejar espacio para torpezas ni errores de cálculo. Esquiva cada embestida, con una sonrisa desplegada en el rostro.

—No estás mirando bien. —Esquiva un nuevo ataque, desplazándose hacia el otro lado de la hoguera.

El fuego se aviva, las llamas se elevan hacia el cielo. Pego un grito, cegada por su fulgor. Las llamas vuelven a remitir enseguida.

Unos brazos me rodean la cintura. Noto el roce de una espada en la garganta.

Apolo se ríe, su cálido aliento me produce un cosquilleo en la nuca.

—Te distraes demasiado con esas nimiedades. —Como si quisiera enfatizar sus palabras, me desliza unos dedos por el costado, desde la cadera hasta el pelo. Cada roce es como un ascua agonizante sobre la piel—. El fuego no era ni de lejos una amenaza comparable a la de esta espada.

Apoya el frío metal sobre mi clavícula.

—¿Qué harías si alguien te tuviera sujeta de este modo? —La mano que tiene apoyada en mi pelo desciende hacia la cadera, donde me agarra con tanta fuerza que me corta el aliento.

—Haría que lamentara haberme puesto la mano encima.

Antes de que Apolo pueda reaccionar, le agarro la muñeca del brazo con que sujeta la espada. Pego un cabezazo hacia atrás y le golpeo en la barbilla. Ahora es Apolo quien pega un grito, pero aún no he terminado con él. Le retuerzo la muñeca hasta que suelta el arma. Con el otro brazo, le arreo un codazo en la barriga. Cuando consigo zafarme echo a correr hacia al otro extremo de la hoguera.

Lykou entra corriendo en el claro, gruñendo.

—Alto, Lykou —le digo, adoptando el tono imperativo propio de un paidónomo—. Yo me ocupo.

No puedo controlar la sonrisa exultante que se extiende por mi rostro. El gesto de Apolo es indescifrable, sus ojos oscuros parecen dos puntitos de ónice bajo la tenue luz de la hoguera. Un reguero oscuro de icor, la sangre de los olímpicos, desciende por la comisura de sus labios. Sin dejar de mirarme, se agacha para recoger su espada.

Pero entonces cambia de idea, salta por encima de las llamas y me agarra por la cintura. Caemos al suelo, sumidos en una maraña de brazos y piernas. Mi espada sale despedida. El aire escapa de mis pulmones con un gran resuello. Antes de que pueda recobrar el aliento, Apolo se pone de rodillas y me inmoviliza los brazos.

Me revuelvo, pero no logro zafarme de él. Un alarido ahogado escapa de mis labios. Lykou echa a correr, pero yo niego con la cabeza.

—Puedo ocuparme de esto —insisto, mientras retuerzo los brazos en un intento por zafarme—. Quita de encima, Apolo.

—Oblígame. —Me hunde las muñecas en el suelo, mis huesos se resienten bajo su peso—. Tienes que esforzarte más. Tienes que tomarme por sorpresa. Dijiste que has entrenado para vencer a hombres más grandes y habilidosos que tú, así que demuéstralo.

—Quítate. Ya lo has dejado claro. Me has tomado por sorpresa y me has vencido. —Esas palabras me dejan un regusto amargo, como a fruta podrida.

Apolo me suelta una muñeca y alarga la mano para apartar el mechón de cabello que me oculta el rostro.

—Si no te hubieras centrado tanto en los pequeños detalles, podrías haberme derrotado. —Me recoloca el mechón por detrás de la oreja—. Si hubieras confiado en tus capacidades, si no hubieras dudado de ti misma, habrías salido victoriosa de esta pelea. Más vale que aprendas rápido o tendrás que regresar a Esparta con las orejas gachas. Grecia se te comerá con patatas antes de que termine el verano.

Apolo se aparta y se pone en pie. Adopta un gesto de compasión que me produce una nueva oleada de ira. Pero no estoy furiosa con él.

Sino conmigo.

—Esparta te dio las herramientas para convertirte en una gran guerrera. —Apolo recoge mi espada del suelo y me la entrega con la empuñadura por delante—. No tengas miedo de utilizarlas.

Antes de que pueda responder, Apolo da media vuelta y se adentra en el bosque, desapareciendo entre los árboles oscuros.

Antes del encuentro con Artemisa, dormía como un tronco. Ahora tengo insomnio. Doy vueltas sin parar sobre el saco de dormir, la noche se convierte en una lucha interminable entre el sueño y la vigilia, por más cansada que esté. Mis hermanos, mi pueblo y mi futuro, un ciclo infinito de rostros decepcionados que me impide dormir, aunque hay uno que me atormenta en sueños.

«¿Crees que los dioses te devolverán a tu hermano, que renunciarán al control que tienen sobre ti? No seas tonta».

Rodeado por una maraña de cabello oscuro, un rostro pálido y enjuto se me aparece cada noche, un espectro que me observa con ojos de rubí. Sus uñas, extendidas a modo de garras, se hincan sobre los hombros de mis hermanos y se deslizan sobre sus gaznates. Es un rostro femenino que no conozco, pero sus burlas son un eco de mis miedos.

«¿No escuchaste lo que te decía Ligeia? ¿No sabes los problemas que acarrea participar en los juegos de los dioses? Para ellos no eres más que una marioneta».

Un crujido procedente de fuera del campamento me arranca de mis sueños. Esos ojos de rubí se desvanecen cuando abro los míos. Me pongo en pie, blandiendo un puñal. Lykou duerme a los pies de mi saco de dormir, menea las patas, como si soñara con una persecución. Paso junto a él sin hacer ruido y me acerco a la linde del bosque.

Me giro al oír una carcajada entre las sombras, con el puñal en alto, preparada para acuchillar a cualquier asaltante. Me vuelvo a girar cuando oigo un frufrú a mi derecha, pero allí tampoco hay nada, así que me pongo a girar en círculo, escrutando el bosque.

En la oscuridad, mi imaginación da vida a monstruos salidos de las pesadillas, criaturas con colmillos largos y plateados, con ojos que refulgen como las llamas del Tártaro. Sigo girando, lanzando estocadas hacia sus garras imaginarias, apuñalando las sombras como si fueran sus cuerpos agazapados. A cada paso que doy, me alejo un poco más de la seguridad del campamento.

No debí haberme fiado de que los esbirros de Artemisa vigilarían el campamento. Tendríamos que haber montado guardia y habernos turnado para dormir, o incluso haber elegido un lugar más seguro para descansar. Maldigo a Apolo entre dientes por habernos dejado a Lykou y a mí solos. Aprovecho para maldecir también a su hermana. Y, ya de paso, maldigo después a todos los puñeteros dioses del Olimpo.

A mi alrededor se oye un murmullo que me eriza los pelillos de la nuca. Oigo otro ruidito, parece el chasquido de una rama. Me estremezco cuando resuena un alarido en la oscuridad.

Ese rostro, el espectro de mis pesadillas, emerge de entre las sombras. Me alejo, tropiezo con un leño y caigo de golpe al suelo. Sus ojos carmesíes son el único rasgo visible en la oscuridad, centellean como ascuas a medida que se acercan. Agarro con fuerza el puñal, retrocediendo, buscando una vía de escape.

Me hinca las garras en los brazos, tira de mí para ponerme en pie. Me inmoviliza, su mirada hace flaquear mi valentía y la absorbe directamente desde mi alma. Mientras forcejeo para intentar zafarme, le pego un tajo en la garganta.

Un reguero de sangre se extiende por su pecho y mancha su quitón blanco. Se tambalea hacia el frente, hace aspavientos con sus pálidas manos para intentar alcanzar mi rostro. Se lanza sobre mí; es más fuerte, alta y esbelta de lo que parecía. Profiero un grito al sentir la presión de sus labios sobre mi cuello. La empuñadura de mi cuchillo está viscosa a causa de la sangre, pero consigo agarrarlo y atacar de nuevo. Ella se ahoga, las carcajadas dejan paso a un gorgoteo mientras le clavo el puñal en el corazón.

—Dafne —dice, tambaleándose hacia atrás. La luna se filtra a través de los árboles, iluminando la sangre que mana de su boca, un río negruzco que cae siseando hacia el suelo—. ¿Qué has hecho?

Pasa una nube que oculta la luna mientras las ramas de los árboles se agitan a mi alrededor. Estamos envueltas en la oscuridad. Retrocedo mientras la mujer se desploma ante mis pies, y los árboles abren un claro sobre mi cabeza para revelar la luna en cuarto creciente. Un haz de luz marfileña se proyecta sobre mi agresora.

Dejo caer el puñal.

Apolo está tendido en el suelo, un charco de color rojo se está formando bajo sus rizos enmarañados.

—Dafne —repite, y la voz de la mujer se desvanece, reemplazada por la suya, más grave.

Apolo alarga un brazo hacia mí, con gesto suplicante, hasta que deja caer la mano inerte junto a su costado y profiere un último aliento.

# CAPÍTULO 9

Me pongo de rodillas. Apolo yace inerte sobre la tierra, con el pecho inmóvil y los ojos cerrados. Mis manos, manchadas de icor todavía caliente, revolotean impotentes sobre sus rizos, sobre el tajo que le desgarra el cuello, sobre la fisura que mi daga le ha dejado en el pecho, a la altura del corazón.

—¡No, no, no, no! —Mi voz está a medio camino entre un chillido y un aullido. Le palpo el cuerpo con las manos temblorosas, le aplico presión en la garganta—. Esto no puede estar pasando.

De repente, la maldición de Midas se extiende desde mi pecho hasta mi cuello, formando una soga dorada que se tensa al ritmo de los desbocados latidos de mi corazón. Al principio no soy consciente, de tan concentrada como estoy en devolverle la vida a un dios. La maldición comienza a cerrar el cerco, asfixiándome.

—Por favor, Artemisa —masculló, rezando para que pueda oírme. No podré hacer nada mientras la diosa utilice la maldición para arrebatarme la vida, en represalia por la pérdida de su hermano—. Por favor. Deja que intente salvarlo.

La presión de la soga dorada remite, la franja se repliega sobre mi pecho. Tengo una oportunidad.

Me pongo en pie, ignorando las molestias en la garganta. Me paso el brazo de Apolo sobre los hombros, lo levanto y oteo el firmamento en busca de las cinco estrellas que señaló. La constelación de Auriga refulge, cada estrella emite un destello como si quisieran mostrarme el camino, el carruaje que nos salvará a ambos.

Sin titubear, avanzo en dirección contraria, y los pies de Apolo se arrastran por el suelo mientras trato de localizar el campamento. Aún tiene algo de pulso, su icor me gotea por el hombro, tiñéndonos a los dos con tonos carmesíes. No puedo haberme alejado mucho más de un kilómetro del campamento, pero en un bosque desconocido, en plena noche y cargando además con el peso de Apolo, el trayecto de vuelta podría llevarnos varias horas.

Concentro todas mis fuerzas en transportar a Apolo por el bosque. Resuenan graznidos entre las sombras, las bestias de mi imaginación todavía acechan entre los árboles. Pero la desesperación me permite imponerme al nerviosismo y logro llegar hasta un claro.

Lykou se pone en pie cuando emerjo de entre los árboles. Dejo a Apolo en el suelo y corro hacia su saco de dormir para buscar entre sus pertenencias. No lleva nada más que el arco dorado y la cílica de vino. Aparto el arco, agarro la cílica y le dirijo una súplica a Dioniso.

—Ojalá este brebaje olímpico sea algo más que un simple vino.

Lykou está gimoteando y olisqueando a Apolo cuando regreso junto a él, con la cílica en la mano. Lo aparto. La cílica está milagrosamente llena.

—Por favor, esto tiene que funcionar. —Vierto el vino sobre el rostro de Apolo—. ¡Funciona, maldita sea, funciona!

Apolo permanece inmóvil, el vino se derrama por las comisuras de sus labios sin mayor consecuencia. Le abofeteo, le aporreo el pecho y me pongo a gritar, pero es en vano. Aún tiene los ojos cerrados. Sigue sangrando por el pecho.

Cuando se me empieza a nublar la visión, me doy cuenta de que se me acaba el tiempo. La franja dorada que me rodea el cuello me está consumiendo la vida inexorablemente.

Intento aferrar la maldición de Midas, me hinco las dedos en la piel, alrededor de la franja dorada. La soga me aprieta cada vez más, mis uñas no consiguen frenar su avance. Caigo de espaldas, unos rizos pajizos se despliegan sobre el creciente charco formado por la sangre olímpica de Apolo. Lykou aúlla mientras golpea el cuerpo inerte de Apolo con las patas. Ya solo percibo una luz, la luna se ha convertido en un diamante envuelto en un sudario de ónice, y noto cómo se me cierran los ojos.

# CAPÍTULO 10

Unas manos cálidas me zarandean con tanta fuerza que me castañetean los dientes. Una tos y un gemido escapan de mis labios agrietados. Abro los ojos y me encuentro con el rostro de Apolo.

La herida a la altura del corazón ha desaparecido; ni siquiera tiene una cicatriz en el cuello que señale el paso de mi cuchillo. Aún tiene manchas de vino e icor sobre la piel, mientras que su quitón se ha teñido de granate.

Me apoya una mano en la mejilla y me rodea con un brazo para estrecharme hacia su pecho. Su cuerpo despide un calor insólito, reprimo el impulso de acurrucarme sobre él y hundir el rostro.

—Lo siento —digo, con la garganta hecha polvo.

Seguramente me habría seguido doliendo durante semanas si Apolo no hubiera apartado la mano de mi mejilla para deslizar los dedos a lo largo de la delicada piel de mi cuello hasta llegar a la clavícula, donde ahora se repliega la maldición de Midas. El dolor remite de inmediato.

—¿Cómo es que sigues vivo? Te vi morir. No sabía que eras tú. La noche me ha jugado una mala pasada.

Apolo se queda callado un rato, escrutando mi rostro.

—Estuve a punto de morir. Menos mal que se te ocurrió rezar a Dioniso. Debió de insuflar en el vino los últimos restos de

92

su poder. Y es una suerte que no se te ocurriera utilizar mi arco. —Señala hacia el arco centelleante que está apoyado sobre su saco de dormir—. A pesar de lo ocurrido, no me habría gustado desperdiciar su única flecha para devolverme la vida.

—¿Qué quieres decir? —Aún sigo un poco aturdida. Trato de asimilar lo que significan esas palabras. Se me viene a la mente una de las historias de Ligeia—. ¿Tu flecha... puede revivir a los muertos?

Apolo asiente, me acaricia la nuca con el pulgar mientras me sujeta la cabeza.

—Pero solo una vez. El arco de mi hermana puede arrebatar cualquier vida, pero el mío permite concederla. Nos los entregaron para proteger a nuestra madre frente a la ira de Hera y solo pueden ser empuñados por los herederos del Olimpo, aunque hace ya mucho tiempo que Hera aparcó sus inseguridades.

»Cuéntame qué fue lo que viste, qué te impulsó a intentar matarme —añade.

En contra de lo que me dicta el sentido común, se lo cuento todo. Yo, más que nadie, tengo derecho a desconfiar de los dioses. Pero, solo por esta vez, Apolo se ha ganado el derecho a saber la verdad, pues lo ha pagado con su vida, arrebatada por la imprudencia de mi puñal. Le describo mis sueños, las pesadillas que me asolan desde que salimos de Esparta, la mujer que me acecha en sueños y su treta para atraerme hacia el bosque. El engaño que estuvo a punto de costarle la vida a Apolo.

Cuando termino, me separo de él y me levanto, alargo una mano hacia un árbol cercano para mantener el equilibrio. Apolo me sujeta, noto el roce cálido de su mano en el brazo.

—Tenemos suerte de que los poderes olímpicos sigan siendo tan fuertes. De lo contrario, estaría perdido en el reino de Hades. La inmortalidad fue el primero de los dones que perdí, y no será el último —dice Apolo, con voz áspera y vacilante.

Noto un cosquilleo gélido en el estómago.

—Si eres mortal, ¿cuánto tiempo tardarás en perder los demás dones?

—Al haber sustraído los poderes del Olimpo, todos esos dones remitirán como la marea. Con cada ciclo, la corriente se tornará más fuerte, más veloz, pero también se disipará mucho más deprisa. —Apolo ondea las manos para imitar los movimientos de la marea, despacio al principio y cada vez más deprisa. Luego mira hacia la luna—. Pronto, la magia se replegará tan lejos que no bastará con el retorno de unos pocos de esos bienes. Según mis cálculos, solo nos quedan dos lunas llenas más antes de que los efectos de su desaparición sean irreversibles.

El corazón me retumba con fuerza en el pecho. Es muy poco tiempo.

—Respecto a ese rostro... —Apolo señala hacia el bosque—, ¿qué más puedes contarme al respecto? Al Olimpo no le faltan enemigos, pero es posible que sepa quién es esa mujer.

—Pues... —Hurgo en mi memoria en busca de cualquier detalle, cualquier indicio significativo—. Tenía los ojos del color de la sangre recién derramada. Su cabello se desplegaba sobre sus hombros como un nubarrón de tormenta. Y tenía la piel pálida, tanto, que asomaban por debajo unas venas negras.

—Solo un dios podría tener tanto poder —dice Apolo, tras reflexionar unos segundos, mientras se desliza una mano por los rizos ensangrentados—. Nadie en el Olimpo coincide con esa descripción, pero eso no significa nada. Desde hace muchos siglos, ha habido una división entre los olímpicos que se originó con el castigo de Prometeo, y esa mujer podría estar entre los disidentes. Muchos no están de acuerdo con mi padre. Opinan que cuando ascendió al trono olímpico trató a los titanes con una crueldad excesiva que nos ha estado aislando progresivamente. Consideran que no tenemos derecho a juzgarlos, cuando somos los primeros que a menudo utilizamos nuestros poderes con fines egoístas.

—¿Y tú no estás de acuerdo con ellos?

—No. —Adopta un gesto pétreo que acentúa el contorno afilado de sus rasgos.

Nos sumimos en un silencio incómodo. El sueño me llama, suplica mi regreso, pero solo de pensar en dormir y en darle a esa mujer otra oportunidad para atormentarme, se me revuelve el estómago. Si Lykou hubiera sido mi víctima, y no Apolo, no habría corrido la misma suerte. Me estremezco solo de pensarlo.

—¿Y si pudiera ayudarte a mitigar esas pesadillas? —Apolo me mira, sus ojos azules despiden un destello como si fueran monedas plateadas bajo la luz de la luna—. Puedo ayudarte a dormir.

—¿Entre tus dones olímpicos se encuentra la maldición del sueño?

—Es posible —replica Apolo, encogiéndose de hombros—. Pero tengo una idea mejor. Y, en cualquier caso, no te vendría mal un baño. Hueles fatal, *kataigída*.


Con una mano apoyada con suavidad sobre la base de mi espalda, Apolo me guía a través del oscuro bosque. Los árboles y los arbustos dejan paso a un enorme estanque, alimentado por cinco arroyos. La luna baña el claro con una luz marfileña e ilumina las figuras que danzan en el agua.

Hay cuatro náyades bañándose a la luz de la luna.

Son la encarnación del agua, con una melena blanquísima, una piel pálida y azulada, etérea, y unos cuerpos bien torneados. Me siento atraída hacia ellas como si me impulsara la corriente de un río. Sus sonrisas recatadas son un reflejo de los peligros que se ocultan detrás de una corriente violenta o de un océano picado. No se debe subestimar a estas criaturas. Sin hacer ruido, retrocedo un paso hacia las sombras, preparada para huir, pero mi espalda se topa con el cálido pecho de Apolo.

Como si hubieran percibido los acelerados latidos de mi corazón, las náyades se giran hacia nosotros. Sus hermosos rostros se iluminan con unas sonrisas que no denotan furia, sino hospitalidad. Apolo, que me ha cogido de la mano, me anima a acercarme.

—Son las compañeras de Artemisa, proceden de la estirpe de Poseidón. Su canto te ayudará a realizar el tránsito entre el sueño y el despertar. Ya no tienes por qué temer los terrores nocturnos —susurra Apolo, rozándome la oreja con los labios—. Te veré por la mañana, Dafne.

Las protectoras del agua comienzan a cantar, un coro de notas hipnóticas que fluye por mis venas. Debería resistirme a este cántico, mi mente protesta, pero sus voces son muy hermosas, sus palabras me reconfortan.

—Hermana del mar —canturrean—. Disipa las sombras de tu memoria. Deja que el agua te purifique, que te refine. Deja que el arroyo te refresque y te fortalezca.

El miedo me abandona mientras me tiendo de espaldas, flotando en el agua, envuelta en su melodía.

—La oscuridad no tiene poder sobre el mar. Haz que las sombras vean el océano y saldrán huyendo.

Me desenredan el pelo y me masajean la cabeza; el lodo y la mugre escapan de mis rizos y se disuelven en el agua. Dejo que me desvistan mientras me masajean y me sumergen en una maravillosa sensación de seguridad. El agua es un bálsamo para mi cuerpo exhausto que disipa mis dolores y templa mis nervios.

—Déjate envolver por el agua y no tengas miedo. El *anax* del Mesogeios tiene planes para ti.

Disfruto de mi primera noche libre de sueños por primera vez en muchos días, arrastrada por el incontenible impulso de una marea.


El canto de las náyades resuena en mi mente cuando vuelvo a abrir los ojos. Ya ha amanecido y el suelo está cubierto por una densa neblina, atravesada por unos haces de luz mientras Helios inicia su ascenso hacia el firmamento. Parpadeo para que el sol no me ciegue.

Estoy a salvo, aunque desnuda, tendida sobre mi saco de dormir. Tengo los brazos salpicados por gotas de agua que centellean bajo la luz del sol, y el pelo completamente desenredado; hacía muchos años que no lo notaba tan suave. Me levanto con un suspiro de satisfacción, ya no tengo ni las piernas ni la espalda agarrotadas. Me siento descansada por primera vez desde que salí de Esparta.

—He enviado a Lykou a cazar algo para desayunar. —La voz sedosa de Apolo me saca de mi ensimismamiento. Me observa desde el otro lado de las ascuas de la hoguera, me mira a los ojos en lugar de contemplar mi cuerpo desnudo. Lleva mi ropa en las manos—. A ver si resulta útil por una vez y nos trae un conejo o algo parecido.

Apolo también tiene la ropa limpia, su cabello castaño ya no tiene manchas de icor, la sangre olímpica que yo derramé. Se pone en pie y se da la vuelta para marcharse. No es hasta que suelto un quejido cuando se da cuenta de que aún lleva mi quitón en las manos. Suspira con fuerza antes de arrojármelo.

Estrecho el quitón sobre mi pecho, el tejido se escurre entre mis dedos como si fuera el agua de un río. Lo presiono sobre mi rostro y me deleito con su pulcritud. Después meneó la cabeza para disipar las melodías que aún resuenan en mi mente y poder hablar:

—Gracias.

—De nada. —El gesto de Apolo es indescifrable.

Me visto, roja como un tomate. Me pongo a juguetear con el bajo deshilachado del quitón, mientras evito mirar a Apolo a toda costa.

—Antes hablaba en serio. Nadie te reprochará que regreses a Esparta. Aquí entran en juego fuerzas más oscuras que las triviales maquinaciones de los mortales. Esto es territorio de los dioses.

Cuando por fin consigo responder, lo hago con voz ronca:

—Pero esta lucha no solo incumbe a los dioses. Lo que quiera que haya pasado en el monte Olimpo, lo que quiera que hayan sustraído, nos afecta a todos: mortales, titanes y dioses. No podría despertar cada mañana en Esparta y saber que he renegado de esta misión, preguntándome si conseguiste recuperar esos bienes, contemplando a diario la puesta de sol con el temor de que ese día pueda ser el último.

»Tú mismo has dicho que soy algo más que una simple mortal y, por más que me resista a creerlo, no pienso regresar a casa hasta que consiga respuestas. —Le sostengo la mirada, con la cabeza alta—. Tengo las pistas de Prometeo. Sin ellas, no tienes ninguna esperanza de devolver esa fuente de poder al Olimpo.

Apolo suspira con suavidad, sus ojos despiden un destello pícaro.

—Entonces, ¿vas a decirme adónde vamos?

Mi lengua se niega a revelarlo. Debería decírselo, hacer algo más para expresar mi gratitud por lo de esta noche. Apolo se ha ganado un poco de confianza, pagó por ella con su vida.

—Gracias por apaciguar mis pesadillas —repito.

—Eso ya lo has dicho.

Apolo se da la vuelta para marcharse.

—No, espera. —Le agarro de la mano y noto una oleada de calidez en el brazo cuando nuestras pieles se rozan—. Nos dirigimos a Creta. Prometeo me contó que son nueve los bienes preciados que hemos de encontrar y que tres de ellos le fueron entregados al *anax* de Creta y a su hijo. No sé mucho más, de veras. Prometeo me mostró una caverna oscura y una máscara que goteaba sangre.

Apolo palidece, su mano se queda fría de repente.

—¿No te dijo nada más?

—No —respondo, soltándole la mano. No puedo revelarle la ubicación de los demás objetos o, de lo contrario, podría prescindir de mí.

—Está bien. —Apolo aprieta los dientes y se gira para marcharse, pero apenas recorre unos pasos antes de detenerse junto al borde del campamento. Sin darse la vuelta, mascula—: Te agradezco tu sinceridad.

Me deja a solas con mis pensamientos. Todo está tranquilo. Hasta los caballos guardan silencio mientras me trenzo el cabello. Trato de no pensar en el roce de la mano de Apolo y en su gesto de decepción mientras se marchaba.

Por más que Alkaios, Apolo e incluso Prometeo digan lo contrario, soy una espartana. Esparta me ha convertido en un arma, y las armas no pierden el tiempo con lágrimas ni sentimientos.

# CAPÍTULO 11

Pirro desliza una mano por el mango de la *dory*, que fue un regalo de nuestro padre adoptivo, antes de señalar hacia la punta de la lanza.

—La mayoría de los enemigos se centrarán en esta amenaza. Sí, está más afilada que la lengua de Ligeia y es más implacable que Ares, pero el verdadero peligro de esta lanza radica en la parte inferior.

Me inclino para verlo, con los ojos como platos. Aún no he cumplido ocho años, y Pirro acaba de cumplir los doce. Ha empezado a entrenar con el paidónomo y ya se cree que lo sabe todo.

Estamos en el patio, sentados en el borde de un mullido *kline*. Pirro tiene el pelo aún más largo que yo, unos radiantes rizos pelirrojos penden sobre sus ojos porque se niega a que Ligeia se lo corte.

—Si aplicas la fuerza suficiente, puedes partirle el cráneo a un enemigo con esta parte. —Da unas palmaditas sobre la base de la *dory*—. También puedes partirle la rodilla o una costilla, o ejecutar un barrido para derribarlo.

Me quedo alucinada con todo ese abanico de posibilidades. Alkaios, que luce un aspecto tan impoluto como siempre, se asoma por encima del hombro de Pirro y refunfuña.

—El bronce se agrietaría si intentaras golpear a alguien en la cabeza con eso. Lo mejor sería una sucesión rápida de ataques con la punta de la lanza.

—Aun así, le dolería —protesta Pirro—. Vete. ¡Estoy dando la clase yo!

—¿Y por qué no una espada? —Imito el gesto de blandir una, aunque con poco acierto, y estoy a punto de caerme de la silla—. ¿O un arco? ¿No puedo abatir a un enemigo antes de que me alcance?

Alkaios y Pirro tuercen el gesto, y el mayor de los dos dice:

—¿El arma de los cobardes? ¿Empañarías el honor de nuestra familia por miedo a encararte con un enemigo?

—Yo no tengo miedo —protesto.

—Ten cuidado con lo que dices delante de estos espartanos —dice Alkaios, frunciendo el ceño—. No hacen más que buscarnos debilidades. No les des motivos para pensar que eres una cobarde.

—Y no lo soy. —Cruzo mis bracitos y hago un puchero.

—Lo sabemos, querida Dafne. —Pirro me da una palmada en el hombro—. Pero los espartanos tienen razón. Nunca te fíes de alguien que prefiera al arco antes que la espada. El paidónomo Leónidas dice que un hombre dispuesto a derramar la sangre de los demás, pero no la suya propia, carece de honor.

—Y un hombre sin honor —añade Alkaios— es alguien en quien no se puede confiar.

Emerjo de ese recuerdo cuando Lykou me lame la palma de la mano. Con una mueca, la aparto.

—¿Qué pasa?

—Estabas babeando sobre su pelaje. —Apolo deja caer un trozo de pan y unos higos sobre mi saco de dormir—. Si has terminado de soñar conmigo, tenemos que encontrar un barco que nos lleve hasta Creta antes de que se marchen todos, impulsados por los vientos del sur. No será fácil encontrar marineros dispuestos a viajar hasta la isla cuando queda tan poco para la ofrenda, pero seguro que tiene que haber algún comerciante en este condenado lugar.

Hemos acampado a las afueras de Maronea, con intención de buscar un modo de embarcarnos por la mañana. Aunque no he tenido pesadillas, no he descansado del todo bien, no he parado de pensar en mis hermanos y en mi hogar. Debí de quedarme dormida otra vez sobre el saco de dormir después de que Apolo me . despertara. Me froto los ojos para espabilarme y pregunto:

—¿La ofrenda?

—Siempre olvido lo aislados que vivís los espartanos frente al resto de Grecia. —Apolo niega con la cabeza—. Cada año, las ciudades portuarias griegas deben sacrificar a ocho niños a Creta o padecer la ira de la flota del *anax* Minos.

Apolo no exagera. Esparta está muy aislada del resto de Grecia. Libres de conflictos armados durante más de cien años, y con un comercio limitado principalmente a Troya, Misia y Micenas, no perdemos el tiempo con las penurias ajenas. Aunque eso no me impidió acribillar a Ligeia con preguntas sobre el resto de Grecia.

He oído historias sobre la ofrenda, pero daba por hecho que solo eran rumores.

—Creta no podría resistir frente al resto de Grecia.

Apolo guía a los caballos fuera del bosque y yo le sigo, mientras Lykou corretea junto a mí.

—Es posible. Pero cuentan con el respaldo de la diosa Pasífae. Es el ojito derecho de Poseidón, antaño fue *anassa* de Creta y es madre de todos los hijos de Minos. Sirviéndose del poderío de su flota, la ofrenda se entiende como una especie de impuesto, por decirlo así. Las vidas de ocho niños, o la flota naval de tu reino arderá en llamas. Todos los reinos que se han resistido hasta la fecha han caído. Acontisma, Neápolis, Mileto, Egina y Paros, por nombrar unos pocos. —Apolo los va enumerando con sus largos dedos—. Todos han sido borrados del mapa o han quedado sometidos al control de Minos. Aunque la ofrenda es una forma de asegurar el dominio de Creta sobre el Egeo, en realidad fue idea de Pasífae para calmar el hambre insaciable de su vástago más horripilante: el Minotauro.

Siento un escalofrío. Por más recluidos que estemos en Esparta, yo también he oído rumores sobre el Minotauro, una criatura mitad humana y mitad bestia que se dice que posee la estatura de tres hombres y aglutina la fuerza de más de una docena. Dicen que su piel está hecha de hierro y que su mirada puede convertir a los hombres más fieros en piedra.

—Si Minos está casado con la diosa Pasífae, ¿no sospechará ella que vamos hacia allá? ¿Por qué querría esconder la fuente del poder olímpico en Creta, cuando su propio poder también depende de ello? —pregunto.

—¿Recuerdas que te dije que el Olimpo está dividido? —Pasamos junto a la primera fila de casas de Maronea y, aunque sus habitantes aún se están despertando, Apolo baja la voz—. Pasífae y sus hermanos se cuentan entre los que no vieron con buenos ojos las decisiones de mi padre. Ningún dios ha cruzado los muros de Cnosos desde que Pasífae y Minos comenzaron su reinado, y ella no ha regresado al Olimpo desde hace más de un siglo. Sin embargo, se ha visto separada de su esposo desde hace muchos años y se rumorea que vive exiliada en las Cícladas. También se dice que el temperamento de su hijo se ha vuelto aún más violento desde su marcha.

—¿Eso significa que Minos no tiene ni idea de que nos dirigimos hacia sus costas?

—Lo dudo. Si conoce la importancia de los bienes sustraídos que tiene ahora en su poder, también sabrá que Zeus tomará medidas para vengarse. Estará esperando un ataque por parte del Olimpo.

Tengo un mal presentimiento. En Esparta nos entrenan para el campo de batalla y nos preparan para las penurias de la guerra, no para el engaño. ¿Cómo voy a sorprender al rey Minos si ya espera mi llegada? Mi ingenio no da para tanto.


Varios barcos mugrientos se alinean junto al puerto, preparados para interceptar los vientos del sur, tal y como predijo Apolo.

Casi todos se niegan a embarcarnos, pues no quieren tener un lobo a bordo.

—Los Anemoi tienen el ánimo cambiante últimamente —le dice un marinero a otro cuando pasamos junto a ellos, refiriéndose a los dioses del viento, mientras desenredan las redes. Después arroja al agua los restos del pescado seco que estaba desayunando, asqueado—. Y toda la comida sabe a ceniza y sal. Me dan ganas de quedarme en tierra.

Su compañero se ríe.

—Bueno, según el capitán, se te daría mejor criar cabras que navegar por alta mar.

Mientras Apolo prosigue la búsqueda de un barco con destino a Creta, yo vendo nuestros caballos. Es poco probable que encontremos un barco dispuesto a llevarnos a los tres y a los caballos, y el dinero no nos vendrá nada mal. Aun así, me duele tener que separarme de mi yegua. Ha estado en los establos de mi padre desde hace diez años, y recuerdo las múltiples veces que la he cabalgado junto con mis hermanos.

—Cuide de ella —digo, con un nudo en la garganta. Cuando el comerciante se marcha con los caballos, me doy la vuelta hacia Lykou—. Vamos a buscar comida.

Mientras inspiro el aroma de un puñado de semillas de granada y un trozo de queso feta —para tratar de serenar mis sentimientos—, una mujer se acerca hacia mí. Lykou apenas la olisquea brevemente, está más interesado en mi comida, y gruñe cuando me meto el último pedazo en la boca.

No parece mucho mayor que yo, pero tiene la piel y el rostro cubierto de cicatrices. Tiene la tez oscura y el cabello largo, recogido en una trenza de ébano que pende sobre uno de sus hombros, que también está cubierto de cicatrices. Se le marcan los músculos de los brazos y las piernas con cada paso que da hacia nosotros, sin dejar de mirarme a los ojos. A pesar del sofocante calor estival, lleva puesto un peto de cuero y una clámide de color carmesí que ondea a su espalda.

Es una mercenaria.

Pienso en la espada que llevo colgada a la cintura, en Praxídice, que pende sobre mi espalda, y en las dagas que llevo ocultas bajo el quitón. Sus ademanes son tranquilos, quizá demasiado, hasta que se detiene frente a mí. Apoya una mano sobre la empuñadura de su ronfalla.

—He visto que tu compañero va por el puerto preguntando por un barco con rumbo a Creta —dice a modo de saludo. Su voz es más cálida y melosa de lo que cabría esperar por su apariencia.

—Sssí —respondo, mientras mastico un trozo de feta. Me ruborizo y me apresuro a tragar el bocado—. Sí, así es. ¿Conoces alguno?

Lykou, que ya se ha olvidado de la comida, se ha puesto a examinar detenidamente a la recién llegada. La observa de arriba abajo con los ojos entornados, pero no ladra ni enseña los dientes, así que no ha debido de percibir nada amenazante en ella. La mujer ignora al lobo y señala hacia el este.

—En el otro extremo del puerto, un capitán está preparando su barco para partir. Heraclión, la ciudad portuaria de Creta, es una de sus paradas. Tu amigo está yendo en dirección contraria, así que he pensado en acercarme para avisarte.

Cuando se da la vuelta y está a punto de marcharse, recuerdo al fin mis modales.

—Espera —la llamo—. Gracias… ¿Cómo te llamas?

La mujer se da la vuelta hacia mí y capta de un solo vistazo todas mis armas. Estoy convencida de que ha advertido incluso los puñales que llevo escondidos.

—Puedes decirle al capitán que vas de parte de Lita.

Cuando desaparece al doblar una esquina, me giro hacia Lykou.

—¿Crees que podemos fiarnos de ella? No olía a deidad ni nada parecido, ¿verdad?

Lykou intenta lamer los restos de feta que me quedan en los dedos. Cuando aparto la mano, resopla, se da la vuelta y echa a correr en dirección a Apolo.

—Aunque no te haya dado nada de comer no es motivo suficiente para lanzarme en brazos de una mercenaria que bien podría matarme —exclamo.

Pero Lykou ni se inmuta.

Alzo la mirada y veo a una mujer entrada en años que me observa desde el umbral de una casa. Sí, supongo que le habré parecido una loca al verme hablar con un lobo inmenso. Tuerzo el gesto y le digo:

—Lo siento, es que mi perro tiene mucha personalidad.

La mujer me escruta con la mirada, comienza a formar una sonrisa con sus finos labios.

—¿De verdad los dioses merecen tu ayuda, chiquilla?

—¿Cómo dice?

Me giro para mirarla de frente. Tiene unos ojos oscuros que resaltan sobre su rostro pálido y arrugado.

—¿Por qué habría que devolverles sus poderes, si lo único que hacen es utilizarlos para atormentar a los mortales?

—Porque... —comienzo a decir, sin saber muy bien cómo reaccionar ante las atrevidas preguntas de esa mujer—, porque son dioses, y así es el orden de las cosas.

La mujer se acerca tanto que percibo el olor a lavanda del jabón que debe de utilizar para hacer la colada o lavarse el pelo. Desde esta distancia sus ojos parecen del mismo color que un charco de sangre en mitad de la noche, pero debe de ser un efecto óptico.

Ensancha su sonrisa al verme tan incómoda, revelando una hilera de dientes podridos.

Trago saliva, de repente se me ha quedado la boca seca.

—¿Acaso los dioses no te han arrebatado ya suficientes cosas? ¿De verdad crees que Apolo no sabe nada sobre la muerte de tu madre? —Me da unas palmaditas en la mejilla. El olor a lavanda me abruma, me lloran los ojos y se me nubla la visión—. Quizá sea el momento de que los mortales decidan su propio destino. No tienes por qué seguir soportando los caprichos de los dioses, Dafne.

El olor abrumador a lavanda se disipa de repente, pero yo aún sigo aturdida cuando por fin puedo volver a abrir los ojos. La mujer ha desaparecido.

Encuentro a Apolo curioseando en un tenderete con joyas. Está inclinado sobre un collar dorado salpicado de perlas y rubíes, con los dedos apoyados en la barbilla.

—Al contrario de lo que piensas, el rojo no te favorece —digo, acercándome por detrás—. ¿Y no deberías estar buscando un barco que vaya a Creta?

—Todos los colores me favorecen. Además, este es para ti, para que puedas arrojar al mar ese horrible colgante con forma de cuervo. —Se acerca y desliza un dedo sobre el cuervo que pende sobre la base de mi garganta. Me roza el cuello con el pulgar, produciéndome un escalofrío—. No tienes de qué preocuparte, *kataigída*. Ya he conseguido un pasaje.

—¿Cómo es posible? Lita me dijo que estabas yendo en dirección contraria.

—¿Lita? —Apolo me mira fijamente—. Dafne, soy un dios. ¿Crees que no me ha dado tiempo a ir de un extremo al otro del puerto mientras tú te atiborrabas de comida?

Tras ponerme más colorada que los rubíes del mostrador, aparto a Apolo de un empujón.

—Vete al infierno. ¿No deberíamos embarcar ya, antes de que cambie el viento?

Apolo observa las nubes que se arremolinan por el cielo.

—El capitán opina que nos irá mejor si partimos por la tarde, y yo estoy de acuerdo. Poseidón y los Anemoi han estado discutiendo últimamente, aunque lo habitual es que templen sus ánimos a última hora del día, al menos en el reino mortal.

Ligeia me ha contado historias sobre los Anemoi —los cuatro vientos— y su carácter voluble.

—¿El tiempo pasa de un modo diferente en el Olimpo?

—No tengo ni la menor idea. —Apolo le da al joyero una moneda de oro, pero no compra nada. Prosigue su camino por el muelle con paso relajado.

—¿No necesitamos ese dinero? —le pregunto en cuanto nos alejamos lo suficiente del tenderete.

—No tanto como ese vendedor —replica Apolo, ladeando la cabeza—. Tiene diez bocas que alimentar en su casa.

En el siguiente tenderete se pone a regatear el precio de unas granadas hasta que lo echan de allí, pero no sin que antes le meta disimuladamente un par de monedas en el bolso al mercader cuando le da la espalda.

Sonriendo, compro esas granadas con un par de monedas de cobre —un precio mucho menor que el que el vendedor le ofreció a Apolo— y sostengo una en alto delante de él, sin molestarme en disimular una sonrisita de satisfacción.

—Que conste que al tipo ese lo ablandé previamente. —Apolo saca pecho mientras acepta la granada—. O eso o lo cegaste con tu belleza.

Abre la granada con una mano y le observo, embelesada, mientras se desliza un puñado de semillas en la boca. Muy a mi pesar, detengo la mirada sobre sus labios. Apolo alarga un brazo para apartarme un mechón de la cara, pero me alejo. Aparece un brillo en sus ojos que no logro interpretar, seguido de una sonrisita.

—Ya veo que tú tampoco eres ciega.

# CAPÍTULO 12

El barco surca las olas del Egeo, el viento sopla con fuerza pero sin peligro, bendiciéndonos con un viaje veloz. Ignoro la brisa marina, que me desenreda poco a poco la trenza, mientras me concentro en el tablero de *petteia* que tengo delante. Hay varias piezas de madera desgastadas repartidas sobre la superficie cuadriculada, aunque no quedan muchas de las mías.

Deslizo el pulgar sobre el colgante de mi madre y frunzo los labios, mientras sopeso mi próximo movimiento. La estrategia nunca ha sido mi punto fuerte, como tampoco la paciencia. Aparto la mano del collar y la sitúo sobre la pieza del rey, cuyo rostro tallado en madera de palisandro se burla de mi indecisión.

Lykou está recostado junto a mis pies, contemplando a los marineros con recelo. Refunfuña cuando una figura cálida y reconocible se acerca por detrás de mí. Apolo se asoma por encima de mi hombro y yo pongo los ojos en blanco.

—A la izquierda, *kataigída* mía. El rey puede protegerse solo —susurra, acercándose todavía más, rozándome los hombros con la cadera.

Siento un revoloteo traicionero en el estómago. Apolo me roza la oreja con los labios para añadir:

—Me encanta cuando pones los ojos en blanco. Es un gesto adorable y maduro que se te ha pegado al vivir entre mortales.

Reprimo el impulso de repetir el gesto. A regañadientes, muevo el rey hacia el borde del tablero. Es un movimiento astuto, pero eso no se lo pienso decir a él. Allí el rey estará a salvo, mientras que los demás peones podrán proteger el fondo del tablero.

Sentada sobre una caja puesta del revés, Lita contempla su rey con el ceño fruncido. Ella fue el primer miembro de la tripulación que se me acercó. Mostró poco interés en mis huraños acompañantes y me abordó con un saquito lleno de piezas de *petteia* para que echáramos un par de partidas. A estas alturas, después de dos semanas en el mar, ya habremos jugado al menos medio centenar de partidas.

Lita alza la cabeza y esboza una sonrisa adorable.

—No veo más movimientos posibles. Has ganado esta partida.

Le correspondo con otra sonrisa radiante.

—No te rindas tan fácilmente. Aún no has perdido.

Lita se encoge de hombros, sigue sonriendo mientras señala hacia mis piezas de *petteia,* que se encuentran en el lado derecho del tablero.

—Podría perseguir a tus peones por aquí y seguramente obtendría algunas victorias menores, pero tus peones capturarían a mi rey antes de que tuviera la oportunidad de llegar hasta tu lado del tablero. —Luego señala hacia el otro extremo—. Y no tengo ninguna oportunidad de escabullirme por tu flanco izquierdo.

Una ráfaga de viento me alborota el cabello, que se me mete en los ojos y se me pega en los labios. Me recoloco el pelo por detrás de la oreja con brusquedad, pero enseguida vuelve a liberarse, impulsado por la ventolera. Noto el cosquilleo de unos dedos en la nuca, alguien me está recogiendo el pelo con esmero para recolocarlo por detrás de mis orejas, y allí se queda, por primera vez en mi vida, sin un solo intento por escapar. No me hace falta mirar para saber que ha sido cosa de Apolo. Cuando pasa de largo por mi lado, le dedico una sonrisa de gratitud nada habitual en mí.

Le miro de reojo, paseándose por el barco como un rey, y me froto la nuca. Apolo se suma a los remeros, gruñe al impulsar los remos con esmero, con una energía y una fortaleza inagotables. El viento propulsa la espuma de las olas, que le empapa el quitón y le hace reír. Me ruborizo un poco al oír ese sonido, mientras que mis labios amenazan con esbozar una sonrisa. Es la primera vez que el dios me parece tan humano.

Vuelvo a centrarme en el juego y dirijo a mi reina hacia una casilla libre.

—La buena estrategia es una cuestión de perspectiva. Uno solo es tan fuerte como débil sea su adversario.

Lita frunce sus cejas oscuras, mientras muerde el anzuelo y mueve su reina.

—¿Qué quieres decir?

—Un ejército bien avenido puede combatir durante años, incluso décadas, viendo menguar sus filas debido a campañas imprudentes o venciendo batallas gracias a la astucia de sus líderes. —Retiro mis peones del tablero, uno por uno, mientras la reina de Lita se abre paso entre sus filas—. Pero hasta el ejército más poderoso puede caer por culpa de un único traspié.

Los peones que me quedan se colocan en formación, desplegando la trampa que he tendido para su reina.

—Eres una líder innata.

Lita se inclina sobre el tablero, su larga trenza de ébano cae sobre uno de sus hombros mientras tumba la figura de su reina. Enarca una ceja, partida en dos por una pálida cicatriz.

Aunque Lita e incluso la tripulación del barco me han recibido bien porque he demostrado que no me importa trabajar duro, sospecho que los habitantes de Creta no serán tan hospitalarios. Las leyes griegas exigen que las mujeres porten la recatada caliptra cuando están fuera de casa, y pocas mujeres a excepción de las espartanas saben diferenciar una espada de un puñal. Ya echo de menos la libertad y la independencia de mi hogar, y estoy segura de que el velo me resultará agobiante.

—¿A ti también te toca usar la caliptra? —pregunto, señalando hacia la espada que lleva a la cintura—. ¿O como eres una mercenaria estás exenta de llevarlo?

—¿Mercenaria? —Lita suelta una carcajada—. No soy ninguna mercenaria.

—¿Y por qué llevas esa espada? —Señalo hacia la ronfalla que siempre lleva a la cintura, con un filo curvado como una luna en cuarto creciente.

—Yo podría preguntarte lo mismo —replica Lita. Da unos golpecitos sobre el tablero, mientras observa mi espada—. ¿Eres tú una mercenaria?

—¿Me creerías si te dijera que sí?

Lita suelta otra risotada.

—No. Eres demasiado joven e instruida.

Yo podría decir lo mismo de ella. La curiosidad me produce un cosquilleo en el fondo de la mente, tan constante como los arañazos de unos roedores en una despensa. Nuestra relación ha discurrido así durante estas dos semanas. Yo intento sonsacarla un poco, Lita no suelta prenda, y viceversa.

Un miembro de la tripulación grita desde la proa, anunciando que hay tierra a la vista, lo cual me arranca de mis pensamientos.

—Gracias a Poseidón. Los dioses nos han bendecido. Es inusual disfrutar de un viaje con tan pocos contratiempos —dice Lita.

—¿Has navegado mucho en el pasado?

Mi lamentable intento por obtener información solo suscita un encogimiento de hombros por su parte. Lita extiende sus largas piernas y se dirige hacia la barandilla. Los acantilados de Creta asoman a varios kilómetros de distancia, se atisba su silueta por el horizonte.

Se me acelera el corazón ante la perspectiva de explorar una ciudad nueva. El lugar de nacimiento de Zeus, el monte Ida, se yergue sobre las laderas y los riscos dorados, invitándonos a acercarnos para descubrir sus secretos. A Pirro le encantaría estar aquí. Siempre decía que le encantaría poder viajar, ver el mundo más allá de Esparta. Puede que algún día regrese con él para explorar las cavernas y encontrar los tesoros ocultos de Creta. Al pensar en Pirro, me embarga una tristeza repentina.

Me muerdo el labio inferior y dejo de mirar hacia la isla. Me pongo a arañar la pintura de la barandilla del barco. Lo mejor será concentrarme en la tarea que tengo entre manos. No tiene sentido hacer planes para el futuro cuando podría morir hoy mismo.

La clámide granate de Lita se hincha por efecto de la brisa, derribando las piezas del tablero. Las recojo y las guardo en el saquito, Lita sonríe cuando se lo devuelvo. Detecto un brillo bajo la capa que llama mi atención. El bajo de su quitón ondea impulsado por la brisa marina, decorado con las líneas doradas de un meandro. Lita no advierte mi escrutinio, pues tiene la mirada fija en la costa.

—¿Vas a decirme qué te ha traído hasta Creta? Es inusual que una mujer espartana (o cualquier mujer, ya que estamos) viaje hasta las islas, y menos aún con un acompañante tan apuesto.

Tardo un instante en recordar el nombre falso que ha utilizado Apolo.

—Apolodoro deja de parecerte tan apuesto cuando llevas casi un mes viajando con él. —Mientras digo esto, ondeo una mano en dirección a Apolo. Lykou resopla para mostrarse de acuerdo.

—Pues parece que eso no ha afectado demasiado a la forma en que te mira. —Lita arruga la nariz y sus ojos despiden un destello irónico—. Apenas te quita los ojos de encima.

—Apolodoro solo tiene ojos para sí mismo —replico.

—¿Sabes una cosa? —Lita se inclina hacia mí, rozándome con el hombro—. Me sentiría más inclinada a creerte si me dijeras su verdadero nombre.

He evitado hablar de Apolo todo lo posible. Aunque no habría sido difícil inventarme un personaje para él, resulta mucho más sencillo ignorarlo y a tratarlo como si fuera un aliado forzoso. Aunque el cebo de la identidad de Apolo podría bastar para que Lita me revele la suya.

Carraspeo y miro para otro lado, como si me sintiera incómoda por el rumbo que ha tomado la conversación.

—¿Y qué te trae a ti hasta Creta? ¿No puedes darme al menos una pista?

Lita muerde el anzuelo.

—¿Una pista a cambio de otra?

Asiento, sin que mi rostro deje entrever nada más.

—Me envía mi hermana. —Lita inspira hondo, duda antes de añadir algo más—. Para buscar algo que le robaron a nuestra familia. —Menea la cabeza y frunce el ceño, mientras contempla el horizonte—. Pero lo único que voy a encontrar en esta condenada isla son más pistas falsas. Mi hermana me ha embarcado en una búsqueda sin fin.

Antes de que pueda seguir insistiendo, me asesta un codazo.

—¿Y qué te trae a ti por Creta?

Frunzo los labios, sopesando mi respuesta, pero no puedo titubear demasiado para no hacerla enfadar. Examino su rostro en busca de algún motivo para no confiar en ella, pero no hallo ninguno. Sus ojos oscuros lucen un gesto implorante y afable. Finalmente respondo:

—Al igual que tú, aspiro a recuperar algo que fue sustraído y devolverlo. Tengo un poco más de fe en lo de encontrarlo, pero, en lo que se refiere devolverlo..., resultará peligroso.

Ojalá pudiera darle más detalles. Tal vez podría ayudarme a entender las pistas de Prometeo.

—En ese caso, menos mal que sabes utilizar esa espada que llevas a la cintura. —Lita se inclina hacia atrás y apoya los codos en la barandilla, mientras me observa detenidamente—. O eso supongo.

—La manejo tan bien como tú, eso seguro —respondo.

Lita sonríe y suelta una carcajada.

—Estoy convencida, amiga mía, de que podría desarmarte y tirarte al suelo en menos de tres movimientos. He combatido con espartanos en el pasado, e incluso he matado a algunos. —Adopta un tono conciliador antes de proseguir—: No dudo que serás diestra en combate, pero todo guerrero debe aprender que siempre habrá alguien mejor que él.

Siento el impulso de protestar, de demostrarle mis habilidades.

—Podría sorprenderte, princesa.

—¿Princesa?

Lita cambia el gesto. A mí me entra un escalofrío. He cruzado esa línea invisible que hay entre nosotras. Ella retrocede un paso, con los labios fruncidos, mientras intenta disimular cualquier atisbo del meandro en el bajo de su quitón.

—Ya veo que he cometido un error al ser tan franca contigo.

Con brusquedad, Lita da media vuelta y se dirige a la bodega con paso airado, dejándome una dolorosa sensación de vacío. Al verla marchar, los remordimientos me dejan más tensa que la cuerda de un arco, me impulsan a salir tras ella y a disculparme por mi descaro.

—¿Problemas en el Elíseo? Creía que ya habías aprendido la lección en lo que se refiere a los desafíos de destreza. —Apolo aparece de nuevo por detrás de mí, su aliento me alborota los rizos que penden sobre mi nuca—. Es una lástima ver cómo los mortales arruinan una bonita amistad por culpa de su ego.

Repito ese gesto que tanto le gusta de poner los ojos en blanco, antes de girarme de nuevo hacia el mar.

—Eres la persona menos indicada para darme lecciones sobre mi ego.

No hay más réplicas por su parte. Nos quedamos quietos, codo con codo, sumidos en un silencio afable mientras las olas rompen contra el casco del navío. Sigo el rastro del oleaje con la mirada, la espuma y la miríada de colores que se extienden sobre la superficie. Unas siluetas oscuras agitan el agua antes de volver a sumergirse y desaparecer de mi vista. Sin embargo, aún percibo su presencia, y me parece que no son del todo humanas.

—Las has visto, ¿verdad? —Apolo me mira fijamente con unos ojos más azules que el mar, lo cual me provoca una calidez insólita.

—No —admito, inclinando la cabeza—. Pero noto su presencia. ¿Son delfines?

—Son nereidas. —Apolo mira entonces hacia esas figuras invisibles que se hallan bajo la superficie—. Han estado siguiéndonos durante los últimos tres días.

—¿Eso significa que Poseidón nos protege?

—No, mi tío no está entre ellas.

—Creía que siempre lo acompañaban —replico, desconcertada.

—Así suele ser, pero… —Apolo vuelve a girarse hacia mí, con una sonrisa burlona—. Los dioses las crían y ellas se juntan, pequeña *kataigída*. Te están siguiendo a ti.

Suelto un bufido, pero noto una punzada en mi interior que dirige mi atención hacia las figuras que me observan desde las profundidades.

—El objetivo de este viaje, de tu insistencia para ayudarme a recuperar el poder del Olimpo, no es solo por salvar a mi familia. —Apolo desliza un dedo sobre la barandilla, me roza con los nudillos el brazo que tengo apoyado encima. Ese simple roce me produce una llamarada sobre la piel—. Prometeo te mostró algo sobre ti misma, sobre tu familia, ¿verdad? Suscitó preguntas para las que esperas hallar respuestas. —Me desliza el dedo por el brazo y a través de la clavícula, hasta llegar a la cadena de mi colgante—. Pero no las encontrarás en Creta.

Le aparto la mano de un manotazo e ignoro la mirada lastimera que me lanza.

—Lo que espero es que te dejes de acertijos y me lo cuentes de una vez.

—No puedo decirte nada relativo a tu pasado que tú ya no sepas y debas asimilar por ti misma.

Y, con un ademán de cabeza, se marcha.


No vuelvo a ver a Lita antes del desembarco en Creta. Apolo me informó con satisfacción de que se apeó del barco en cuanto llegamos al muelle y se marchó sin mirar atrás ni una sola vez. Me avergüenzo al recordar mis intentos por sonsacarla.

Antes de desembarcar me cubro el rostro y el pelo con la caliptra, a juego con un quitón que me llega hasta el tobillo. Intento liderar la comitiva, pero Apolo me aparta hacia un lado.

—¿Qué pasa? —inquiero, zafándome de él.

—Es mejor que me dejes ir delante —replica—. Aquí en Creta eres mi esposa y debes actuar en consecuencia.

—Ni soy tu esposa, ni pienso comportarme como tal —protesto, articulando cada palabra con vehemencia.

Apolo aprieta los dientes.

—No te queda otra. Creta es un lugar intolerante donde las mujeres no gozan de libertad. Una mujer que vaya sola por la calle puede acabar encerrada en una prisión si llama la atención de quien no debe.

Se produce un silencio tenso entre nosotros, mientras mi sentido común y mi orgullo luchan por imponerse.

Al cabo de un rato, inclino la cabeza a regañadientes y Apolo toma la delantera, pero no me resisto a lanzarle una mirada equiparable a un puñal dirigido contra su espalda.

Frente al puerto se extiende una hilera de edificios de arenisca, con techos de paja en mal estado. La bulliciosa ciudad portuaria huele a sal y salmuera. Los lugareños arrojan sus desperdicios por la ventana y los vendedores me ponen sus mercancías delante de las narices, regateando precios y discutiendo entre ellos.

Tenemos que aprovisionarnos y encontrar caballos nuevos. Cnosos se encuentra al menos a un día de viaje hacia el interior, y quiero salir de esta atestada ciudad antes de que anochezca.

En un tenderete situado en el extremo norte del concurrido ágora se jactan de tener los caballos más veloces procedentes de las tierras del sur. Me fijo en dos de ellos, les separo los labios para examinarles los dientes y después les deslizo una mano por las patas. A simple vista parecen en buena forma.

—¿Cuánto pide por este par? —pregunto, señalando hacia los caballos.

El mercader no responde, se limita a mirarme como si tuviera serpientes en lugar de cabellos. Apolo me agarra por la cintura y dice:

—Disculpe a mi esposa. Acabamos de casarnos y aún tengo que domarla. —Me da un beso en la mejilla y susurra—: Aquí deja que hable yo. Los cretenses no están acostumbrados a que las mujeres sean tan... osadas.

—Seguro que las mujeres cretenses tienen desparpajo de sobra. —Alzo una mano y la apoyo sobre su mejilla. Apolo pone los ojos como platos al ver cómo me inclino hacia él y le susurro, rozándole casi los labios—: Falta que los hombres de la zona las liberen de sus cadenas.

Sello esas palabras con un beso fugaz, un roce apenas perceptible sobre la comisura de sus labios. Apolo se queda ligeramente boquiabierto mientras me giro hacia el mercader y le hago una reverencia con la cabeza.

Sin embargo, Apolo no tiene tantas dotes como yo para los negocios, así que el regateo termina desembocando en un enfrentamiento personal.

—¿Acaso tu madre ha parido estos caballos? —inquiere Apolo, acalorado—. ¿Por eso son tan caros?

—¿Qué sabrás tú lo que valen las cosas? —El mercader le hinca un dedo carnoso en la clavícula, con fuerza suficiente como para hacer que se tambalee—. Pero si no has dado un palo al agua en toda tu vida. No eres más que el hijo de algún noble ricachón.

Me quedo muy impresionada por las agallas del mercader y me entran ganas de aplaudirle.

Mientras Apolo regatea, exploro el laberinto formado por tenderetes de lona que ocupa el centro de la ciudad. Lykou no se separa de mí, escruta a la multitud con unos ojillos perspicaces y demasiado humanos. Mucha gente da un rodeo al vernos, visiblemente aterrorizados por mi feroz acompañante.

Me detengo a contemplar un juego de tapices de temática náutica cuando un rostro familiar pasa por el borde de mi campo visual. Me doy la vuelta y veo a un soldado espartano con yelmo que avanza hacia mí, con unos andares que me resultan inquietantemente familiares. Justo cuando me fijo en el brazalete de bronce que lleva en la muñeca, Lykou comienza a tirarme de la capa. Deseosa de poner tierra de por medio con el espartano, dejo que mi amigo me saque a rastras del ágora. Atraídos por el eco de unos golpetazos metálicos, llegamos hasta el tenderete de un herrero, situado junto al costado de un edificio de arenisca.

Hay varias espadas colgadas en la parte frontal del tenderete, nunca había visto tanta variedad. Comparadas con las espadas espartanas, que son más cortas, algunas de estas son más largas que mis piernas, mientras que otras tienen forma de medialuna, con empuñaduras de mármol y lapislázuli decoradas con estrellas doradas. No me gustan las armas ornamentadas. Paso de largo junto a ellas, arrugando la nariz, y mi curiosidad insaciable me impulsa hacia las espadas grandes como una polilla yendo hacia una llama.

La posibilidad de ampliar mi alcance con un arma de este tamaño resulta tentadora. Aun así, prefiero la maniobrabilidad de la espada espartana que llevo escondida bajo mi capa. Lykou jadea, deja la lengua colgando mientras alza el hocico para olisquear las armas.

—Aparta a ese chucho de mi mercancía. —El herrero emerge de las humeantes profundidades de su tenderete—. No quiero que las estropee con sus apestosos dientes.

El herrero nos corta el acceso a las espadas con su rollizo cuerpo. Retrocedo un paso, fulminándolo con la mirada. Lykou enseña los dientes.

—Si esas espadas son tan endebles como para que un perro pueda dañarlas, tal vez deberías buscarte otra profesión —replico, airada.

El herrero se enfurece. Varios clientes contienen la risa.

—¿Y qué sabrá de eso una mujer? Vuelve con tu marido antes de que avise a la guardia para que maten a ese animal salvaje.

Lykou gruñe. El herrero agarra la espada más cercana y empieza a blandirla.

—Como vuelvas a gruñir, te rebano el pescuezo, bestia.

Al herrero le tiembla el brazo, tiene la frente empapada de sudor. Lykou profiere un largo gruñido. Un cosquilleo me recorre el espinazo.

—Vámonos, Lykou.

Lo agarro por el cogote, pero mi amigo se resiste. Percibo algo en sus ojos oscuros, un gesto que jamás había visto en ellos. Es un atisbo de una naturaleza lupina que va más allá de esa apariencia animal en la que se ha visto atrapado.

Lykou lanza una dentellada, profiriere otro gruñido. Se desata el caos.

El herrero se lanza a por el cuello de Lykou, al tiempo que el lobo pega un brinco. Me interpongo entre ellos sin pensármelo dos veces. Agarro al herrero por la muñeca y con la otra mano le sujeto el hocico a Lykou. Por poco no me llevo un bocado.

Le estampo la muñeca al herrero contra la pared de ladrillos. El tipo grita, suelta la espada e intenta asestarme un puñetazo con la otra mano. Me agacho y el puño carnoso del herrero pasa a toda velocidad sobre mi cabeza. De inmediato, hago un barrido con las piernas para derribarlo.

Se oye un grito. El aprendiz del herrero se abalanza sobre nosotros. Es mucho más alto que yo y tiene unos brazos tan gruesos como mis muslos. Intenta golpearme con un martillo, pero me agacho en el último momento y lo oigo pasar silbando junto a mi cabeza. Después me lanza un puñetazo, con una velocidad insólita para alguien de su tamaño.

Freno el golpe un segundo antes de que me impacte en la barriga. Aprovechando el impulso de mi agresor, deslizo su brazo sobre mi hombro. Después se lo retuerzo de mala manera, hasta que oigo un chasquido gratificante y el aprendiz pega un alarido.

«Los hombres grandes no se pliegan —me dijo Alkaios en una ocasión—. Se rompen».

Les agarro las manos, les doblo los dedos hacia atrás hasta que estoy a punto de rompérselos. El herrero y su aprendiz aúllan de dolor.

El herrero, que debe de estar acostumbrado a fracturarse los dedos, hace un vano intento por golpearme. Redoblo mis esfuerzos, presionándoles los dedos con más fuerza. Cuando los dos caen al suelo, le pego un rodillazo en la cara al herrero, que se queda inconsciente de inmediato.

—¿Vas a cometer el mismo error que él? —le pregunto al aprendiz con una mueca, mientras aplico un poco más de presión sobre sus dedos.

El aprendiz niega con la cabeza, con un tembleque en el labio inferior.

—Piedad.

Le suelto la mano y el aprendiz resuella, aliviado. Vuelvo a agarrar a Lykou por el cogote y me adentro con él entre la multitud. Ignorando las miradas de perplejidad, zarandeo con fuerza a mi amigo y le espeto:

—¿A qué ha venido eso? —Miro por encima del hombro, alerta—. Espero que ese *sýagros* no haya ido a avisar a la guardia. Te matarían sin contemplaciones.

Lykou se limita a gruñir y evita mirarme a los ojos. Cobijados en un rincón sombrío del ágora, lejos de miradas indiscretas, me arrodillo delante de mi amigo.

—¿Es que has perdido el juicio? —Lo agarro por el hocico para que no pueda mirar para otro lado. ¿Ese fulgor que percibo en su mirada es fruto de la ira o de algo más salvaje? Lykou se zafa de mí—. Tu presencia ya llama bastante la atención, como para que encima piensen que estás rabioso.

Lykou me enseña los dientes. Le doy un cachete en el hocico y él suelta un gañido.

—Sigue así y jamás recobrarás tu apariencia humana. —Eso le hace reaccionar, vuelve a mirarme a los ojos—. Esto no lo hacemos por ti. Ni siquiera por Pirro o por mí. Nos hemos metido en esto por el Olimpo y los menguantes poderes de los dioses. Si Apolo pierde sus poderes, nunca recobrarás tu apariencia humana.

Estrecho su rostro entre mis manos y apoyo la frente encima.

—No pierdas tu humanidad. Te necesito, Lykou. No me abandones tú también.

Me da un lametazo de reconciliación. Suelto una risita cuando me hace cosquillas con la lengua en la barbilla. Lykou me da unos mochazos y me lanza una bocanada de aliento caliente. Mi estómago empieza gruñir. Así que me levanto, le miro y digo:

—Y, ahora que has recobrado la sensatez, ¿qué tal si vamos a comer algo?

Paseamos entre los tenderetes de comida distribuidos por una zona alejada del ágora. Lykou no se separa de mí, mientras que mi estómago ruge con tanta fuerza como para despertar a los muertos. Desembolso una considerable cantidad de dinero a cambio de un pan relleno con especias, cordero y queso feta. Olvidaos de los dioses insufribles: el queso feta es lo único que necesita una mujer para sobrevivir.

Salivando a mares, Lykou devora la mitad de un solo bocado. Paseamos entre los tenderetes, masticando alegremente, cuando el tintineo rítmico de una lira resuena entre el estrépito del mercado. Es una melodía animada y alegre que me incita bailar a su son. Me pongo de puntillas para tratar de localizar la fuente de esa música tan hermosa. Lykou gimotea por detrás de mí.

—¿Tú no lo oyes? —pregunto, asomada entre dos tenderetes.

Lykou gruñe, presionando el hocico sobre mi muslo. Está deseando alejarse de las multitudes de Heraclión.

Le obligo a registrar conmigo cada rincón y recoveco del centro de la ciudad, con una frustración creciente. La búsqueda me lleva de vuelta hasta el muelle. Como no miro por dónde voy, tropiezo con un rollo de cuerda y caigo de bruces sobre el pecho de un hombre que pasaba por ahí.

—Huy, cuánto lo siento.

El desconocido me sujeta por las caderas. Tiene mi edad, su piel aún no ha sufrido los estragos de la edad. Tiene el pelo largo y oscuro, y la piel pálida. No es un joven acostumbrado a trabajar a pleno sol.

—No tienes por qué disculparte. No es habitual que una mujer hermosa se lance entre mis brazos.

Me mira con un exceso de familiaridad irritante.

—Qué ojos tan bonitos tienes —dice, sujetándome la barbilla entre el pulgar y el índice para obligarme a sostenerle la mirada. Por lo visto, también es un joven acostumbrado a conseguir lo que quiere. Reprimo el impulso de morderle los dedos—. No suelo toparme con nadie que tenga el mismo color de ojos que yo. ¿Te han dicho alguna vez lo especial que es ese color?

—Hay cosas más importantes que el color de ojos —replico, zafándome—. Los modales, por ejemplo.

—Te pido disculpas, señorita. —El desconocido acentúa su sonrisa. Antes de que pueda apartarme, me arremete un rizo bajo el velo—. Solo quería comprobar que el herrero no te hubiera hecho daño.

—¿Viste lo que pasó? —pregunto, boquiabierta.

—Me temo que la mitad de Heraclión presenció ese desafortunado incidente —replica, guiñándome un ojo.

—Mis disculpas. —Alguien tira de mí para alejarme del joven. Apolo se interpone entre los dos—. A los dioses no les gustará ver cómo mi esposa se deja engatusar tan fácilmente por otro hombre.

—Seguro que los dioses tienen preocupaciones más acuciantes en este momento —dice el desconocido, impasible ante el gesto de advertencia de Apolo. Me pregunto si sería tan osado si supiera que mi «esposo» es hijo de Zeus.

Rodeo al inoportuno dios y hago una reverencia con la cabeza.

—Gracias, señor. Mi esposo no pretende ser grosero.

Tras guiñarle un ojo a Apolo, el desconocido me coge de la mano y me la besa.

—No tiene nada de malo ser sobreprotector, señorita.

—Siento disentir.

Con una risita, el desconocido se aleja entre la multitud.

—Qué encuentro tan raro —murmuro, girándome hacia Apolo. El dios está fulminando con la mirada al desconocido mientras se abre camino entre el gentío—. ¿Qué ocurre?

—Ese tipo no es trigo limpio.

—¿Cómo puedes decir eso si ni siquiera lo conoces? —inquiero.

—Digamos que es una de esas ventajas de ser olímpico. —Apolo se gira hacia los caballos, al tiempo que tira de las bridas. Me entrega una de ellas—. Ese mercader timador me habría pedido que le entregara un brazo y a mi primogénito a cambio de estos caballos si se lo hubiera permitido, pero al fin logré convencerlo para que se desprendiera de sus dos mejores corceles. Según parece, cuando amenazas a alguien con el futuro de sus vástagos aún no nacidos, funciona.

Me cruzo de brazos, aunque no puedo evitar sonreír.

—Qué aguerrido. ¿Y qué hizo que se tomara en serio tus amenazas?

—Tengo mis recursos —dice Apolo, encogiendo los hombros.

—No me lo digas: ventajas de ser olímpico.

Me ajusto el velo y tuerzo el gesto al notar una punzada de dolor en el talón. Me apoyo sobre el hombro de Apolo y levanto el pie. Tengo un guijarro clavado en la suela de mi sandalia.

—¿Y entre esas ventajas se encuentra la de hacer remiendos? Tengo los zapatos hechos polvo.

De repente, el guijarro desaparece y la sandalia vuelve a estar intacta. Meneo los dedos de los pies, entusiasmada. Mis sandalias se han convertido en las más cómodas que he llevado en años.

—Vaya, qué practico. —Esbozo una sonrisa radiante—. Gracias.

—Es lo menos que puedo hacer —dice Apolo con una reverencia—, teniendo en cuenta que me estás ayudando a salvar a mi familia y todo eso.

—Y que no se te olvide. —Me echo a reír y él también sonríe.

La música vuelve a sonar entre el estrépito de la multitud como el trino de un pájaro. Me asomo por encima del hombro de Apolo, atraída de nuevo por el sonido de la lira, cuya melodía resuena entre la multitud como el canto de una bandada de aves. Apolo sigue la trayectoria de mi mirada y frunce el ceño.

—¿Qué estás buscando?

Suspiro y dejó caer los brazos.

—Estoy buscando al músico. Es una melodía preciosa, pero no lo encuentro por ninguna parte

—¿Melodía? —Apolo otea entre la multitud—. Yo solo oigo los balbuceos de los mortales y los gruñidos de los animales.

—Eso podría ser tu subconsciente —digo con una risita. Lykou suelta un bufido.

La música resuena con fuerza entre el gentío, es una melodía hipnótica y cautivadora, en comparación con el ajetreo humano que nos rodea. Aturdida de repente, giro sobre mí misma mientras la música me llega desde todas direcciones a la vez.

Apolo deja de fruncir el ceño. Con una mano tira de las riendas de los caballos y con la otra me empuja para sacarme del ágora.

—Nos vamos de aquí. Ya.

Me dan ganas de asestarle un manotazo, pero contengo mis protestas al ver su expresión de alarma. ¿Podría tratarse de la mujer de mis sueños?

La melodía nos persigue mientras salimos a toda prisa del ágora. Llegamos a una avenida y Apolo tira de mí hacia un callejón cercano, sin decir nada. Echamos a correr, Lykou trota a nuestro lado, ignorando los gestos de sorpresa de la gente con la que nos cruzamos, atravesando calles abarrotadas y doblando esquinas a toda velocidad, tirando de nuestros pobres y desconcertados corceles.

Llegamos a un callejón solitario y Apolo me frena en seco. Le fulmino con la mirada y me zafo de él.

—¿Todavía oyes la música? —Se pone a registrar el callejón, volcando cajas y examinando sacos de arpillera.

Inclino la cabeza a un lado y al otro, aguzando el oído, pero al parecer hemos dejado atrás los ecos de esa melodía.

—No oigo nada.

Apolo se apoya en el lateral de un edificio. Se ha ruborizado y tiene la frente perlada de sudor.

—Ha faltado poco.

Le doy un golpecito con el pie, resistiendo el impulso de asestarle un puntapié.

—¿Qué está pasando?

Apolo abre la boca para responder, pero entonces se queda inmóvil. Su rostro va perdiendo lentamente su color.

—Lo lamento, querida —dice una voz desconocida—. Me temo que Apolo estaba intentando esconderse de mí.

# CAPÍTULO 13

Al igual que la maldición de Midas, que gira y gira sobre mi pecho, una intrincada maraña de gallos y serpientes tatuados se desplazan por el cuello y el musculoso pecho del recién llegado. Los tatuajes han sido confeccionados con tinta de color azul oscuro, a juego con su holgado quitón.

Lykou ladra a modo de advertencia y los caballos relinchan con inquietud. El desconocido alarga un brazo y me arranca la caliptra de la cabeza, junto con varios mechones de pelo.

Intento recuperar el velo, pero el desconocido chasquea los dedos y lo hace desaparecer. Se sacude las hebras de mi cabello en los pliegues de su quitón y me mira con las cejas enarcadas. El gallo que lleva tatuado en la frente trata de mantener el equilibrio, batiendo las alas a toda velocidad.

Frunzo el ceño, pero me froto la cabeza y retrocedo un paso. Aunque sería gratificante darle su merecido, no vale la pena granjearse otro enemigo por un puñado de cabellos.

—Hermes —masculla Apolo, apretando los puños.

Entonces advierto que tienen los mismos ojos azules, pero, mientras que los de Apolo despiden un fulgor intenso, los de Hermes lucen un destello pícaro, aderezado con cierta expresión maliciosa. Mientras que Apolo representa el calor intenso del sol de mediodía, Hermes me recuerda a las volubles sombras, imposibles de contener.

Noto un escalofrío. Hermes es el embaucador que ha frustrado muchos de los planes de Apolo. Mantienen una rivalidad que a menudo desemboca en tragedia.

«El dios de los heraldos y los ladrones es propenso a dar con una mano mientras sustrae algo con la otra. Aliarse con Hermes puede suponer un beneficio o un lastre, en función del provecho que pueda sacar de ti».

—¿No vas a presentarnos? —Hermes hinca la punta de su cetro dorado sobre el pecho de su hermano. La serpiente que lleva tatuada en la base del cuello le suelta un bufido a Apolo. Hermes ladea la cabeza y sus rizos negros despiden un destello cuando se fija en el colgante con forma de cuervo—. Es clavadita a ella. ¿De dónde has sacado a este bellezón, Apolo?

Apolo me agarra de la muñeca para que no me separe de él. Ese gesto posesivo me hiere el orgullo, pero el sentido común me incita a guardar silencio. Tal vez, si Hermes me convierte en un árbol de laurel, Apolo tenga la amabilidad de devolverme a la normalidad.

—¿Qué haces aquí? —inquiere Apolo con brusquedad, con el cuerpo en tensión.

—Sigues sin aprender modales. —Hermes reprende a su hermano, pero sin quitarme ojo.

—Vaya, entonces, ¿siempre ha sido tan insufrible? —pregunto, forzando una risita—. Apolo es un fastidio, más que una ayuda. Si le requieren en el Olimpo, por favor, no dudes en llevártelo contigo.

—Me gusta esta chica. —Hermes camina despacio a mi alrededor. Le guiña un ojo a Apolo—. Desde luego, es tu tipo.

—El único prototipo de Apolo es él mismo —murmuro.

—Y seguro que ha intentado seducir a su propio reflejo. —Hermes se inclina hacia delante con un gesto cómplice—. Entre tú y yo, tendría más probabilidades de éxito con su reflejo que con un pez.

—Seguro que ya lo ha intentado.

—Sí, sin duda. —Hermes me apunta con su cetro dorado y me entran ganas de soltarle un manotazo—. Hermano, ¿no vas a compartir tu nueva mascota conmigo? Me gustan las jovencitas con carácter.

A pesar de mi indignación, reconozco ese cetro gracias a las enseñanzas de Ligeia. Tiene el tamaño aproximado de mi brazo y está hecho de oro puro. La parte superior está adornada con dos largas alas desplegadas que centellean bajo la luz del sol, mientras que el mango está rodeado por dos serpientes plateadas entrelazadas. Es el caduceo, y Hermes podría utilizarlo para fulminarme de un solo golpe.

Apolo se cruza de brazos y mira con altivez a su hermano, con un gesto pétreo.

—Te lo preguntaré una vez más, Hermes: ¿qué estás haciendo aquí?

—Hades informó a nuestro padre de tu fugaz paso por el inframundo, así que me envió a comprobar cómo te encuentras. Al parecer, con nuestros poderes truncados, no eres mejor que un semidiós.

Percibo un deje de aversión en las palabras de Hermes. Con un suspiro dramático, me apunta con el caduceo y esboza un gesto de fingida solemnidad.

—¿Sigues sin querer presentarnos? Esta es la chica que te quitó la vida, ¿verdad?

¿Qué motivo podría tener Apolo para no querer decirle siquiera mi nombre? Al percibir la tensión de mi acompañante, me cruzo de brazos. Las historias sobre el carácter caprichoso de Hermes no deben de andar muy desencaminadas.

—¿Qué haces aquí? —repite Apolo, articulando cada palabra con rabia.

—Lo sabes de sobra. Es obvio que lo preguntas para que lo sepa la mortal. —Hermes me señala con un gesto desdeñoso. Pero es un gesto un poco forzado. Yo diría que le remuerde la curiosidad—. No pensarás que nuestro padre permitiría que te embarcaras en tu pequeña aventura sin echarte un vistazo de vez en cuando.

Cuando Hermes vuelve a lanzarme una mirada penetrante, noto un cosquilleo en las manos.

—Y, ahora, ¿quieres hacer el favor de presentarme a tu encantadora compañera de viaje? Me muero de curiosidad.

—Soy Dafne de Esparta. —Ignoro el carraspeo que profiere Apolo y me apoyo una mano sobre el corazón, después señalo a mi lupino amigo—. Y este es Lykou. Apolo decidió convertirlo en lobo.

—Porque nos estaba espiando —masculla Apolo entre dientes.

Hermes sonríe.

—He oído hablar de ti, aunque no como espartana. Eres la motaz que capturó al venado. Te has granjeado una fama notable en Esparta. La de una forastera que seduce a los hombres y los incita a desertar.

Me pongo roja como un tomate. Abro la boca, preparada para lanzar una réplica mordaz, pero Hermes prosigue:

—¿Y qué tal le va a la misteriosa Ligeia? Se hacía pasar por tu sirvienta, ¿no es así? En sus tiempos, fue una muchacha muy astuta. Logró escapar incluso de los olímpicos más inteligentes.

Antes de que pueda preguntarle algo más, para saber si Hermes se está refiriendo a sí mismo, Apolo da un paso al frente y me interrumpe:

—¿Qué novedades hay en el Olimpo? —pregunta con avidez.

Hermes lanza un sonoro bostezo y apoya la barbilla sobre el caduceo.

—Todo va según lo esperado. Hera se ha confinado voluntariamente para convencer a nuestra familia de que no tiene nada que ver con el robo. Afrodita se ha fugado con Eros a Troya, para poder vivir cómodamente con su hijo en caso de que pierda sus poderes. Ares está descargando su ira sobre algún pobre país oriental, y Atenea se ha encerrado en la biblioteca de Alejandría para buscar respuestas.

—Así que estamos divididos en un momento en el que deberíamos permanecer unidos —replica Apolo con una risita adusta—. ¿Y mi hermana?

—Se ha quedado en sus bosques. —Hermes patea un guijarro que echa a rodar por el callejón—. Artemisa ya se dejaba ver poco por el Olimpo antes de que todo se fuera al traste. ¿Por qué iba a empezar ahora?

—¿Y tus poderes? —exclamo, sin poder contenerme—. Es decir, los poderes de todos los olímpicos. ¿Están disminuyendo? ¿Tú tampoco eres mejor que un semidiós?

Hermes deja de girar el caduceo y frunce los labios. Apolo me fulmina con la mirada antes de llevarse a Hermes a un aparte. Apenas puedo oír lo que dicen, solo una mención sobre unos juegos y sobre que Apolo es un imbécil. Me pica la curiosidad cuando Hermes me señala y dice algo sobre el cuervo blanco, pero entonces Apolo murmura algo sobre la madre de Hermes. Cuando parece que van a llegar a las manos, Hermes fulmina a su hermano con la mirada.

Es obvio que estos dos hermanos no se tienen mucho cariño.

Hermes se da la vuelta hacia mí, esbozando una sonrisa tan radiante e inocente que casi me hace olvidar la lengua viperina que se oculta al otro lado de sus dientes.

—Tengo un regalo para tu encantadora compañera de viaje.

Hermes hace aparecer de la nada un pequeño aulós. Deposita la flauta de doble caña en la palma de mi mano. Está tallada con una madera ligera que no logro identificar y tiene unos grabados idénticos a los animales que lleva tatuados en el cuerpo.

—Es mucho más resistente de lo que parece —me asegura—. Fue fabricado a partir del caparazón de la tortuga más grande del mundo.

Deslizo un dedo sobre uno de los grabados, un gallo azul rodeado por una miríada de serpientes entrelazadas. Irradia una energía que me provoca un cosquilleo en la palma de la mano y confirma sus palabras.

—¿Para qué sirve?

Hermes suelta una carcajada, como si la respuesta fuera obvia.

—Para invocarme. Cuando hayas encontrado los bienes sustraídos, yo los llevaré de vuelta al Olimpo.

—No necesitamos tu ayuda —replica Apolo, apretando los dientes.

—Son nueve —digo.

Hermes y Apolo cruzan una mirada de sorpresa. Incluso Lykou gira la cabeza de golpe hacia mí.

—Son nueve los bienes sustraídos —prosigo— y, a no ser que quieras cargar con ellos por toda Grecia en pleno verano, Apolo, creo que deberíamos aceptar su ayuda.

—Ya podrías aprender un par de cosas de esta chica. —Hermes le dedica una sonrisita a Apolo antes de guiñarme un ojo a mí—. Es por el pelo. Apolo está cegado por su propia hermosura y ha perdido el sentido común.

Sonrío, muy a mi pesar.

—O por los hoyuelos. Son tan profundos que podrías hundirte en ellos.

—Vete a casa —dice Apolo, haciendo aspavientos—. Cuéntale a Zeus lo indispensable, pero nada más. No tiene por qué conocer mi paradero.

Hermes pone los ojos en blanco antes de girarse hacia mí.

—Espero verte pronto, Dafne.

De repente, la caliptra aparece de nuevo sobre mi cabeza y, tras dirigirle un ademán brusco con la cabeza a su hermano, el mensajero desaparece.

—No deberías haber aceptado su regalo —murmura Apolo, que se da la vuelta hacia los caballos.

—¿Por qué debería fiarme de ti y no de él?

—Ya deberías saber, Dafne, que no deberías fiarte de ningún dios.

Apolo se da la vuelta y se aleja para preparar los caballos. Lykou se restriega contra mis caderas. Gimoteando, se pone a olisquearme con preocupación. Mientras alargo una mano temblorosa hacia la pared, aferro el aulós sobre mi pecho. Si antes me parecía ligero, ahora pesa más que unas cadenas.

# CAPÍTULO 14

Un pájaro canta desde lo alto, entonando una melodía tan irritante que solo puede haberla aprendido de Apolo. Cómo y cuándo lo hizo es algo que solo pueden saber las Moiras.

Acampamos lejos de la carretera y de miradas indiscretas, bajo las ramas del olivo en el que ese pájaro insufrible ha decidido asentarse. Abro la boca para preguntarle a Apolo si podemos trasladar el campamento, pero él tuerce el gesto.

—Reserva tu irritabilidad para otro día, *kataigída* mía. Este es el lugar perfecto para planear mi próximo movimiento.

—Deja de leerme la mente —replico, mientras arrojo mi saco de dormir al suelo—. Ya estoy harta de que los olímpicos hagan lo que les dé la gana conmigo.

—No puedo leerte la mente. —Apolo se mete una aceituna en la boca—. No es culpa mía que tu rostro se lea como un libro abierto. No es una costumbre muy espartana. Aunque, como ya ha quedado claro, no eres una verdadera ciudadana de Esparta.

—Entonces, ¿qué soy? —inquiero, con la esperanza fútil de que el dios se sincere conmigo.

Apolo me mira como queriendo darme a entender que no debería esperar respuestas por su parte y después sigue hablando con la boca llena de aceitunas:

—Este es el lugar perfecto para planear nuestro próximo movimiento. He podido comprobar que no solo tienes la sutileza

133

propia de un cachorrito, sino también la paciencia de un niño. Si queremos que esta misión tenga éxito, necesito dos cosas de ti. —Extiende un par de dedos—. Paciencia y confianza. Sin eso no llegaremos a buen puerto.

Lykou gruñe, pegándose a mí. No creo que llegue nunca a fiarse de Apolo. Le apoyo una mano en el cogote a mi amigo.

—Si quieres mi confianza, tendrás que ganártela.

Me bastaría con unas cuantas respuestas sobre mi pasado. Tal vez.

—Ya veo que tendré que resignarme a pasar la eternidad encerrado en las mazmorras de Cnosos —se lamenta Apolo, alzando los brazos.

—No seas tan melodramático. Es impropio de un olímpico. Y escupe esas aceitunas. Te apesta el aliento, incluso desde lejos.

Apolo murmura en un idioma que no reconozco. Acaricio el áspero pelaje de Lykou mientras sopeso nuestras opciones.

—Pero coincido en que necesitamos un plan. Puesto que eres el único del grupo que ha estado antes en Cnosos, ¿qué sugieres?

—Bien, empecemos por el principio. Necesito hallar un modo de entrar en el palacio, buscar los bienes sustraídos y luego encontrar una salida, todo ello con el menor derramamiento de sangre posible.

Apolo coge una rama y dibuja el plano de Cnosos en la arena. El palacio es un cuadrado inmenso situado en lo alto de una colina, con cientos de habitaciones distribuidas alrededor de un enorme patio central, formando una especie de laberinto.

—Por lo que recuerdo de los años que pasé en Cnosos, antes del... desafortunado reinado de Pasífae y Minos, el ala este estaba reservada para los invitados y sirvientes, y el ala oeste para el *anax* y su familia.

Apolo da unos golpecitos con la rama en el patio.

—Aquí es donde Minos concede audiencia y... donde se divierte con sus invitados. El patio se usa como sala de audiencias y salón de banquetes. En Heraclión, oí hablar a varios mortales sobre un banquete que se celebrará mañana por la noche. Si consigo infiltrarme en uno de los grupos de invitados, podré atravesar las puertas.

—Y, una vez dentro, ¿asistiremos al banquete y registraremos el castillo por la noche?

—Sí. —Apolo sonríe—. Bailaré, cenaré y pasaré un buen rato hasta que los invitados de Minos caigan rendidos. Entonces, cuando la luna alcance su cénit, robaré esos objetos bajo los pies de Minos y huiré antes de que el viejo *sýagros* se despierte.

Me quedo pensativa un instante, sopesando sus palabras.

—¿Ba... bajo sus pies?

He oído muchas historias, de labios de mis hermanos y de Ligeia, sobre el hijo del rey Minos, el Minotauro.

«Por debajo del palacio de la Doble Hacha se extiende la ciudad de los muertos y los condenados. Como precio por las atrocidades del *anax* Minos, su alma está condenada, su maldad se filtra a través de la tierra. En esa ciudad vive una criatura tan siniestra y repulsiva que ni siquiera Hades se atreve a adentrarse allí, y quienes lo hacen jamás vuelven a ver la luz del sol. Su sed de sangre solo es saciada con el sacrificio de ocho nobles griegos cada año, y su ira puede percibirse a lo largo y ancho del Egeo».

Como para enfatizar las palabras de Ligeia, la tierra tiembla. Lykou gimotea e incluso Apolo tiene que apoyarse en un árbol para no perder el equilibrio. Cuando remite el temblor, asiente despacio con la cabeza.

—Sí, bajo sus pies. La única parte de Cnosos que me queda por conocer es la ciudad subterránea de los condenados, que es el lugar más probable donde Minos ha podido esconder los bienes del Olimpo.

—¿Y qué pasa conmigo? —Me cruzo de brazos—. No dejas de referirte a lo que vas a hacer tú. ¿Pretendes que me quede aquí, mirando a las musarañas, mientras tú recuperas esos objetos?

—Bueno, sí. —Apolo se masajea la sien con la punta de la ramita—. Si me hago pasar por un noble, cosa que no será difícil, no debería costarme infiltrarme en un grupo grande o fingir que se han olvidado de incluir mi nombre en la lista de invitados. Podría incluso abrirme paso con un hechizo, pero, cuanto más llamativa sea la argucia, menos probabilidades habrá de que funcione.

—Puedo ayudar —replico, poniéndome en pie.

—Solo serías un estorbo.

Pego un puntapié en el suelo con el que emborrono su plano.

—¿Porque no soy un dios o porque hay algo que no quieres que vea? Si sabes que los bienes del Olimpo están ahí es gracias a mí, porque confié en ti y compartí contigo las pistas de Prometeo. Si me impides acceder a Cnosos, no te diré las demás pistas.

Apolo me mira sin decir nada, impasible ante mi arrebato.

—Con eso solo reducirás las posibilidades de regresar junto a tu hermano.

He sido una necia por haber creído que a Apolo le preocupaba el bienestar de mi hermano, cuando el suyo propio está en jaque. Por lo visto, si algo caracteriza a los dioses es su egoísmo. Abro y cierro los puños a la altura de las caderas, ojalá tuviera a mano una daga.

—Voy a buscar algo de comer. Vamos, Lykou.

Me invade una furia ardiente como el sol. Podría hacer algo más que entorpecer a Apolo. Podría defenderle, abatir al menos a una docena de soldados mientras él roba esos objetos. Si me diera otra oportunidad de luchar con él, seguro que podría derribarlo en cuestión de segundos. Aún me quedan trucos en la manga. Pero, desde su punto de vista, no soy más que una mortal indefensa.

Agarro un palo y golpeo todas las ramas que quedan a mi alcance. Me cae encima una lluvia de aceitunas, pero yo estoy absorta en la rabia que se extiende por mi cuerpo. El chulo de Apolo solo conseguirá que lo capturen, y lo único que yo podré hacer será quedarme aquí, enfurruñada, esperándole mientras él se pudre en una celda.

Enardecida, cierro los ojos y repito las palabras que pronunció mi padre adoptivo cuando Alkaios era más pequeño e impresionable, cuando tenía miedo de las sombras que le seguían día y noche:

«Planta cara a la oscuridad, pequeño cobarde. El Eurotas no fluye para los ciervos miedosos. La cosecha no crece para esos polluelos que temen salir del nido. Aquel que teme la oscuridad no puede considerarse hijo de Esparta».

Cuando abro los ojos arrugo de inmediato la nariz, pues el hedor de las aceitunas impregna el ambiente. El suelo está cubierto de frutos que me manchan la suela de las sandalias. Una aceituna se estruja entre los dedos de mis pies y, aunque me desagrada, se me ocurre entonces una idea. Me quedo mirando a Lykou mientras despliego lentamente una sonrisa.

—Le plantaremos cara a la oscuridad.


A la mañana siguiente, ya no me siento tan confiada.

Apolo se levanta antes del amanecer, engalanado con un peplo rojo de seda y una docena de anillos de oro que hace aparecer de la nada. Unos brazales dorados rodean sus musculosos antebrazos, a juego con una coraza y con el arco que lleva colgado a la espalda. Luce la apariencia de un noble adinerado, poseedor de una hermosura insólita.

Me sorbo la nariz, fingiendo indiferencia.

—¿No has traído ninguna de tus flechas? ¿A los mortales no les resultará extraño que viajes por ahí con un arco sin proyectiles? A mí me resulta incomprensible.

—Ninguna flecha fabricada por manos mortales sirve de nada con este arco.

—¿Y Hefesto no puede fabricarte alguna? —Enarco una ceja—. De lo contrario, ¿de qué sirve cargar con él?

—Solo puedo disparar una flecha desde este arco y solo en un momento de gran necesidad. El arco de mi hermana tiene las mismas condiciones… —Deja la frase a medias y me observa, mientras me estiro perezosamente sobre mi saco de dormir. Achica los ojos con suspicacia—. Me estás preguntando por el arco para distraerme. ¿Qué estás tramando?

—Nada —respondo, encogiéndome de hombros, mientras me aparto unos rizos por encima del hombro. El gesto queda un poco deslucido porque tengo el pelo enmarañado—. Me quedaré aquí, mirando a las musarañas. Tal y como me has ordenado.

—¿Sin rechistar? —Apolo frunce el ceño.

—No quiero que malgastes esfuerzos —replico con dulzura. Finjo bostezar—. Los dos sabemos que tus fuerzas son limitadas.

Apolo abre la boca para replicar, pero al final opta por negar con la cabeza.

—Sea lo que sea lo que estés planeando, porque sé que estás tramando algo, será mejor que no interfieras en mis planes ni eches a perder la misión. No cometas ninguna estupidez.

—Lo mismo te digo —replico, sonriendo.

Cuando se marcha, saco el morral repleto de aceitunas que escondí detrás de un arbusto, me cubro el pelo con la caliptra y salgo tras él. Apolo entrará por la puerta principal y yo me colaré por la entrada de servicio. Nadie sospechará de una sirvienta cargada con una cesta de aceitunas para el banquete.

Lykou y yo caminamos por un tramo de carretera angosto y empinado cuando una sombra se cierne sobre nosotros, ocultando el sol. Al contrario que la bulliciosa y ajetreada Heraclión —y a pesar de las capas de pintura azul, roja y dorada que cubren sus balcones y tejados—, el palacio produce una sensación fría e inhóspita cuando asoma por el horizonte. Alargo el cuello para contemplar el edificio en su totalidad, el palacio de la Doble Hacha, hogar del Minotauro.

Varios buitres vuelan en círculos mientras pasamos junto a la primera hilera de edificios, el batir de sus huesudas alas nos acompaña hasta la ciudad maldita. Percibo el destello de unas flechas en los umbrales y los tejados, apuntadas hacia las cabezas de los transeúntes. Cuatro de ellas apuntan hacia Lykou. La paranoia del rey Minos queda patente por el centenar de soldados que patrullan de un lado a otro de la carretera, inspeccionando mercancías y pertenencias, con sus armas siempre a mano.

Lykou corretea a mi lado, enseñándole los dientes a cualquiera que se detenga a mirarnos más de la cuenta. Le apoyo una mano entre las orejas erizadas para serenarlo, mientras le susurro:

—Estás llamando demasiado la atención. Reúnete conmigo junto a la puerta de servicio.

Lykou reduce el paso para adentrarse entre las casas y desaparece de mi vista; yo prosigo mi camino hacia el palacio. Frente a las puertas se extiende una fila de nobles que esperan para entrar. Todos van acompañados por un séquito de soldados que portan los símbolos y emblemas de sus reinos. Por poco se me pasa por alto un símbolo espartano, la lambda roja, pintada sobre unos escudos al final de la cola.

Me freno en seco, presa del pánico. Por suerte, el soldado espartano más próximo, el mismo al que vi en el mercado, no se gira hacia mí. Me pega un vuelco el corazón cuando me fijo en los rizos corvinos que asoman bajo su yelmo y en el brazalete dorado que lleva bajo unos brazales de cuero. Tienen grabado un nombre: «DIODORO». El apellido de mi familia. Es mi brazalete.

—Alkaios.

El nombre de mi hermano escapa de mis labios en forma de susurro. Es imposible que me haya oído, pero aun así se pone tenso, y me lo imagino esbozando un gesto de confusión, por debajo de ese yelmo de bronce. Antes de que pueda darse la vuelta y verme, corro hacia las sombras del edificio más cercano.

Le doy vueltas a lo sucedido mientras me dirijo hacia la entrada de servicio. Si Alkaios y otros soldados espartanos están aquí, también habrán venido Helena y Menelao. El paidónomo Leónidas mencionó su viaje a Creta durante las Carneas. Las Moiras están jugando conmigo. Con independencia de los motivos que hayan tenido para aceptar la invitación de Minos, la presencia de Esparta en Cnosos resulta problemática. Si alguno de ellos me reconoce, la misión correrá peligro.

Inspiro hondo para tranquilizarme. No puedo permitir que nada eche a perder esta misión. El futuro de Grecia está en juego.

Tomo la carretera que rodea la muralla exterior de Cnosos y me sumo a una fila de sirvientes y granjeros que transportan mercancías hacia el palacio. La fila avanza poco a poco, bajo un sol de justicia; los soldados inspeccionan las cestas y los sacos de cada persona de la fila. El viento tira de mi caliptra y me la arranca de la cabeza. Pego un grito y agarro el velo, que trata de irse volando, mientras mis indomables rizos rubios se liberan. Los sirvientes que me rodean se ponen a cuchichear y yo me ruborizo. Vuelvo a ponerme el condenado velo y lo sujeto bajo mi capa.

Un soldado se acerca hacia mí y noto un reguero de sudor que me corre por la espalda. Si encuentra mis armas, Minos hará que me encierren de por vida en una celda.

El soldado se relame los labios agrietados, escruta mi rostro bajo el velo. Mete una mano en mi morral. Noto un nudo en el estómago, siento el impulso de coger el puñal que llevo prendido del muslo. Sin el menor miramiento, lo registra durante unos segundos largos y tensos, antes de sacar un puñado de aceitunas. Con un ademán brusco, se mete una entre sus dientes amarillentos y pasa de largo.

Abro y cierro los puños bajo los pliegues de mi capa. Echo de menos la presencia de Praxídice, que está escondida en un olivo a las afueras de la ciudad, junto con buena parte de nuestras pertenencias, pero al menos llevo una espada y varios puñales ocultos bajo los pliegues de mi quitón. Ni siquiera el soldado más habilidoso podría encontrarlos. Es un truco que aprendí de Pirro.

Finalmente, paso a través de la puerta y accedo a las abarrotadas cocinas. Dejo el saco de aceitunas sobre una encimera y me mezclo con la multitud. Hay tanto bullicio como en una colmena, lo cual me permite avanzar fácilmente de una sombra a otra hasta que llego al pasillo de servicio. Lo recorro, siguiendo a los sirvientes que se apresuran para cumplir con sus quehaceres. De pronto noto un roce viscoso en la mano y pego un respingo.

—Lykou —mascullo—. Me has asustado.

El lobo me lame los dedos antes de desaparecer entre las sombras de una habitación cercana.

Giro la cabeza para mirar hacia atrás. Por suerte, como todos están enfrascados en sus tareas, nadie me ve entrar en la habitación. Lykou me conduce a través de otra puerta hasta un pasillo vacío.

—Si nos capturan, no intentes salvarme —le ordeno—. Solo conseguirás que te maten. Y si al menos uno de nosotros completa esta misión, puede que Artemisa cumpla su palabra de liberar a mi hermano.

Lykou refunfuña para mostrar su acuerdo, aunque a regañadientes. Avanzamos lo más deprisa y sigilosamente posible, nos refugiamos en otra habitación cuando un par de guardias doblan la esquina hacia el pasillo en el que nos encontramos.

Contengo el aliento mientras pasan de largo. Lykou y yo nos cobijamos todo lo posible entre las sombras. Cuando se alejan lo suficiente, continuamos. Mantengo una mano apoyada sobre el puñal que llevo escondido en el muslo.

—A ver si detectas algo que huela a Apolo..., o a deidad..., o a algo parecido.

Lykou se toma la orden muy en serio y no separa el hocico del suelo. Mi tensión aumenta con cada paso que damos. No he planeado nada de antemano, pues pensaba que la entrada a la guarida del Minotauro se encontraría en algún punto de la planta baja del palacio. Volvemos a escondernos cuando pasan más guardias. La frecuencia de las patrullas aumenta cuanto más nos adentramos en el palacio. Doblamos otra esquina y esquivamos por poco a unos guardias. Me meto en otra habitación...

Y alguien me agarra del brazo.

—¿Qué tenemos aquí?

Me dan la vuelta. Ante mí aparecen dos soldados que me sujetan por las muñecas. Alabada sea Tique, menos mal que

Lykou ha desaparecido entre las sombras. El pánico me forma un nudo en la garganta que me impide decir nada.

Un soldado desenfunda el puñal que lleva colgado de la cintura y me aparta el velo de la cabeza con la punta. Mis rizos se despliegan formando una cascada amarillenta.

—A esta no la reconozco. No es una sirvienta. Y tampoco es cretense. Recordaría ese pelo.

Ya les enseñaré yo de dónde vengo.

—Tampoco es una esclava. —El otro soldado me lanza una mirada penetrante—. Es demasiado orgullosa. El *anax* habría quebrado su voluntad desde el momento en que entrase por la puerta.

Agacho la cabeza y miro de reojo al guardia que tengo más cerca. Es el más bajito de los dos, y seguramente el más inseguro.

—Por favor, formo parte de la comitiva llegada desde Esparta. He traído aceitunas a las cocinas y me he perdido de camino a los aposentos espartanos.

—Ah, sí. Cnosos es como un laberinto para los forasteros.

—Es fácil engatusarlo. Esboza una sonrisita—. Esos espartanos no saben atar en corto a sus mujeres. Yo podría ayudarte a encontrar sus aposentos.

Me suelta las muñecas y se ofrece a llevarme del brazo. El otro guardia lo aparta de un empujón.

—No seas necio, Dictis. —Me agarra de nuevo por las muñecas y me gira con brusquedad—. A los espartanos se les dijo al llegar que no se desplazaran solos por el palacio. Se les ordenó que permanecieran en sus aposentos y que solo salieran de allí en compañía de un guardia.

»Esta jovencita —me sujeta por la barbilla para levantarme la cabeza— es una espía.

—¿Qué-qué? —tartamudeo—. No, por favor. Tendría que haber ido a las cocinas con un guardia. Llevadme de vuelta a mis aposentos y os prometo que no volveré a salir.

—Los espartanos no controlan a sus mujeres como es debido —dice el guardia—. Les permiten deambular por ahí libremente. No preservan su pureza. —Me desliza un dedo por la barbilla y me entran ganas de mordérselo—. He oído que permiten que sus mujeres cabalguen desnudas por las calles.

—Y también nos dan puñales y nos enseñan a utilizarlos. —Alzo la cabeza sin amilanarme—. ¿Queréis que os lo demuestre?

Los soldados me conducen a rastras por un tramo de escaleras.

—El *anax* sabrá qué hacer con ella.

Intentó zafarme. El soldado me sujeta con fuerza y me pega un doloroso tirón del brazo como represalia. Rezo mentalmente a las Moiras para que los guardias no encuentren las armas que llevo escondidas. El pánico se extiende por mi mente, revoloteando como un pájaro. Tendría que haberle hecho caso a Apolo y haberme quedado en el campamento. Minos me encerrará en una mazmorra en cuanto me vea. Peor aún, cuando me registren, seguro que encontrarán las armas, así que lo que me aguarda no es una celda. Solo una muerte rápida.

Dejo de forcejear y mantengo la cabeza alta, dispuesta a afrontar mi destino con honor, no con lágrimas. Me conducen por una escalera sombría mientras reprimo el llanto. Llegamos a un rellano y giramos a la derecha. Nos volvemos al oír un chasquido.

Una *dory* rueda por el suelo hasta detenerse junto a nuestros pies. En el otro extremo del pasillo se encuentra el joven del mercado de Heraclión. Pone una mueca y deja caer las demás armas que lleva en los brazos.

Cuchillos, espadas y flechas caen estrepitosamente junto a sus pies. Nos dedica una sonrisa mordaz.

—Se supone que no deberíais patrullar por este pasillo.

Los guardias me sueltan los brazos y desenfundan sus espadas.

—Las manos contra la pared, ateniense —ordena Dictis.

—Como quieras. —Con una reverencia burlona, el joven levanta los brazos, se gira y los apoya en la pared—. Pero, como intentéis tocarme, lo lamentaréis.

Los guardias avanzan hacia él y me dejan atrás. Craso error. Saco el puñal que llevo escondido bajo la manga y se lo clavo en la espalda a uno de los guardias, a través de su endeble armadura cretense. Lo inclino hacia arriba para hincárselo por debajo de las costillas inferiores. El guardia se desploma y yo me pongo de rodillas. Extraigo el puñal. Dictis se da la vuelta, con un gesto que mezcla rabia y conmoción. Lanza una estocada dirigida hacia mi cabeza, pero ruedo por el suelo para esquivarla. Le pego un tajo en los tendones de los tobillos. El soldado abre la boca para gritar, pero el ateniense le atraviesa la nuca con una espada.

Dictis cae de bruces. Su sangre se acumula junto a mis pies.

—Volvemos a encontrarnos —dice el ateniense, que pasa rápidamente por encima de los cadáveres y me tiende una mano—. Y al parecer nos hemos metido en un buen lío.

## CAPÍTULO 15

No me molesto en disimular mi espanto.

—¿Qué hemos hecho? —susurro.

—Vamos a limpiar este estropicio y nos iremos a mis aposentos. —El joven señala hacia los cadáveres—. Las explicaciones pueden esperar.

Lykou emerge de entre las sombras y nos sigue, esbozando una mueca que deja al descubierto sus colmillos afilados.

En realidad, las explicaciones no pueden esperar, pero los guardias que están en el suelo tampoco.

—¿Y qué sugieres que hagamos con ellos?

—Hay cientos de habitaciones vacías en este palacio, incluso a pesar de la repentina afluencia de huéspedes reales —explica, ondeando una mano—. Elige una y metamos los cuerpos dentro.

—Yo me ocuparé de esconderlos. —Arranco un tapiz de la pared y se lo arrojo al pecho—. Tú puedes limpiar la sangre.

El ateniense tuerce el gesto, pero no me discute. Lykou me ayuda a arrastrar a los dos guardias hacia una despensa situada al fondo del pasillo.

—Seguro que estos dos podrían haber aprendido un par de cositas de las mujeres espartanas que quizá les habrían salvado la vida —digo, refunfuñando a causa del esfuerzo.

Dejo caer el cuerpo de Dictis sobre el de su compañero en un rincón de la estancia. Apilo unas cuantas cajas a su alrededor y, por si acaso, lo cubro todo con una sábana. Cuando me doy la vuelta, veo que el ateniense nos ha seguido hasta la despensa para limpiar los restos de sangre.

—Justo a tiempo —dice, mientras cierra la puerta a su paso. Se oyen unas pisadas al otro lado.

—Espero que no se fijen en la pila de armas que he escondido en el *pithos* que hay ahí fuera —susurra, mientras esboza una mueca.

Contengo el aliento. Lykou inclina la cabeza en la dirección por la que resuenan las pisadas, con las orejas erizadas, y, cuando se gira hacia mí, abro la boca para decir algo. Pero el ateniense me interrumpe, sosteniendo un dedo en alto.

—Las explicaciones pueden esperar hasta que lleguemos a un lugar seguro.

Me muerdo la lengua para no discutir con él. Tiene razón.

—Está bien. ¿Puedo preguntar al menos con quién me estoy jugando el pellejo?

El desconocido me agarra la mano y me la estrecha con fuerza; lleva una docena de anillos dorados que se me hincan en los dedos. Uno de ellos tiene esmeraldas incrustadas y un mochuelo de marfil.

—Soy Teseo, heredero al trono de Atenas. Y tú, amiga mía, vas a ayudarme a recuperar mi reino.


No me fío del ateniense, pero estoy dispuesta a colaborar con él.

De momento.

Teseo nos guía a través de Cnosos hasta sus aposentos y aprovecho la oportunidad para memorizar la disposición del palacio, identificando posibles rutas de escape y tomando nota mental de los pasillos sospechosos. A pesar de los coloridos frescos que decoran las paredes, de las espaciosas terrazas y los exuberantes jardines que aparecen en cada esquina, Cnosos desprende una atmósfera inquietante que suscita miedo y recelo. Los sirvientes son huidizos, eluden mi mirada mientras corren por los pasillos. No hay rastro de la comitiva espartana, aunque estoy convencida de que las Moiras solo están esperando el momento oportuno para revelarle mi presencia a Alkaios.

Teseo se pone a relatar sus hazañas, recreándose con toda clase de detalles, mientras su voz resuena por los lúgubres pasillos.

—La cabeza de la Gorgona era inmensa, más grande que mi cuerpo. —Teseo extiende los brazos para enfatizar sus palabras—. Supe que tendría que sacrificarme para salvar a las pobres mujeres de Lesbos. Así que le clavé en los ojos los restos de mi maltrecha lanza. La Gorgona lanzó un chillido que resonó en el ambiente mientras caía al mar, precipitándose por los escarpados acantilados.

—Vaya —exclamo con un tono cargado de cinismo—. Qué impresionante.

—A los espartanos se os da fatal fingir —replica Teseo con una risita.

—¿Llevas mucho tiempo en Creta? —le pregunto, por hablar de algo. Nos cruzamos por el pasillo con varios invitados de Minos, pero por suerte ninguno es espartano.

—No, llegué hace un par de días. —Teseo pierde la sonrisa por primera vez y adopta un gesto adusto—. El *anax* ha tenido la amabilidad de invitarme a su palacio, aunque no soy el único noble presente. Los reyes de Épiro, Marsella y Cirene llegaron antes que yo, y seguro que habrás visto la comitiva espartana que atravesó las puertas esta mañana.

—Imposible no fijarse en ellos. —La imagen de Alkaios de espaldas, portando mi brazalete, sigue grabada en mi mente—. Los rumores sobre su viaje a Creta han circulado durante meses. ¿Sabes por qué Minos ha convocado a su palacio a algunos de los principales líderes de Grecia?

—No tengo ni idea. —Pasamos junto a un colorido fresco y Teseo desliza una mano sobre los mosaicos cerúleos y dorados, dejando a su paso las huellas de sus dedos—. Pero se espera que lleguen muchos más antes del banquete de esta noche.

147

—¿Y qué pasa con el hijo del *anax* Minos? —pregunto—. ¿Estará presente en el banquete?

Un grupo de nobles pasa de largo junto a nosotros. Teseo baja la voz para responder:

—¿El Minotauro? No he tenido ocasión de toparme con ese bastardo. Con suerte hará su aparición durante el banquete, pero metido en una jaula.

Cuando comienza a ponerse el sol, bañando los pasillos con una luz ambarina, el príncipe me conduce hasta sus aposentos. Minos le ha concedido a Teseo una estancia lujosa, compuesta por tres dormitorios y un cuarto de aseo, todo ello dividido por unas finas cortinas de seda doradas, sumado a una terraza con vistas a la ciudad. En el centro de las estancias hay una chimenea inmensa, rodeada de pieles tan blancas y mullidas que parecen nubes.

Lykou, que nos ha seguido a través del palacio, examina la estancia en busca de amenazas, olisqueando los rincones y debajo de las mesas por si hubiera enemigos. Asiente con la cabeza para darme el visto bueno y yo le doy las gracias con una sonrisa. Con él a mi lado me siento mucho más tranquila.

—Basta de cuentos. —Me giro hacia Teseo—. Basta de juegos.

Las llamas de la chimenea crepitan y titilan cuando una ráfaga de viento se extiende por las habitaciones. La piel de Teseo despide un destello ambarino bajo la luz del fuego, pero sus ojos están sumidos en sombras.

—Mi coartada para venir al palacio de la Doble Hacha es tan falsa como la tuya.

—Solo un necio pensaría lo contrario, aunque es posible que esas armas te hayan delatado.

Cuando cruzamos de nuevo una mirada, Teseo parece más joven de lo que pensé en un principio, puede que incluso más que yo. No tiene una sola cicatriz en la piel, ni tampoco el menor atisbo de barba en el mentón.

—Atenea me ha privado de lo que me corresponde por derecho. Solo podré reclamar mi trono cuando haya superado seis pruebas, y aún me quedan dos por cumplir. Poner fin al reinado del terror de Minos matando a su hijo bastardo y liberar la ciudad de Tebas.

Teseo avanza un paso con tiento, observando todos mis movimientos como si yo fuera una bestia con la pata atrapada en un cepo, lista para escaparme.

—Has mostrado mucha seguridad al abatir a esos guardias y redujiste sin esfuerzo a ese herrero en el mercado de Heraclión. Si no lo hubiera visto con mis propios ojos, jamás habría creído que detrás de ese semblante tan delicado se esconde una mercenaria.

—Nadie ha descrito nunca «mi semblante» como delicado, pero, si quieres mantener tus extremidades intactas, no vuelvas a hacerlo. —Me cruzo de brazos—. Me has sido de utilidad al conseguirme una invitación para el banquete de esta noche, pero puedes esperar aquí mientras nosotros nos ocupamos del hijo de Minos.

—No —replica mientras mira a su alrededor, airado—. Hay un arma en la guarida del Minotauro, una que debo encontrar. Hace años que Tebas se ha visto asolada por una bestia hedionda que acecha en los caminos de acceso a la ciudad. Un oráculo profetizó que yo encontraré aquí el arma necesaria para vencerla. Tú me ayudarás a matar al hijo bastardo de Minos y así encontraré el arma.

Deslizo el pulgar sobre la empuñadura de un cuchillo, mientras observo a Teseo. Las palabras de Prometeo resuenan en mis oídos:

«La plaga de Tebas».

Como si los guiaran los astros, parece que nuestros planes se alinean.

—Entonces seremos aliados —digo, entregándole el puñal por la empuñadura.

Teseo me mira fijamente, con unos ojos grises como los míos, antes de deslizarse el filo por la palma. Su sangre chisporrotea al gotear sobre la chimenea.

—Juro por mi honor y por mi trono que no te traicionaré. Que lo oigan todos los olímpicos: seremos aliados hasta que mi misión haya sido completada.

Como no me queda otra opción, asiento con la cabeza para dar mi consentimiento.

Asistiremos al banquete de Minos, nos infiltraremos bajo la apariencia del invitado perfecto. Con la excusa de disfrutar de los festejos nocturnos, registraremos el patio en busca de pistas y nos encomendaremos a los poderes restantes del Olimpo para que nadie descubra nuestra farsa.

Algún día aprenderé a trazar un plan decente de antemano.

Hay varias prendas de ropa desperdigadas sobre las pieles plateadas del lecho de Teseo. Mi vestido para el banquete es una delicada prenda de seda de color rubí que resalta las curvas de mi cuerpo. La maldición de Midas se escabulle hacia las plantas de mis pies para eludir las miradas de los sirvientes mientras envuelven mi cuerpo con ese lujoso tejido. Lo rodean con una única vuelta y después me pasan el extremo del tejido por encima de un hombro. Me aferran la cintura con un delicado corsé dorado, a juego con los brazaletes que llevo en las muñecas y la diadema que sujeta mis rizos. Por último, me ponen una caliptra roja de seda que deja al descubierto mis ojos pintados con ocre, con el cabello recogido en una intrincada trenza que se extiende sobre mi espalda y por debajo del velo.

—Por favor, mi señora —dice una sirvienta, tan bajito que apenas puedo oírla—. He pensado que preferiríais llevar el colgante que ha propuesto mi señor Teseo.

Sostiene en alto una chabacana cadena de oro, aparatosa e incómoda de llevar. Me recuerda demasiado a las cadenas de un esclavo.

Niego con la cabeza para rechazar el collar de Teseo y me coloco el cuervo blanco entre los pechos. Cuando los sirvientes se dan la vuelta, aprovecho para sujetarme un puñal del muslo y para esconder otro dentro de mi trenza.

Lykou es el primero en regresar a la habitación. Pone los ojos como platos al verme, con la boca entreabierta. Me ruborizo y esquivo su mirada. Es fácil olvidar que dentro de ese lobo hay un joven muy apuesto que posiblemente esté enamorado de mí. Cuando entra Teseo, se dibuja lentamente una sonrisa en su rostro.

—Quizá debería haber elegido un vestido menos sugerente. Con eso llamarás la atención de todos.

Lykou gruñe enfadado cuando Teseo me rodea la cintura con un brazo. Me aparto de él y deslizo unos dedos temblorosos sobre el corsé dorado que me envuelve el torso y el maleficio que se ha desplazado hacia mis caderas.

Ligeia y mi madre adoptiva siempre han confiado en que algún día les cogiera el gusto a los vestidos bonitos y los *kosmetikos*, pero nunca les he dado ese gusto. Un guerrero no tiene tiempo para preocuparse por la ropa, solía decirles. Sin embargo, mientras Lykou y Teseo me observan con un fervor evidente, me doy cuenta de que también reporta cierta fortaleza abrazar tu feminidad y la vulnerabilidad que conlleva. Un vestido también puede ser un arma, un instrumento de tela con el que girar cabezas y atraer miradas, una herramienta para influir en las decisiones ajenas.

Le ofrezco mi brazo a Teseo y le digo:

—¿Nos vamos?

# CAPÍTULO 16

La cola de mi vestido de seda se desliza por el suelo, al son de mis pasos. La maldición de Midas serpentea alrededor de mi ombligo, palpitando al ritmo creciente de mis latidos, estremeciéndose con cada paso que doy en dirección al salón de banquetes. Inspiro hondo para serenarme y salgo del pasillo para acceder al patio central.

Varios sirvientes con la piel pintada con ceniza se acercan portando bandejas repletas de comida y bebidas. Una brisa cálida aviva las llamas de la chimenea central. Hay músicos apostados en cada rincón del patio, interpretando una melodía relajante en perfecta armonía. Cientos de nobles abarrotan el salón de banquetes, riendo y conversando. Sin embargo, por encima de las risas y las charlas, una nube oscura pende sobre las cabezas de los invitados, fácilmente perceptible en el nerviosismo que tensa sus rostros.

El rey Minos se encuentran en lo alto de un estrado de madera renegrida. Lleva puesta una máscara con forma de toro, con unos enormes cuernos negros salpicados de pintura roja para simular sangre. Es idéntica a la que me mostró Prometeo. Me estremezco y me froto con fuerza los brazos.

Un guardia se acerca al rey y le susurra algo al oído. Minos desvía la mirada hacia mí y yo me giro rápidamente hacia Teseo, consciente de que me ha hecho una pregunta.

—¿Disculpa?

—Es intimidante, ¿no te parece? —Teseo gira la cabeza para mirar a Minos.

Acepto la cílica de vino que me ofrece un sirviente al pasar.

—Es una forma de describirlo.

Teseo señala a una pareja situada en el otro extremo de la estancia.

—¿Ese que está ahí con la princesa Ariadna no es tu marido?

Noto un nudo en la barriga. Apolo se inclina hacia esa jovencita para susurrarle algo al oído y ella se ríe. Tiene las manos apoyadas sobre sus caderas. Es una muchacha menuda, envuelta en los pliegues sedosos de un peplo y una caliptra de color rosa pálido. Sus rizos oscuros se despliegan sobre sus hombros y lleva anudada a la cintura con dos vueltas una hilera de perlas. Junto a ellos hay varias jóvenes que observan con envidia a la princesa.

—Mi esposo tiene la capacidad de atención de un mosquito —replico mientras pruebo el vino.

—¿Son celos eso que percibo? —inquiere Teseo.

—Es simple indiferencia. —Pruebo otro sorbo de vino, esta vez un trago lo bastante largo como para templarme los nervios.

Apolo mira hacia donde estoy yo. Me reconoce a pesar del velo y se pone pálido. El corazón se me alborota en el pecho. Le hago un gesto para que guarde silencio.

Al cabo de un instante, esboza una sonrisa cómplice. Me examina, deslizando lentamente la mirada sobre los bucles de mi cabello hasta llegar a la cintura, donde se detiene en el brazo con el que Teseo me rodea las caderas. Noto una oleada de calor en mi interior, tan intensa como el fulgor que aparece en sus ojos. Me giro antes de que mi expresión me delate.

El patio está abierto por los extremos norte y sur, con vistas a una Creta apagada y soñolienta, mientras que por los extremos este y oeste se accede a los angostos pasillos que conducen al palacio. Antes, Teseo me condujo por la zona oriental del palacio de la Doble Hacha, pero el tesoro olímpico podría estar escondido en el extremo contrario del edificio.

Teseo engulle un cáliz tras otro de ese vino afrutado, mientras que yo lo bebo a sorbitos, pues quiero estar lo más lúcida posible para afrontar la velada que tenemos por delante. Damos vueltas y más vueltas alrededor del patio, buscando con disimulo cualquier indicio del tesoro olímpico robado. No veo ni a Alkaios ni a los nobles espartanos, pero eso no significa que no estén aquí, y tampoco que no hayan reparado aún en mi presencia.

Apolo y Ariadna se plantan ante nosotros cuando vamos a emprender la cuarta vuelta al patio, cortándonos el paso.

—Príncipe Teseo. —El tono de Ariadna es ácido, como un vino joven. Observa mi vestido y mi peinado con ojo experto—. ¿No vas a presentarme a tu invitada?

Me esfuerzo por recordar el nombre que Teseo les dijo a los sirvientes, pero no soy capaz.

—Me llamo Criseida, alteza. —Le dedico a Apolo una sonrisa cordial—. ¿Y quién es vuestro apuesto acompañante?

—Me llamo Apolodoro —responde Apolo en lugar de la princesa, mientras ejecuta una elegante reverencia y me guiña un ojo con disimulo.

Reprimo una carcajada sin dejar de mirar a Ariadna.

—¿Y hace mucho que conocéis a… Apolodoro?

—Por desgracia, no. —Ariadna enarca una ceja fina y oscura—. ¿Cómo os conocisteis Teseo y tú?

—Criseida es una vieja amiga que conocí durante mis viajes —responde Teseo, que adopta mi nuevo nombre con facilidad. Me sujeta la cadera con más firmeza, atrayéndome hacia él.

Aunque soy más alta que ella, la princesa cretense sigue siendo capaz de mirarme por encima del hombro. Entonces frunce los labios y dice, con una amenaza implícita pero palpable:

—No soporto que me respondan con evasivas. Si no consigo sacaros información, ya lo hará mi padre. —Da otro sorbito de vino—. Por cualquier medio.

—Por nosotros que no quede —replico sin dejarme intimidar.

Ariadna se yergue y aparece un brillo nuevo en sus ojos, extraño e indescifrable. Apolo se gira hacia mí y carraspea.

—¿Te apetece dar un paseo conmigo, señorita Criseida?

Hago un puchero, metida en el papel de jovencita de la realeza.

—Pero es que no he tenido casi tiempo de conversar con la princesa Ariadna.

Apolo mira fijamente el brazo con el que Teseo me sigue rodeando la cintura, así que fuerzo un suspiro y acepto el brazo que me tiende a regañadientes.

—Si insistes.



—Creo que Ariadna y Pirro se llevarían bien —comento, por decir algo, mientras Apolo me saca de allí—. Siempre le han gustado las mujeres con carácter. Aunque dudo que la princesa Ariadna se deje cortejar por un venado.

—Quizá sea lo mejor. —Apolo sonríe de medio lado. Es el gesto que pone cuando está ocultando algo—. Dioniso está perdidamente enamorado de Ariadna y, por más agraciado que pueda ser tu hermano, no tiene nada que hacer contra el mío.

Mientras bebo un sorbo de vino sigo los movimientos de los guardias de Minos, todos ellos armados hasta los dientes y envueltos en un halo de hostilidad. Están distribuidos equitativamente por el patio y no parece que estén protegiendo nada ni a nadie en particular, pero no alejan la mano de la espada en ningún momento.

Una brisa fría y repentina me roza los talones, provocándome un escalofrío. La bajada de temperatura me corta el aliento.

—¿Los vientos del norte ya están aquí? Pero si aún falta para la temporada de cosecha.

El semblante de Apolo se oscurece como una tormenta cuando él también percibe la gelidez que acompaña a la brisa septentrional.

—Los menguantes poderes del Olimpo han despertado a Bóreas de su hibernación antes de tiempo.

—¿Qué pasará con los cultivos de Esparta? —Me aferro a mi quitón para contener el temblor de mis manos.

—Los vientos y los cultivos son el menor de nuestros problemas.

Apolo mira hacia Creta con los ojos entornados. Después niega con la cabeza y cambia de tema:

—No debería sorprenderme encontrarte aquí. Aunque agradezco que muestres más sutileza que tus compatriotas. La mayoría de los espartanos habrían entrado en tromba por las puertas con la discreción propia de un ariete.

Me cuido de no mencionar a los dos guardias muertos que se están pudriendo en esa alacena en algún rincón del palacio mientras bebo otro largo trago de vino.

Apolo, que no advierte mi incomodidad, prosigue:

—A excepción del *anax* Menelao y la *anassa* Helena. Me pregunto qué les diría Minos para que aceptaran su invitación.

Su piel tiene un tacto cálido, entonces me suelta el brazo y me rodea la cintura con un suspiro de satisfacción, distrayéndome de la llegada de mi hermano. Al notar la calidez de ese brazo alrededor de la cintura, apenas puedo concentrarme en nada más.

—¿Y cómo conseguiste tú la invitación? —pregunta Apolo.

—Tengo mis recursos.

—Supongo que debo agradecer que no hayas arruinado mis planes… aún.

—¿Se te ocurre dónde puede haber escondido Minos el tesoro? —Observo el pasillo sombrío que se extiende por detrás del rey. No percibo nada inusual entre la oscuridad—. ¿Cómo vamos a sacarlo de aquí una vez lo encontremos? No ha sido fácil entrar en el palacio.

—Cada cosa a su tiempo —responde Apolo. No sé cómo se las apaña para parecer siempre tan despreocupado.

Me conduce alrededor del patio, saluda con un ademán a la monarquía espartana cuando por fin realizan su entrada. Helena es la mujer más hermosa del lugar, ataviada con un vestido de color añil que resalta su cuerpo esbelto y voluptuoso, así como sus exuberantes rizos castaños. Por supuesto, va rodeada por tres guardias personales, liderados por Alkaios. Me flaquean las piernas, el pánico me deja sin aire en los pulmones.

—¿Y tú por qué estás tan tranquilo? Yo estoy tan tensa como la cuerda de un arco a punto de partirse.

Me pongo a juguetear con mi vestido y luego giro los hombros para rebajar la tensión de los músculos y mantener la mente ocupada.

—Quizá necesites más vino. ¿Te apetece otra copa? —Apolo señala con la cabeza hacia un sirviente que pasa de largo, cargado con una bandeja llena de copas a rebosar—. ¿O tal vez un aperitivo?

—No me importaría tomar unas uvas y un poco de queso feta —admito, aunque no creo que los nervios me permitan disfrutar de la comida—. Si bebo más vino, podría sentarme mal.

Apolo se ausenta apenas un instante y le dedico una sonrisa cuando regresa con un plato cargado de fruta y queso. Mi estómago gruñe al verlo.

—Gracias, Apolo.

Agarro el plato y me pongo a comer con una avidez digna de una ardilla. Apolo se sorprende, con los ojos como platos y la escultural mandíbula entreabierta. Al verlo, me pongo roja como un tomate y le doy el plato al sirviente más cercano.

—¿Qué pasa? ¿Es que nunca habías visto comer a una mujer?

Apolo niega con la cabeza, el brillo desaparece de sus ojos.

—Ha sido la primera vez que me llamas por mi nombre.

—¿De veras?

Me ruborizo todavía más cuando comprendo que tiene razón. He guardado las distancias con él, reprimiendo cualquier posible acercamiento, y me he limitado a interactuar con él cuando no me quedaba más remedio.

Un par de guardias pasan de largo y Apolo se acerca todavía más a mí, para impedir que me vean. Mi espalda topa con una fría columna de mármol, un bálsamo frente al calor abrasador que irradia Apolo. Me tiemblan las piernas.

—No te acerques tanto. Vas a llamar la atención.

—Que me miren —replica. Le apoyo una mano en el pecho. El calor y la energía que palpitan bajo mi palma me provocan un cosquilleo en el estómago—. Vuelve a decir mi nombre.

—Apolo. —Su nombre escapa de mis labios, seguido de un suave suspiro.

Su mirada es como una voluta de humo, el brazo que me rodea la cintura son las llamas que hacen subir la temperatura ambiente. Mi mente y mi corazón entran en disputa, llenándome de desprecio hacia los dioses que me controlan y de anhelo hacia este dios que me abraza. Es difícil concentrarse en nada que no sea ese brazo con el que me estrecha hacia su cuerpo. Sus ojos lo copan todo, profundos e indómitos como las aguas del océano.

Una noble pelirroja pasa de largo, engullendo una copa de vino. Tiene los ojos vidriosos a causa del alcohol y se aparta un mechón rizado por encima del hombro, la luz del fuego arrancando un destello cobrizo de su cabello. El rostro de Pirro se proyecta en mi mente. Veo su gesto agónico cuando quedó transformado en ciervo delante de mis narices.

A manos de la hermana del dios que tengo a mi lado.

—Esta noche estás preciosa, Dafne —susurra Apolo.

—Las damas de esta corte opinan lo mismo de ti. —Señalo hacia un par de nobles que cuchichean entre sí, mientras le observan desde el otro extremo del patio—. Hay multitud de hombres y mujeres haciendo cola para ser tu próxima conquista.

—Crees que me conoces. —Adopta un gesto severo, las sombras acentúan sus rasgos angulosos—. Soy un océano repleto de secretos y haría falta un centenar de vidas para revelarlos. Por más que lo intentes, jamás llegarás a conocerme del todo.

Apolo sigue hablando, atrayéndome hacia él, acortando con soltura la distancia que nos separa.

—Solo sabes lo que te contó tu querida Ligeia. Deja que te diga una cosa: Ligeia no sabe tanto como se cree. ¿Es justo juzgar a un individuo solo en base a las historias que se cuentan de él?

Necesito hacer acopio de voluntad para apartarme de él, para situarme fuera de su alcance.

—Quizá te haya juzgado de un modo injusto —admito, estrechándome entre mis brazos. Vuelvo a tener frío ahora que me he alejado de la embriagadora calidez de Apolo—. Pero cuando tu hermana utilizó a mi hermano como moneda de cambio, confirmó todas esas horribles historias que Ligeia me contaba sobre ti y sobre tu familia. Desde el momento en que transformaste a Lykou en un lobo, creaste un abismo inmenso que deberás sortear si quieres ganarte mi respeto. No necesito las historias de Ligeia para juzgarte. Tus actos hablan por sí solos. Y no veas si hablan.

Apolo da un paso atrás.

—Dafne, yo...

Me sobresalto al oír un repentino redoble de tambores procedente de la parte frontal de la sala del trono. La multitud abre paso al rey de Creta. Minos camina con pasos cortos y bruscos que no consiguen disimular su cojera. Me sostiene la mirada con sus ojos de color gris oscuro y las pálidas cicatrices que surcan su piel oscura se estremecen a cada paso que da, desplegadas a lo largo de su pecho.

Minos se quita la máscara y la deja caer al suelo, revelando un rostro poco agraciado. Tiene una frente prominente y los ojos hundidos, los labios delgados y fruncidos en una mueca que acentúa el hoyuelo de su barbilla, tan hondo que le cabría una moneda dentro. Lleva el pelo rapado y la luz se refleja sobre su cráneo cuando inclina la cabeza hacia nosotros.

En sus ojos se reflejan los horrores, las historias que se extienden por toda Grecia sobre sus crímenes contra la humanidad. La oscuridad latente en ellos se despliega mientras me observa, como una mancha de obsidiana que evoca todas sus atrocidades.

Me arrodillo ante él y Apolo hace lo propio. Mi trenza se desploma sobre mi hombro, arrastrando consigo el velo y descubriendo el reverso de mi cuello. Con un simple gesto, Minos podría ordenarle a un guardia que me rebanara la cabeza. Me tiemblan las manos y Apolo me apoya una de las suyas encima para contener los temblores.

—Creo que no hemos tenido el placer de presentarnos —dice Minos cuando me incorporo, sin soltarle la mano a Apolo.

Minos tiene los dientes delanteros astillados, como si masticase oro por diversión. Tardo un instante en comprender que se está refiriendo a nosotros dos, aunque es a mí a quien mira fijamente.

Varios nobles se congregan en silencio a nuestro alrededor, y compruebo con espanto que Helena y Menelao se cuentan entre ellos. Por una vez, agradezco la privacidad de mi velo. Todos observan el encuentro entre Minos y yo sin disimular su curiosidad.

—¡Ariadna! —La voz de Minos se abre paso entre la multitud como un cuchillo bien afilado.

Ariadna corre al encuentro de su padre, seguida de Teseo, con la cabeza tan alta que me suscita cierta admiración.

—¿Sí, padre? —La princesa frunce ligeramente los labios, en un atisbo de mueca. Es obvio que padre e hija no se tienen mucho cariño.

—Preséntanos. —No es una petición ni una sugerencia: es una orden.

Ariadna nos mira alternativamente a Apolo y a mí.

—Estos son los invitados Apolodoro y Criseida.

—Apolodoro y Criseida. —Minos repite nuestros nombres falsos, los paladea como si estuviera probando un sorbo de vino.

—Criseida es una vieja amiga mía —se apresura a explicar Teseo—. Ha viajado hasta aquí para visitar el templo de Anemospilia y buscar el favor de Zeus.

Minos ignora al ateniense.

—No tienes la silueta propia de una dama de la nobleza. —Me examina detenidamente. Parezco un caballo en una subasta, y él es un mercader en busca de algún defecto que le permita regatear el precio. Me siento desnuda entre la multitud, escruta-

160

da y evaluada por este rey tan cruel—. Tienes la musculatura de una mujer acostumbrada al trabajo duro, las cicatrices de una guerrera y la mirada arrogante y ardiente de una mercenaria.

Reprimo el impulso de preguntarle cómo es posible que la arrogancia pueda arder.

—Os confundís, mi señor —replico, adoptando el tono mordaz y solemne propio de una princesa que se siente agraviada, con las manos apoyadas en las caderas para ocultar los callos que me delatarían—. Jamás he empuñado una espada en toda mi vida.

Mi espanto va en aumento cuando, por el rabillo del ojo, veo cómo Alkaios se sitúa detrás de Helena.

Teseo se acerca por detrás de mí. Un murmullo se extiende entre los nobles que nos rodean; al principio es suave, como la hierba de una pradera, hasta que acaba por convertirse en un cuchicheo constante.

Minos chasquea los dedos ante mi rostro y me sobresalta.

—Quítate el velo.

«No. Todo menos eso». Alkaios me reconocerá. Helena y Menelao seguramente también.

—¿Qué-qué? ¿Por qué?

—Mi señor —dice Apolo, situándose delante de mí—. Los dioses verán como una afrenta que una mujer se quite la caliptra en público. Es un sacrilegio pedirle algo así a esta dama.

—Los dioses no mandan en el palacio de la Doble Hacha —dice Minos, y sus palabras restallan como si de latigazos se tratara—. Mando yo. Así que quítate la caliptra.

Todas las miradas están puestas en mí mientras alargo una mano hacia el velo. Mis manos se mueven por voluntad propia, noto un nudo en la garganta que impide que el aire llegue a mis pulmones. Helena se lleva una mano a la boca. Apolo abre la suya para volver a discutir con Minos, a riesgo de terminar en las mazmorras de Cnosos. Puedo ver a Alkaios por el rabillo del ojo, que me mira fijamente mientras agarro lentamente el borde del velo. El tejido sedoso comienza a deslizarse por mi cabeza.

Alguien alarga un brazo y me coge de la mano. Es Ariadna, que me sujeta para que no me quite el velo y luego se da la vuelta hacia Minos.

—Detén este sinsentido, padre —ordena. Posee una voz digna de una reina, imbuida con el poder de una diosa. Ariadna se interpone entre los dos para apartarme de la vista de su padre—. No hace falta humillar a la señorita Criseida delante de los dioses y de todos estos nobles.

Se me corta el aliento durante un instante cargado de tensión.

Minos asiente bruscamente con la cabeza. Rodea a su hija para acercarse a mí, me agarra las yemas de los dedos para plantarme un beso fugaz y viscoso en la mano, y luego desaparece entre la maraña de nobles.

Ha sido demasiado fácil. El rey loco ha aceptado la derrota demasiado rápido.

Minos aún no ha terminado conmigo.

El silencio que invadió el patio cuando Minos se acercó a hablar con nosotros deja paso a una cháchara nerviosa. Los nobles se dispersan, se alejan de mí, pero Alkaios todavía me observa. Le doy la espalda, lo desprecio como si no fuera más que un vulgar soldado, pero no sin antes advertir un gesto de confusión en sus ojos oscuros y una palidez creciente en su piel.

Los tambores comienzan a retumbar desde las esquinas del patio, con la intensidad propia de un trueno inminente.

—Siervos de Grecia, os he convocado para celebrar vuestra libertad. —Minos se desplaza de un lado a otro del estrado como si fuera un león enjaulado—. Libertad frente a los grilletes de los dioses.

Los nobles se revuelven con inquietud. El ritmo de los tambores se ralentiza hasta adoptar uno propio de una marcha fúnebre. Dejo de mirar a Minos durante unos segundos para girar la cabeza hacia Teseo. Cruzamos una mirada nerviosa. Ariadna se pega a él.

—Desde que nos crearon, hemos estado a merced de su tiránico gobierno. Nos han reprimido, robado y asesinado. Pero yo nos libraré a todos del carácter lascivo de Zeus y del rencor de Hera. Ya no tenemos por qué postrarnos ni arrastrarnos ante esas egoístas deidades, no tenemos por qué sacrificar a nuestros hijos para contentar los caprichos de sus díscolos vástagos.

Apolo aprieta los dientes con tanta fuerza que le palpita la sien. Le agarro de la mano y se la estrecho con suavidad. Lo hago para que sepa que sigo aquí para ayudarle... y para evitar que monte una escenita.

—Antes de que huyáis despavoridos, como cachorritos con el rabo entre las patas, os ordeno que os quedéis para ser testigos. —Minos alza las manos, con las palmas hacia fuera y los dedos extendidos—. Los dioses ya no tienen ningún poder sobre mí. Ni sobre ninguno de los presentes. Porque su poder depende de nosotros, el pueblo de Grecia, y no seguiremos soportando su tiranía.

Se me acelera el corazón, late con tanta fuerza que seguro que Poseidón puede oírlo desde las profundidades del Mesogeios. Un reguero de sudor me recorre el espinazo. Muchos nobles del público se acercan hacia las salidas.

—Habla como un demente —susurro, estrechándole de nuevo la mano a Apolo—. ¿Qué pretende conseguir? Ese discurso es una temeridad cuando Zeus podría aniquilarle de un plumazo.

Apolo guarda silencio un instante, con la mirada fija en el rey de Creta, antes de responder:

—El poder del Olimpo, y el de mi familia, dependen del pueblo de Grecia. Hasta que recuperemos esos nueve objetos de poder, la influencia del Olimpo quedará en entredicho. Y eso podría tener consecuencias desastrosas para el mundo.

Apolo se inclina hacia mí, me roza la oreja con los labios.

—Imagina que el poder para controlar los cielos, el poder para gobernar los mares e incluso el poder para acceder a tus sueños cayera en malas manos. Imagina que el poder para dirigir a los ejércitos de los muertos recayera sobre un líder sanguinario. Imagina que cayera en manos de un rey tan tirano como

Minos. Imagina las guerras que se librarían. Imagina cuántos espartanos, tus compatriotas, darían sus vidas para contener a este rey loco.

Siento un escalofrío. Me falta el aliento y tengo que esforzarme para no ponerme a temblar por todo lo que eso implica.

—Minos tiene el destino del Olimpo en sus manos y, a no ser que recuperemos esos objetos de poder, no podremos hacer nada para impedir que nos destruya. —Apolo vuelve a girarse hacia el rey, con un gesto de aflicción—. Crees que los dioses utilizamos nuestros poderes con fines mezquinos, pero no es nada comparado con lo que harían los mortales con apenas una pequeña fracción de esos poderes.

Observo a Minos con un espanto renovado mientras el rey vuelve a tomar la palabra:

—Muchos de vosotros os preguntaréis de dónde ha surgido esta rebelión. ¿Cómo puedo atreverme a mirar de tú a tú a los enfurecidos dioses y escupir ante sus pies? Hace mucho que me harté de postrarme ante el Olimpo, conservando mi trono a base de derramar la sangre de mi pueblo.

»Me burlo de los dioses porque ha llegado a mis manos un tesoro insólito. Algo que me proporciona un poder absoluto sobre ellos. —Hace señas a un par de guardias, que salen rápidamente de la estancia con el rostro pálido—. Me ha sido otorgado un gran regalo en recompensa por los pecados cometidos contra él por el Olimpo.

Se oyen unos chillidos procedentes del pasillo que se extiende por detrás del estrado. Apolo se pone tenso a mi lado.

Nueve objetos, eso fue lo que me dijo Apolo. Nueve bienes muy preciados fueron robados del Olimpo. Pero no son objetos.

Son mujeres.

Tres musas forcejean con los guardias que las llevan a rastras ante la mirada estupefacta de los nobles. Tienen la ropa hecha jirones, los labios partidos y manchados de icor. Alargo una mano para agarrar a Apolo e impedir que eche a correr hacia el estrado, con los ojos iluminados con las llamas del Tártaro. Minos pagará por este sacrilegio, pero eso tendrá que esperar. Apolo tira de mí, ansioso por salvar y proteger a esas mujeres con el último atisbo de su poder olímpico.

«Diosas de las artes y fuente de todo conocimiento, las musas son las protectoras sagradas de las Hespérides, la fuente de todo el poder del Olimpo. A su vez, las musas se encuentran bajo la protección de Apolo».

La cabeza me da vueltas por lo que eso significa. No es de extrañar que Apolo se haya puesto tan furioso. Aprieta los dientes con tanta fuerza como para pulverizarlos. Le palpita la sien. Apolo sabía desde el primer momento que las musas eran ese bien sustraído del Olimpo. No son meros artefactos extraídos del tesoro de Zeus, sino unas mujeres que supuestamente estaban bajo su protección.

Me embarga una furia comparable a la suya, pero no puedo tomarla con él ahora. No mientras la vida de las musas esté en juego.

—Tres musas —prosigue Minos—, de las que podré disponer a mi antojo.

Una musa intenta apartarse cuando Minos alarga un brazo hacia ella, con los dedos flexionados como si fueran garras. Le tira del pelo mientras la musa solloza y gimotea. Estoy a punto de echar a correr yo misma hacia el estrado cuando de repente la vuelve a soltar. La musa se aleja tambaleándose para reunirse con sus hermanas.

Minos hace señas a otros dos guardias, que se posicionan por detrás del trono. Cada uno lo agarra por un lateral y lo arrastran hacia atrás. Se oye un chirrido atroz mientras se abre un abismo en el suelo, del que emerge una oleada de aire frío que se extiende entre la multitud.

El queso y el vino que engullí hace un rato amenazan con salir por la fuerza de mi estómago. Las musas rompen a llorar de nuevo; sus sollozos me mortifican por mi cobardía, por mi incapacidad para salvarlas. A Apolo empieza a sudarle la mano.

—Esto es una locura, Minos —exclama Helena, cerca de mí.

Menelao trata de contenerla, pero ella se zafa. Alkaios y los demás soldados acercan la mano a las empuñaduras de sus espadas. Helena arroja su cílica, que se estrella contra el suelo.

—Libera a esas mujeres antes de que nos condenes a todos al Tártaro.

Minos ignora a mi reina, al tiempo que esboza una sonrisa maníaca.

—Durante treinta años he sacrificado a los hijos del Mesogeios a mi hijo, por mandato de los dioses. Tres décadas de matanzas para demostrar mi devoción hacia ellos y conservar mi posición de poder. Todos habéis venido aquí para implorarme que ponga fin a esta masacre, para negociar y suplicar de rodillas. Este será el último sacrificio, la última sangre que derramaré para asegurar mi control sobre el Mesogeios. Que se sepa que el Olimpo ya no tiene ningún poder sobre los hombres.

Más nobles del público comienzan a protestar, intentan razonar en vano con el rey demente, mientras que otros guardan silencio, estupefactos.

Un ruido procedente de la fosa acalla todas las voces. Lentamente, el ruido aumenta y el suelo empieza a temblar. Un rugido sordo comienza a resonar por la estancia. Ese sonido me hiela la sangre, me acerco a Apolo para sentir su calidez. Varios de los presentes empiezan a gritar, echan a correr hacia las salidas, pero los soldados se apostan ante las puertas, cortándoles la retirada.

—Os presentaría a mi hijo, pero no os he invitado a venir para que seáis su cena —bromea Minos—. Sigue una dieta muy estricta y solo debe comer al amanecer. Es mejor para la digestión.

—Estás loco —brama Menelao, que se aleja llevando a su esposa a rastras.

—Mejor estar loco que ser un pusilánime que sigue ciegamente a unos dioses que han perdido su poder. —Minos se gira hacia las musas—. Corred cuanto podáis. Mi hijo disfruta con una buena caza.

Y, entonces, ante un gesto de su rey, los guardias empujan a las aterrorizadas musas hacia el interior de la fosa.

# CAPÍTULO 17

—El Olimpo ya no tiene poder sobre nosotros. —Las palabras de Minos me persiguen desde el patio—. Ya no somos los juguetes de los dioses.

Los invitados corren hacia sus aposentos, empujando a los guardias y huyendo de la escena de un crimen que puede condenarlos al Tártaro. Apolo y yo no somos una excepción, así que corremos hacia los aposentos de Teseo.

—Tú lo sabías —lo acuso una vez que estamos a salvo al otro lado de la puerta de la habitación, canalizando sobre Apolo mi furia y mi frustración—. Tú sabías que estábamos buscando a las musas. ¿Cómo podrías no saberlo? ¿Por qué no me lo dijiste?

Agarro el pequeño saco con mis pertenencias que está escondido detrás de una columna. La estancia está en penumbra, iluminada tan solo por unas pocas antorchas. Me despojo del vestido, sin importarme quién pueda verme desnuda bajo la luz de la chimenea, y me visto a toda prisa con mi peto de cuero espartano.

—Porque, en un principio, solo eras un medio para obtener un fin —dice Apolo, mientras se desliza una mano por el pelo—. Alguien capaz de sonsacarle sus secretos a Prometeo.

Lykou gruñe por detrás de mí, ronco y amenazante. El gruñido resuena por la estancia mientras Apolo alterna la mirada entre nosotros dos.

—Por eso no querías que entrase en el palacio.

La rabia se extiende por mi interior como una tempestad que eclipsa los demás sentimientos a su paso. Estoy temblando, todos los músculos de mi cuerpo me suplican que le dé una paliza a Apolo.

—Artemisa y tú no pretendíais que salvara a las musas. Solo queríais utilizarme para soltarle la lengua a Prometeo.

Apolo se pone pálido.

—Dafne, eso no es…

—Pues ya lo he hecho —grito, interrumpiéndole.

Me acerco, airada, y le hinco un dedo en el pecho. Apolo se tambalea y retrocede. Le sigo hasta que topa con la chimenea. Empieza a sudarle la frente.

—Te ayudaré a rescatar a las puñeteras musas. Pero lo hago por ellas. Y por Grecia. Después de eso, no quiero que los dioses volváis a meteros en mi vida, aunque me quede sin respuestas sobre mi pasado.

Después añado en voz baja:

—Deberías estar tú en ese laberinto. No ellas.

Le sostengo la mirada, retándole a girar la cabeza, a mostrar el más leve indicio de cobardía. Lykou deja de gruñir, hasta que lo único que resuena en la estancia es el crepitar del fuego y los latidos de mi corazón.

—Parece que Minos ha perdido la cordura. Tenemos que…

—Teseo irrumpe en la estancia, pero se frena en seco cuando ve a Apolo y se queda boquiabierto—. ¿Interrumpo algo?

—Al contrario —dice Apolo, alzando las manos—, has llegado en el momento oportuno.

Teseo nos mira con nerviosismo. Apolo se acerca a él y se apoya una mano sobre el corazón.

—El Olimpo te da las gracias por ayudar a Dafne a acceder al banquete, pero ahora necesitamos tu ayuda para salir del palacio. Atenea te ha encomendado encontrar un arma bajo la ciudad de Cnosos, y ahora yo te ordeno que nos ayudes a rescatar a las musas.

—¿Cómo sabes lo de las pruebas de Atenea? —Teseo se gira hacia mí—. ¿Qué más le has contado?

Apolo se yergue y avanza otro paso hasta que sus pechos se rozan.

—Soy Apolo, hijo de Zeus. Heredero del sol, dios de la música, la verdad y la profecía. Mi hermana te maldijo, y ahora exijo tu colaboración. Ayuda a Dafne a matar al Minotauro, y yo te ayudaré a cumplir esos encargos imposibles de Atenea.

El ateniense cierra la boca y no pierde más tiempo. Se cambia rápidamente detrás de una cortina de seda y emerge armado hasta los dientes, con una docena de puñales colgados a lo largo del pecho, cubierto por un peto de cuero, con dos hachas colgadas a la espalda y un par de vetustas espadas de hierro pendiendo de las caderas. Se ha recogido la melena con una correa de cuero y lleva el rostro y los hombros pintados con ceniza. A su lado, me siento casi desnuda con mi humilde uniforme, mis dagas y una única espada.

—¿Tenéis algún plan brillante? —dice Teseo, mientras se ata las correas de unos brazalete de bronce—. ¿O nos limitaremos a entrar en tromba en la sala del trono y que pase lo que tenga que pasar?

—Aunque me encantaría ver cómo intentas irrumpir en la sala del trono —replica Apolo, cruzándose de brazos—, los soldados de Cnosos nos superan en número, en una proporción de cien a uno.

Teseo se encoge de hombros. Al moverse, la docena de puñales que penden de su pecho despiden un destello.

—Los guardias no sabrán de dónde les llegan los golpes. Minos se estará regocijando en sus aposentos, abanicado por unos esclavos mientras se jacta de que sus invitados no sean más que una panda de cobardes.

—¿Qué propones que hagamos, Apolo? —pregunto, girándome hacia el dios—. ¿Le pedimos educadamente que nos devuelva a las musas y mate a su hijo?

—Tengo un plan —dice Apolo, con una sonrisa adusta—. Pero no te va a gustar.

Se oye una voz procedente de la puerta y todos nos giramos hacia allí:

—Aunque el plan de Apolodoro funcione, no creo que sobreviva ni a un solo asalto contra mi hermano.

Ariadna se encuentra en el umbral de la puerta. Con una mano sujeta el bajo de su quitón rosa y con la otra se aferra el corazón. Despojada del velo, su cabello se derrama sobre sus hombros formando una cascada de ébano a juego con esos ojos oscuros y entornados con los que nos observa. Detiene la mirada sobre nuestro armamento y atuendo de combate.

Teseo avanza hacia ella, alzando las manos en un gesto conciliador.

—Deja que te lo explique.

Ariadna le interrumpe con una mirada fulminante y aletea una mano con impaciencia; después, se gira hacia mí.

—Vais a necesitar algo más que armas para sobrevivir a lo que os espera en las profundidades de Cnosos.

Se adentra en la estancia. Alzo la cabeza, preparada para una nueva oleada de comentarios mordaces. Ariadna se detiene a escasos centímetros de mí. La princesa cretense extiende el brazo con el puño cerrado y me deposita un objeto frío y pequeño en la palma de la mano. Es un medallón plateado, grabado con un centenar de letras y símbolos que giran en espiral hacia el centro de la moneda, que pende de un cordel fino y negro.

El medallón no irradia ningún poder, no guarda ningún secreto que espera a ser revelado. No percibo nada amenazante en la escritura que tiene grabada en la superficie.

—¿Qué es? —Deslizo el pulgar sobre el primer símbolo, una punta de flecha invertida, trazado con pintura negra.

—Es un disco de Festo —dice Ariadna con una sonrisa arrogante que no tarda en ser reemplazada por una mueca—. Dédalo me ayudó a diseñarlo. Me perdí muchas veces durante el proceso. El reino de mi hermano en las entrañas de Cnosos no es apto para timoratos.

—¿Y para qué sirve? —Me planteo devolvérselo. Sea lo que sea, y sirva para lo que sirva, Ariadna podría utilizarlo para traicionarnos y entregarnos a su padre.

La princesa me quita el disco de las manos y me pasa el cordel sobre la cabeza. La fría esfera de metal rebota sobre el cuervo alojado entre mis pechos.

—Si estos necios pueden ayudarte de verdad a sortear a los guardias de mi padre, este disco te permitirá encontrar a las musas. Sigue los símbolos que he tallado y te conducirán hasta su guarida.

Ariadna se da la vuelta para marcharse. Recupero el habla cuando llega hasta el umbral:

—¿Por qué nos ayudas? ¿Tu padre no te castigará?

—No puedo seguir de brazos cruzados mientras mi padre asesina a inocentes para conservar su trono. —Ariadna alza la cabeza con orgullo, vuelve a lanzarnos una mirada penetrante—. Dioniso me dijo que vendrías a salvar Cnosos y que yo debía ayudarte. El disco de Festo te mostrará el camino. Yo distraeré a mi padre todo el tiempo posible.

Ariadna desaparece por la puerta y nos deja sumidos en un silencio estupefacto. Aferrando el disco, me doy la vuelta hacia Apolo.

—Oigamos ahora tu plan.


Apolo tiene razón. No me gusta su plan.

Lykou, Teseo y yo nos aferramos a las sombras de los largos pasillos de Cnosos, aguzando el oído ante cualquier ruido, atentos a cualquier movimiento que no provenga de nosotros. Los guardias patrullan los corredores, pero es fácil esquivarlos, escondiéndonos detrás de las inmensas columnas. Lykou va el primero, se sirve de su oído lobuno para otear el terreno.

Cuando llegamos a la sala del trono, me asomo desde detrás de una columna. Ante la entrada de la fosa hay dos guardias erguidos como dos postes, armados con lanzas, puñales y unas aparatosas espadas de hierro. Con suerte, la distracción de Apolo será suficiente. Nos pegamos a la pared, esperando la señal del dios.

El traqueteo de unas sandalias resuena por los pasillos. Lykou gruñe en voz baja y enseña los dientes. Alargo un brazo para pegar a Teseo hacia las sombras. Tras doblar una esquina, envuelto en el sonido de sus pasos, Minos se acerca por el pasillo. Teseo se pone tenso, alarga una mano hacia una de sus espadas. Las sombras de la columna nos sirven de parapeto, pero, aun así, el cretense nos guiña un ojo al pasar, con una chulería irritante.

Apolo, que ha usado su magia para disfrazarse de Minos, pasa de largo junto a nuestro escondite con un gesto arrogante que conozco demasiado bien.

—¿Qué estáis haciendo vosotros aquí? —inquiere el falso rey a los dos guardias. Lo dice con un bramido, bañando de saliva los rostros de los perplejos soldados—. ¿Acaso pensáis, botarates, que no hace falta que patrulléis el palacio? ¿Creéis que los dioses no clamarán venganza en cuanto se consume mi sacrificio?

—Mi señor, vos nos ordenasteis que protegiéramos la entrada de la guarida —mascula uno de los guardias.

—¿Estás insinuando que olvido mis propias órdenes? —Apolo baja la voz y empieza a susurrar. Los guardias se miran sin saber qué hacer, se les blanquean los nudillos de agarrar tan fuerte sus lanzas—. Os pago para mantener mi palacio a salvo. No para asegurar que nadie más siente sus posaderas sobre mi trono. Marchaos antes de que informe a vuestro comandante de que un par de sus soldados *koprophage* se creen demasiado importantes como para eludir su deber, escondiéndose en la sala del trono.

—Pero… pero, majestad, es que yo soy el comandante.

Pongo una mueca y contengo un gemido. Se hace un silencio incómodo. Me planteo asaltar el trono. Y estoy a punto de salir de mi escondite para abatir a los desprevenidos guardias cuando Apolo retoma la palabra:

—No, después de este lamentable comportamiento, ya no lo eres. —Con un tono ronco y amenazador, prosigue—: Sé de sobra quién eres. Y si el haragán de tu compañero y tú no desaparecéis de mi regia presencia ahora mismo, seréis el próximo almuerzo de mi hijo.

Los guardias trastabillan mientras se apresuran a salir de la estancia. Apolo, disfrazado de Minos, remolonea un poco más antes de salir tras ellos. Se pone a silbar esa tonadilla alegre propia de él mientras pasa de largo sin mirarnos una sola vez, decidido a impedir que cualquier otro guardia se aproxime al trono.

—Un poco sobreactuado —murmura Teseo.

Cuando Apolo dobla la esquina, empujo al ateniense hacia el frente con tanto ímpetu que estoy a punto de tropezar con Lykou. Teseo y yo arrastramos el trono, refunfuñando a causa del esfuerzo, mientras Lykou se acerca con tiento. Pongo una mueca al oír el desagradable chirrido que produce.

El abismo oscuro abre sus fauces. Una ráfaga de aire nos golpea el rostro, trayendo consigo un olor hediondo a salmuera y putrefacción. Teseo tuvo la previsión de coger una antorcha, pero no ilumina demasiado. Las sombras se resisten a su tenue luz, danzando con cada soplo de aire rancio.

Se me acelera el corazón. Titubeo junto a la entrada, mientras introduzco con tiento un pie. Una escalera de piedra desciende hacia las profundidades, extendiéndose más allá de donde alcanza mi vista.

—Sé valiente —susurro para mis adentros mientras comienzo a descender hacia la oscuridad—. Por Pirro.


Reina el silencio en las profundidades del palacio de la Doble Hacha.

Me obligo a respirar por la nariz para mantener cierta apariencia de tranquilidad; la peste a muerte y podredumbre hace que me lloren los ojos. Lykou se restriega contra mis piernas, su presencia me reconforta. Al rato llegamos hasta un muro de piedra cubierto por una gruesa capa de cieno, que parece el pus de una herida infectada. De hecho, huele como si lo fuera. Arrugo la nariz y me giro hacia el arco situado en el centro del muro, que tiene unos surcos grabados. Se extienden por la pared a lo largo de varios metros, como si fueran zarpazos. Por detrás de mí, Teseo desenfunda un hacha.

Atravesamos el arco y llegamos a un pasillo alargado. El pasadizo traza una pendiente hacia abajo y titubeo durante un brevísimo instante cuando llegamos a unas aguas negruzcas, serenas e insondables. Inspiro hondo y sigo avanzando. El agua me cubre hasta las rodillas, frustrando cualquier intento de avanzar sin hacer ruido. Con cada chapoteo, mi frustración va en aumento y alcanza su cénit cuando llegamos a una bifurcación en el camino.

—¿Por cuál vamos? —pregunta Teseo. A pesar del frío, ha empezado a sudar.

Le quito la antorcha. La luz revela nuevos zarpazos a lo largo de la pared del pasadizo de la izquierda. Pero, cuando estoy a punto de decantarme por ese camino, veo unas marcas similares en la pared de la derecha.

—La influencia de los dioses no llega hasta aquí. —Aferro la empuñadura de mi espada, mis dedos palpitan al contacto con el cálido metal—. Esto es una prueba. Si quieres encontrar el arma para recuperar tu trono, y si yo quiero encontrar a las musas, tendremos que usar algo más que la fuerza bruta para salir de este abismo.

—¿Y qué propones? —Teseo se pasa el hacha de una mano a otra—. ¿Quieres que utilice mi agudeza para hacer reír a esa bestia mientras tú lo matas a base de cosquillas?

—Otra opción es usar la cabeza —replico, mientras sujeto en alto el disco de Festo para inspeccionarlo.

—¿Para derribarlo de un cabezazo?

Ignorar a Teseo es una hazaña digna de un héroe. Miro hacia arriba: hay unas puntas de flecha talladas en los montantes de piedra situados por encima de los arcos. La del lado apunta hacia arriba, mientras que en el lado derecho la punta de flecha está invertida. Por si quedaran dudas, el primer símbolo del disco, que es una punta de flecha invertida, centellea bajo la luz de la antorcha.

Reanudo la marcha hacia el arco derecho. Teseo me sigue sin rechistar. El camino traza una curva y se bifurca, sin lógica aparente, y, cuanto más nos adentramos en él, más intersecciones aparecen ante nosotros. En todas ellas sigo los símbolos tallados por Ariadna.

—Es un laberinto —dice Teseo, recalcando la evidencia—. No pierdas ese puñetero disco o este viaje será solo de ida.

Lykou gimotea solo de pensarlo.

—Me alegra saber que confiáis tanto en mí —replico, suspirando.

Seguimos avanzando por el laberinto durante lo que parecen horas, hasta que en mi pecho prende el primer atisbo de esperanza. Cuando nos aproximamos al centro del disco de Festo que me dio Ariadna, al final de sus detalladas indicaciones, mi esperanza se hace trizas a causa de una oleada de miedo que me paraliza.

Resuena un gruñido entre la oscuridad, las llamas de la antorcha titilan.

—En fin, al menos sabemos que hemos ido por el camino correcto —dice Teseo. Le tapo la boca con una mano para hacerle callar.

Dejamos atrás los estrechos pasadizos y accedemos a una amplia estancia repleta de pedruscos y con una fuente blanca de mármol. Tiene un lateral hecho trizas, sus aguas negruzcas se vierten sin parar hacia el laberinto. Las estatuas de varios olímpicos se alzan entre los restos de la fuente. De sus ojos y bocas mana un agua negruzca, como si fueran regueros de sangre. Paso junto a la versión en piedra de Hermes, que guarda un parecido asombroso. Sus ojos de alabastro me siguen a través de la estancia.

Hay un par de pasadizos en el otro extremo de la sala, oquedades oscuras en la pared. Pero, cuando me acerco a ellos, maldigo entre dientes.

Unos zarpazos hacen que los símbolos situados sobre los arcos resulten ilegibles.

—Maldita sea Tique. La suerte nos ha abandonado.

Sostengo la antorcha en alto, asomada a las inescrutables sombras que se extienden al otro lado de cada arco. Al no hallar respuestas, me giro hacia Lykou. Está olisqueando la entrada de cada pasadizo.

—¿Te dice algo tu olfato?

El hedor del hijo de Minos resulta igual de invasivo para los dos. Lykou alterna entre los dos arcos, olisqueando. Se gira hacia mí con un gemido y niega con la cabeza. Los gruñidos han cesado. Me dirijo por impulso hacia la izquierda cuando Lykou pone de repente las orejas de punta y se gira hacia el extremo contrario de la estancia.

El suave y lento chapoteo de unas olas al romper contra la pared y una subida apenas perceptible en el nivel del agua provocan que se me ericen los pelillos de la nuca. El hijo de Minos ha venido a saludarnos.

Reprimo un escalofrío mientras percibo su siniestra presencia por el rabillo del ojo. A juzgar por la falta de reacción de Teseo, que sigue examinando los grabados, el ateniense aún no ha advertido la llegada de la criatura. Un movimiento sutil en el agua me informa de que el Minotauro se pasea lentamente por el extremo opuesto de la estancia, aguardando su momento. Seguramente estará sopesando quién de nosotros será el más sabroso.

Me giro y, aunque la estancia está demasiado oscura como para seguir la pista de la bestia con la mirada, percibo claramente su presencia. Me fijo en el agua, que me acaricia las pantorrillas.

Y entonces noto, con tanta claridad como si fuera una mano deslizándose por mi espinazo, que la bestia avanza un paso hacia mí.

Arrojo la antorcha al agua. Se oyen un chapoteo y un siseo, y la oscuridad nos envuelve. Teseo comienza a protestar, pero le tapo la boca y lo arrastro a través del arco de la izquierda.

La pérdida de la antorcha me obliga a depender de mi instinto y del olfato de Lykou. Guío a mis compañeros por el laberinto, memorizando la ruta mientras aguzo el oído para detectar a nuestro monstruoso perseguidor.

Izquierda. Izquierda. Derecha. Izquierda. Derecha. Derecha. Izquierda.

Nos adentramos más y más en la oscuridad.

Los gruñidos resuenan cada vez con más fuerza. A veces proceden de nuestra derecha, a veces resuenan por encima, y otras veces por delante. Al final de un angosto pasadizo, llegamos a un muro de arenisca. Los gruñidos resuenan a nuestra espalda.

He dejado que la criatura nos conduzca hasta nuestra perdición.

—¡No! —grito, mientras golpeo el muro.

—¡Nos has conducido hasta una trampa! —Aunque no le veo bien la cara entre la oscuridad, noto la desesperación que transpiran las palabras de Teseo.

—Ni que tú lo hubieras hecho mejor —replico.

Teseo aporrea el muro en vano.

—Sácanos de este embrollo antes de que nos haga picadillo.

—Que venga si se atreve. —Lo digo en voz baja, aunque lo bastante alto como para que Teseo dude y deje de golpear el muro. Me doy la vuelta, sosteniendo en alto la espada—. He sido adiestrada por el ilustre paidónomo Leónidas de Esparta, y mancharé el suelo con sus despojos.

Teseo suelta un bufido mientras trata de localizar una vía de escape.

—Seguro que tu querido paidónomo Leónidas no distingue una espada de la grupa de un caballo.

Una piedra rebota por el suelo hacia nosotros. Lykou ladra, enardecido. En la oscuridad solo resulta visible el blanco de sus dientes. El hedor es insoportable.

La bestia nos ha encontrado.

El Minotauro profiere un gruñido mientras se acerca con ruidosos pasos. Noto un nudo en la garganta, me tiemblan las piernas. Se cierne sobre nosotros, jamás había visto a alguien tan alto. Es una mole entre las sombras y, aunque no alcanzo a distinguir sus rasgos, sí percibo su mirada hambrienta. A pesar de la oscuridad, puedo ver el contorno de sus cuernos, sus enormes fauces, los brazos largos y musculosos que penden junto a sus costados, coronados por unas garras de las que gotea un líquido negruzco.

Su inmenso pecho se hincha. Retrocedo un paso y mi espalda topa con el frío muro de piedra, que me recuerda que estoy atrapada.

Lykou es el primero en reaccionar, con el pelaje erizado y los dientes centelleando en la oscuridad. Se pone a ladrar y se abalanza sobre la bestia para morderle las piernas. El Minotauro ignora a Lykou, prefiere otro almuerzo más sustancioso... y humano.

Se abalanza sobre nosotros. Me echo a un lado y esquivo por poco el zarpazo. Teseo no es tan veloz y profiere un espantoso alarido de dolor. El Minotauro le ha desgarrado el hombro con su embestida.

Me giro y lanzo una estocada. Pero el acero espartano no surte efecto el filo casi no deja marca. La fuerza del impacto me provoca un doloroso calambre en el brazo. El Minotauro, enfurecido, lanza varios zarpazos. Ruedo por el suelo para escapar de sus garras y le lanzo una estocada al muslo. La hoja de la espada se hace trizas, pero el muslo permanece intacto.

Lykou pega un salto y le apresa el brazo con los dientes. El Minotauro, irritado, se limita a gruñir y a zafarse del lobo. Ataco a la bestia con los restos de mi espada y aprieto los dientes. El metal choca contra una piel tan dura e impenetrable como una roca, provocándome un nuevo calambre en el brazo. Teseo lo ataca por detrás. Le asesta un tajo en las pantorrillas.

El monstruo flexiona las piernas. Embiste, pero yo mantengo mi posición. El corazón me insta a echar a correr. Cuando el Minotauro está a punto de arrollarme, me aparto y ruedo por el suelo cubierto de rocas. La bestia se estampa contra el muro que tengo detrás. Un grito escapa de mis labios cuando el techo comienza a derrumbarse. Cae una lluvia de escombros mientras yo gateo hacia la pared para no acabar aplastada.

Me detengo a recobrar el aliento mientras el caos remite. La luna reluce a través del boquete del techo, bañando el laberinto con una luz marfileña y varias tonalidades de gris. Lykou me insta a incorporarme, gimotea mientras me azuza con sus patas. Tosiendo a causa de la polvareda, me arrastro entre los escombros para llegar hasta Teseo.

—¿Tu paidónomo te enseñó a curar un hombro desgarrado? —Fuerza una sonrisa, con la mejilla pegada al suelo polvoriento—. ¿O te habló de la importancia de un buen vino en aquellos casos donde no hay cura posible?

Se me escapa una risita, a pesar del peligro inminente. Me paso su brazo bueno por el hombro y nos levantamos a duras penas.

Se oye un gruñido en la oscuridad que atrae nuestra atención hacia el muro derruido. Se oye otro golpetazo. Caen más escombros desde el techo y nos agachamos. Cuando el suelo deja de temblar, Teseo me agarra de los hombros con fuerza.

—Vete. —Me empuja hacia la salida—. Yo no puedo correr en este estado, pero tú sí. Ve a buscar a las musas y el arma necesaria para derrotar a la plaga de Tebas. Yo distraeré al Minotauro.

No puedo permitirme dudar. El gruñido se intensifica hasta convertirse en un rugido que me corta el aliento. El monstruo se acerca, haciendo temblar el suelo.

Recojo mi espada del suelo y después miro a Teseo a los ojos.

—Te traeré el mejor vino de toda Grecia —le prometo—. Y conseguirás tu trono, *symmacho.*

Con toda la pena de mi corazón, me marcho sin él. Lykou corre a mi lado, pero no puedo evitar sentirme fatal por dejar atrás a Teseo mientras nos adentramos en las profundidades del laberinto.

# CAPÍTULO 18

El rugido del Minotauro se entremezcla con los gritos de Teseo, el sonido nos persigue a través del laberinto. El disco de Ariadna y los sentidos agudizados de Lykou nos sirven de guía. Doblamos una esquina tras otra. Oigo un zumbido en los oídos que eclipsa los bramidos furiosos del Minotauro.

Lykou suelta un gruñido y se frena tan en seco que estoy a punto de dejarlo atrás.

Se ha detenido junto a otro par de arcos. Esboza una mueca que deja al descubierto todos y cada uno de sus perlados dientes.

Sostengo en alto el disco de Festo, tratando de leer los símbolos en la oscuridad. Un meandro. Encima del arco izquierdo hay un pájaro y en el otro un meandro. Me dirijo hacia el arco derecho, pero Lykou me muerde el bajo del peto para detenerme. Pego un tirón para zafarme de él.

—Hay que darse prisa, Lykou. El Minotauro nos alcanzará en cualquier momento.

Efectivamente, los rugidos de la bestia cada vez resuenan más fuerte. Es probable que ya haya echado a correr hacia nosotros.

Avanzo de nuevo hacia el arco y Lykou se planta delante, gruñendo. Pero no a mí, sino a las sombras que se extienden por el pasadizo de piedra. Noto un cosquilleo en la nuca, se me pone la piel de gallina. Impaciente, suelto un bufido para contener el miedo. Lykou me empuja con brusquedad, sigue gruñendo mientras presiona el cuerpo contra mis piernas, tratando de guiarme hacia el arco equivocado.

—No, Lykou. Aquel que teme la oscuridad no puede considerarse hijo de Esparta.

Atravieso el arco con el símbolo del meandro. Me adentro en la nada. La oscuridad es impenetrable. No veo ni siquiera mis manos. Alargo el brazo en busca de una pared, pero no hallo ninguna. Ni siquiera puedo oír ya el rugido del Minotauro. El corazón me palpita en los oídos, un ruido sordo que incrementa con cada resuello.

—¿Dónde estamos, Lykou? —Alargo la mano para acariciarle, pero no encuentro su cuerpo—. ¿Lykou?

El corazón me pega un vuelco.

Lykou ya no está a mi lado, ya no se oyen sus jadeos. El silencio se extiende a mi alrededor, roto tan solo por los latidos de mi corazón. Desenfundo un puñal y lo blando ante mí.

Unos ojos brillantes y cerúleos emergen de la nada, flotando en el aire. Descargo una cuchillada por debajo de ellos. El puñal no topa con nada y se oye una risita.

—¿Te parece forma de tratar a la salvadora de las musas?

—Pasífae. —Su nombre escapa de mis labios como un suspiro—. Creía que ya no vivías en Creta.

—Pensé en volver para comprobar qué disparates andaba tramando mi esposo. —Su voz ronca resuena en el ambiente—. Y menos mal que lo hice; de lo contrario, estas musas estarían muertas y mis poderes habrían desaparecido.

—¿Cómo sabías que estaban aquí? —Aferro el puñal con más fuerza. Apolo dijo que Pasífae y sus hermanos estaban en el bando contrario de cierta disputa olímpica.

—Cuando Hermes nos convocó a todos al Olimpo y le contó a Zeus que os había visto a Apolo y a ti en Heraclión, comprendí que las musas no andarían lejos. —Cuando Pasífae se acerca, advierto el parecido con su hija. Ariadna ha heredado su piel lechosa, sus bucles corvinos y su nariz respingona—. Te equivocas al desconfiar de mí, *kataigída*. La muerte de las musas me despojaría de mi poder. Las he mantenido a salvo del insaciable apetito de mi hijo. —Sonríe de medio lado, frunciendo sus labios sonrosados—. Aunque tampoco tengo prisa por llevarlas de vuelta al Olimpo. Dejemos que Zeus sufra un poco más.

—Devuélvelas ya. —Sostengo el puñal en alto—. O si no...

Pasífae se ríe, mi arma no la intimida lo más mínimo.

—Si insistes.

El suelo cede bajo mis pies. Caigo al vacío, chillando. Mi puñal aterriza sobre un saliente, un poco más arriba. Me aferro a una roca y el impacto está a punto de desencajarme el brazo. Me estrello contra un muro de piedra y me quedo sin aire en los pulmones.

La luz de la luna se proyecta a través de una grieta en el techo e ilumina la caverna, el abismo sobre el que estoy colgando. El vacío se extiende bajo mis pies como una boca inmensa dispuesta a engullirme.

—No mires abajo. No mires abajo —murmuro.

Con los dientes apretados, me impulso hacia arriba, aferrándome con pies y manos, hasta que al fin logro alcanzar el saliente.

Hay una jaula en el centro de la plataforma, entre una maraña de escombros y cadáveres putrefactos. Los barrotes están hechos con huesos. Las esquinas están reforzadas por unos círculos de piedra más gruesos que mis brazos.

Hay tres mujeres harapientas acurrucadas en su interior.

—Por favor —grita una de las musas—. Libéranos antes de que regrese.

Busco una cerradura para intentar forzarla, pero no veo ninguna.

—Atrás —ordeno, mientras retrocedo para tomar impulso.

Las musas se apiñan al fondo mientras comienzo a golpear la jaula con mi espada. Los huesos no ceden ante mi acometida.

—Los barrotes son inmunes a las armas y a nuestra magia —dice una musa.

Ojalá lo hubiera sabido antes de estropear mi arma. La luz de la luna se refleja sobre mi espada, revelando una abolladura reciente.

—¿Cómo logró abrirla Pasífae?

—Con sangre. —Una musa alarga un brazo a través de los barrotes para señalar. Los huesos tienen unos grabados que no había advertido antes, cubiertos por manchas de sangre seca—. Solo unos pocos olímpicos pueden emplear esta clase de magia.

Hurgo en mis recuerdos en busca de historias sobre la diosa y sus hermanos. Resuena otro rugido a través del laberinto.

—¿Qué me decís de Aetes, el hermano de Pasífae? ¿Su hija no halló un modo de frustrar su magia?

—Con un sacrificio de sangre. —La musa se pone muy seria—. Mató y desmembró a su propio hermano.

—Pues mis hermanos no están aquí para sacrificarlos y que luego los resucitéis. —Frunzo los labios—. Pero tengo sangre de sobra para derramar.

Antes de que pueda arrepentirme, me deslizo el filo por la palma de la mano. Empieza a brotar sangre y apoyo la mano sobre los grabados.

Mi sangre fluye libremente, demasiado deprisa, y todo empieza a darme vueltas. El hueso se desmenuza bajo mi mano y, cuando los barrotes se desmoronan, estoy a punto de caer al interior de la jaula.

Las musas salen inmediatamente a través de la abertura. Me tambaleo hacia atrás, afectada por la pérdida de sangre. Pero me basta con la que me queda para sacar a las musas de aquí.

—Gracias, gracias, gracias —repite sin cesar la más alta de las tres.

La más bajita tiene la tez oscura y el rostro enjuto y cubierto de mugre.

—Puedes llamarme Melpómene. —Señala a sus hermanas, las dos mucho más altas que ella—. Y estas son Urania y Terpsícore.

Las saludo con un breve ademán y luego me pongo a buscar una salida. Más allá del saliente, demasiado lejos como para que un mortal llegue saltando, hay otro arco que podría conducirnos hacia la libertad.

Me asomo al abismo en busca de un modo de cruzar. Un trozo de roca se desprende y me obliga a retroceder. A lo largo del muro del fondo hay una cornisa estrecha, con la anchura justa como para que me quepan los pies, que se extiende sobre el abismo.

Se oye un aullido lastimero, seguido por un rugido furioso. Lykou debe de haberse perdido y el Minotauro le sigue la pista.

Pero ahora no puedo pensar en él.

Las musas se mueven con lentitud, pese a la amenaza constante del retorno del Minotauro. Un reguero de sudor me recorre el espinazo, unas oleadas de aire caliente y hediondo me acarician la nuca. Juraría que la bestia me está observando. Las musas se lo están tomando con mucha calma, confían demasiado en su inmortalidad como para temer de verdad las garras del Minotauro.

Melpómene desliza los pies mientras profiere sollozos ahogados. Se aferra con los dedos a cualquier asidero posible. Con un estallido de poder olímpico, Terpsícore atraviesa la diminuta cornisa en apenas tres brincos, con la gracilidad de una bailarina.

Urania va a la zaga. Me muerdo el labio mientras avanza por la cornisa. Cuando está a punto de alcanzar el otro extremo, resbala.

Urania pega un grito al caer y se agarra por los pelos a la cornisa. Mi corazón vuelve a latir mientras sus hermanas la ayudan a subir a la plataforma.

Avanzo pegada a la pared, con cuidado, atenta a cualquier clase de asidero. Aíslo los ruidos del exterior y mantengo el equilibrio sobre las puntas de los pies, mientras avanzo hacia el siguiente asidero. Tengo la mano ensangrentada, lo cual dificulta el agarre. Levanto los pies y presiono la punta de los dedos sobre la pared.

Inspiro una vez. Dos veces.

Y salto hacia la plataforma que tengo enfrente.

Noto un nudo en el estómago. Surco el aire durante lo que parece una eternidad.

Aterrizo en el otro lado y me deslizo sobre el frío suelo de piedra, soltando un quejido ahogado. La áspera superficie me desgarra la piel de los brazos y las piernas, dejando a su paso un reguero de sangre.

No hay tiempo para examinar las heridas. Impulsada por la adrenalina y guiada por el disco de Festo, el mapa con símbolos de Ariadna se convierte en un faro de esperanza en la oscuridad. Terpsícore y Urania corren detrás de mí. Sus largas piernas son mucho más efectivas que las de Melpómene. Ninguna de las tres protesta. No sé si será el miedo o una fortaleza divina lo que las impulsa a seguir avanzando.

Emergemos de las profundidades del laberinto, doblamos una esquina y llegamos hasta la sala inundada.

En el centro se alza una inmensa mole de músculo y destrucción que tiene agarrado a Teseo por el pescuezo.

# CAPÍTULO 19

El monstruo gira sus ojos oscuros hacia mí. Yo empuño la espada rota con la mano buena.

Lykou aparece por mi espalda, profiriendo un gruñido escalofriante y amenazador, y me envuelve una oleada de alivio. Nos alineamos por delante de las musas.

El Minotauro inspira unas bocanadas hondas y trémulas. De sus fauces abiertas gotea una saliva negruzca que va formando un charco en el suelo, junto a sus pezuñas. Tiene los cuernos agrietados, gotean sangre por las puntas.

«Un enemigo impredecible es el más peligroso de todos. —Mientras contemplo a la bestia, las enseñanzas de Alkaios resuenan en mis oídos—. Busca un punto débil y luego busca otro más. Haz creer al enemigo que te has centrado en el primer punto débil, después tómalo por sorpresa y aprovecha el segundo».

Una táctica brillante, si mi enemigo no fuera inmune al dolor y no dispusiera de una piel impenetrable.

El monstruo también me examina, seguramente sopesando qué partes de mi cuerpo resultarán más deliciosas. Frunzo los labios. Pobre diablo: soy un hueso duro de roer.

El Minotauro abre la mano y el ateniense cae de golpe al suelo. Teseo suelta un gemido que me produce un alivio fugaz. Al menos sigue vivo. Pero, como todo lo demás en este maldito laberinto, ese alivio no dura mucho.

—Lo distraeré el tiempo suficiente para que podáis escapar —les digo a las musas, sin girarme hacia ellas—. Lykou, llévalas hasta la superficie. Mi espada no puede atravesar su piel, así que no sé cuánto tiempo podré contenerlo. Daos prisa.

Girando sobre sus cuartos traseros, el Minotauro sale detrás de las musas con un rugido feroz. Ellas gritan y corren sin rumbo. La bestia las persigue a cuatro patas, surcando el agua a toda velocidad y estampándose contra las paredes. Arrolla la fuente con su corpachón y las esculturas salen disparadas. El monstruo vuelve a rugir, lanzando esputos en todas direcciones mientras se golpea el pecho con los puños y pega pisotones en el suelo.

Corro hacia el Minotauro, pego un salto y aterrizo sobre su espalda. Intento rodearle el cuello con los brazos. El monstruo es demasiado corpulento como para alcanzarme, así que sus brazos ondean por encima de mi cabeza, mientras lanza cornadas al aire. Me cambio el puñal de manos y se lo clavo en la yugular. Empieza a brotar sangre.

La bestia me agarra del brazo y, con tanta facilidad como si fuera un mosquito, me aparta de su espalda. Me arroja hacia el otro extremo de la estancia. No me da tiempo a gritar o siquiera a cubrirme la cabeza antes de estrellarme contra el suelo inundado. Noto una punzada de dolor en el brazo que se extiende como un relámpago, me desgarro el codo y me golpeo la cabeza con unos escombros. Chapoteo entre el agua negruzca.

El Minotauro se lanza sobre Terpsícore. Sus gritos reverberan por toda la estancia. Le lanza un zarpazo, pero ella se aparta con una gracilidad inhumana. Lykou se interpone en el camino de la bestia. Le pega un bocado en el puño.

La cabeza me da vueltas, empiezo a ver chiribitas. Dolorida y empapada, me pongo de rodillas a duras penas mientras el Minotauro agarra a Terpsícore. Le hinca las garras en los brazos. La musa profiere un grito ahogado. Lykou gruñe, apresa el otro brazo de la bestia con sus fauces. Pero solo logra aferrarlo unos segundos antes de que el monstruo lo lance por los aires.

Trato de incorporarme, pero se me nubla la vista y me desplomo una vez más. Mi mente me insta a levantarme, pero mis brazos y piernas se niegan a responder.

Debería estar muerta.

Mi brazo derecho pende inerte junto a mi costado. Me brota sangre de la palma desgarrada. Cada aliento que tomo me produce una nueva oleada de dolor, desde el hombro hasta las yemas de los dedos. Sigo viendo borroso, el mundo se niega a enderezarse. Pero el agua, esa agua oscura y dulce, me resulta vigorizante por algún motivo. Con cada aliento que tomo, recargo mis fuerzas, absorbiendo energía del agua.

Estoy apoyada sobre las rodillas y las manos, el agua me llega hasta el pecho. Apolo tenía razón. Mi fortaleza tiene su origen en algo fuera de lo normal. Y no pienso morir antes de averiguar de qué se trata.

Me tambaleo hacia el frente, en busca de un arma. La que Teseo vino a buscar. Una roca o un trozo de escombro. Algo. Lo que sea.

Un trozo de la escultura de Hermes emerge del agua oscura. El caduceo pende de la mano rota de la estatua. Me deslizo sobre el resbaladizo suelo y recojo el cetro de alabastro. Mi repentino movimiento llama la atención del Minotauro, que deja de centrarse en Lykou y Terpsícore.

—Ven a por mí, sucio bastardo.

Mi desafío resuena por toda la sala. El monstruo muerde el anzuelo. Esquivo su embestida en el último momento y el Minotauro se estrella contra el muro que tengo detrás. Me giro antes de que pueda contraatacar y pego un último salto.

Vuelvo a aterrizar sobre la espalda del Minotauro. Me aferro con las piernas alrededor de su corpulento torso. Me arden los muslos a causa del esfuerzo, me agarro a duras penas con mi brazo maltrecho. Aprieto los dientes e ignoro el dolor, que es como una capa de escarcha que se extiende por mis músculos y tendones. Empuño el caduceo con la mano buena y rezo al Olimpo para que no me falle la puntería.

Con un único golpe, el ala del caduceo perfora el ojo del Minotauro y se adentra a fondo en su cráneo. Su corpachón se estremece mientras expira su último aliento. El Minotauro se desploma y yo salgo despedida por el suelo.

La estancia se sume en el silencio. Permanezco tendida un rato más, comprobando el estado de mis extremidades mientras trato de recobrar el aliento. Un surtido completo de dolores me recorre el cuerpo mientras me pongo en pie y avanzo hacia el cuerpo inmóvil del Minotauro.

Me sujeto el brazo herido y le doy un golpecito con el pie. El trozo de estatua que le asoma por la parte trasera del cráneo me confirma que la bestia está muerta. Debería estar contenta, eufórica y exultante. Pero no puedo deleitarme con esta victoria. Aún quedan seis musas más, y solo los dioses saben a qué monstruos horribles tendré que enfrentarme.

Noto un roce cálido y húmedo en el brazo herido que me saca de mi ensimismamiento. Lykou me olfatea con preocupación, para asegurarse de que ninguna de mis heridas sea mortal.

Le hago señas para que se aparte y me giro hacia Teseo. Está vivo, pero a duras penas. Me arrodillo a su lado, le apoyo una mano en la mejilla y tuerzo el gesto al comprobar que tiene la piel helada. Tiene el muslo destrozado, ningún tratamiento mortal podría curarlo. Su pecho se ha convertido en una maraña de contusiones y además tiene la nariz rota.

Las musas se acercan un poco, guardando una distancia prudencial, y observan a Teseo.

—¿Podéis ayudarle? —pregunto con voz quebrada—. ¿Poseéis el don de la curación?

Tras inspirar hondo, Urania da un paso al frente. Desliza un dedo largo y esbelto sobre el rostro de Teseo y las magulladuras comienzan a remitir, su nariz recupera su forma normal. Sigue deslizando el dedo sobre el cuerpo maltrecho de Teseo y las heridas del pecho y las piernas comienzan a cicatrizar. Urania palidece, se queda exhausta cuando termina de curarlo. Melpómene envuelve a su hermana en un cálido abrazo.

Cuando Teseo comienza a respirar con normalidad, Terpsícore y yo lo sacamos a rastras de la estancia. Melpómene y Urania nos siguen de cerca, aferradas al pelaje enmarañado de Lykou.

El disco de Festo y la luz del amanecer, que se filtra por las profundidades del laberinto, nos guían hacia la libertad.

# CAPÍTULO 20

Apolo se pasea por la sala del trono, mascullando entre dientes. Sin embargo, en cuanto nos ve se detiene y echa a correr hacia las musas. Tras abrazar brevemente a cada una, carga a Teseo sobre sus hombros con un gruñido.

Antes de marcharnos me apoya una cálida mano en la cadera, durante un instante fugaz.

—Debería estar muerta —susurro para que solo me oiga él.

Apolo asiente, la luz de la chimenea arranca un destello de sus rizos castaños. Comprende lo que quiero decir. Que él tenía razón y que tiene muchas cosas que contarme acerca de quién y qué soy.

Pero de momento nos alejamos de la fosa.

—Deprisa, antes de que los habitantes del palacio despierten y Minos ponga precio a nuestra cabeza —dice Apolo.

La pálida luz dorada del amanecer se proyecta sobre los suelos del palacio. Lykou lidera la comitiva mientras doblamos esquinas a toda velocidad y nos escabullimos por los pasillos, con cuidado de esquivar a los soldados. Aunque logramos pasar desapercibidos, no quiero permanecer en Cnosos el tiempo suficiente como para que Minos descubra la muerte de su hijo o el rastro de sangre y mugre que conduce hasta nuestros aposentos.

—¿Urania? —Apolo le apoya una mano en el hombro con suavidad—. El tiempo es fundamental. No falta mucho para que Minos se dé cuenta de que su hijo está muy callado en las entrañas del palacio. ¿Puedes ayudarnos a ganar algo de tiempo?

Urania asiente con las pocas fuerzas que le quedan. Cierra los ojos y tuerce ligeramente el gesto mientras susurra algo ininteligible para mis oídos humanos.

Al principio no percibo ningún cambio, hasta que se produce de golpe. Noto un cosquilleo en la nuca y se me erizan los pelillos de los brazos. Urania, la musa de la tierra, el cosmos y la astrología, ha detenido el tiempo para nosotros.

Cuando vuelve a abrir los ojos, se ha puesto pálida como un espectro y está empapada de sudor.

—El tiempo que llevo fuera del Olimpo ha mermado mucho mis fuerzas. Solo dispondremos de un rato más.

Apolo me mira y yo asiento. Ignorando los dolores que aquejan mi maltrecho cuerpo, saco la flauta de Hermes.

Soplo el aulós y se oye un trino que pasa de ser el suave canto de un pájaro pequeño hasta convertirse en el estridente graznido de un gallo. El suave batir de unas alas anuncia la llegada del dios mensajero; un remolino de arena impulsado por una cálida brisa se extiende por la estancia mientras Hermes entra a través de la terraza.

—¿Las habéis encontrado? —inquiere, con el cabello alborotado y el quitón de color azul oscuro arrugado, ruborizado a causa de la emoción del momento.

En respuesta a su pregunta, las musas corren hacia Hermes, sollozando, y se lanzan entre sus brazos. Él las abraza con fuerza, después me guiña un ojo por encima de sus hombros.

Inquieto, Lykou me lame las manos y me olisquea las piernas.

—Estoy bien, Lykou —digo, aunque nada más lejos de la realidad.

Me agacho y le palpo suavemente por debajo de la barbilla, en busca de alguna herida. Al parecer, Lykou es el que mejor parado ha salido del laberinto.

Apolo se me acerca por el otro lado, me roza el hombro con el codo. Exhausto pero aliviado, me dirige una sonrisa adusta.

Nunca le había visto tan desaliñado; tiene el pelo apelmazado sobre la frente sudorosa, los labios agrietados, y en su rostro han empezado a formarse ojeras.

Quizás sea el resultado de la merma en los poderes del Olimpo o de su preocupación por las musas en el laberinto.

Sin pensar, apoyo una mano sobre sus brazos cruzados. Apolo se sorprende al sentir el roce, después me estrecha la mano entre las suyas. Ese gesto tan sencillo me reconforta y me dejo atraer hacia la calidez de su cuerpo. No se me escapa que Lykou frunce el ceño mientras nos observa.

Dejo escapar un suspiro cuando noto el roce frío de un dedo que se desliza por mi cuerpo, de la cabeza a los pies, provocando que me estremezca. Melpómene, que ya se ha separado de los brazos de Hermes, es la dueña de ese dedo que se desliza por mi cuerpo para calmar mis dolores. Noto un hormigueo en el brazo a medida que los huesos se sueldan.

—Gracias —murmuro, mientras pruebo a mover el brazo. No me duele, no siento ni la más mínima molestia. Miro fijamente a Melpómene a los ojos—. ¿Qué puedes contarme de vuestro captor? De ese traidor del Olimpo.

Apolo y Hermes se acercan, ansiosos por escuchar su respuesta. Pero la musa niega con la cabeza.

—No recordamos nada del secuestrador. Estábamos cuidando el árbol de las Hespérides, las ramas se estremecieron a causa de una brisa repentina. Recuerdo que una manzana cayó en mis manos y entonces todo se volvió negro. —Mira a sus hermanas, con el rostro surcado de lágrimas—. Nos despertamos en una mazmorra hace unas semanas.

Apolo maldice entre dientes.

—¿Cómo es posible? ¿Cómo pudo entrar alguien en vuestro jardín?

—Porque tú estabas ausente, Apolo —replica Terpsícore, temblando, pero con la cabeza alta. Hermes le pasa un brazo por los hombros para reconfortarla—. Tendrías que haber estado ahí.

Estoy hecha un lío, pero tengo una pregunta más para las musas.

—¿Percibisteis... un olor extraño?

—¿Qué? —Melpómene me mira sin comprender.

—Un olor extraño. Antes de que todo se volviera negro. ¿Recuerdas algún olor inusual? He descubierto que, cuando los dioses utilizan sus dones, a menudo dejan cierto olor a su paso.

—Estábamos en el jardín. —Terpsícore niega con la cabeza—. Hay tantas flores y olores distintos que sería imposible distinguir unos de otros.

—Quizá podríamos hacerlo si nos esforzamos —dice Melpómene, con un tembleque en el labio inferior.

Hermes la rodea con el brazo que tiene libre.

—No os obligaremos a revivirlo. Gracias, Dafne. —Me dirige una solemne reverencia, haciendo ondear el caduceo. El cetro dorado centellea bajo el sol—. ¿Qué puede hacer el Olimpo para recompensarte?

Me quedo mirando el caduceo, mordiéndome el labio.

—Podrías prestarme ese cetro. —Al ver la cara de pasmo del dios, me apresuro a añadir—: Solo será algo temporal.

Hermes sujeta el cetro sobre su pecho como si fuera a intentar robárselo. Los gallos que lleva tatuados graznan y las serpientes sueltan un bufido.

—Tu juguete estará en buenas manos —dice Apolo, cuyas palabras irritan a su hermano más que aplacarlo—. Le has preguntado cómo podías recompensarla y ella te ha respondido.

—Pero ¿con mi cetro? —Hermes parece horrorizado.

—El tiempo se ha reanudado —nos advierte Urania. Sus hermanas y ella miran con inquietud hacia la puerta—. Minos se despertará en cualquier momento.

Frunzo los labios y me apoyo los puños sobre las caderas.

—Teseo me dijo que estaba buscando un arma para destruir la plaga de Tebas en las profundidades del laberinto. No encontramos nada. Cuando el Minotauro destruyó todas mis armas, lo único que me quedó para derrotarle fue un caduceo de mármol que recogí de una estatua tuya. No sé si fue el destino o un golpe de suerte, pero creo que debo utilizar tu caduceo para destruir lo que quiera que esté asolando Tebas.

Hermes me mira como si me hubieran salido cuernos de repente.

—¿Pretendes que te entregue el cetro del heraldo, la fuente de mi poder, en base a una corazonada? ¿Estás mal de la cabeza?

—Me preguntaste cómo podías recompensarme y esa es mi respuesta.

Doy unos golpecitos en el suelo con el pie, impaciente, aunque el efecto no resulta demasiado imponente porque mis sandalias rechinan.

—Hazlo, Hermes —insiste Melpómene, que le apoya una mano en el hombro para serenarlo—. Dafne dice la verdad.

El dios mensajero se cambia de manos su querido cetro, observa a esas musas por las que tanto cariño y respeto siente, y me lo entrega con un movimiento brusco.

—Tienes que ganarte el derecho a empuñarlo.

La cálida superficie dorada del cetro palpita entre mis manos. Lo sujeto, rozando las serpientes entrelazadas que lo recorren.

—¿No he hecho bastante ya para merecerlo?

—Debería quitártelo por decir esa insolencia —replica Hermes, alargando el brazo.

Lykou le ladra y Apolo se sitúa delante de mí.

—Disculpa su ignorancia, hermano. Me aseguraré de que te devuelva tu juguete sano y salvo. —No le veo la cara, pero seguro que ha esbozado una sonrisita maliciosa.

—Tú asegúrate de que no se muera —le murmura Hermes—. Otro fiasco como el de la princesa Coronis y nada en el mundo podrá salvarte de la ira de nuestro padre..., ni de la mía.

—¿La princesa Coronis?

Me giro hacia Apolo. Ese nombre me suena de algo. Apolo observa brevemente mi colgante antes de girarse de nuevo hacia Hermes.

—Lleva a las musas a casa y no molestes más.

Con una última mirada lastimera a su preciado caduceo, Hermes conduce a las musas hacia la terraza, donde desaparecen envueltos en un revoloteo de plumas.

A su paso dejan una brisa cálida. Apolo me apoya una mano en el hombro para reconfortarme. Su roce es ardiente, como si no hubiera varias capas de cuero entre mi piel y su mano.

—No te preocupes por mi hermano. Aún puedes contar con él. En fin, todo lo que se puede llegar a contar con el mensajero. Pero asegúrate de devolverle el caduceo intacto.

Al igual que la flauta, el peso del caduceo se vuelve insoportable. Lo apoyo con suavidad en la cama, al lado de Teseo. Sigue inconsciente, aunque respira con normalidad. Le aparto un mechón de cabello oscuro y húmedo de la frente.

—¿Le despertamos?

No termino de fiarme del ateniense y tampoco sé si necesitamos su ayuda.

—Aún no. Si se despierta, se interrumpiría la curación. Además, estoy disfrutando de este bendito silencio.

Apolo recorre la habitación para recoger nuestras pertenencias y yo le sigo. Después me quedo quieta, con mi morral en la mano, y le pregunto:

—¿Te arrepientes ahora?

Apolo se gira lentamente.

—¿De qué?

—De no creer en mí. —Alzo la cabeza con orgullo—. Por pensar que solo sería un estorbo. Por intentar dejarme fuera del palacio.

Apolo deja su mochila a un lado y se acerca hacia mí. Me aparta una maraña de cabello y me agarra por la barbilla.

—Siempre he creído en ti, Dafne. Pero me correspondía a mí enmendar este error, no a ti.

—¿Así que querías acaparar toda la gloria? —Le aparto la mano y retrocedo un paso.

—La gloria, no —replica, negando con la cabeza—. La penitencia. Merecía todo el sufrimiento que has padecido en las profundidades del palacio.

—¿Por qué? —le pregunto, boquiabierta.

—Al ritmo al que se van sucediendo las revelaciones, seguro que lo descubrirás a su debido tiempo. —Nos quedamos en silencio unos segundos hasta que Apolo me pregunta, con tiento—: ¿Piensas compartir conmigo la siguiente pista de Prometeo?

Titubeo y me pregunto si debería pagarle con la misma moneda, mientras rememoro mi encuentro con el titán en el monte Kazbek. Parece como si hubiera pasado una eternidad.

Un traidor del Olimpo secuestró a las musas, así que es improbable que ese mismo traidor se haya embarcado en esta misión para recuperarlas. A no ser que haya comprendido su error, claro está.

—Prometeo dijo que tres musas fueron vendidas a la plaga de Tebas, detrás de unas puertas que se abrirán por medio de la palabra y el ingenio. También dijo que un ejército se interpone entre nosotros y Tebas, y mencionó algo sobre unos aullidos y los cascos de unos caballos.

—Gracias por confiar en mí, Dafne. —Apolo se yergue—. Hay que estar en plena forma para emprender el camino a Tebas. Nos aseguraremos de descansar y de recuperarnos en un barco con destino a Argos, y desde allí cabalgaremos hasta Tebas.

—¿Y qué pasa con esos aullidos y esos cascos? —inquiero—. ¿El caduceo bastará para vencer a ese ejército y a la plaga de Tebas?

Apolo avanza un paso, se acerca hasta que nuestras manos se rozan.

—Signifiquen lo que signifiquen las palabras de Prometeo, no hay nada que podamos hacer para impedir que se hagan realidad. —Me agarra de las manos antes de proseguir—: Pero juntos podemos superar cualquier cosa.

Tras echarse el macuto al hombro, Apolo mira al ateniense desmayado.

—Será mejor despertarlo. Tendremos que estar listos para partir junto con la horda de nobles. Lykou, ¿quieres hacer los honores?

197

Lykou salta sobre la cama y empieza a ladrar ante la cara de la ateniense. Teseo se incorpora, gimiendo y balbuceando. Apolo lanza una abultada mochila ante sus pies.

—Se acabó el descanso. En marcha.

# CAPÍTULO 21

La brisa marina es gélida, me alborota el pelo y me salpica el rostro con la espuma del mar. La luna, que se alza llena e imponente sobre nuestro barco, es un recordatorio del poco tiempo que nos queda antes de que concluya el verano.

Escapar de Cnosos sin levantar sospechas no entrañó ninguna dificultad. La mañana siguiente al sacrílego anuncio de Minos, los nobles huyeron en masa. Partimos junto con esa maraña de nobles a la fuga, mezclándonos sin esfuerzo entre ellos. Tras recoger mis pertenencias del olivo en que las escondí, a las afueras de la ciudad, pusimos rumbo a Heraclión y allí utilizamos el título nobiliario de Teseo para adquirir un pasaje hacia la ciudad portuaria de Argos.

Estoy absorta en mis pensamientos mientras mordisqueo un trozo de cecina, meditando al amparo de la silenciosa noche. De no haber sido por el medallón de Ariadna y el sacrificio de Teseo, las musas no habrían escapado del laberinto y yo no seguiría viva. ¿Qué era esa energía que absorbí del agua y cómo pude extraer tanta fortaleza de ella? De repente, la cecina me deja un regusto amargo. Escupo los restos hacia el oleaje.

Lykou refunfuña a mi lado. Se mantiene pegado a mis piernas y fulmina con la mirada a la pareja que está discutiendo en la proa del barco.

—Tu impaciencia nos costará la vida —dice Teseo, alzando la voz entre el sonido de las olas.

Tras haberse recuperado —físicamente, al menos— de nuestra aventura en las entrañas de Cnosos, Teseo aceptó nuestra ayuda para llevar a cabo su última prueba. No tiene por qué saber que tengo mis propios motivos para viajar a Tebas.

Apolo se cruza de brazos, con los puños apretados.

—Argos está muy cerca de Atenas —prosigue Teseo, que tiene unas ojeras muy marcadas.

Ya hemos recorrido un buen trecho hacia la ciudad portuaria. Llevamos diez días de travesía desde que salimos de Creta, así que no tiene sentido exigirle al capitán que dé un rodeo.

—Además, es una ciudad muy bulliciosa —añade Teseo, con un susurro enardecido—. Minos ya habrá enviado a sus hombres tras nuestra pista.

—Minos no podrá encontrarnos una vez que salgamos de Argos. Si nos limitamos a las carreteras secundarias, nadie podrá seguirnos la pista.

Apolo no da su brazo a torcer. Para él, la proximidad del fin del verano pesa mucho más que la necesidad de avanzar con sigilo. Por una vez, estoy de acuerdo con él.

—En cuanto Minos descubra la muerte de su hijo y el estropicio que hemos dejado a nuestro paso, enviará a una legión de sus mejores guerreros para darnos caza por toda Grecia. Nada lo detendrá.

Teseo contempla las aguas oscuras del océano, que acarician los costados del barco, aferrado a la barandilla con tanta fuerza que se le blanquean los nudillos. Ya no es ese hombre extrovertido y amigable que nos invitó al banquete; se ha vuelto taciturno y retraído.

—El rey loco descubrirá la implicación de su hija, ¿y qué le impedirá matarla cuando lo haga? Al menos tendríamos que haber ayudado a Ariadna a escapar del palacio, aunque no la hubiéramos traído con nosotros.

Bajo la luz de la luna, la piel de Apolo adopta una palidez espectral mientras se pellizca el ceño con el índice y el pulgar.

—Ariadna no corre ningún peligro. Dioniso la vigila y la protege.

Apolo me habló de la fascinación de su hermano Dioniso con Ariadna, que llevaba mucho tiempo planeando cortejar a la princesa en cuanto quedara libre de la maldición de su padre. Ahora mismo, Ariadna está más a salvo que nosotros.

—¿No puedes acelerar nuestro viaje? —Teseo ondea un brazo hacia el mar—. A este paso no llegaremos a Argos antes de la cosecha.

—Mis poderes se han debilitado. —Apolo aprieta los dientes durante un instante—. Aún tardaré unos días en recobrar mi fortaleza, e incluso entonces solo será algo transitorio.

Recuerdo cuando Apolo comparó sus poderes con una marea. Debe de estar remitiendo en este momento.

Teseo formula la misma pregunta que tengo en la punta de la lengua:

—¿El regreso de esas musas no debería mejorar un poco la situación?

Apolo niega con la cabeza.

—¿Acaso unas pocas gotas de aguas sacian la sed o solo sirven para que ansíes beber más?

Teseo se aferra a la barandilla del barco con más fuerza todavía.

—Ya que lo sabes todo, ¿cómo propones que viajemos hasta Tebas una vez que lleguemos a Argos? No hay muchas carreteras secundarias, algunas son peligrosas, y si están poco concurridas es por algo. Ya no nos persiguen solo los enemigos del Olimpo, sino también el *anax* loco de Creta.

—Vale la pena correr el riesgo. —Apolo mantiene un gesto impasible—. Nadie nos seguirá por esos caminos.

Teseo comprende antes que yo lo que está insinuando Apolo.

—¿Foloi? ¿Vamos a ir al bosque prohibido? ¿Estás loco?

—Vale la pena correr el riesgo —repite Apolo, quitando hierro a las preocupaciones del ateniense con un aleteo impaciente de la mano.

—Allá tú si quieres perder la vida por esa temeridad —replica Teseo con vehemencia—. Pero a mí no me metas.

Ya me tienen harta.

—O hacéis las paces hasta que lleguemos a Argos —les ordeno, tajante, mientras me encaro con ellos— o podéis viajar a Tebas por vuestra cuenta. No tengo reparos en dejar atrás a cualquiera de los dos.

Los dos príncipes —uno del Olimpo y el otro de Atenas— se sostienen la mirada con un gesto que confirma que la tregua solo será temporal. No sé de dónde ha surgido esta reciente animadversión, pero no puedo perder el tiempo con tonterías. Ya se trate de rivalidad masculina o de inseguridad regia, no pienso tolerarlo. A pesar de mi advertencia, Teseo y Apolo se ponen a discutir en la proa como un matrimonio mayor —otra vez—, metiendo tantas voces como para despertar a Poseidón.

—Así contraigáis la peste. —Doy media vuelta y bajo a la bodega, airada. Mi sombra, Lykou, no se separa de mí.

Le acaricio suavemente por detrás de las orejas y me subo a mi hamaca. Mis músculos se resienten con ese sencillo movimiento. A pesar de la asistencia curativa de las musas, sigo agotada y dolorida después de lo sucedido en Cnosos. El bramido de un Minotauro imaginario me atormenta por las noches.

—No hace falta que me sigas a todas partes —le digo a Lykou.

Mi amigo planta sus cuartos traseros al lado de la hamaca, con un gesto que me indica que no piensa separarse de mí.

—Por favor, Lykou. —Le lanzo una mirada suplicante—. Creo que ya he demostrado varias veces que no necesito tu protección.

El lobo se mantiene imperturbable.

Con un suave suspiro, me estrecho entre mis brazos y giro el cuerpo para eludir su penetrante mirada.

—Al menos déjame un rato tranquila.

A regañadientes, Lykou se aleja hacia las sombras y me deja a solas con mis pensamientos.

El caduceo que llevo colgado a la espalda, oculto por debajo del quitón, es un recordatorio del lastre —mejor dicho, los grilletes— que me vincula a los dioses. La flauta de Hermes, el colgante de mi madre y el medallón de Festo que me dio Ariadna pugnan por hacerse sitio entre mis pechos.

Ignorando dolores tanto reales como imaginarios, me concentro en los ronquidos de los marineros y en el balanceo de mi hamaca, dejándome arrullar por ellos hasta sumirme en un sueño inquieto.


Alguien me despierta sin miramientos con unas palmaditas en la cara. Al mismo tiempo, siento el roce de unas patas bajo la capa.

Mi primera reacción es desenfundar el puñal que llevo sujeto del muslo y presionarlo sobre el pescuezo de mi agresor. Funciona. Mi asaltante suelta un bufido. Le pego un puñetazo en el abdomen y un gruñido familiar resuena en la oscuridad.

Teseo se encoge, sujetándose el estómago. Me bajo de la hamaca. El barco se balancea tanto que casi pierdo el equilibrio. Abro la boca para llamar a gritos a Lykou, pero Teseo se lanza sobre mí. Caemos sobre la cubierta, enzarzados. Mi cuchillo sale despedido por el suelo.

Los marineros siguen roncando. Intento gritar de nuevo, pero Teseo sofoca el sonido cubriéndome la boca con una mano. Me inmoviliza, con el antebrazo apoyado sobre mi pecho. Me entra el pánico mientras me hinca las rodillas en los muslos. Logro asestarle un codazo en las costillas.

Teseo no emite ningún sonido. Redobla sus esfuerzos, pega un brinco para abalanzarse sobre mí.

Aprovecho su impulso para derribarlo e inmovilizarlo en el suelo. Se oye un golpetazo en la oscuridad, percibo un destello dorado por el rabillo del ojo. El caduceo ha salido despedido. Lo ha acogido Teseo. Saco otro puñal de una funda que llevo prendida del muslo y lo sostengo sobre su pecho. Me bulle la sangre con una rabia feroz e insaciable que me insta a clavarle el puñal en el corazón.

Goterones de sudor corren por las sienes de Teseo, el blanco de sus ojos centellea incluso entre la oscuridad.

—El arma, la necesito.

—¿Y por qué no me la pides y ya está? —replico, conteniendo por poco el deseo de apuñalarlo.

No se despierta ningún marinero, sus ronquidos siguen resonando por el camarote. Lykou y Apolo aparecen a mi lado. Los colmillos de lobo centellean bajo la tenue luz de la antorcha cuando lanza una dentellada a pocos centímetros del pescuezo de Teseo.

—Dame el arma, Dafne. —A Teseo le tiembla el labio inferior—. O ella nos matará a todos.

Mi rabia remite, al tiempo que me pega un vuelco el corazón. Visualizo el pálido rostro de esa mujer, rodeado por una cabellera oscura, con unos penetrantes ojos de color rubí.

—¿Ella?

—Está aquí —mascula Teseo. Un reguero de sudor me recorre el espinazo—. Justo detrás de ti.

Me doy la vuelta sin pensar, empuñando el cuchillo. Apolo me agarra por la muñeca.

—Déjate de tonterías, Teseo. Dafne es la única mujer a bordo de este barco.

—No —replico, con el corazón retumbando a marchas forzadas dentro de mi pecho—. Teseo se refiere a la mujer de mis sueños. La que me obligó a... matarte.

Apolo frunce el ceño. Fulmina a Teseo con la mirada.

—¿Estás a su servicio?

—¿A su servicio? —Teseo enseña los dientes—. Esa mujer es lo único que veo, lo único que percibo en este condenado barco. Me matará si no le entrego esa arma.

Aferro la empuñadura del cuchillo con más fuerza.

—¡Juraste que no me traicionarías!

—No puedo evitarlo, Dafne. —Teseo parece desesperado—. Esa mujer está aquí, aparece cada vez que cierro los ojos.

—¿Y nos lo dices ahora? —inquiero, avanzando otro paso.

La voz de Apolo resuena de repente y me contiene:

—El heredero al trono dice la verdad. Pierde el control cuando ella invade su mente. ¿Y quién eres tú para juzgarle, cuando estuviste a punto de asesinarme a causa de una de sus tretas?

Bajo lentamente el arma, poniendo una mueca.

—Pero…

Con los puños apretados, Apolo se interpone entre Teseo y mi puñal, escrutando al ateniense. Por primera vez en todo el viaje, resulta intimidante de verdad. Esa fachada de noble desenfadado, con su campechanía y su sonrisa seductora, ha desaparecido. En las entrañas del barco, su rostro se ha convertido en la implacable máscara de un dios vengativo.

—Como vuelvas a tocar a Dafne alguna vez, maldeciré a todo tu linaje.

Teseo traga saliva. Se queda boquiabierto mientras se le cubre la frente de sudor.

—Tus hijos, tus nietos, los hijos de tus nietos, y así hasta que el ser humano desaparezca de la faz de la tierra, no conocerán el amor ni la alegría. No conocerán la victoria ni el poder, y no hallarán consuelo…, ni siquiera con la muerte. Se consumirán todos, y ni siquiera las arpías querrán picotear vuestros miserables huesos. A nadie le importará el destino de la casa real de Atenas.

Dejo caer el puñal al suelo con un golpe seco. Lykou se aleja de Apolo, de la rabia palpable que irradia. Su piel reluce con una luz etérea, un fuego prende en su interior, cuyas llamas rozan el reverso de su piel. Teseo me mira con un gesto suplicante.

—Seré tu aliado —me promete—. Lo seré mientras viva, ahora y siempre.

—Salvo que ella te engañe para apuñalarme por la espalda —replico, con un tono gélido y cortante como un bloque de hielo.

—Yo puedo ocuparme de eso —dice Apolo, tajante como un latigazo.

Horrorizado, Teseo se pone pálido.

—¿Qué vas a hacerme?

—Todavía te necesitamos. Parece que tu destino está entrelazado con el de Dafne —dice Apolo—. Reúnete conmigo en la cubierta antes de que le diga a Lykou que te desgarre el pescuezo. Las nereidas nos estarán esperando, sin duda.

Teseo se levanta del suelo a toda prisa y se va corriendo, sin pararse a mirarnos. Apolo se gira hacia mí, aún no se ha apagado del todo el fuego que centellea por detrás de sus ojos y bajo su piel.

—¿A qué ha venido eso? —inquiero—. ¿Por qué le has maldecido?

Apolo retrocede un paso.

—Lo he hecho para protegerte.

—No necesito tu protección —mascullo, apretando los dientes—. Y tampoco quiero que hechices a todo aquel que pasa por mi lado. —Ondeo una mano para señalar a Lykou—. ¿Es que aún no has aprendido la lección? Los humanos no seguirán venerando a los dioses eternamente si seguís maldiciéndolos cuando os viene en gana.

Niego con la cabeza. Las palabras que quiero decir se aferran al fondo de mi garganta como un tónico empalagoso y agridulce, pero las pronuncio a pesar de todo:

—Nuestro cariño hay que ganárselo, no comprarlo con hechizos y maldiciones.

El fulgor de su piel se apaga. Retrocede un paso, luego avanza otra vez. Me estrecha la mano entre las suyas y pego un respingo. Por primera vez desde que comenzó este viaje, tiene las manos frías. Noto el levísimo roce de sus labios sobre los nudillos magullados, un hormigueo se extiende por mi brazo.

—Amenazarte a ti es como amenazarme a mí, *kataigída* mía —dice con un hilo de voz, antes de darse la vuelta y desaparecer entre las sombras.

Lykou recoge mis pertenencias, las sujeta con suavidad entre los dientes y las mete en mi morral antes de subirse tímidamente a la hamaca, a mi lado. Esta vez acepto su compañía sin rechistar, hundiendo el rostro en su oscuro pelaje. Una brisa recorre el barco, mueve mi capa y me deja las piernas al descubierto. Me abrazo con más fuerza a mi amigo. Lykou refunfuña alegremente.

—¿Crees que lograremos volver a casa? —murmuro, con el rostro pegado a su áspero pelaje, inspirando hondo su aroma. ¿Desde cuándo huele a pino?

Lykou resopla y apoya la cabeza sobre mi brazo, recolocando los hombros hasta dejarlos presionados sobre mi pecho.

—Sí, yo tampoco lo sé.

Apoyo la barbilla sobre su mullido hombro mientras me pongo a pensar en Esparta, en Teseo y Apolo, y en las musas. Me resisto al sueño todo lo posible, mientras mi mente repite las palabras de Apolo una y otra vez:

«Amenazarte a ti es como amenazarme a mí».

La maldición de Midas gira lentamente en círculos alrededor del punto donde Apolo me dio un beso. Sus palabras pueden significar muchas cosas. Si una amenaza hacia mí lo supone también para él, puede que se deba tan solo a que no puede prescindir de mí por la importancia que tengo para este viaje y, en consecuencia, para su familia. Dudo que lo dijera como una muestra de afecto.

Apolo es un dios. Mi afecto y yo le importamos un comino. Solo le importa mantenerme con vida para asegurar el regreso de las demás musas. Y, lo más importante, para recuperar su poder.

# CAPÍTULO 22

El contorno de mi campo visual se desdibuja como si estuviera contemplando un reflejo sobre un metal bruñido. Hay humo que me provoca un escozor en los ojos y en la nariz. Resuenan gritos en mi cerebro.

Se oyen unos ecos a través de unos largos pasillos de mármol blanco y oro pulido. Ya no llevo puesto el quitón, sino el peto de cuero, que sigue manchado con la sangre del Minotauro.

Es un sueño, no hay duda.

El hombre más grande que he visto en mi vida se acerca corriendo por esos pasillos. Me oculto entre las sombras, por detrás de una columna de mármol. Es tan alto que apenas cabe por la puerta. Se adivina el contorno de sus músculos bajo el quitón de color carmesí, la prueba de que se trata de un luchador ágil y un adversario a tener en cuenta en el campo de batalla. Tiene la piel tostada y el rostro afeitado, sus ojos son oscuros como la obsidiana, el cabello largo y rojo como sangre recién derramada, rapado por un lateral.

Lleva un buitre tatuado en el pecho con tinta carmesí, muy parecido a los gallos que cubren la piel de Hermes. El buitre despliega las alas y las bate al ritmo de los sonoros pasos de su dueño.

Es Ares. Lo observo con los ojos desorbitados, lo tengo muy cerca.

Ares podría hacer que hasta los soldados más curtidos mojasen sus pantalones al verlo. Me estremezco a medida que se acerca a mi escondite. Pasa de largo, sin mirar hacía aquí en ningún momento. Pero el buitre gira la cabeza hacia mí y observa todos mis movimientos con sus ojillos brillantes.

Tras inspirar hondo, emerjo de entre las sombras y sigo al dios de la guerra, por más que mi instinto me diga que es un suicidio.

¿Podrá Ares percibir mi presencia por el pasillo? ¿Detectará el olor de mi miedo?

De ser así, no da muestras de ello y continúa su veloz avance por estos pasillos de mármol, desiertos e inmaculados. A su paso, va apagando las antorchas con un giro de la muñeca.

Al fin, Ares dobla una esquina y se detiene en lo alto de una oscura escalera. Las sombras se extienden por los muros mientras Ares titubea, asomado hacia la oscuridad. Al cabo de un buen rato, se frota el rostro con una mano y empieza a bajar por las escaleras.

Lo sigo hasta una pequeña estancia, atiborrada con todo un abanico de armas centelleantes. Un centenar de puñales cuelgan de una pared, ordenados cuidadosamente por tamaño, por encima de un estante ocupado por cincuenta arcos. La otra pared, igual de meticulosa, ostenta espadas y lanzas, escudos y hachas.

Una mujer da unos golpecitos con una garra larga y afilada sobre el brazo de un trono de madera. Su cabello, oscuro y voluminoso, se despliega sobre sus pálidos hombros mientras le lanza una mirada penetrante al recién llegado.

Conozco ese rostro. Es la mujer de mis pesadillas, el espectro que acecha en los confines de mis sueños.

Sospecho que Ares no está acostumbrado a que lo reciban con esa frialdad e indiferencia. La fulmina con la mirada, con el cuerpo tan tenso como la cuerda de un arco. El buitre tatuado eriza sus plumas oscuras con inquietud.

—No me gusta que me hagan esperar —dice la diosa, con una voz que parece néctar envenenado. Es más bajita de lo que parecía en mis pesadillas.

—Zeus me ordenó que me quedara. —Ares hace rechinar los dientes—. Sus hijos predilectos le han abandonado, así que ha recurrido a mí para que le haga compañía.

Ninguno de estos dioses repara en mi presencia, pero la maldición de Midas se pone a girar sin rumbo alrededor de mi ombligo.

—Si el Olimpo está tan desolado —dice la mujer, mirándose las garras—, doy por hecho que Zeus teme el declive de los poderes del Olimpo. ¿Cuánto falta para que Zeus se consuma del todo y quede condenado al olvido?

—El árbol se marchitará pronto y morirá, y con él desaparecerá la fe de los hombres —responde Ares, con una voz grave de barítono. Emplea el tono imperativo propio de un general curtido en el campo de batalla.

—Eso no responde a mi pregunta. —La diosa se inclina hacia delante, tamborileando con las garras sobre los brazos del trono. Precavido, Ares retrocede un paso—. ¿Cuánto tardará el Olimpo en caer?

Ares inspira hondo, sin dejar de mirar esas garras. Su silencio es muy revelador.

—Explícate —dice la mujer.

—Cometimos un error al confiar en el *anax* de Creta.

—¿Cometimos? —La diosa profiere una carcajada adusta—. La culpa la tienes tú. Pero, por favor, continúa.

Ares toma aliento antes de proseguir con la explicación:

—Minos ha sembrado entre su pueblo la desconfianza y la animadversión hacia Zeus, de modo que sigue siendo útil para nosotros, pero también ha perdido a las musas. Desaparecieron la noche que hizo el anuncio. —Ares titubea, enardecido—. Creo que Apolo ha tenido algo que ver. Tendrías que haberme permitido matarlo y nos habríamos ahorrado todo esto.

—Siempre he despreciado a ese mequetrefe. Cada noche puedo oler a la hiena de su hermana, que los protege a él y a esa mortal. Los seguí a través del Egeo, pero ese necio insufrible se las ha ingeniado para blindar la mente del ateniense. —La mujer hinca las garras en los reposabrazos del trono, haciendo unos agujeros en la oscura superficie de caoba. La maldición de Midas pega un respingo al oír esas palabras—. Necesitábamos que Minos se deshiciera de las musas para que los humanos presenciaran el comienzo de la caída del Olimpo, y eso lo ha conseguido. Los humanos le vieron sacrificar a las musas, pero no tienen constancia de su rescate. ¿Y qué son los dioses sin sus devotos? Nada.

Ares asiente, su mirada no delata emoción alguna, ninguna referencia a la pérdida de sus propios poderes. Repaso mentalmente las historias sobre el dios de la guerra, en busca de alguna pista que me diga qué puede sacar de provecho de todo esto.

—¿Dónde están ahora las musas? —pregunta la mujer, mientras extrae las garras de los brazos del trono.

Se hace un largo silencio.

—Hermes las ha llevado de vuelta al jardín. Ahora no les quitan ojo.

La mujer se incorpora lentamente. Retrocedo hacia un estante repleto de espadas, agarro una de ellas por la empuñadura. Pese a que la dobla en tamaño, el dios retrocede un paso.

—No querrás dejarme ninguna marca —dice Ares, lentamente, sin dejar de mirar sus garras.

—Siempre podría hacer que pareciera un accidente —replica ella, acercándose sin prisa.

Sus labios, del mismo color que la sangre recién derramada, se curvan para formar una sonrisa maliciosa. Sus garras se estiran y se afilan hasta convertirse en unas finas dagas que asoman de las yemas de sus dedos. Aunque yo no sea el centro de su atención, el corazón me pega un vuelco.

Ares se estremece mientras la mujer le desliza una garra por el vientre. Desgarra su piel bronceada hasta que un reguero de sangre, del mismo color que la larga melena del dios, comienza a fluir por su abdomen. Ares aprieta los dientes y suelta un bufido, mientras la fulmina con la mirada.

—No te atreverás.

—Voy a destruir el Olimpo. —La diosa ladea la cabeza—. ¿Qué te hace pensar que no haré caer también al dios de la guerra si me hace enojar?

Ares escucha esas palabras con gesto impasible.

—¿Qué quieres que haga?

—Encuentra a Apolo y asegúrate de que no rescaten a las demás musas. —La mujer repliega sus garras, suelta una risita tan suave que podría ser un suspiro—. No vuelvas a fallarme, Ares, o pagarás las consecuencias. —Señala con un dedo largo y pálido hacia un punto situado por detrás de él—. Te han seguido.

Se me forma un nudo en el estómago, aferro la espada con más fuerza.

Ares se da la vuelta. El eco lejano de unos pies descalzos se extiende por el hueco de la escalera. Sigo al dios de la guerra, que sube corriendo las escaleras de cuatro en cuatro. Con una velocidad imposible de igualar, Ares alcanza al espía enseguida.

—Ganímedes —mascula entre dientes. Se gira y enseña los dientes con una mueca feroz que me provoca un escalofrío—. Hermes.

Los brazos del heraldo son como dos barras de hierro que impiden que Ganímedes huya. Agarro la flauta que llevo colgada al cuello. El rostro de Hermes no denota sorpresa, tampoco regocijo ni miedo. Mantiene un gesto pétreo mientras empuja al cortesano de Zeus hacia el dios de la guerra.

—Deberías vigilar mejor tus espaldas, Ares.

—¿Eso es una amenaza, hermano?

Ares alarga un brazo para agarrar a Ganímedes por el pescuezo. Sin que le tiemble un solo músculo, levanta al cortesano en vilo y lo arroja contra la pared.

El asistente de Zeus se encoge sobre sí mismo, temblando y sollozando. Al igual que todos los amantes de Zeus, Ganímedes posee una hermosura arrebatadora, a pesar de la pátina de sudor que cubre su frente dorada. Sin embargo, a Ares le da igual su belleza, así que le asesta un patadón en las costillas por espiarlos. Se fracturan con un crujido y a mí se me corta el aliento, pues el sonido resulta tan contundente que incluso yo siento un dolor en el pecho.

—¡Para! —grito—. ¡Le vas a matar! —Me doy la vuelta hacia Hermes—. ¡Detenlo! ¿Se puede saber qué te pasa?

Ninguno de los dos dioses advierte mi presencia. Ares prosigue con su despiadada paliza, esbozando una sonrisa maliciosa. Ganímedes pega un grito, echa la cabeza hacia atrás cuando recibe un impacto en la nariz. Me falta el aire, estoy paralizada por el horror.

—Por favor. —Ganímedes tose, ahogándose en su propio icor—. Prometo que no le diré nada a Zeus.

Ares ladea la cabeza, frunce los labios como si estuviera sopesando la afirmación de Ganímedes. Al cabo de un buen rato, el dios de la guerra suspira.

—Me temo que no puedo confiar en que cumplas esa promesa.

Ares descarga un puñetazo. Hermes le sujeta el brazo a su hermano antes de que pueda partirle el cráneo a Ganímedes.

—Calma, hermano —dice el heraldo—. Si le matas, se lo contará todo a Hades.

Ares deja escapar un gruñido ronco.

—¿Y qué sugieres que hagamos con él? Zeus tiene aliados en todos los rincones de Grecia.

—No lo sé —dice Hermes, alzando los brazos—. ¿Y si lo encadenamos junto a Prometeo? Al fin y al cabo, nadie va a visitar a ese pobre bastardo.

Me arrodillo al lado de Ganímedes y le aparto suavemente un mechón sudado de la frente. Unas estrellas relucen en sus ojos de amatista durante un brevísimo instante, se le dilatan las pupilas.

—Corre —susurra.

Ares se gira hacia mí, frunciendo el ceño, mientras trata de localizar al interlocutor de Ganímedes. Pero no puede verme. La diosa siniestra entra en escena. Llega flotando hasta Ares como si fuera una nube de humo. No se me escapa el estremecimiento de aversión que recorre el espinazo de Hermes al verla. Aun así, la recibe con una respetuosa inclinación de la cabeza.

—Más vale que tu perrito faldero tenga más cuidado la próxima vez que venga a verte. Ganímedes se lo habría contado todo a Zeus.

—Eso no es nada comparado con el contratiempo para nuestros planes que supone haber llevado a las musas de vuelta con Zeus. —Ares alza un puño ensangrentado para señalar a Hermes.

El heraldo permanece impasible.

—Artemisa sabe que su hermano rescató a las musas de Cnosos y que las dejó a mi cuidado. Puede ver todo lo que hace a través de la maldición que lanzó sobre la chica mortal. —Alargo una mano temblorosa hacia ese ente dorado situado sobre mi ombligo. Un don y una maldición al mismo tiempo—. Si no hubiera llevado a las musas de vuelta con nuestro padre, Artemisa me habría acusado de traidor ante Zeus.

Me dan ganas de gritar y de estrangular a ese *sýagros*, de patearle las espinillas y de clavarle el cuchillo en la barriga, pero el espanto me tiene paralizada. Noto el peso de su flauta, que sigue colgando de mi cuello.

—¿Cómo podría creer Zeus que su vástago favorito le ha traicionado? —inquiere Ares con una mueca, mientras escruta a Hermes desde sus sandalias aladas hasta la serpiente que culebrea por su frente—. Fuiste tú quien delató la presencia de las musas en Creta. Condujiste a Pasífae directa hasta ellas. Incluso le diste tu arma favorita a esa mortal.

—Aquello formaba parte de la argucia, te lo aseguro —replica Hermes—. Pasífae, que siente más cariño por sus poderes que por nuestro padre, se aseguró de que las musas permanecieran con vida. Y que Dafne tenga el caduceo en su poder es lo de menos. No podrá empuñarlo, y sus enemigos siguen siendo más numerosos que sus aliados.

—Dioniso es uno de esos aliados —dice Ares—. Percibí el olor de su poder por todo Cnosos.

La diosa frunce su nariz respingona. Alza la cabeza y empieza a olfatear.

—Tal y como percibo ahora el olor del poder de algún dios.

El corazón me pega un vuelco. La mujer se gira hacia mí, Hermes y Ares también. Retrocedo.

—Huelo a Artemisa —prosigue la diosa, con una mueca de aversión—. Huele a carne de caza y a boñiga de caballo. —Vuelve a olisquear y avanza otro paso hacia mí. No puedo retroceder más, mi espalda ha topado con el frío muro de piedra—. Y hay algo más. Un olor que no había vuelto a percibir desde hace un milenio.

Nuestras miradas se cruzan. Me entra un escalofrío.

Antes de que pueda reaccionar, la diosa me da la vuelta y me estampa la cara contra la pared. Se me escapa un gemido. Trato de liberarme, pero esta mujer es como un ariete, es más fuerte de lo que aparenta por su tamaño. Me hinca un brazo en los omoplatos, me presiona el pecho contra la pared para inmovilizarme. Intento asestarle un cabezazo, pero ella esquiva el golpe con una carcajada.

—¿Dafne? —Hermes entra en mi campo visual. Su rostro palidecido muestra una mezcla de pánico y confusión. Tiene los ojos desorbitados—. ¿Cómo has llegado aquí?

No me queda aire para responderle. La diosa me presiona con fuerza contra la pared. No puedo parar de temblar. Estoy indefensa, vulnerable, a su completa merced. El pánico borra de mi mente cualquier adiestramiento espartano que pudiera haberme preparado para algo así.

—Dafne. —La voz de la diosa, grave y ronca, resuena entre las sombras.

—Ya conoces mi nombre —digo con los dientes apretados, haciendo un gran esfuerzo por no tartamudear—. Ahora lo justo es que me digas el tuyo.

La mujer me da la vuelta y me apoya una garra en la base del cuello.

—Pronto lo descubrirás.

Se acerca un poco más, escrutándome, y alarga una mano hacia el cuervo blanco. Me estremezco mientras alza el colgante con una uña. Frunce el ceño con un gesto de perplejidad.

—Curioso amuleto. Seguro que Apolo detesta verlo colgado de tu cuello.

Al cabo de un buen rato, logro contener lo justo mis temblores para poder preguntar:

—¿Por qué?

—Pregúntaselo tú misma. —La diosa suelta el colgante y desliza sus garras hacia mi cuello. El roce es tan suave que apenas las noto al pasar—. ¿O temes que no te guste su respuesta?

Me agarra de la mano y la sostiene en alto, después la golpea contra la pared. La despliega sobre el muro y desliza una garra sobre mi palma temblorosa. Pego un grito mientras las venas se desgarran bajo mi piel. Me sangra la mano, me arde el brazo entero. El dolor se extiende por mi espinazo.

—Detente. —Hermes alarga un brazo hacia la diosa, pero el implacable Ares lo sujeta.

No sé cómo, pero reúno las fuerzas necesarias para escupir ante las sandalias del heraldo.

—Prefiero morir antes que aceptar tu ayuda o tu compasión, *prodótis.*

—No temas, mi dulce Hermes. No voy a matarla aún.

La diosa me lame la mano, cicatrizando la herida con sus labios carnosos. De las profundidades de mi garganta escapa un nuevo alarido. Tengo la frente empapada de sudor.

—¿Quién te está ayudando? —me pregunta—. ¿Quién te ha traído aquí para espiarnos? ¿Qué aliados le quedan a Apolo en el Olimpo?

Me he quedado sin energías, no tengo fuerza para resistirme. Me quedo inmóvil, a merced de la diosa.

—No lo sé.

Ares vuelve a entrar en mi campo visual.

—Dínoslo o mis hijos te despellejarán.

—No lo sé. No lo sé. No lo sé. —Niego con la cabeza, me arde el rostro, cubierto por unos rizos sudorosos. Mi voz es poco más que un susurro agonizante.

—Deja que se marche. No sacarás nada de ella en este estado —dice Hermes.

—¿Por qué eres tan protector con esta joven mortal, querido Hermes? —La diosa ladea la cabeza—. Da igual.

Me agarra por las sienes y me aprieta la cabeza con fuerza. Vuelvo a gritar al sentir cómo me arde la piel bajo el cuero cabelludo.

—Veo las pistas de Prometeo. Veo tu camino y los secretos que le has ocultado a Apolo. Veo a tu madre y a tu padre. No puedes ocultarme nada, *kataigída*. Los necios de tus aliados: Artemisa, Dionisio, Teseo, Prometeo y el dios que te haya traído hasta el Olimpo serán cazados y masacrados. Los dioses no se merecen tu lealtad, chiquilla. No son dignos de los poderes del Olimpo.

Me suelta y me desplomo sollozando. La mujer apoya una rodilla en el suelo, acerca su rostro al mío hasta que noto su aliento sobre las mejillas. Con mucha suavidad, me aparta un rizo de la frente sirviéndose de una garra curvada. Me araña la piel con la punta.

—¿Crees que puedes detenerme? Vigilaré todos tus pasos, frustraré todos tus intentos. Los poderes del Olimpo han caído como el sol del ocaso y pienso asegurarme de que jamás vuelvan a alzarse.

La diosa aparta la mano, sus garras centellean bajo la luz de las antorchas. Cierro los ojos para esperar el golpe. Estoy temblando, empapada de sudor, todavía me arde la mano a causa del fuego del Tártaro. Hermes pega un grito de alerta y yo abro los ojos.

# CAPÍTULO 23

Me despierto gritando, sobresaltando a los marineros que me rodean. Estoy temblando y se me pega el quitón al cuerpo, pues está bañado en sudor.

Todo ha sido tan real —esos olores penetrantes, ese dolor tan intenso— que no ha podido ser producto de mi imaginación. Noto un cosquilleo en la mano izquierda que me obliga a bajar la mirada. Sobre la palma de mi mano reluce una cicatriz pálida con forma de media luna, en el punto donde la diosa me hizo un desgarro.

Abro y cierro la boca, se me queda un grito atorado en la garganta.

Ares secuestró a las musas y Hermes nos ha traicionado. Piensan dar caza a Prometeo, Dioniso y Artemisa. Saben hacia dónde nos dirigimos.

Tengo que contárselo a Apolo. Ruedo para bajarme de la hamaca. Me fallan las piernas y acabo despatarrada sobre el húmedo suelo de la bodega. Lykou olisquea, presionando su húmedo hocico sobre mi pecho y mi estómago. Gimotea cuando percibe el olor de mi miedo.

Oigo un alarido y alzo la mirada hacia el techo. El grito me ha provocado una incontenible sensación de espanto.

Corremos hacia la cubierta. Un marinero señala hacia el sol que asoma por el horizonte. Me abro paso entre la maraña de marineros exaltados, abrumados por una mezcla de curiosidad, confusión y miedo.

—Hazme caso —insiste el marinero que señala—, la estrella no está en el lugar que le corresponde. —Alza el dedo, apuntando hacia las pocas estrellas que aún resultan visibles tras el amanecer—. El lucero del alba no se encuentra situado por encima del sol, sino hacia el oeste.

El marinero está en lo cierto: la última estrella que centellea en el cielo, el lucero del alba, se burla de nosotros desde su posición, enfrente del sol. Me giro hacia Apolo en busca de respuestas, pero él también está contemplando la estrella, con el ceño y los labios fruncidos. Me abro paso entre el gentío, olvidado ya mi extraño sueño, y me acerco a él.

—¿Qué significa eso? —susurro.

Apolo niega con la cabeza de un modo casi imperceptible. No lo sabe.

—¿Qué crees que significa? —insisto.

—Significa que algo está pasando con Héspero.

Se refiere a uno de los dioses celestiales que controlan el sol, la luna y el desplazamiento de las estrellas por el firmamento. Me pongo a pensar en las implicaciones, en las vidas trastornadas por el simple hecho de que las estrellas no estén en el lugar apropiado. Nuestras historias se desvanecerán. Los barcos echados a la mar se perderán hasta que tengan la suerte de encontrar tierra firme.

—Por fortuna —prosigue Apolo—, ya estamos llegando a Argos, así que no necesitaremos seguir guiándonos por los astros.

Al otro lado de una flota de barcos, las costas de Argos asoman por el horizonte, apenas a una hora de distancia. Pero ahora mismo Argos es lo de menos. Lo que más me preocupa es Héspero.

—¿Significa eso que Héspero ha perdido sus poderes? ¿Crees... crees que le ha ocurrido algo?

Pienso en Ganímedes y en el chasquido de sus huesos bajo los golpes de Ares. ¿El dios de la guerra habrá capturado y torturado a

Héspero, tal y como hizo con el cortesano de Zeus? Siento un escalofrío y me estrecho entre mis brazos.

—Solo nos queda confiar en que esto sea un error y Héspero solo esté incapacitado temporalmente. —El gesto de duda de Apolo contradice sus palabras.

—Apolo —comienzo a decir, buscando el mejor modo de expresarlo. Tiro de él para alejarlo de la multitud, hacia el otro extremo del barco—. Creo que Héspero está en peligro.

Apolo guarda silencio y espera a que continúe. Habría preferido que intentara rebatirme. Giro la mano. Apolo ve la cicatriz que tengo en la palma, pero sigue sin decir nada. Esboza un gesto de preocupación apenas perceptible que sustituye su petulancia habitual.

—Anoche tuve un sueño. Soñé con el Olimpo. Hermes estaba allí, y también Ares. Habían traicionado a vuestro padre. —No sé expresarlo de otro modo, las palabras emergen por mi boca como una lluvia torrencial—. La mujer siniestra había vuelto y les dio orden de matarnos. Sabe que estamos buscando a las musas y hacia dónde nos dirigimos ahora. —Alzo la mano para situar la cicatriz a la altura de los ojos de Apolo—. Me hizo esto como advertencia.

Sopla una ráfaga de brisa que nos alborota el pelo. Apolo tiene un gesto indescifrable. Pasa un buen rato hasta que se decide a hablar. Me coge la mano y la presiona sobre mi pecho.

—Fue una pesadilla, Dafne. Nada más. Esa cicatriz solo es una más de las que cubren tu cuerpo por haberte criado en Esparta.

No puedo creer que haya dicho eso.

—¿Es que no lo entiendes? Ares y Hermes nos siguen la pista. Nos matarán antes de que podamos salvar a las musas.

Los ojos de Apolo despiden un destello que bien podría ser de ira.

—Aunque tu nodriza te haya llenado la cabeza de historias que afirmen lo contrario, Ares jamás traicionaría a nuestro padre. Adora el Olimpo, venera el poder que le ha sido concedido.

Atacar a nuestro padre supondría tirar piedras contra su propio tejado. Y lo mismo pasa con Hermes. Aunque el heraldo y yo no nos llevemos bien, él jamás traicionaría a nuestro padre.

—Ares es un psicópata —replico.

—Ares es mi hermano —repite Apolo, esbozando una mueca—. Ten cuidado con lo que dices de él. Puede que haya hecho cosas horribles, pero eso no le convierte en un monstruo.

—Eso es precisamente en lo que le convierte —replico con la misma vehemencia que él—. ¿Por qué no me crees?

El rostro de Apolo queda mudo de expresión, su mirada se torna gélida de repente.

—Por más cruel que pueda ser Ares, actúa movido solamente por su deseo de hacer la guerra. Yo he hecho cosas mucho peores, azuzado por los caprichos de mi corazón.

Retrocedo un paso, sus palabras son un jarro de agua fría.

—Pero fuiste tú el que me dijo que no me fiara de Hermes, ni de ninguno de los dioses.

—Al igual que se lo diría a una muchacha ingenua que se deja engatusar por un libertino que pretende robarle la inocencia —replica Apolo, tajante—. Hermes te dio su arma más preciada, como muestra de confianza en nuestra misión. Ninguno de mis hermanos traicionaría jamás a Zeus.

Sus palabras me duelen en lo más hondo. Siento rabia e impotencia.

—Pero lo hicieron, y ni siquiera tu fe ciega en ellos cambiará eso.

—Olvídalo, Dafne.

Sin dejarme amilanar por su mirada, añado:

—¿No me crees porque no quieres preguntarte el motivo por el que traicionarían a vuestro padre? ¿Porque a lo mejor ellos tienen razón y no sois dignos de los poderes del Olimpo?

Apolo se sobresalta como si le hubiera abofeteado. Nos sostenemos la mirada, con llamas en los ojos que amenazan con avivarse hasta consumirnos a ambos. Cuando por fin responde, lo hace con la voz quebrada:

—Si de verdad crees eso, Dafne, regresa a Esparta y deja que salve a mi familia por mi cuenta.

—Proseguiré con este viaje hasta el final. —Me hinco las uñas en las palmas de las manos—. Pero está por ver si de verdad mereces mi ayuda.

Sin mediar palabra, Apolo se da la vuelta y se abre paso entre los marineros.

＊

Tocamos tierra menos de una hora después, el puerto está rebosante de actividad a estas horas de la mañana. Los marineros corren de un lado a otro del muelle. Los vendedores esbozan titubeantes sonrisas ante nuestra comitiva a pesar de lo temprano que es. Muchos contemplan con extrañeza la posición del lucero del alba, pero la mayoría están concentrados en la distribución de sus mercancías.

Como estamos ansiosos por partir, apenas dedicamos el tiempo y el dinero justos para adquirir comida y caballos para el primer tramo de nuestro viaje. Mientras embrido a mi caballo, oigo la reconocible melodía de una lira entre el estrépito del puerto.

Siento el impacto de una certeza como si fuera un bofetón. Hermes nos observa, y seguro que fue así como la diosa logró adentrarse en los sueños de Teseo.

Me arranco la flauta del cuello y la arrojo al agua. El oleaje la engulle. Apolo lleva el caduceo colgado a la cintura, así que no puedo hacer lo mismo con el cetro legendario.

Lidero la comitiva para salir de la ciudad hacia carreteras secundarias, nos adentramos en los terrenos áridos y rocosos que conducen a Tebas, lejos de la mirada indiscreta de Hermes y del alcance de Minos. Ya en campo abierto, me despojo de la caliptra y dejo libre mi pelo, sin trenza ni velo. Mis rizos disfrutan de su libertad, ondean impulsados por la brisa.

Tal y como dijo Apolo, hay muy pocos viajeros por estos caminos. Nos topamos con un único hombre a dos días de viaje desde Argos; su ropa cuelga holgada sobre su malnutrido cuerpo, es puro pellejo. Tiene el cabello claro y ralo, los ojos hundidos, y camina a duras penas. Por acto reflejo, acerco la mano a la empuñadura de mi daga.

—Por favor —dice, con voz áspera y hueca—. No me dio tiempo a coger nada antes de partir. No tengo dinero. Ni comida. No hay animales que cazar.

No miente. No hay árboles hasta donde me alcanza la vista, y no hemos avistado presas que cazar desde que partimos de Argos. Me ruge el estómago a causa del racionamiento al que nos hemos visto forzados.

—¿De dónde vienes, forastero? —pregunta Apolo, que mete una mano en su morral y le da al desconocido los restos de su cecina.

—De Nisea —responde con la boca llena. Acepta con avidez la cantimplora que le ofrezco y engulle hasta la última gota.

—¿Y por qué has abandonado el amparo de tu hogar? —Apolo acerca la mano hacia un puñal que me tomó prestado.

El viajero alza la cabeza, sobresaltado.

—El gran Poseidón ha dejado la ciudad a su suerte, mi señor. Fue engullida por el mar hace quince días.

Apolo palidece de repente. Deja caer la mano.

—¿Qué?

El hombre asiente y prueba otro bocado de cecina.

—Se desató una tormenta. Mi gente se acercó a la costa para admirar las enormes olas. No es temporada de tifones, ¿sabe usted?, y nadie consideró que pudieran suponer un mal augurio. El cielo se cubrió de relámpagos y nubarrones, así que pocos se fijaron en el retroceso del agua. Para cuando la gente vio la gigantesca ola que se aproximaba hacia ellos, ya era demasiado tarde. Los templos, las casas, el palacio del *anax* Megareo… Todo ha desaparecido.

—¿Megareo no era un enemigo de Minos? —le susurro a Apolo.

Apolo me fulmina con la mirada para hacerme callar.

—¿Cómo sobreviviste?

—Estaba pastoreando ovejas en la colina. Lo vi todo. —El hombre solloza con tanta fuerza que se le estremece el pecho entero. Las lágrimas dejan unos surcos sobre su rostro cubierto de mugre—. Las olas arrastraron la ciudad entera hacia el mar.

Me atenaza un escalofrío. Teseo está pálido como un espectro. Lykou es el único del grupo que no parece afectado, pues está ocupado olisqueando madrigueras de conejo a lo lejos.

Apolo le apoya una mano al hombre en la cabeza. Una luz dorada emerge de su mano ahuecada.

—Ahora cuentas con la protección de Apolo. Argos se encuentra a dos días de aquí. —Apolo hace surgir de la nada una moneda de oro. Tiene grabada la efigie de un pavo real—. Lleva esta moneda al templo de Hera como ofrenda para la diosa. Ella te protegerá.

—¿Y mis hijos? —El hombre alza la cabeza, parpadea para contener las lágrimas—. ¿Hera podrá devolvérmelos?

Apolo agacha la cabeza. Teseo desmonta, extrae un objeto de su equipaje y se lo entrega al viajero.

—Tras la visita al templo de Hera, lleva esto al palacio ateniense —le dice—. El *anax* Augías te proporcionará ropa y alimento, y te hará un sitio en su corte.

A pesar de mis recelos previos hacia ellos, ahora siento una oleada de orgullo. Cuando el hombre se marcha, con el ánimo más entero, Apolo se da la vuelta hacia mí.

—No te sorprendas tanto —dice, guiñando un ojo.


Hay dos semanas de viaje hasta Foloi. Apolo no puede consumir más poder para acelerar nuestro paso, así que solo podemos contar con nuestro propio aguante. Exprimimos a nuestros caballos, galopando sin cesar a través del áspero terreno, mientras Lykou corre junto a los cascos de mi corcel. Los días se vuelven más cálidos, más secos y, por encima de todo, más penosos. Añoro mi lecho y sus pieles, tener ropa limpia en lugar de este quitón empapado de sudor que llevo puesto un día sí y al otro también.

A pesar del sol abrasador, nos embarga un ánimo sombrío. Apolo sigue tratando a Teseo con animadversión y Lykou se aventura cada vez más y más lejos, correteando por las colinas, fuera de nuestra vista.

Teseo sigue teniendo ojeras y ya no está de humor para bromear, aunque hace un esfuerzo para reconciliarse conmigo. Cuando se me rompe la brida, la remienda sin titubear. Es el primero en salir a buscar leña para la hoguera y comida para el almuerzo, e incluso me da una de sus espadas para reemplazar la que hice trizas en Cnosos. Puedo perdonarle, al menos, por haber cometido el mismo error que yo: permitir que esa diosa se metiera en mi cabeza.

Unas nubes ocultan el sol, tiñen la carretera polvorienta con tonos grisáceos. Mientras Teseo se concentra en el tramo que se extiende ante nosotros, yo me acerco a Apolo con mi yegua. El dios enarca una ceja con gesto expectante.

—¿Y si la mujer de mis pesadillas está allí, en el bosque de Foloi? O incluso…

Se me atraganta el nombre de Hermes; lo único que puedo ver son los nudillos ensangrentados de Ares. Se me revuelve el estómago y me muevo con inquietud sobre mi montura. No he vuelto a comentar mi sueño con Apolo, pero sé que sigue enfadado por haber dicho esas cosas.

—No lo sé —admite Apolo. La incertidumbre comienza a pesar sobre sus hombros—. Esa… mujer de las sombras no es olímpica; en cambio, el traidor que secuestró a las musas en su nombre… —Titubea—. Sea quien sea, podría estar esperándonos en el lugar más insospechado. He querido mantener este viaje lo más en secreto posible.

Abro la boca para recordarle que creo que nuestros planes ya han quedado expuestos, pero me muerdo la lengua. Todavía me afecta su vehemente rechazo a lo que le conté en el barco. Apolo carraspea antes de continuar:

225

—A no ser que quieras dormir bajo la lluvia cuando se desate la tormenta esta noche, sugiero que aceleremos el paso.

Dicho y hecho, azuzamos a nuestros corceles.

Al cabo de una hora, Foloi aparece por el horizonte y nuestros caballos se encabritan ante la linde del temible bosque. Teseo maldice y Apolo aprieta los dientes mientras tratan de mantenerse derechos sobre sus caballos.

Las historias que he oído sobre Foloi —contadas de labios de Ligeia, de mis hermanos y de los espartanos— son tan siniestras como para matar del susto a un cordero. Contemplo la hilera de robles gigantescos, mientras mi escepticismo pugna con el recuerdo sobre lo ocurrido en el laberinto situado debajo de Cnosos. Tras el encontronazo con el Minotauro, ya creo que pueda haber cualquier cosa merodeando por estos bosques oscuros.

—Lykou —llamo a mi amigo. No pienso permitir que ni él ni yo seamos presa de las amenazas de Foloi.

Lykou me ahorra la molestia de tener que ir a buscarlo; corre hacia nosotros con un conejo muerto entre los dientes. Desmonto y me agacho para saludarle, pero él pasa de largo junto a mí y se adentra en el bosque.

Apolo escruta los árboles. Sujeta con una mano las bridas de su caballo, con los nudillos blancos como cisnes.

—¿Debería preocuparme verte tan nervioso? —pregunto, intentando mantener un tono desenfadado, mientras le asesto un codazo.

—No deberíamos tener problemas —dice Apolo, aunque no parece muy convencido—. Las dríadas de Foloi siempre han sido… impredecibles, pero seguro que Artemisa las habrá convencido para que se pongan de nuestra parte.

Mi yegua relincha e intenta arrancarme las riendas de las manos, pero yo me enrollo la tira de cuero con fuerza alrededor de la muñeca y me dispongo a seguir a Lykou. Mientras los oscuros árboles se ciernen sobre nosotros, mantengo una mano cerca de Praxídice.

Aunque es posible que Artemisa nos proteja en el bosque, Ligeia me contó muchas historias de bestias medio humanas que raptan mujeres como concubinas y hombres como alimento, de dríadas que atraen a los hombres hasta su muerte en lo alto de la montaña Foloi y de los estanques que pueden apresar tu alma durante toda la eternidad si te asomas a sus aguas.

Mientras sigo a Lykou, aguzo el oído para comprobar si nos sigue alguien. Mi amigo nos conduce por un sendero angosto que discurre cuesta abajo. Se me resienten las rodillas con cada paso. No me gusta la idea de adentrarme en un lugar así, pero no hay más senderos.

Varios pájaros revolotean y descienden en picado sobre nuestras cabezas, entonando una melodía estridente. A pesar de estar concentrada en el entorno, sonrío cuando Teseo suelta una sonora palabrota por detrás de mí.

—¡Condenados pájaros que no dejan de hacer sus cosas sobre mi capa!

Todavía sonriendo, reduzco el paso para situarme a su lado.

—Hay cosas mucho peores que las cagadas de pájaro.

—Supongo. —Me mira a los ojos—. Podría volver a ensartarme un Minotauro o alguna chiflada podría colarse en mi mente.

Deduzco de sus palabras que las pesadillas ya no atormentan sus sueños.

—A eso me refiero, ateniense. —Ladeo la cabeza y frunzo los labios como si estuviera pensativa—. Aunque estaba pensando en algo mucho peor. ¿Te imaginas tener que malgastar tu vida en un lugar tan horrible como Atenas?

—¿Los espartanos no sabéis lo que es la empatía y los sentimientos ajenos? —Sonríe, percibo en sus ojos un atisbo del brillo que tenían antes de lo ocurrido en el laberinto.

—Claro que lo sabemos. —Le doy un puñetazo en el hombro y Teseo suelta un bufido—. Lo que pasa es que nos da igual.

A mediodía, la luz del sol se filtra entre las ramas, iluminando el bosque con un centenar de tonos verdosos, creando un efecto abrumador en comparación con las llanuras doradas que hemos recorrido durante días. Avanzamos deprisa, no tardamos en empezar a sudar a causa del calor y el cansancio. Estoy tan concentrada en seguir a Lykou y detectar cualquier ruido extraño que no advierto que nuestro descenso nos conduce hasta un valle tranquilo, salpicado de árboles muy espaciados entre sí. Teseo anuncia que es el lugar perfecto para almorzar, ya que sus doloridas piernas le exigen un descanso.

Saco un poco de cecina de mi morral, le doy un trozo a Lykou y me pongo a mordisquear el mío, abstraída. Hermes podría estar siguiéndonos, aguardando con Ares a rebanarme el pescuezo mientras duermo. El heraldo ya nos localizó una vez y no tendrá dificultad para volver a hacerlo, sobre todo tras la intrusión de esa mujer siniestra en mi mente. Saben qué sendero hemos tomado y cuáles son nuestros objetivos y aliados.

El ateniense saca una cantimplora de su morral; percibo el olor fuerte y amargo del vino que se vierte en la boca. Se da cuenta de que lo miro y me lo ofrece.

—¿Quieres probarlo?

—No, gracias.

Apolo, que se acerca a Teseo por primera vez en varios días, le quita la cantimplora y pega un largo trago. Chasca los labios antes de devolvérsela.

—No está mal. ¿Lo robaste de las bodegas de Minos?

—Es posible —responde Teseo, encogiéndose de hombros.

—¿No os habéis cansado de jueguecitos? —Pongo los ojos en blanco en un gesto de fastidio—. ¿Por qué sois incapaces de responder a las claras?

—Hablando de juegos... —Teseo se gira hacia mí—. Quizá deberíamos jugar a uno. No sé nada sobre vuestra misión, aparte de que está estrechamente relacionada con la mía. Tampoco sé nada sobre vosotros, aparte de que tu hogar está en Esparta y el suyo en el monte Olimpo. Sigo sin comprender tu amistad con ese lobo. —Teseo señala hacia Lykou y mi amigo enseña los dientes—. Y tampoco sé cómo escapaste del Minotauro con vida.

—¿Adónde quieres llegar? —inquiero, cruzándome de brazos. No me gusta el rumbo que está tomando esta conversación.

Teseo extiende los brazos y exclama:

—Vamos a jugar una partida de cótabo.

—Deberíamos continuar y acampar en un lugar más seguro. Además, no tenemos ninguna copa para lanzar.

De la nada, aparece una cílica llena hasta el borde. Luego aparece otra delante de Apolo, que la alza para imitar el gesto de un brindis.

—Hay demasiada animadversión entre los tres —dice Apolo—. Aunque Teseo y yo no nos tengamos gran simpatía, como sigamos así, nuestras diferencias disminuirán nuestras posibilidades de triunfo.

El cótabo es uno de los juegos más subidos de tono de Grecia. A los espartanos —que son expertos en el arte de jactarse, sobre todo con demostraciones de fortaleza física— les encanta. El jugador toma una cílica, la llena de vino y arroja el contenido sobre un blanco concreto, mientras pronuncia el nombre de su persona amada.

Si el vino da en el blanco, la persona nombrada tendrá un escarceo ilícito con la persona que arrojó el contenido de su copa. Yo perdí una vez contra Lykou, el año pasado, durante las Jacintias. Trago saliva al recordar el roce carnoso de sus labios, el roce de su robusto cuerpo. Me esfuerzo por eludir su mirada.

Me pongo colorada cuando Apolo me lanza una mirada ávida y dice:

—Como sé que te opondrás a las normas habituales del juego, hagamos nuestra propia variación del cótabo. Con cada acierto, podrás hacerle una pregunta a quien tú elijas.

Le quito la cantimplora a Teseo y pego un largo trago. Cuando me detengo a tomar aire, digo:

—Me parece una forma de desperdiciar tus ya mermados poderes.

—Lo tomaré como un sí. —Apolo me guiña un ojo.

La idea del juego resulta tentadora. No me vendría mal una distracción frente a mis tormentosos pensamientos, protagonizados por Hermes, Ares y Pirro. Por toda respuesta, me acerco a un árbol caído y deposito una piedra encima. Esa será la diana. Teseo suelta un hurra y Apolo hace aparecer una cílica para dársela.

—Ha sido idea mía, así que empezaré yo.

Con un ágil giro de muñeca, Teseo da en el blanco y un chorro de vino aterriza sobre la piedra.

—Bien, Apolo, empecemos por las cuestiones menos personales. —Teseo se gira hacia el dios, que deja de sonreír al momento. Debió de pensar que Teseo centraría sus preguntas en mí—. ¿Por qué nos acompañas? Como dios que eres, ¿no tienes asuntos más importantes que atender?

Como si eso no fuera una pregunta personal. Estoy a punto de decirle a Teseo que eso no es asunto suyo, pero Apolo me interrumpe:

—Porque estoy maldito.

Me quedo boquiabierta, Lykou le mira con pasmo y Teseo está a punto de dejar caer la cílica al suelo. Apolo suelta un suspiro tan cortante como el viento del norte.

—Yo era el protector de las musas y durante mucho tiempo he sido el blanco de las iras de mi familia, pero mi necedad a causa del ego fue la gota que colmó el vaso. —Evita mirarme a los ojos—. El día que capturaron a las musas, mi padre, siempre tan hipócrita, me reprendió por ser un picaflor. Como si fuera un niño malcriado, me hice pasar por Zeus y fui a buscar a una de sus amantes, Teodora, la princesa de Etolia. Abandoné mi puesto durante una noche. Una noche que lamentaré toda mi vida. A la mañana siguiente, Teodora fue hallada muerta y las musas habían desaparecido del jardín de las Hespérides.

—Continúa —digo, obligándome a mantener la calma.

—Ese es el verdadero motivo por el que ningún miembro de mi familia se ha sumado a este viaje. Es algo que debo hacer solo.

—Pero Artemisa…

—Mi hermana haría cualquier cosa por mí, y yo por ella. Al ayudarme, está desobedeciendo a nuestro padre. —Bebe un largo trago de vino antes de arrojar el resto sobre la piedra—. Y por eso te metió en este lío.

Entonces se gira hacia mí y me pregunta:

—¿Qué crees que pasará si alguna vez te aceptan como ciudadana de Esparta? ¿Crees que te darán un puesto en el ejército, así por las buenas? ¿Que la corte espartana te recibirá con los brazos abiertos?

Sus palabras son tan duras como un largo invierno, pero al mismo tiempo creo que me entiende. Percibo un gesto de preocupación en sus ojos, tan claro como la afabilidad que irradia su rostro. Aunque me gustaría decirle por dónde puede meterse su preocupación, le respondo con sinceridad:

—No lo sé. Puede que algún día me vaya de Esparta y emprenda una vida como mercenaria. O puede que me una al séquito de uno de mis hermanos y cobre por protegerlos. Me resultaría imposible separarme de ellos.

Apolo me mira de repente con tanta intensidad que giro la cabeza para otro lado. Entonces advierto que Lykou también me está observando, con un gesto indescifrable en su rostro lupino.

Al pensar qué pueden significar esas miradas se me encoge el corazón, me empieza a faltar el aire. Ondeo los hombros para aparcar esos pensamientos incómodos y salpico con facilidad la piedra, antes de pasarle la cílica a Lykou.

—¿Piensas seguir los pasos de tu padre en la política o continuarás en el ejército? Golpea el suelo con la pezuña si es la política o ladra si es el ejército.

Lykou ladra y golpea el suelo, eligiendo las dos opciones a la vez. Es habitual entre los jóvenes espartanos pasar unos años en el ejército —a veces muchos—, antes de embarcarse en una carrera política. Es probable que Alkaios hubiera hecho lo mismo, siguiendo los pasos de nuestro padre, si no se lo hubiera impedido el hecho de ser motaz.

El primer intento de Lykou de jugar al cótabo convertido en lobo es tan desastroso como cabría esperar, y lo único que consigue es salpicarse el morro de vino. Teseo y Apolo se ríen a carcajadas; yo disimulo las ganas de reír con una tos. Lykou gruñe y enseña los dientes, desafiándome a que me ría de él.

—Ya sabemos de dónde obtiene Apolo sus poderes. —Teseo salpica la piedra con vino antes de girarse hacia mí—. Pero ¿de dónde sacas tú los tuyos? ¿Qué dios te insufló tal fortaleza como para abatir al Minotauro?

—No soy más que un vástago indeseado de las islas, obligada a convertirme en motaz en Esparta cuando mis padres me rechazaron. —Doy un sorbo de vino—. No tengo dones ni poderes.

—Mientes.

—No malgastes aliento, Teseo —replico—. Lo necesitarás la próxima vez que me vea obligada a salvarte la vida y tenga que escuchar tus atribuladas muestras de gratitud.

—Qué frase tan elaborada para una espartana —dice Teseo.

Suelto una carcajada.

—Huy, perdona. ¿Acaso el ateniense necesita que se lo repita con palabras más sencillas? A ver si lo entiendes así: sin mí, estarías muerto.

Mi chorro de vino da en el blanco antes de que Teseo pueda replicar. Me giro hacia Apolo.

—Háblanos de tu arco.

Apolo hace girar el arma dorada entre sus manos, la luz del sol se refleja sobre sus centelleantes tallados.

—Como dije antes, es un regalo que me fue entregado cuando era muy pequeño, antes de que hubiera aprendido siquiera a caminar. Mi hermana tiene uno idéntico, en forma de luna en cuarto creciente. Para disparar con este arco es preciso estar dispuesto a sacrificar el cuerpo y el alma, a dejar a un lado cualquier motivo egoísta. Y también es preciso ser un dios, claro.

—Eso me excluye.

—Solo cabe esperar que nunca sea necesario utilizar ninguno de estos arcos.

Apolo salpica la piedra con el vino y le pregunta a Teseo:

—¿Por qué te ha ordenado Atenea que cumplas esas tareas? ¿No tienes derecho a heredar el trono?

Teseo se queda mirando el contenido de su cílica.

—Al igual que tú, soy una cruz para mi padre. Cuestiona el afecto de mi madre hacia él y cree que soy un hijo bastardo. Le pidió consejo a Atenea, la diosa más sagrada de Atenas, y ella le dijo que me hiciera cumplir seis trabajos para demostrar que soy un heredero digno. Solo un héroe de verdad puede ocupar el trono de Atenas.

—¿Los héroes tienen la costumbre de hurgar entre las pertenencias de una mujer mientras duerme? —Fulmino al ateniense con la mirada.

—Aunque deteste decirlo —dice Apolo, que alza su cílica hacia mí—, eres la menos indicada para reprender a alguien por las cosas que hace en sueños.

Disimulo el bochorno que me produce oír eso. Carraspeo y replico:

—¿Y tú no has aprendido nada de tu maldición? ¿O es que tu ego será tu perdición?

Apolo borra su gesto irónico.

—¿Crees que somos tan diferentes? Tú, mortal, siempre tan empeñada en que te acepten, en demostrar tu valía, ¿te crees mejor que yo? —Apolo deja su cílica en el suelo y niega con la cabeza—. Los dos nos hemos embarcado en esto con el mismo motivo: demostrar que somos dignos.

No tengo respuesta para eso, ninguna réplica ingeniosa. Me pongo roja como un tomate. Bebo un sorbo de vino, mientras evito mirarle a los ojos.

Teseo tose, alza su copa para lanzar de nuevo, pero entonces Lykou ladra y nos sobresalta a todos. Me giro y acerco una mano al puñal, pero Lykou simplemente está hurgando en mi equipaje, seguramente en busca de comida.

—Ten paciencia —le digo—. Deja que lo saque yo.

Lykou gruñe y sigue buscando entre mis cosas.

—¡Lykou! —Lo empujo mientras él extrae el hocico con un puñado de cecina. Intento sacárselo de entre los dientes—. Se supone que es para todos.

El bosque se queda inmóvil. Se me hielan las entrañas como la primera helada del otoño. Lykou me pega un mordisco, con un gesto salvaje e inhumano. Apolo y Teseo interrumpen lo que están haciendo. Lykou pone los ojos como platos al darse cuenta y comienza a lamerme el brazo mientras gimotea. Al ver que no le perdono —estoy demasiado estupefacta como para decir algo—, se aleja corriendo entre los árboles con el rabo metido entre las patas. Me quedo sentada un rato, aturdida, mientras repaso mentalmente las implicaciones de lo ocurrido.

Apolo se arrodilla a mi lado, nuestros muslos se rozan. Está tan cerca que percibo la calidez inhumana que irradia. A pesar del dolor que siento en el brazo, recorro con la mirada el contorno de su mandíbula. Se me seca la boca de repente.

Apolo tiene razón: aunque deteste admitirlo, somos iguales. Dos individuos malditos, con poco sentido común, que persiguen el sueño de ser aceptados.

Teseo nos mira alternativamente y carraspea antes de decir:

—Intentaré alcanzar a tu lobo.

Cuando se marcha, espada en mano, alargo el brazo para que Apolo lo examine. No estoy herida, por suerte, pues la maldición de Midas ha absorbido la mayor parte del mordisco. Apolo frunce el ceño, me desliza una mano de un lado al otro del brazo, como si pudiera anular el dolor, como hicieron las musas. No lo consigue, aún noto pequeñas molestias a causa del mordisco de Lykou.

—Lykou ya no es solo un lobo por fuera. Está cediendo ante su instinto animal, va perdiendo poco a poco su humanidad. Lo vi en el mercado de Heraclión, pero pensé que el rescate de las primeras musas ralentizaría su transformación. —Aprieto los puños y empiezo a temblar—. Lykou ha aprendido la lección, Apolo. ¿Puedes devolverle su apariencia humana?

234

—Mis poderes se están desvaneciendo. —Aparece un fulgor en sus ojos—. Quise devolverle a Lykou su apariencia humana antes de que llegáramos a Cnosos. Habría sido mucho más sencillo colar a otro humano en el palacio antes que a un lobo. Pero cuando traté de invocar mi poder, no había suficiente. Ni siquiera con el regreso de esas musas tengo la fortaleza necesaria para llevar a cabo la transformación. Podría acabar con una cola o con colmillos. Podría quedar algún rastro del lobo en su mente.

—Entonces, ¿por qué malgastas tus poderes con estas frivolidades? —exclamo, arrojando mi cílica contra un árbol. La copa se hace trizas y varios trozos de arcilla revolotean por el aire—. Ahorra energías y devuélveme a mi amigo.

—¿Y luego qué, Dafne? —inquiere Apolo, enfadado, apretando los dientes—. Lykou estará de vuelta, pero ¿y si acabamos heridos? ¿Qué prefieres: que le cure o que le sostenga una mano humana en su lecho de muerte?

Apolo me observa con tiento, esperando un arrebato por mi parte, a causa de la ira que se acumula en la punta de mi lengua.

—¿Qué será de él si no logramos encontrar a las musas? —susurro.

—Mis poderes se perderán y Lykou seguirá siendo un lobo durante el resto de su vida. —Apolo alza la cabeza, aunque detecto un atisbo de remordimiento en su mirada—. Hasta que devolvamos a las musas al Olimpo, su humanidad fluctuará del mismo modo que mis poderes. Pronto no quedará nada del muchacho espartano al que tanto querías.

Debería estar furiosa con Apolo. Si siguiera siendo esa jovencita ingenua de antes, la misma que subestimó la furia de Artemisa, tal vez me habría abalanzado sobre él. Pero no puedo dejar de pensar en Pirro. Si los poderes de Apolo se están desvaneciendo, pasará lo mismo con los de su hermana.

Si mi hermano pierde su humanidad, como le sucede a Lykou, ¿Artemisa seguirá siendo capaz de controlarlo? ¿O se pondrá a deambular por el bosque Taigeto como un animal salvaje, hasta caer abatido a manos de algún cazador? Empiezo a respirar con dificultad, noto una presión en el pecho que me estruja el corazón.

No. Puede que esto empezara con mis hermanos, pero ahora abarca mucho más. Esto lo hacemos por el Olimpo y por el mundo que se desmorona a nuestro alrededor.

—Rescataremos a las musas —afirmo, para convencerme más a mí que a él—. Artemisa me devolverá a mi hermano... y a Lykou. El Olimpo recuperará la normalidad y podremos seguir con nuestras vidas.

En el fondo me duele pensar eso, la idea de regresar a Esparta con esa gente que tanto me despreciaba. Aparto ese pensamiento de mi mente.

Apolo se pone alerta. Se levanta. Los caballos relinchan, meneando las orejas, mientras los pájaros cesan su cántico y el viento deja de soplar.

—¿Qué ocurre? —Me acerco a coger los puñales que siguen guardados en los sacos de mi yegua, sin dejar de mirar hacia el bosque.

Apolo sigue examinando los confines del campamento. Cuando se gira hacia mí, un escalofrío me recorre el espinazo.

—Nos están observando.

—Sí.

Una carcajada ronca resuena después de esa afirmación. Empuño a Praxídice.

—Te estábamos esperando, hijo de Zeus.

De entre las sombras emergen unos centauros que nos rodean, armados con arcos y flechas.

«Los *kentauroi* son letales y hermosos —me dijo Ligeia en una ocasión—. Comparten el cuerpo de un hombre y una bestia, así que también han de compartir el alma y el corazón de ambos. Infames ladrones de ganado y secuestradores de mujeres, se dice que los *kentauroi* son feroces y vengativos».

El que ha hablado es una bestia fornida, lo bastante grande como para desafiar incluso al Minotauro. Tiene el cuerpo de un semental cobrizo, con el pecho musculado y repleto de cicatrices, y unos bíceps tan grandes como para aplastarme el cráneo.

Permanezco inmóvil, con la mirada fija sobre las veinte puntas de flecha dirigidas hacia mi gaznate.

—Euritión. —Apolo inclina ligeramente la cabeza—. ¿A qué debemos este placer?

Noto un cosquilleo en el espinazo y caigo de rodillas. La lanza echa a rodar por el suelo, por delante de mí. Me llevo una mano a la espalda y me encuentro un dardo. Lo miro, tiene una fina punta metálica y unas plumas rojas que empiezo a ver borrosas. Apolo cae de bruces junto a mí. Se me nubla la vista, estoy demasiado aturdida como para decir algo.

—Deberíamos matarlos —dice un centauro, mientras se oye el silbido que produce al desenvainar su espada.

—No. —El centauro llamado Euritión se cierne sobre el cuerpo inconsciente de Apolo—. La *anassa* de la oscuridad los quiere con vida.

# CAPÍTULO 24

Estoy sumergida hasta la cintura en un estanque. El marcado y reconfortante olor del mar inunda mi nariz. Aparece una luz turquesa que se proyecta sobre el agua y las paredes, revelando una caverna llena de percebes y estalagmitas; en cada grieta relucen unas gemas diminutas, con tonos azules y verdes que parpadean al ritmo de los latidos de mi corazón. El levísimo oleaje de la superficie del agua aleja mi atención de las paredes centelleantes y fosforescentes. Cerca de mí hay un hombre ataviado con una capa negra y un quitón. Su larga melena es como un manto de azabache que se despliega sobre su espalda. No sé quién es.

—Ay, Dafne, ojalá tuviera tiempo suficiente para explicártelo todo. —Tuerce el gesto—. Mis poderes merman junto con los del Olimpo, así que no podré retenerte aquí mucho más tiempo. Debes saber que el mundo ya ha cambiado de un modo irrevocable con la ausencia de las musas. Los cultivos se están marchitando, las estaciones cambian a un ritmo que escapa a la comprensión de los mortales. Tus compatriotas de Esparta se están dejando la piel para sacar adelante una cosecha suficiente para alimentarse durante el invierno.

—¿Por qué Hermes y Ares han traicionado a su familia? —pregunto para ir al grano, mientras ignoro el escalofrío que me recorre el espinazo—. ¿Fuiste tú el dios que me llevó a lo alto del monte Olimpo para presenciar su traición?

—Así es, pero no puedo revelarte mi nombre. Aún no. —El dios inclina la cabeza—. Consumí casi todas mis fuerzas para traerte al Olimpo, pero debías saber quién ha traicionado a Zeus.

»Me castigarán por haberte traído hasta aquí —prosigue—. Puede que ella ya se haya enterado de mi traición, y temo que no sobreviviré a su ira. No podré seguir conteniendo sus pesadillas por más tiempo.

Meneo la cabeza para intentar despejarme. Su voz es hipnótica y, aunque ya estaba en mitad de un sueño, se me empiezan a cerrar los párpados por el cansancio.

Tiene un rostro arrugado y avejentado. Me sonríe. Extiende los brazos, al tiempo que despliega unas alas de ónice.

—La historia del Olimpo está repleta de mentiras y traiciones, pero no sucumbas ante las palabras de esa mujer. Ella moldeará tus miedos, adornará la verdad con mentiras y usará tu propio corazón en tu contra.

La luz de las estalagmitas se atenúa, sumiendo la caverna en la penumbra. Ya no puedo ver a mi interlocutor, pero sigo notando su presencia.

El agua comienza a tirar de mí, me hace perder pie y me impulsa hacia la oscuridad.

—¿Quién es ella? —grito, tosiendo mientras me entra agua en la boca.

—La mujer más peligrosa que te cruzarás en tu vida. —Su voz ya solo es un eco en la oscuridad. Me resisto en vano a la corriente, muevo los brazos en un intento por regresar junto a él—. Confía en el dios de la profecía, Dafne. Él no te abandonará.

—Dime su nombre. —Me esfuerzo por oír mi propia voz a pesar del zumbido que resuena en mis oídos

El desconocido pronuncia un nombre, una única sílaba ininteligible a causa de un golpe de agua que me arrastra bajo la superficie. Me golpeo la cabeza contra el muro de la caverna. Percibo un estallido luminoso y me envuelve la nada.

# CAPÍTULO 25

Me despierto tal y como cuando llegué a este mundo: chillando y pataleando. Estoy empapada en sudor y me duelen los brazos y las piernas, pero, cuando olfateo mi ropa, huele a mar.

Me estremezco, el movimiento me provoca un calambre en las extremidades. Tengo las muñecas inmovilizadas por encima de la cabeza, que me duele. Estoy atada a un poste. Grito al sentir el roce áspero de la madera en la espalda y forcejeo para tratar de soltarme.

Los centauros me han metido en una tienda de campaña, el entorno se oscurece a medida que el sol comienza a descender al otro lado de los muros de lona. Apolo y Teseo están atados a unos dos postes, mis gritos no han conseguido despertarlos. Apolo duerme profundamente, sus rizos castaños penden sobre sus ojos. Teseo no tiene tanto encanto cuando está dormido, ronca un poco y le cae un reguero de baba por la comisura de los labios.

Hay otra prisionera atada a un poste, a mi lado, con la cabeza inmóvil y la barbilla apoyada en el pecho. Tiene las mejillas manchadas de barro y un corte profundo en la ceja derecha. Lleva puesto un quitón de cuero y una coraza de bronce, salpicada de sangre seca.

—¿Lita?

Lanzo un chillido cargado de rabia y espanto, vuelvo a forcejear con las amarras. Hinco el dedo índice en las ataduras, palpando el nudo de la correa de cuero.

—¡Lita! ¡Despierta!

Ella profiere un gemido como única respuesta. Girando las muñecas hacia delante y hacia atrás, hago girar el nudo hacia mis dedos. Es una labor penosa y la correa está tan apretada que me despelleja las muñecas. Dejo el nudo a mi alcance y logro deshacerlo. Le daré las gracias a Pirro por enseñarme este truco si alguna vez logro regresar a Esparta.

Una vez liberada del poste, me acerco a mi amiga, la más consciente de los tres. A pesar de los asombrosos poderes del Olimpo, de poco sirven cuando el dios en cuestión está inconsciente y babeando sobre su hombro. Otro gemido escapa de los labios de Lita mientras inclina la cabeza hacia un lado.

La desato y Lita cae entre mis brazos. Le aparto un mechón de pelo para examinar la herida que tiene en la frente.

—Lita, ¿qué estás haciendo aquí?

—La reliquia familiar —responde, aleteando los párpados, mientras trata de recobrar la consciencia—. La que mi hermana me envió a buscar.

Me quedo inmóvil.

—¿Qué?

—La reliquia fue robada por los centauros. —Su voz es poco más que un susurro—. Un regalo de nuestro padre. La recuperé y hui, pero los centauros me capturaron de camino a Tebas. Tengo que recuperarla.

Alguien vendrá pronto a ver cómo estamos y no quiero que me sorprendan. Podrían recurrir a algo más contundente para inmovilizarnos, como unas cadenas.

Tras depositar a Lita en el suelo con suavidad, me acerco rápidamente a Apolo y Teseo y comienzo a abofetearles. Tozudo hasta dormido, Apolo permanece inconsciente, mientras que Teseo se despierta con una sacudida. Le cubro la boca con la mano antes de que pueda gritar y atraer a un ejército de centauros hacia la tienda. Una vez liberado de sus amarras, cae al suelo. A continuación desato a Apolo y lo sujeto antes de que se desplome. Presiono los labios sobre su muñeca, que está fría como un muerto. Percibo un leve pulso. Suspiro a través de la nariz. Con suavidad, le aparto unos rizos de la frente sudorosa y le deslizo el pulgar por los labios.

—Gracias a Tique. No podría haber hecho esto sin ti.

—Se te habría partido el corazón. —Entorna los ojos, luego los vuelve a cerrar mientras se afana por recobrarse. Vuelve a caer rendido, pero no sin antes añadir—: No tardarán en venir a ver cómo estamos.

Lita se acerca a Teseo, con los brazos en jarras. Esboza una sonrisita.

—Te rodeas de gente muy peculiar, Dafne. Me apena ver que has cambiado a tu compañero de cuatro patas por esta sabandija inútil. El lobo te habría resultado mucho más útil, dadas las circunstancias.

—¿Lita? ¿Así te haces llamar ahora? —Teseo escupe un poco de tierra y mira a mi amiga con gesto desafiante. Se pone en pie y se sacude la tierra de la ropa—. ¿Tenéis algún plan brillante para sacarnos de aquí o debo resignarme a que los centauros vuelvan a atarme y a drogarme?

—No nos iremos sin el caduceo —replico, mientras abro la puerta de la tienda.

Recibo un puñetazo en el abdomen. Me encojo, sujetándome el estómago. El centauro fornido, Euritión, irrumpe dentro de la tienda con gesto enardecido. Teseo no tiene tiempo de reaccionar antes de que el recién llegado le arree una coz en el estómago. Se desploma sobre una pila de cajas.

Con un grito feroz, Lita se lanza sobre la espalda del centauro. Comienza a aporrearlo. Apenas consigue hacerle un rasguño antes de que Euritión se la quite de encima y la arroje sobre Teseo.

Se repite la historia del Minotauro. Me invade el pánico cuando me agarra del pelo. Suelto un grito ahogado. Me está levantando en vilo.

Lita y Teseo se levantan de entre las cajas a duras penas. Ven que el centauro me tiene agarrada. Ponen los ojos como platos cuando Euritión me sujeta el cuello entre los dedos, tan largos que me lo rodea por completo.

—Si dais un paso más —dice, apretando más fuerte—, le partiré su patético cuello.

Le hinco las uñas. Pataleo inútilmente mientras me embarga una oleada tras otra de pánico. No hay manera de que me suelte, me aprieta cada vez más con cada aliento que tomo. Se me empieza a nublar la vista.

—Iremos contigo, Euritión, sin rechistar. —Apolo se ha puesto en pie por detrás del centauro—. Pero, si la matas, el Olimpo descargará su furia sobre Foloi y no quedará un solo centauro con vida.

—¿Sientes algo especial hacia esta mortal? —inquiere el centauro con desdén.

Apolo asiente con la cabeza, frunciendo el ceño.

Lita alza lentamente los brazos antes de postrarse en el suelo. Apoya la nariz en la tierra y Teseo hace lo propio.

—Traed las cuerdas —exclama Euritión.

Entran más centauros en la tienda. Después de atar a Lita y a Teseo, con Apolo entre ambos, me deja finalmente en el suelo. Empiezo a resollar, se me saltan las lágrimas. Pero Euritión no me deja recobrar el aliento; me levanta y me ata las manos con el mismo movimiento.

—Esperaba más resistencia por tu parte. —Ladea la cabeza—. Qué lástima. Me habría encantado tener una excusa para desfigurar este rostro humano e insolente.

Nos sacan a rastras de la tienda. Me tiemblan los labios, siento una mezcla de vergüenza y espanto.

El centauro tiene razón. No he plantado cara y, según parece, ahora tendré que ver morir a mis amigos a causa de mi pasividad.

# CAPÍTULO 26

El sol se pone más allá de Foloi, bañando el campamento centauro con el fulgor del ocaso. Euritión nos conduce hasta el centro de un amplio valle. El traqueteo de un millar de pezuñas resuena por el campamento, mientras los centauros pegan pisotones en el suelo o se golpean el pecho desnudo para saludarse entre sí, al tiempo que ondean sus colas para ahuyentar a las moscas que se aferran a sus cuerpos equinos. Muchos se detienen para observarnos con gesto ceñudo. Arrastro los pies para resistirme, hasta que me pegan un doloroso tirón de las muñecas.

—¿Dónde está mi buen amigo Quirón? —inquiere Apolo, forcejeando contra sus ataduras—. Él jamás traicionaría al Olimpo de este modo.

—Ese viejo cretino lleva sin aparecer por estos lares desde hace cincuenta años, cuando fue desterrado a las montañas —brama Euritión. Tira de las amarras de Apolo para obligarle a seguir avanzando—. Su simpatía hacia los humanos le ha convertido en un pusilánime. Los *kentauroi* de Foloi ya no hacen caso a sus incoherencias.

Lita escruta a cada uno de los centauros. Lleva la cabeza alta, su melena azabache se despliega libremente sobre su espalda.

—Mancharé el suelo con tu sangre, bestia.

—Los humanos sois unas criaturas patéticas —dice Euritión—. Nuestra reina os hará pedazos.

Nos detenemos ante una fragua inmensa. Por el rabillo del ojo veo el destello de unas puntas de flecha, apuntadas hacia nuestros corazones. Las bestias nos tienen rodeados; sus atuendos de color verde oscuro y la diversidad de su armamento los identifican como soldados, en contraste con el sencillo atuendo de los centauros que pululan por el campamento. Llevan unos arcos de roble colgados al pecho y puñales sujetos de los antebrazos. De sus cinturas humanas penden unas espadas decoradas con una borla en la empuñadura y talladas con el emblema de un corcel encabritado ante un remolino de nubes. Nuestro captor se frota las manos y dice:

—Neso, trae el hierro de marcar.

—Zeus y Hera te harán pagar por esto, Euritión. —Apolo tiene la frente empapada de sudor y los dientes tan apretados que le palpita la sien.

El centauro le pega un puñetazo en la mandíbula. Apolo se desploma sobre el suelo. Restalla un trueno que resuena por el valle.

—¿Por qué debería temer a unos dioses indefensos? —El centauro, que no tiene ningún miedo, esboza una sonrisa perversa—. Sí, estamos al corriente de la debilidad del Olimpo. Nuestra *anassa* fue clave en la desaparición de las musas.

Apolo lanza un escupitajo sanguinolento, las pezuñas del centauro quedan salpicadas de icor.

—Y los *kentauroi*, ¿a quién han cometido el error de servir?

—A la única diosa capaz de inspirar miedo a tu padre. —Euritión se agacha y agarra a Apolo del pelo para levantarle la cabeza—. A la madre del destino, el sueño y el dolor, hacedora de luz y diosa de la noche.

Apolo enseña los dientes, teñidos de rojo con su sangre olímpica.

—Nix.

Me entra un escalofrío. Me quedo pálida. Si no me sentía ya como una necia, ahora desde luego que sí. El espectro que me acecha en mis pesadillas, la mujer que me persigue por toda Grecia, no es otra que la diosa que engendró a las Moiras y controla las sombras.

Euritión se incorpora, arrastra a Apolo hasta ponerlo en pie y lo conduce hacia la fragua. Otro centauro emerge de entre el humo. Lleva en las manos un atizador de hierro que tiene el emblema de los centauros de Foloi en una punta. Lo introduce en la fragua y emerge centelleando como una llama. La maldición de Midas se agita en mi abdomen, palpitando al ritmo de los acelerados latidos de mi corazón.

Un soldado me sujeta los brazos por detrás. Euritión me señala.

—Nuestra *anassa* ordena que nos digas qué dioses son traidores a su causa.

—No os diré nada —replico, alzando la cabeza con orgullo—. ¿Crees que temo el dolor? Esparta me ha convertido en un arma, y las armas no sienten dolor.

—Es posible. —El centauro se encoge de hombros—. Pero ¿puedes decir lo mismo de tus amigos?

Mi rostro no delata emoción alguna, pero noto un nudo en la garganta.

—No son mis amigos.

Euritión asiente y el centauro llamado Neso apoya el hierro al rojo vivo sobre la clavícula de Apolo. Los chillidos del dios resuenan por el valle. Se zafa de Euritión y se desploma. Se acerca otro centauro que le vacía encima un cubo de agua y Apolo vuelve a gritar.

El recuerdo de Apolo sangrando bajo la luna jamás se borrará de mi cabeza. Si le clavan la punta afilada del atizador, no sobrevivirá.

Los centauros lo levantan del suelo y Euritión se gira hacia mí. Neso vuelve a introducir el hierro entre las llamas. El ambiente huele a humo y a carne chamuscada.

—¿Marco también a los demás? —pregunta Neso, mirando a Lita con avidez.

Ella alza la cabeza, desafiante.

—Acércame ese hierro y te lo haré tragar.

El centauro palidece. No me extraña.

Euritión niega con la cabeza, sin dejar de mirarme.

—No, concéntrate en el olímpico. Su dolor la hará ceder antes.

No puedo hablarles del dios que me produjo esa visión en lo alto del Olimpo, ni tampoco de Prometeo y sus pistas. Me muerdo la lengua y no digo nada para poner fin al sufrimiento de mi amigo.

Mi amigo. Me entran ganas de romper a llorar cuando comprendo que eso es lo que es. Por más que me pese, le he tomado cariño a Apolo.

Euritión niega con la cabeza y frunce el ceño, decepcionado.

—Otra vez.

Desgarran el quitón de Apolo a la altura del abdomen y Neso se acerca con el hierro de marcar. La maldición de Midas se encarama hasta la base de mi cuello. Va dejando a su paso un rastro abrasador en mi piel.

—No, espera —suplico. Neso se detiene, con el hierro a escasos centímetros de Apolo—. Hemos recibido ayuda de dos dioses.

Euritión ondea una mano y Neso baja lentamente el hierro.

—No, Dafne —gruñe Apolo, que forcejea débilmente contra sus ataduras.

Trago saliva y me duele, pues tengo la garganta seca, y rezo mentalmente al Olimpo para que me perdonen.

—Ares nos proporcionó armas y nos dijo dónde encontrar a las musas. Y el otro… —Titubeo, trago saliva otra vez—, el otro era Hermes. Fue él quien sacó a las musas de Cnosos y las llevó de vuelta al Olimpo.

—Mientes. —Euritión me tira del pelo para que lo mire y se me corta el aliento; noto un dolor abrasador en el cuero cabelludo—. Ares y Hermes son aliados de nuestra *anassa*.

El rostro sudado de Apolo palidece como un espectro.

—Puedo demostrarlo —digo, apretando los dientes—. Ares le dio a Apolo un arco que jamás yerra el tiro, y Hermes nos prestó su caduceo.

Tras un largo instante de tensión, Euritión se gira de nuevo hacia Neso.

—Otra vez.

Esta vez, los gritos de Apolo suenan quebrados, a causa del dolor y la sensación de derrota. Intento forzar mis ataduras en vano.

—¡*Ánandros!* —grito—. Estoy diciendo la verdad.

Neso aparta hierro. Apolo cae al suelo, inmóvil.

En algún lugar, por algún motivo, he debido de ofender a las Moiras, y ahora mis amigos y aliados pagarán por ello.

Euritión se acerca a Apolo y le da un golpe con una pezuña. Suspiro aliviada al ver que reacciona.

—A mí también me han ayudado los dioses —dice Lita, dando un paso al frente—. Tengo en mi poder el yelmo de Hades. Si nos liberáis, se lo entregaré a los centauros del bosque de Foloi.

Euritión chasquea los dedos y se aproximan dos centauros más.

—¿Y qué me impide arrebatarte ese yelmo? —Asiente con la cabeza y los centauros se dan la vuelta para marcharse.

—Espera. —Lita tira de sus amarras—. Si un mortal, o una bestia como tú, toca el yelmo sin la bendición del icor de Hades, morirá.

—Entonces, ¿por qué querría tenerlo? —inquiere el centauro con desdén.

Lita se yergue, orgullosa.

—Porque yo soy la princesa Hipólita de las amazonas, hija de Ares. El icor del Olimpo corre por mis venas y tengo el poder para entregarle ese yelmo a quien yo elija.

—¿Eres Hipólita? —Me fallan las fuerzas—. ¿La hermana de Pentesilea, la reina de las amazonas? ¿La hija de Ares?

La hija de mi enemigo.

Retrocedo un paso, se me ha quedado la mente en blanco. Apolo se ha puesto de rodillas e inclina la cabeza ante Hipólita.

—Sobrina —dice.

Nos conducen hasta una tienda situada en el extremo del campamento. Cuatro soldados se apostan junto a la entrada, después de que Euritión nos meta adentro a empellones. Cuando dos de ellos hacen amago de seguirnos, les hace un gesto para que se marchen y les cierra la puerta las narices. Percibo un destello de avidez en su mirada, crepitante como una hoguera. Observa los estantes que rodean la tienda, deteniéndose en nuestras pertenencias, que están apiladas allí, y de repente comprendo el motivo por el que ha hecho marchar a los soldados.

Avaricia.

Se dice que el yelmo de Hades vuelve invisible a quien lo porta.

—Tráeme el yelmo, el caduceo y el arco —ordena.

Hipólita alza sus manos atadas.

—Libérame primero.

Euritión titubea antes de desenfundar su daga, mientras mira de reojo hacia nuestras pertenencias. Después corta las amarras de un solo golpe.

—Hazlo o te mataré.

—Qué caballeroso.

Hipólita se aparta la larga melena por detrás de un hombro antes de girarse hacia los estantes. Desliza un dedo esbelto sobre la madera desgastada, le dirige una sonrisita al centauro, retándole a que haga algo, lo que sea. Pero el centauro no muerde el anzuelo.

Hipólita saca su mochila de un estante bajo, la arrastra por el suelo hasta el lugar donde le espera Euritión, hincando sus pezuñas en la tierra. Se pone a rebuscar, el centauro se asoma por encima de su hombro para controlar sus movimientos.

—¿Te importa? —replica la amazona.

Euritión se pone rojo de ira. Está a punto de soltar sapos y culebras por la boca cuando Hipólita vuelve a girarse hacia su mochila y exclama:

—Aquí esta.

El centauro se acerca de nuevo, listo para arrancar el yelmo de las manos de Hipólita, pero no sin que antes ella le aseste un codazo en el cuello. El centauro retrocede, alza sus patas delanteras hacia el cielo mientras resuella y se sujeta el cuello. Percibo un destello plateado en las manos de Hipólita. Euritión no tiene oportunidad de recobrar el aliento antes de que la amazona le clave un puñal en el hombro.

Euritión parpadea una vez, dos veces, después se desploma envuelto en una nube de polvo.

—¿Qué has hecho? —Toso a causa de la polvareda.

Cuando el polvo no se ha asentado todavía, un soldado pregunta desde el exterior de la tienda:

—¿*Diokitís* Euritión?

El corazón me pega un vuelco. Apolo se acerca a la entrada.

—Todo va bien.

La entonación es perfecta, ha hecho una imitación exacta de la voz del centauro inconsciente. Apolo desliza sus manos atadas sobre los bordes de la puerta de la tienda mientras habla y el tejido se va cosiendo con unos hilos rojos y verdes. Los soldados del exterior no se enteran de nada.

—Avísenos si necesita algo.

—Así lo haré.

Apolo tropieza con las robustas patas del centauro caído y me acerco a sujetarlo. Con la frente perlada de sudor, me dirige una sonrisa para tranquilizarme. Intento examinar sus heridas, pero él me lo impide.

—Me pondré bien, Dafne.

Entonces me doy la vuelta hacia Hipólita.

—¿De verdad tienen el yelmo de Hades?

—Si lo tuviera, ¿crees que me habrían capturado estos zopencos? —Hipólita niega con la cabeza—. Además, el yelmo lleva perdido cientos de años.

El pecho del centauro inconsciente se ensancha y se contrae a un ritmo constante, como la marea.

—¿No le has matado?

—¿Me crees tan despiadada? —Hipólita me dedica una sonrisa, sus dientes blancos centellean a pesar de la penumbra reinante en la tienda. Corta mis ataduras.

—Que no te engañe su cara bonita —dice Teseo, desde detrás de un estante cargado de enormes hachas negras—. Es la persona más despiadada que hay en esta tienda.

—Vale, puede que a veces me ciegue la ira. —Hipólita se encoge de hombros y sostiene el puñal en alto—. Está impregnado con un somnífero que me proporcionó la diosa Aclis —explica Hipólita, que pasea la mirada por el filo del cuchillo antes de volver a fijarse en el centauro inconsciente—. Solo hay una cura posible en toda Grecia. Ese *sýagros* no despertará hasta que todos los poderes del Olimpo se hayan extinguido.

—Todavía no me lo creo —susurro.

—¿Que haya envenenado a este bastardo? —Hipólita le asesta un puntapié al centauro, que ni siquiera se inmuta—. Se merece eso y más.

—No. —Niego con la cabeza, boquiabierta—. Me refiero a que seas la famosa Hipólita. Ligeia me ha contado muchas historias sobre ti.

Los centauros me han hecho presa junto con mi ídolo: la princesa de las amazonas, una de las mejores guerreras que el mundo haya conocido. Se cuenta que Pentesilea y ella mataron a un titán con sus propias manos. Conquistaron reinos sirviéndose tan solo de su ingenio. Me doy la vuelta hacia Apolo y le fulmino con la mirada.

—¿Tú lo sabías desde el principio y no me lo dijiste?

Apolo levanta las manos, todavía atadas.

—No, pero debí haberlo sabido. Ares no suele presentar en familia a sus vástagos. De hecho, creo que más bien los desprecia.

—Eso es cierto. —Lita (Hipólita) tuerce el gesto—. Lamento el engaño, Dafne. Una princesa que viaja por ahí sin escolta llama mucho más la atención que... ¿Qué creías que era? ¿Una mercenaria?

—¿Una mercenaria? —replica Teseo—. Yo no pagaría por tus servicios ni loco.

Antes de que Teseo pueda reaccionar, Hipólita le hinca un talón en la barriga.

—Eres muy lenguaraz para ser un gusano al que puedo aplastar fácilmente.

—Aunque nada me agradaría más que ver cómo lo haces, sobrina mía, me temo que el efecto de tu poción se está disipando mucho antes de lo que debería. —Señala a Euritión, que ha empezado a mover ligeramente los dedos y las pezuñas. Apolo alza las manos—. Corta mis ataduras. Ya es hora de marcharse de este condenado lugar.

# CAPÍTULO 27

Restallan truenos a nuestra espalda, procedentes del cielo y de la tierra, anunciando tanto la llegada de la primera tormenta del verano como el avance del ejército de centauros que nos pisa los talones. Con la mochila abrazada al pecho, me lanzo cuesta abajo. Mientras ruedo por la pendiente, una ramas afiladas me arañan la piel y me desgarran los restos de mi quitón. Praxídice rechina bajo mi peso.

Antes de que pueda sentir los efectos del mareo, vuelvo a ponerme en pie y me adentro a toda velocidad en el laberíntico bosque.

Llevamos tanto tiempo corriendo que se ha hecho de noche. Al no haber estrellas con las que poder guiarme, solo dispongo de mi instinto y de la adrenalina para seguir avanzando. Mis ojos se acostumbran a duras penas a la oscuridad. Puede que los bosques que rodean Esparta sean mis dominios, pero estamos en territorio de centauros y les hemos enfurecido. Hipólita, Teseo y Apolo se esfuerzan por seguirme el ritmo, a pesar de los obstáculos y las torceduras, mientras que el musgo del suelo se aferra a nuestros pies como si tratara de entorpecer nuestra huida.

La incipiente tormenta amenaza con extinguir la escasa luz de luna que se filtra a través de las hojas. Salto sobre un arroyo y sigo corriendo. Uno de mis compañeros no tiene tantos reflejos y el chapoteo que produce revela nuestra posición.

—¡Hacia el norte! —ruge un centauro, por detrás de nosotros.

El pánico me impulsa a acelerar. El corazón me late con fuerza en el pecho.

Corro más y más. Diviso un abismo oscuro por los pelos y me freno en seco antes de precipitarme por el acantilado. Teseo choca conmigo. Me aferro al árbol más cercano para impedir que los dos caigamos al vacío. La corteza me desgarra la piel. Hipólita y Apolo se detienen a nuestro lado. Una roca cae por el borde y rebota en todos los salientes que hay por el camino.

—¡Deprisa! ¡Se dirigen hacia los acantilados! —Los gritos de los centauros nos espolean mientras seguimos adentrándonos en el bosque.

Me tuerzo un tobillo, noto un dolor distante mientras sigo corriendo a la desesperada. Una rama me araña la mejilla y se me engancha en el pelo, tirándome del cuello, pero no me detengo. Una flecha pasa silbando junto a mi sien. Vuelvo a tropezar, el cansancio empieza a hacer mella en mí.

Apolo me agarra con su mano abrasadora y me ayuda a levantarme. No tengo tiempo de darle las gracias antes de volver a descender corriendo por otra colina y de seguir adentrándonos en el bosque. Apolo jadea cada vez más. Su poder se encuentra bajo mínimos.

Los oscuros árboles representan un obstáculo peligroso e implacable mientras corremos entre ellos. Hipólita se adelanta, pero aparece un leño surgido de la nada. La amazona tropieza y se estrella contra el suelo. Teseo también tropieza, pega un grito que se convierte en un faro que guía a los centauros hacia nosotros.

Apolo tira de Teseo para levantarlo y yo cargo a Hipólita sobre mis hombros. Los árboles se ciernen sobre nosotros. De repente llegamos renqueando hasta un claro, un pantano de aguas turbias que se aferran a nuestros pies y nos cortan la retirada.

Lanzo un grito ahogado cuando medio centenar de centauros emergen de entre los árboles. Se alinean por los bordes del pantano, formando un círculo sólido e infranqueable a nuestro alrededor. Nos apiñamos entre nosotros, espalda con espalda, preparándonos para el ataque. Resuenan unos truenos en la lejanía que anticipan la llegada de un chaparrón repentino, que nos ciega con su intensidad y nos deja empapados en cuestión de segundos.

Parpadeo para que no se me meta la lluvia en los ojos. Un relámpago hace relucir las puntas de las flechas. Los centauros desenfundan sus espadas, sus bufidos resuenan en el ambiente.

Alargo la mano despacio hacia la espada que llevo a la cintura, sustraída del arsenal del centauro. De repente, Apolo me aparta de un empujón y recibe un flechazo en el bíceps. Pega un grito y se desploma junto a mis pies. Me agacho a recogerlo, pero se me corta el aliento cuando noto un dolor punzante en el antebrazo. Empieza a manar sangre de la herida que me ha dejado una flecha en el reverso de la muñeca. Se extiende el silencio entre mis amigos y los centauros que nos rodean, roto tan solo por el traqueteo constante de la lluvia.

—La *anassa* os quiere vivos —anuncia un soldado, que se adelanta, pero con cuidado de no entrar en el agua. Chorrea agua por su yelmo y su armadura de bronce, por la flecha con la que nos apunta—. Rendíos y no os pasará nada.

—¿Y qué les ha prometido Nix a los *kentauroi* de Foloi? —inquiere Apolo. Se sujeta la herida del brazo, empieza a escurrirse icor oscuro entre sus dedos—. ¿Quién tiene tanto poder como para poneros en contra del Olimpo?

—Nix nos ha prometido revancha. Ya no tendremos que postrarnos ante los pusilánimes dioses del Olimpo. —Mientras el centauro habla, todas las flechas apuntan ahora hacia Apolo—. La diosa de la oscuridad nos...

Una cacofonía de aullidos resuena en mitad de la noche, interrumpiendo al centauro. Todos se giran en la dirección de la que proviene ese sonido, con las flechas apuntando hacia los árboles.

Todo comienza con un ruido sordo, un temblor bajo nuestros pies que agita las aguas. La temperatura baja de repente, el viento amaina. Los centauros se estremecen.

Los árboles empiezan a moverse, cerniéndose sobre los centauros. Se desata el caos y un relámpago atraviesa el cielo nublado, iluminando los rostros aterrorizados de los centauros mientras intentan discernir el peligro que se aproxima y comprender por qué esos árboles se mueven por voluntad propia, contraviniendo las leyes de la naturaleza.

Los árboles zarandean sus ramas negras para arrojar a los centauros por el pantano o hacia otros árboles, que los aplastan bajo sus raíces. Una manada de lobos corre entre los troncos, mordiendo y desgarrando a los centauros que intentan huir.

Hipólita y yo nos movemos a la par. Nos adentramos en una maraña de cuerpos y acero, nos abrimos paso a estocadas entre los centauros que siguen en pie. Giro, ella se sitúa a mi espalda mientras ensarto al enemigo más cercano con mi espada, que traza un arco plateado y letal. Percibo el olor metálico de la sangre.

Oigo que un lobo aúlla de dolor, su voz resuena entre todo este estrépito. Hipólita se lanza hacia el frente.

—¡Lykou! —grito.

El lobo gira sobre sus cuartos traseros para situarse de frente a mí. Con la espalda desprotegida, un centauro me agarra por la mochila y me arroja al agua.

Un nuevo relámpago surca el firmamento. Veo cómo Lykou se lanza al cuello del centauro. Percibo el destello de unos dientes blancos manchados de sangre antes de hundirme a causa del peso de mi mochila. Me veo arrastrada hacia las profundidades del pantano. Incluso bajo el lodo, sigo oyendo de lejos los chillidos y los alaridos, el restallido de los truenos y la voz de Apolo llamándome a gritos.

Mientras me hundo, hago aspavientos inútiles bajo el agua, en busca de algo a lo que aferrarme. Con los dientes apretados y los ojos cerrados, le ruego al agua que me dé fuerzas. Pero no ocurre nada.

Mi espalda choca con el lecho del pantano y, contra todo pronóstico, mi mano se topa con una pierna, cálida y robusta.

Rezo para que no sea la pata de un centauro mientras me sirvo de ella para impulsarme hacia la superficie. El agua de la lluvia y del pantano inundan mi campo visual, pero no antes de que un ciervo con el pelaje cobrizo y una cornamenta blanca emerja de entre los árboles. No es la primera vez que lo veo. Diviso una figura solitaria, una mujer alta con un broche en forma de luna en cuarto creciente en el hombro.

—¿Pirro? —Toso para escupir el agua que he tragado—. ¿Artemisa?

La diosa ha venido a ayudarnos, empleando los últimos poderes que le quedan. Teseo me ayuda a levantarme. Apolo, Hipólita y Lykou nos siguen mientras corremos a través de una abertura entre los árboles, hacia la oscuridad que se extiende al otro lado.

No es hasta que me vuelvo a caer y muerdo el polvo, muchos kilómetros después, cuando Apolo acepta que hagamos un alto para pasar la noche. Lo único que queda del paso de la tormenta es la tierra humedecida y un goteo constante desde las hojas de los árboles. Me sigue sangrando la muñeca y veo unas motitas oscuras que empañan mi visión.

Teseo se desploma a mi lado, aferrándose el costado, con un reguero de sangre sobre su piel bronceada.

Deslizo las manos en vano sobre la herida. No tengo nociones curativas.

—Hay que frenar la hemorragia —dice Teseo, apretando los dientes—. Busca un trozo de tela.

Arranco un trozo de mi quitón y lo acerco al costado del ateniense. Pero Apolo me quita el trozo de tela y niega con la cabeza de un modo tajante.

—Solo conseguirás empeorar la herida con esa tela mugrienta —replica, mientras desenfunda un puñal.

Rodea el filo con los dedos. El puñal comienza a humear y a chisporrotear. Cuando retira la mano, el metal está al rojo

257

vivo. Antes de que Teseo pueda protestar, lé apoya el filo sobre la herida.

Teseo vuelve a gritar, su piel sisea a causa del roce ardiente. Se le quedan los ojos en blanco y, antes de que pueda sujetarlo, se desploma de espaldas.

Me inclino sobre él para verle la cara.

—¿Teseo?

Está inconsciente.

Con el trozo de tela en una mano, me giro hacia Apolo y le pregunto:

—¿Qué se te pasó por la cabeza para interceptar esa flecha?

—Intercepté la flecha porque... —Suelta un gruñido ahogado, después niega con la cabeza—. Olvídalo. Lo hecho hecho está.

Aturdida, sostengo en alto el puñal, todavía humeante.

—Tenemos que cauterizar también tu herida.

—Una quemadura más para la colección. —Las marcas del hierro relucen a pesar de la escasez de luz; se está curando mucho más despacio de lo que sucedería si Apolo estuviera en la plenitud de su poder.

—Gracias por salvarme la vida —susurro mientras presiono el filo sobre su brazo.

Apolo aprieta los dientes y se le escapa un gemido ahogado. Empieza a sudar. Cuando retiro el puñal, suspira aliviado.

Lykou lame la herida de flecha que tengo en el reverso de la mano. Se restriega contra mi costado y gimotea, como si me estuviera pidiendo perdón.

—No hay nada que perdonar —murmuro, mientras hundo el rostro entre los pliegues de su oscuro pelaje. Huele a pino, a tierra y a sangre—. ¿Esa sangre es mía o de alguno de esos centauros bastardos?

Lykou suelta un gruñido por toda respuesta, y yo estoy demasiado cansada como para insistir.

Apenas me quedan fuerzas. Me recuesto lentamente en el suelo y se me cierran los ojos. Antes de que mi mente pueda transitar desde este mundo hasta el de los sueños, percibo un aroma reconocible a madera de cedro, entre el olor a sangre y a pino, y me espabilo cuando Apolo me zarandea por el hombro.

—Tengo que vendarte la herida.

Apolo me agarra por la muñeca, espabilándome un poco más. Me esfuerzo por mantener los ojos abiertos mientras él examina el corte que tengo en la mano, para luego fijarse en el surtido de tajos y magulladuras que me cubre el cuerpo entero.

Hipólita sigue teniendo el brazo derecho inutilizado y el hombro desencajado. Empujo a Apolo hacia nuestra amiga herida.

—Ocúpate de ella primero —insisto, mientras me acurruco junto a Lykou—. Mis heridas no son graves.

El dolor que siento en un tobillo sugiere lo contrario, pero me puede el cansancio. Dejo de resistirme. Lo último que veo antes de que me venza el sueño es a Apolo, que me observa con una mezcla de tristeza y remordimiento.

# CAPÍTULO 28

Me despierto sobresaltada, me incorporo y busco a tientas algún arma por el suelo. Seguro que los centauros nos han visto. No habrán renunciado a perseguirnos tan fácilmente. Gimoteando, Lykou rueda por el suelo y apoya el peso de su cuerpo sobre mi regazo.

—Lo siento, Lykou. —Estoy empapada de sudor, el quitón se me pega a la espalda.

Al ver que no emerge ningún centauro de entre los árboles, me centro en Lykou, mientras trato de contener el temblor de mis manos. Mi amigo me lame el sudor de los brazos y los hombros. Hundo los dedos en su pelaje y los temblores comienzan a remitir.

Los demás se despiertan mucho más despacio, todavía exhaustos por lo sucedido anoche. Aquejados por multitud de heridas, recorremos a duras penas el resto del camino a través del bosque de Foloi. Tras lo que parecen horas de penoso avance, por fin llegamos hasta una abertura entre los árboles y salimos a una amplia pradera repleta de hierba alta y dorada.

Con el caduceo de Hermes oculto de nuevo en la base de la espalda, empiezo a recobrar el optimismo. La plaga de Tebas no puede ser tan traumática como los horrores que hemos dejado atrás, aunque tampoco pienso subestimarla.

La cojera de Hipólita apenas resulta perceptible mientras camina junto a mí, gracias al efecto de los cuidados de Apolo aplicados sobre su hombro y su pierna. Teseo también se encuentra mejor y está conversando con el dios. Las heridas de Apolo se han curado —el proceso se ha acelerado gracias a los restos de su poder olímpico—, pero las marcas del hierro permanecen, como pálidas cicatrices sobre su piel bronceada. Lykou corretea junto a mí, rozándome las piernas. Me prometo que haré más esfuerzos para hablar con él, para conectar con él y para valorar su presencia antes de que su instinto animal vuelva a ganar la partida.

Una vez revelada su verdadera identidad, Hipólita ya no necesita esconder nada. Conversa amigablemente sobre su hermana y sus amigas, soldados tan formidables que incluso un espartano se lo pensaría dos veces antes de enzarzarse con ellas en combate. Nada me gustaría más que conocerlas, que entrenar y combatir a su lado. Yo también le cuento mis historias, le hablo de las entrañas de Cnosos y del trato que hice con Artemisa.

—¿Adónde te envían ahora las Moiras? —me pregunta Hipólita.

—A Tebas. Debo acabar con una plaga. —Mi amiga enarca las cejas y yo aprieto las correas que llevo anudadas a la cintura y sujetan el caduceo en su sitio—. Aún no sé cómo hacerlo. Y desde allí tendré que hallar un modo de llegar a los confines de Okeanós y del inframundo.

Hipólita frunce los labios.

—Yo tampoco sé cómo te las arreglarás para acabar con esa plaga, pero, si quieres aventurarte en el inframundo, te sugiero que le pidas consejo a la diosa Perséfone. Hay un templo dedicado a su madre, Deméter, en Eleusis. Tal vez allí puedas encontrar tu senda.

—¿Puedo hacerte una pregunta? —Me froto la nuca, cohibida.

—Adelante. —Hipólita enarca una ceja—. Luego ya veremos si te respondo.

—¿Cuál fue el verdadero motivo para no decirme quién eres? —Alargo una mano hacia el bajo de su capa. El meandro bordado con hilo dorado reluce bajo el sol del mediodía—. ¿Por qué te enfadaste tanto cuando me di cuenta?

Sus ojos oscuros adoptan un gesto indescifrable. Nos quedamos tanto rato en silencio que doy por hecho que ha decidido no responder a mis preguntas. Cuando por fin dice algo, giro la cabeza hacia ella:

—Porque solo alguien que posea icor, la sangre de los olímpicos, puede ver el meandro bordado con este hilo.

Mi corazón pega un respingo. Hipólita prosigue:

—Y yo, al igual que tú, tengo mis motivos para desconfiar de los dioses.

—¿Por qué? —pregunto con voz ronca.

—Puede que Ares sea mi padre... —dice Hipólita, resignada. Se agacha y arranca un puñado de hierba, después la hace trizas entre sus habilidosos dedos—, pero no le tengo ningún cariño a ese malnacido.

Nos quedamos un rato en silencio hasta que le doy un golpecito y digo:

—Me aseguraré de transmitir lo que sientes cuando Zeus lo castigue por su traición.

—Pente se pondrá contentísima. Lo detesta tanto como yo.

No digo nada, pero me encantaría que se quedara con nosotros antes de regresar junto a su hermana.

Como si me leyera la mente, Hipólita me pasa un brazo por los hombros. El otro lo lleva sujeto con un cabestrillo improvisado.

—Los astros han profetizado que volveremos a encontrarnos. Deja que ese pensamiento te reconforte durante el resto del viaje.

—No sabía que creyeras en esas cosas —replico, dirigiéndole una sonrisa irónica a la princesa amazona.

—Solo cuando las profecías me favorecen —admite con una risita. Hipólita da unas palmaditas sobre el cinturón que lleva colgado del hombro bueno—. Y tengo que devolverle esto a Pente antes de que se impaciente y le declare la guerra a Foloi. Mi hermana tiene un pronto temible.

No puedo evitar reírme.

—Te envidio.

—¿A mí? —pregunta Hipólita, sorprendida.

—Envidio la relación que tienes con tu hermana.

Hipólita suelta una risotada.

—Me dejas de piedra. ¿Por qué habrías de envidiar la relación con una hermana que no tiene reparos en enviarme hasta los confines del mundo, a merced de monstruos insólitos, para buscar un cinturón que pertenece a un padre al que ni siquiera aprecia?

—Porque confía en que sacarás adelante la misión —respondo, encogiéndome de hombros—. Alkaios preferiría hacer un trato con Ares antes que confiarme algo así a mí.

—Alkaios —murmura Hipólita—. Es tu hermano mayor, ¿verdad?

Asiento. Hipólita inclina la cabeza, deja la mirada perdida mientras desliza los dedos sobre la alta hierba, un mar verde que se extiende desde aquí hasta las montañas de Citerón. Cuando retoma la palabra, lo que dice me toma completamente por sorpresa:

—Puede que confíe en ti más de lo que te imaginas. —Al ver que me echo a reír, prosigue—: Confió lo suficiente en ti como para entrenarte entre los soldados de Esparta y para que corrieras por el honor de tu familia durante las Carneas.

—Porque no tuvo más remedio. —Arranco una brizna de hierba y la rompo en una docena de pedazos antes de arrojarla al suelo. Alkaios no me considera apta para casarme, no hablemos ya de cargar con el honor de la familia—. Él no pudo correr porque está casado y las reglas de las Carneas dictan que solo los hombres solteros pueden competir.

—Los hombres solteros —dice Hipólita, poniendo los ojos en blanco—. ¿Y las mujeres no? Típico de los griegos. Al margen de la estupidez flagrante de quienes depositan su destino sobre los hombros de los hombres y desprecian la capacidad de las mujeres, ¿te has planteado que, al dejarte competir, tu hermano infringió las reglas de todas formas? Yo diría que Alkaios sí tenía una elección: o infringir las reglas para competir él mismo o infringirlas para dejarte competir. Y te eligió a ti. Confió en que ganarías la carrera, más incluso de lo que confiaba en sí mismo.

—¿Y no puede decirse lo mismo de Pentesilea? Ella te confió esta misión a ti y nada más que a ti.

—No te falta razón. —Titubea un instante, sopesando sus palabras—. Es curioso que nuestras vidas se cruzaran en ese preciso instante. En alta mar, cuando necesitaba reafirmar que sería capaz de encontrar el cinturón de mi padre empleando mi ingenio y no el carácter impulsivo de mi hermana. Y en Foloi, cuando unimos fuerzas para sobrevivir y sortear a un ejército de centauros. Sin ti, jamás habría escapado con mi trofeo, y no digamos ya con vida.

»Estoy en deuda contigo. —Me mira fijamente mientras esboza una sonrisita—. Si alguna vez te hartas de la opresión de los hombres, cuando al fin comprendas que no le debes nada a Esparta, quiero que sepas que siempre tendrás un sitio a mi lado entre las amazonas.

—¿Seguro que no puedo hacerte cambiar de idea sobre lo de acompañarnos?

—No hay sitio para mí en este tramo de tu viaje. —Hojas y ramitas se aferran a su cabello liso y oscuro. Se inclina hacia mí y me besa son suavidad en la mejilla—. Hasta pronto. Las Moiras tienen la mirada puesta en ti, Dafne.

Hipólita se da la vuelta y se aleja en dirección al sol naciente. Ruborizada, me rozo la mejilla con una mano temblorosa. Cuando me giro hacia Teseo, está contemplando las montañas que asoman por el horizonte.

—Qué no daría yo por un beso de una mujer como esa. Antes de que Atenea me maldijera, me planteé que ella fuera mi futura *anassa*. Viajé hasta Temiscira con una docena de carros cargados de oro, ganado y manjares de las tierras del sur —murmura Teseo, con un destello en los ojos—. Ella me dijo por dónde podía meterme esos regalos y que el verdadero esposo de una amazona le regalaría armas.

»Mi amigo Alcides me mortificó con ese tema durante todo el camino de vuelta a Atenas. —Teseo se gira y me observa—. Me parece que tú tampoco eres ajena a sus encantos. Estás radiante.

Acerco la mano a la espada para que deje de temblar.

—Será por la luz del sol, ahora que hemos salido de Foloi.

Pero no consigo engañar a Teseo con esa respuesta.

—¿Nadie te había besado antes, joven guerrera?

—Por supuesto que sí. No voy a perder la cabeza por un besito amistoso. —Me ruborizo y tartamudeo, muy a mi pesar—. Los espartanos no tienen tiempo para esas nimiedades. ¿Qué tiene de bueno un beso comparado con la caricia del acero?

Teseo se ríe a carcajadas, tanto que está a punto de caerse al suelo. Espero a que termine, furiosa y roja como un tomate. Casi puedo sentir el humo que echo por las orejas. Teseo se seca una lágrima, sin dejar de reír.

—Aún tienes mucho que aprender si no sabes que un beso puede ser tan letal como una espada.

Aprieto el paso, refunfuñando. Apolo llega hasta un risco situado al final de la pradera y se gira hacia nosotros, pero no logro descifrar su mirada desde tan lejos.

—¿Cómo hemos acabado mezclados con estos idiotas? —le pregunto a Lykou.

El lobo resopla y echa a correr para alcanzar al dios.

—No me culpes a mí. ¡Culpa a Pirro por dejarse apresar y meternos en este lío!

Refunfuñando, ignoro las punzadas de dolor en el tobillo y aprieto el paso.

No pienso permitir que Apolo llegue antes que yo a Tebas.


Al cabo de una semana de viaje, a través de las ondulantes praderas y las colinas doradas que se extienden entre Foloi y Tebas, llegamos a las montañas de Citerón.

—Esta es la única carretera que entra y sale del reino de Tebas en varios cientos de kilómetros —dice Teseo—. Y aquí es donde encontraremos esa misteriosa plaga.

—¿Contaremos con la protección de los ourea durante el trayecto? —le pregunto a Apolo, refiriéndome a los dioses primigenios que habitan en lo alto de las montañas.

—El dios Citerón, que solía custodiar esta cordillera, lleva casi un siglo sin dar señales de vida —responde Apolo.

Da un sorbo de agua y se frota las comisuras de los labios. Su mano le deja un rastro de suciedad en la mejilla. Alargo un brazo para limpiarle la mugre con el pulgar. Apolo se queda inmóvil al sentir mi roce.

—¿Y a Zeus no le extrañó su desaparición?

—¿Acaso un rey sabe dónde están sus súbditos en todo momento? —Apolo se encoge de hombros—. La última vez que vi a Citerón fue cuando estaba huyendo a las tierra de oriente antes de que Zeus pudiera capturarlo y matarlo.

Miro fijamente a Apolo, aunque no parece que esté bromeando.

—Pero si son familia.

—Cuando llevas viviendo miles de años, los lazos familiares tienden a difuminarse. —Apolo se encoge de hombros—. Seguro que has oído las historias.

—Me pareció entender que no debía creer todo lo que decían —replico.

Apolo se acerca hasta que nuestros hombros se rozan y esboza una sonrisa irónica.

—Así que escuchas mis consejos. Ya pensaba que algún dios había hechizado tus oídos para ignorar mi sabiduría.

—No sabía que tuvieras de eso. —Le devuelvo la sonrisa, mientras se extiende un rubor traicionero por mis mejillas.

—¿Habéis terminado de coquetear? —dice Teseo, que se arremete entre los dos—. ¿No debería preocuparnos más el mal que acecha en estas montañas, en vez de la familia disfuncional de Apolo?

—Necesitarás un arma en condiciones, ateniense. —Saco el caduceo del lugar donde lo llevo escondido y se lo arrojo a Teseo. Él lo coge al vuelo.

Seguimos avanzando, el sol brilla sin descanso sobre nuestras cabezas, quemándome los hombros. Me cubro los ojos con una mano para ver algo entre tanta claridad. Me duelen las plantas de los pies, tengo las sandalias tan desgastadas que se me clavan las piedras del suelo a cada paso. Lo que daría por un arroyo limpio y fresco.

Empuño a Praxídice mientras nos adentramos en la ladera de la montaña, donde cada vez hay menos luz. La tierra amortigua nuestras pisadas, lo que nos permite atravesar el paso de montaña sin hacer ruido, pero también puede enmascarar las pisadas de un depredador.

Llegamos a un camino sin salida, las paredes del cañón se estrechan hasta alcanzar un punto donde se alza la entrada de una caverna incrustada en la roca.

No sé qué esperaba que fuera la «plaga de Tebas», pero desde luego no algo como esto.

Hay una Esfinge sonriente posada junto a la entrada de la cueva.

Me acerco con cautela, alerta ante cualquier movimiento. La Esfinge despliega unas enormes alas doradas antes de incorporarse. Lykou empieza a ladrar, pero la Esfinge se ríe de su amenaza.

—¿Has venido para intentar matarme?

Se acerca unos pasos más. Sostengo en alto la lanza por acto reflejo, apuntando hacia el puente de su nariz. La Esfinge gira sus enormes ojos amarillos hacia Teseo y Apolo, que se encuentran por detrás de mí.

—Sé que ellos han venido por eso, pero esperaba un poco más de civismo por tu parte, *kataigída*.

Un escalofrío me recorre el espinazo.

Teseo da un paso al frente, blandiendo el caduceo. Aunque sus ojos desorbitados delatan su miedo, tiene valentía suficiente como para abatirla…, siempre que sea lo bastante rápido.

Apolo se sitúa detrás de Teseo, con los brazos cruzados. No empuña arma alguna y tampoco muestra ningún atisbo de miedo. La Esfinge lo señala con una garra larga y oscura.

—Estoy acostumbrada a encontrar esa ignorancia entre los mortales, pero ¿también en ti, hijo de Zeus? Qué lástima. Está claro que no eres más que una cara bonita.

Apolo se muestra muy ofendido mientras la Esfinge se gira de nuevo hacia Teseo y sonríe. Profiere un ronroneo inquietante y me doy cuenta de que tiene los colmillos manchados de sangre.

—Ningún arma forjada por el hombre, ya sea mortal o inmortal, puede abatirme. Ligeia no te contó casi nada sobre la magia de los de mi estirpe, así que disculparé tu ignorancia. —Parpadea lentamente, girándose de nuevo hacia mí—. Supongo que no te resultó nada fácil herir al Minotauro. Pero mi piel es tres veces más resistente, y no hallarás en ella ningún punto débil.

Veloz como una serpiente, salta por encima de mí. No me da tiempo a reaccionar antes de que aterrice sobre los hombros de Teseo. Los dos caen al suelo y la Esfinge lo agarra por el pescuezo. Lykou aúlla y Apolo le apunta a la nuca con una flecha. Con un bramido, Teseo le clava las alas del cetro en el pecho.

Pero la Esfinge se limita a reírse. Se aparta de él con presteza. Nos quedamos boquiabiertos. El caduceo no le ha dejado ni una marca. La Esfinge se observa las garras y dice:

—El ateniense no logrará clavarme el cetro del Heraldo en el corazón, al menos no mientras la magia siga corriendo por mis venas.

A pesar de lo que me dicta el instinto, que me tacha de necia, suelto la lanza. La base de bronce de Praxídice choca contra el suelo.

La Esfinge se sienta, enrosca su larga cola alrededor de sus cuartos traseros.

—Podría mataros aquí y ahora, sobre todo a vosotros dos, en vista de vuestra incompetencia.

Señala con una garra a Apolo y a Teseo, que se está incorporando y la fulmina con la mirada. Con un suspiro, la Esfinge añade:

—Espero que tu querida Ligeia te enseñara a luchar contra una Esfinge, aunque lo dudo mucho.

No le pregunto por qué sabe tanto sobre mí. Mantengo la boca cerrada en vez de formular las millones de preguntas que pugnan por salir al exterior.

—Me gustan los juegos y, como hoy estoy especialmente aburrida, vamos a jugar al más arriesgado de todos. Tendrás que aplacarme jugando a los acertijos.

Tiene que haber una trampa.

—Si respondo correctamente, nos dejarás pasar sin hacernos daño —digo, completando la frase por ella, y la Esfinge sonríe—. Pero si me equivoco en mi respuesta...

—Esta noche me daré un festín —concluye. Se relame con languidez, con una lengua negra y bífida.

Alzo la mirada hacia el cielo despejado y suspiro. Detesto los acertijos.

Pero, aunque no soporto los juegos de palabras, poseo un don asombroso para resolver problemas. Puede que Tique me haya bendecido después de todo. Y qué mejor momento que este, supongo, para poner a prueba esa teoría. Aparte del destino de Teseo con la Esfinge, aún tengo que rescatar a las musas.

La Esfinge regresa hacia su estrado y me indica que la siga con un impaciente meneo de la cola. Lykou hace amago de seguirme, pero, al ver que niego con la cabeza, se sienta en el suelo con un quejido exagerado. Me llevo a Praxídice, por si acaso. Aunque no supere la prueba, no pienso morir sin pelear.

—¿Te han enseñado a leer y escribir en Esparta? —inquiere la Esfinge, que me observa sin disimular su curiosidad.

—Si conoces a Ligeia, ya sabrás la respuesta a esa pregunta.

Como casi todas las jóvenes espartanas, tengo nociones básicas de lectura y escritura. Aunque no poseo unas dotes impresionantes en esas disciplinas, puedo participar en una lucha dialéctica como cualquier persona instruida. No añado que esta conversación es absurda si una de las dos va a morir de todos modos.

—Solo estoy siendo cortés —dice, achicando los ojos—. Me gusta conocer a los humanos con los que juego, y tú eres bastante misteriosa.

—¿Ah, sí? —Le arreo un puntapié a un guijarro.

—Puedo ver a través de las capas del tiempo. Le arrebaté ese don a un oráculo que me desafió a un combate de ingenio —explica la Esfinge, ondeando una de sus pezuñas—. Pero tú desafías ese don. Solo veo fragmentos. Una bestia en las entrañas de un palacio. Un oráculo. Dos hermanos. Un ciervo con una guirnalda alrededor del cuello. —Esboza una sonrisa maliciosa, vuelve a mostrar sus colmillos—. Una madre muerta. Motaz.

»En tu caso —añade la Esfinge, mirando a Teseo—, veo maldiciones, una gesta imposible de cumplir y una cerda que escupe llamaradas por la boca. Un navío con velas negras y un cadáver hinchado entre las olas.

El ateniense se pone tenso, el dolor y la furia se agolpan en su mirada. Pero la Esfinge ha centrado ahora su atención en Lykou.

—Te queda poca humanidad —dice—. Es una pena que tu padre no llegue a comprender nunca por qué te fuiste de Esparta. Seguro que duele ver cómo el amor de tu vida se enamora del dios que te ha transformado en una bestia.

Antes de que pueda enfurecer a Lykou para que le ataque, la interrumpo:

—Si tienes tanta información sobre nosotros, entonces sabrás a quién estamos buscando. ¿Qué puedes contarme sobre Nix?

—Que tendrás que aceptar el poder que fluye por tus venas si quieres llegar a derrotarla. Que Zeus y ella son enemigos desde hace más de un milenio, desde antes de que el dios del rayo ascendiera al trono. —La Esfinge mira de reojo a Apolo, después vuelve a centrarse en mí—. Que sus enfrentamientos suscitaron la fundación del Olimpo y un pacto entre todos los dioses leales a Zeus.

—¿Ella es más poderosa que él? ¿Cuáles son sus objetivos?

—Nix quiere restaurar el poder de los dioses legítimos —responde, haciendo restallar la cola.

Me estremezco. Trago saliva.

—¿Qué significa eso?

Apolo da un paso al frente antes de que la Esfinge pueda responder.

—Dafne sigue esperando tu acertijo, ¿o es que piensas echarte a atrás?

La Esfinge suelta un bufido, sus ojos dorados despiden un destello.

—No me hables con ese tono, muchacho. Tu destino está en mis manos. ¿O quieres que les cuente tu historia a tus nuevos compañeros de viaje? ¿Han oído hablar de esos reinos que llevaste a la ruina?

—Deja de perder el tiempo. —El dios se cruza de brazos.

—Está bien —replica la Esfinge, que nos observa una última vez antes de centrar toda su atención sobre mí—. Juguemos.

# CAPÍTULO 29

Me yergo, preparada para cualquier acertijo que la criatura pueda plantearme.

A mi espalda, Teseo se da unos golpecitos en la mano con el caduceo. Lykou tiene las patas flexionadas, listo para abalanzarse sobre la esfinge ante la menor provocación. Apolo sigue cruzado de brazos, confía en que podré superar este reto yo sola.

Finalmente, la Esfinge pregunta:

—¿Qué devora todo cuanto existe, existió y existirá?

Siento una oleada de alivio. Pirro me contó ese acertijo una vez.

—El tiempo. La respuesta es el tiempo.

La Esfinge borra su sonrisa mordaz. Pone un gesto de fastidio y eriza las plumas; algunas caen al suelo, junto a mis pies.

—Correcto, pero solo era una prueba. Tu turno.

Me devano los sesos mientras busco en mi memoria algo parecido a un acertijo. Era Pirro al que siempre se le daban bien estos juegos, Alkaios no tenía paciencia y aseguraba que eran tonterías. Me decido por el acertijo favorito de Pirro:

—¿Qué ser provisto de voz cuando es pequeño anda a cuatro patas, cuando es adulto a dos y cuando es anciano a tres?

—Qué previsible. —La Esfinge bosteza—. La respuesta es el hombre. Mi turno. Hay dos puertas. Una es de oro macizo, la otra de resistente hierro. Una conduce al Olimpo y la otra al

Tártaro. Cada puerta está custodiada por un guardia. Uno de ellos siempre dice la verdad y el otro siempre miente. ¿Qué pregunta le harías a cualquiera de ellos para hallar la puerta que da al Olimpo?

Mi cabeza empieza a dar vueltas. Me gustaría pedirle que repita el enunciado, pero no sería buena idea.

—¿Cuánto tiempo tengo para encontrar una respuesta?

—Hasta que me aburra —responde la Esfinge, batiendo su cola.

Inspiro hondo y me quedo pensativa, mientras junto todas las piezas de este endiablado enigma.

Dos puertas. De oro y hierro. Dos guardias. Verdades y mentiras. El Olimpo y el Tártaro. Una pregunta. Podría preguntarle algo a un guardia que sepa que es verdad, para determinar cuál de ellos es el mentiroso, pero eso no me ayudaría a discernir quién custodia la entrada del Olimpo y malgastaría mi única pregunta.

Miro a Apolo y a Teseo, pero los dos están quietos como pasmarotes. Mi mente se acelera, me sudan las manos de repente, y la Esfinge inicia una cuenta atrás con una voz cantarina, sonriendo ante la perspectiva de un almuerzo rico y jugoso.

¿Y si me limito a preguntarle a un guardia qué puerta custodia? No, podría ser el mentiroso y conducirme a la muerte. Hay tantas variables distintas. Tengo que interrogar a los dos guardias con una única pregunta, pero solo puedo formulársela a uno de ellos. De pronto visualizo la respuesta.

No importa a qué guardia pregunte primero. Los dos me darán la misma respuesta.

Ahora me toca a mí sonreír. La Esfinge me observa con recelo e incredulidad.

—Le diría esto a uno de ellos: «Si le preguntara al otro guardia qué puerta conduce al Olimpo, ¿señalaría hacia la puerta de oro o la de hierro?».

Da igual a qué guardia se lo pregunte, porque la respuesta será siempre la misma: los dos guardias responderán con una mentira, así que habré de tomar la puerta contraria a la que me señalen. El mentiroso señalaría hacia la puerta que conduce al inframundo, mientras que el otro respondería igual que el mentiroso, señalando hacia esa misma puerta. Da igual a qué guardia le pregunte, siempre me indicarían la puerta del inframundo, así que tendría que tomar la otra.

El rostro de la Esfinge pasa de la sorpresa a la furia. Antes de que pueda reaccionar, se abalanza sobre mí. Me agacho y esquivo sus garras por cuestión de centímetros. Lykou ladra y Apolo suelta un bramido. Me doy la vuelta, empuñando a Praxídice.

Lykou está tendido en el suelo. La Esfinge se encuentra encima de él, hincándole las garras en el cogote y por encima de los ojos.

—Diste tu palabra —exclamo con incredulidad. Noto un nudo en el estómago, se me entumecen las extremidades—. Suéltalo.

—No prometí nada en lo referente a su destino —replica la Esfinge, sonriendo, para que pueda ver sus dientes afilados a escasos centímetros del pescuezo de Lykou—. Puede que un aperitivo anime un poco el juego.

Teseo pega un grito y se lanza sobre la Esfinge. Apolo y yo le decimos que no lo haga, pero no logramos frenar al ateniense. El caduceo sale disparado hacia el rostro del monstruo, dejando a su paso una estela dorada.

La Esfinge lo desvía de un manotazo.

El cetro de Hermes sale propulsado, girando sobre sí mismo, y se clava en un muro de arenisca. Teseo se queda boquiabierto.

—Suelta a Lykou —ordeno, apuntando con Praxídice directamente hacia su corazón.

—Oblígame —dice la Esfinge.

Hinca las garras más a fondo en el cogote del lobo. Lykou aúlla, intenta zafarse, pero la Esfinge lo inmoviliza. A mi amigo se le saltan las lágrimas, empieza a manar sangre de la herida que tiene en el cuello.

—Te daré una última oportunidad —masculla la Esfinge, lamiendo la sangre del cuello de Lykou. Sus colmillos se tiñen de rojo. Apolo se acerca, con una flecha apuntada hacia su corazón. La Esfinge se limita a reírse—. Soy inmune a vuestras armas. Usad las palabras. Solo se me puede derrotar por medio del ingenio.

El pelaje de la Esfinge, que antes era dorado y radiante, ha perdido su lustre y sus plumas se desprenden rápidamente; tiene los ojos inyectados en sangre y juraría que se partió una garra durante su embestida. Parece como si cada acertijo frustrado la debilitara.

Pero no me sé más acertijos. Hurgo en mi memoria, en busca de algo con lo que combatir a la Esfinge.

Lykou tiene la mirada vidriosa. Se agota el tiempo, se escapa entre mis manos como una bobina de hilo de seda.

No puedo parar quieta ni dejar de mirar la sangre que gotea del cuello Lykou. No soy tan lista como Alkaios. No tengo labia para salir de los problemas, yo los resuelvo con los puños y la espada. La diferencia entre los dos siempre ha sido tan marcada como la noche y el día…

Eso es.

Al cabo de un rato, recupero el habla:

—Hay dos hermanas, una engendra a la otra, y esta a su vez engendra a la primera. ¿Qué son?

La Esfinge pone los ojos como platos. Noto un atisbo de esperanza.

—¿La guerra y… la paz? No, no es eso. Estúpida, estúpida Esfinge, eres la vergüenza de tu estirpe.

Se aparta de Lykou y comienza a pasearse de un lado a otro.

Sostengo a Praxídice en alto, lista para lanzarla.

—¡Espera! —exclama, sosteniendo un alto una garra de ónice—. Necesito más tiempo.

—Me aburro —replico con una sonrisa gélida.

La Esfinge se gira hacia mí, con una mirada frenética.

—Está bien. Pero aún falta por formular mi verdadero acertijo.

Toma impulso con las patas traseras y pega un brinco, sus colmillos centellean y sus garras se extienden hacia mi garganta.

Praxídice sale propulsada antes de que el monstruo pueda emprender el vuelo.

# CAPÍTULO 30

La punta de la lanza se clava en el corazón de la Esfinge.
Percibo vagamente el eco de los vítores de Teseo por detrás
de mí, el impacto del cuerpo de la Esfinge al caer al suelo.

Corro junto a Lykou. El lobo me lame la mano mientras le
examino el cuello, apartando el pelaje empapado de sangre. La
herida es superficial, pero suficiente como para dejar cicatriz.
Apolo se arrodilla a mi lado y vierte agua sobre los cortes.
Cuando termina, arranco un trozo de mi quitón y lo anudo alrededor del cuello de mi amigo para contener la hemorragia.
No es gran cosa, pero de momento servirá.

Lykou se incorpora con cuidado, todavía un poco inestable.
Me gustaría decirle que se recueste, pero él resopla y se encamina
hacia la cueva.

—Al menos podrías darme las gracias por salvarte la vida
—murmuro, mientras acepto la mano que me tiende Teseo para
ayudarme a levantarme.

—Debo confesar —dice Teseo, que al menos tiene la decencia de parecer un poco azorado— que no creí que fueras tan lista
como para derrotar a la Esfinge.

—Mentiroso —replico, dándole un golpe en el brazo bueno.

Seguimos a Lykou al interior de la caverna, me he vuelto a
colgar a Praxídice a la espalda. Una vez dentro, me quedo boquiabierta y se me corta el aliento.

La caverna está repleta de jaulas, construidas con barrotes de oro y hueso, llenas a rebosar con criaturas, seres humanos y objetos tan fabulosos que desafían a la imaginación. La luz del sol se filtra a través de las grietas, iluminando las jaulas y las montañas de tesoros. Una mujer hermosa, con el cabello llameante y las piernas hechas de bronce, alarga un brazo entre los barrotes de su jaula. Lykou lanza un ladrido de advertencia cuando paso a su lado, y la mujer enseña unos enormes colmillos amarillentos mientras suelta un bufido gutural.

Desde las sombras de la jaula de al lado, una mantícora me observa. Tiene el rostro de un anciano, con unas arrugas muy marcadas en las sienes; le han extraído todas las púas de la cola, y su pelaje de color cobalto está sucio y ha perdido el lustre. Me mira fijamente con sus ojos negros hasta que me obliga a girar la cabeza hacia otro lado.

Dentro de la siguiente jaula se encuentra la causa de muchas de mis pesadillas infantiles. La lamia, un demonio inmortal con el torso de una adolescente y una cola de serpiente en lugar de piernas. Sus ojos son como dos frías piedras de ónice.

Aprieto el paso para dejar atrás esa jaula y también la siguiente y la de más allá, todas repletas de criaturas surgidas de mis sueños y pesadillas. Algunas son horribles, otras afables. Otras son cadáveres, cuyo destino les ha conducido a pudrirse al otro lado de unos barrotes.

Me detengo delante de una centaura enjaulada. Me observa con semblante turbado y ojeroso. Está debilitada y malnutrida, tiene el rostro demacrado, rodeado por una maraña de cabello lacio y negro.

—Por favor —mascula, pegándose a los barrotes de hierro de la jaula—. Libéranos.

Me doy la vuelta hacia Teseo para pedirle el caduceo. Él retrocede un paso ante mi mano extendida y observa las jaulas con un espanto creciente.

—No podemos liberarlos, Dafne —replica, y me invade una furia gélida—. No podemos soltar a estos espantajos entre los humanos. Son monstruos y merecen estar encerrados.

La mantícora suelta un bufido desde las sombras de su jaula y la lamia pega un chillido, mientras se yergue sobre su cola de serpiente.

Forasteros, monstruos y asesinos. Yo no soy diferente a ellos.

Teseo suspira cuando reconoce el gesto de determinación en mi rostro.

—¿Quiénes somos nosotros para decidir qué criaturas merecen ser libres o estar encerradas? —inquiero—. Si no los liberamos, los monstruos seremos nosotros. Dame el caduceo.

—Ninguna criatura fue engendrada para pasarse la vida dentro de una jaula —dice Apolo, con una voz grave como el restallido de un trueno. La tensión de su rostro denota frustración. Pensaba que las musas estarían aquí.

—No perdamos más tiempo.

Le quito el caduceo al reticente ateniense y descargo un golpe con él. Un candado cae al suelo, envuelto en una lluvia de chispas, y la puerta de la jaula se abre por sí sola.

La centaura acepta la mano que le ofrezco con una sonrisa de gratitud. Cuando me agarra noto que tiene los dedos helados.

—Gracias —dice con un hilo de voz. Con el rostro surcado de lágrimas, inclina la cabeza en señal de respeto—. No puedo describir la desesperación que embarga cuando crees que te pasarás el resto de tu vida encerrada.

Le ofrezco mi cantimplora y ella la acepta gustosa. Tras un largo trago, hace otra reverencia.

—Debo volver a casa. Llevo muchas y largas décadas sin ver a mi esposo.

Sonrío con toda la calidez que puedo, pensando en los demás centauros que hemos dejado atrás.

—Me llamo Caríclo. —La centaura flexiona las patas delanteras a modo de reverencia, inclinando ligeramente la cabeza—. Los centauros de Foloi están en deuda eterna contigo.

—No me vendría mal contar con más aliados —digo, enarcando las cejas—. Pero de camino aquí pasamos por Foloi, y sospecho que tus paisanos no compartirán tu gratitud.

Cariclo se fija en la herida que tengo en la mano, en las quemaduras de una soga alrededor de las muñecas y en los moratones que me cubren los brazos y las piernas. Son los recuerdos que me dejó mi huida.

—Me alegra saber que mi familia sigue viva. No he sabido de ellos desde mi captura.

Sin decirles nada a mis acompañantes, se da la vuelta y emprende el lento camino a casa, arrastrando las pezuñas sobre la arena. Apolo le cuelga su cantimplora al cuello, y la centaura asiente con la cabeza antes de salir de la caverna.

—Aquí todos somos prisioneros. —La mujer del cabello llameante se aferra a los barrotes de su jaula. El metal sisea bajo sus garras, enrojeciéndose y escupiendo vapor—. Las jaulas pueden ser físicas o imaginarias, pero todos somos cautivos de nuestro destino.

—Yo soy artífice de mi destino —replico.

A continuación, libero a dos mujeres hechas de oro. Sus figuras doradas emergen de la jaula; hasta su cabello y el blanco de sus ojos están recubiertos por ese metal reluciente. Tras dirigirnos una reverencia, salen también de la caverna.

Empleo el caduceo para abrir las jaulas de docenas de sátiros, ninfas, humanos e incluso quimeras. Todos me prometen lo mismo que los demás: una deuda que en el fondo no espero que lleguen a saldar. Aun así, los libero a pesar de todo, observo cómo unos vuelan hacia el techo y otros corren hacia la salida para alcanzar la libertad.

Empuño el caduceo, que sigue intacto a pesar de los golpes, y me sitúo frente a la jaula de la lamia, que suelta una risotada.

—Supongo que era mucho pedir que compartieras la insensatez de tu familia.

—Me alegra comprobar que aún conservas cierta cordura y que no has dejado que la victoria sobre la Esfinge se te suba a la cabeza. —Teseo se cruza de brazos y contempla las jaulas restantes con el ceño fruncido—. Sería más sencillo matarnos entre nosotros que liberar a estas bestias. Como saques a esa lamia, rodarán nuestras cabezas.

Me quedo indecisa. Apolo no me ofrece ningún consejo. Mira fijamente a las criaturas. Aprieta los labios, mantiene el ceño fruncido.

—No soy un necio, pero tampoco soy cruel. Encontremos primero a las musas.

Se oye un rugido ensordecedor desde un rincón de la caverna que nos sobresalta a todos. Me doy la vuelta, empuñando el caduceo. Agazapado en un rincón, contenido no por una jaula, sino por grilletes y cadenas de hierro, se encuentra un grifo.

Tiene todo el cuerpo cubierto de cadenas, aferradas con tanta fuerza a sus alas y sus patas que apenas le dejan respirar; pone una mueca de dolor cada vez que toma aliento. Cualquier intento por desplegar sus alas tensa la cadena que le rodea el cuello. A pesar de su estado, el grifo me lanza una mirada con la que me desafía a liberarlo.

—Te concederé la libertad —anuncio, manteniéndome fuera del alcance de sus garras—. Pero aún no. Primero he de rescatar a las musas antes de correr el riesgo de perder la vida por culpa de esas garras.

Me alejo del grifo y registro la caverna en busca de pistas. Aparte de las jaulas, rodeo varios montículos de armas y tesoros, desperdigados por la caverna como montañas que centellean bajo la luz del sol que se filtra desde el techo.

Los muros de arenisca que se extienden por la caverna son hermosos, tienen una superficie ondulante, como si fueran olas de color rojo, naranja y marrón que recuerdan al atardecer en verano. Avanzo junto a la pared más cercana, que me conduce hasta un rincón donde colisionan dos olas formando una maraña de arena de color carmesí. En el rincón hay una oquedad oscura como boca de lobo, y achico los ojos para tratar de ver algo. Lykou resopla y se acerca. Sin embargo, se le pasa el enfado por sentirse tratado como una mascota en cuanto se reúne conmigo, pues ha captado un olor demasiado sutil como para que lo perciba mi olfato humano. Lykou se adentra en la oquedad oscura y desaparece. Avanzo a gatas por detrás de él y oigo las pisadas de

Apolo a mi espalda. Me quedo a oscuras durante unos instantes hasta que me envuelve la cegadora luz del sol. Me cubro los ojos con el reverso de mi mano mugrienta. Llegamos a otra sala repleta de montañas de oro y piedras preciosas. Me quedo boquiabierta mientras me incorporo, ignorando la tierra que se me ha quedado pegada a las piernas y las manos sudorosas.

Las musas no están aquí.

Se oye una carcajada siniestra. Al mismo tiempo, Apolo y yo nos damos la vuelta y desenfundamos nuestras armas.

Con una espada apoyada sobre el cuello de Lykou, Ares nos dedica una sonrisa.

—¿Me añorabas, hermano?

# CAPÍTULO 31

Empuño el caduceo. Ares esboza una sonrisa con sus labios carnosos, mientras hinca la punta de su espada en el cuello Lykou. Noto un nudo en la garganta.

—¿A qué viene esto, Ares? —Apolo extiende las manos en son de paz.

Antes de que podamos reaccionar, Ares empuja a Lykou hacia un lado. En el mismo movimiento, cubre la distancia que lo separa de Apolo y agarra a su hermano por el pescuezo. Levanta a Apolo del suelo y lo estampa contra el muro de arenisca.

Le arrojo el caduceo. El cetro dorado se clava en la piel de su espalda. Ares suelta un rugido que hace estremecer la caverna entera. Los muros se agrietan y cae una lluvia de piedras a nuestro alrededor. Sin darme tiempo a reaccionar, Ares me agarra por la cabeza y me estampa contra la pared.

—¡Dafne! —mascula Apolo, hincando las uñas en la mano con que Ares le sujeta el pescuezo.

Veo chiribitas. Todo me da vueltas. Me tambaleo y me llevo una mano a la frente. Mis dedos se manchan de sangre y después caigo de rodillas. Alargo la otra mano hacia el caduceo. Ares se arranca el cetro de la espalda antes de que pueda alcanzarlo.

—Ya no vas a necesitar esto.

El cetro desaparece, envuelto en una nube de humo y arena. Un grito ahogado escapa de mi garganta.

Observo sin poder hacer nada cómo Lykou se lanza sobre el despiadado inmortal, pero acaba siendo repelido por una oleada invisible de poder. Lykou sale propulsado, las pilas de oro revientan a nuestro alrededor.

Apolo tiene el rostro amoratado, se le hinchan las venas de las sienes mientras trata de respirar. Logra articular una pregunta a duras penas:

—¿Po-por qué?

—Cumplo las órdenes de mi *anassa*. —El buitre que Ares lleva tatuado en el pecho con tinta carmesí bate sus alas—. Tras la caída del Olimpo, la humanidad caerá también, y las guerras que ello suscitará se extenderán más allá de Grecia. Llegarán hasta los confines de la Tierra. ¿Qué más podría desear un dios de la guerra?

—Confiábamos en ti —le espeta Apolo—. ¿Cómo has podido hacerle esto a nuestro padre? ¿Y a Afrodita? ¿Y a tu familia?

Intento ponerme en pie, pero es en vano. Aún me da vueltas todo, el mundo se ha salido de su eje. Ni siquiera puedo echar mano de Praxídice ni de las dagas, mientras rebusco inútilmente entre la arena. Ares sonríe al verme.

—Jamás entenderé cómo conseguiste escapar de mi *anassa*.

—Para ser tan grande, tienes unas manos diminutas. —No puedo contener las palabras que salen en tromba por mi boca, aunque tampoco quiero hacerlo. Escupo sangre y arena ante sus pies—. ¿Por eso traicionaste a Afrodita? ¿Te dejó para buscar a otro que la satisfaga? ¿Alguien que no tuviera manitas de bebé?

Es una imprudencia, pero me da igual. Ya no tengo nada que perder.

Las historias sobre el temperamento de Ares son ciertas. Arroja a Apolo a un lado y lo estrella contra las montañas de oro. Ares hace aparecer una espada. La blande y, antes de que me dé tiempo a tomar un último aliento, me lanza una estocada.

La hoja impacta contra mi abdomen.

Resollando, miro hacia abajo. El quitón tiene un corte limpio a la altura del estómago que deja al descubierto la centelleante maldición de Midas.

—Artemisa. —Ares pronuncia ese nombre como si fuera un improperio. Hace aparecer otra espada—. Ella será la siguiente en morir. Y después el pusilánime de tu hermano.

—No. —Apolo se ha puesto en pie. Esboza un gesto de aflicción, su piel bronceada ha perdido su color—. No metas a mi hermana en esto.

—Ella está metida desde el principio.

Ares alza de nuevo la espada. Esta vez no fallará.

Descarga un golpe. Apolo me grita que me mueva. El filo apunta directamente hacia mi cuello. Lykou se interpone entre los dos.

Le pega un mordisco en la muñeca para frenar el golpe. El dios de la guerra ruge. Lykou aprieta aún más fuerte, hasta que le secciona la mano del brazo.

Empieza a brotar icor del muñón. Lykou se aleja corriendo con la mano antes de que el dios pueda vengarse. Ares se tambalea, alarga la mano que le queda hacia la pared para mantener el equilibrio. Apolo hace aparecer un puñal y lo arroja hacia su espalda. Ares se da la vuelta y agarra el cuchillo al vuelo.

—Pagarás por esto —dice el dios de la violencia. Sus ojos despiden un destello, luego se vuelven tan negros como el carbón—. Pagaréis todos. Tus aliados, tus familiares. Los mataré a todos.

Se gira de nuevo hacia mí, con una sonrisa cruel que secciona su rostro —que por lo demás posee una hermosura escalofriante—, como si fuera una herida abierta.

—Nix tiene un mensaje para ti. Regresa a Esparta y llora los restos de tu familia después de que me ocupe de ellos. Si ignoras su advertencia y continúas en tu empeño, mataremos a las musas. Sus muertes pesarán sobre tu conciencia, y ya no habrá nada que puedas hacer para restaurar los poderes del Olimpo.

Ares desaparece, envuelto en un destello luminoso, y yo me doy la vuelta hacia Apolo.

Parece tan destrozado, en cuerpo y alma, como yo.

# CAPÍTULO 32

Apolo se acerca a duras penas. Lykou gimotea por detrás de él, tras haberse deshecho de la mano de Ares en algún rincón entre la maraña de tesoros.

No tengo ganas ni fuerzas para resistirme al contacto del dios. Suavemente, como si yo fuera un bebé recién nacido, apoya los labios sobre mi herida. De repente, noto que las yemas de sus dedos irradian calor y el dolor remite, pero le aparto la mano.

—Reserva tus poderes —le digo—. Me pondré bien. Me he llevado golpes más fuertes en la cabeza.

—Estás delirando.

Apolo me ignora, me hunde los dedos en el pelo para masajearme el cuero cabelludo. Noto un cosquilleo cálido que se extiende por mi piel, y el dolor agudo que siento en la frente comienza a remitir.

—Lo siento mucho, Dafne —dice Apolo, que me abraza hasta acurrucarme sobre su regazo. Empieza a llorar—. Debí haberte creído cuando me hablaste de la traición de Ares y Hermes. Si Ares no hubiera sido víctima de los poderes menguantes del Olimpo, ya no estarías aquí. —Me aparta un rizo ensangrentado de la cara—. Y no sé lo que habría hecho si te hubiera perdido.

Un haz de luz se proyecta sobre su cabeza, tiñendo de dorado su cabello. Apolo se pone tenso, expectante, mientras observo

286

su rostro, su cuerpo, todo salvo esos ojos que he visto doblegar hasta la voluntad más férrea.

Al cabo de mucho rato, le miro a los ojos y le digo con un hilo de voz:

—Te perdono.

No le culpo porque nuestras vidas se encuentren entrelazadas de un modo inexplicable. Apolo no tiene toda la culpa del rapto de las musas ni de mi implicación. Este viaje, además de ser una gesta para intentar recuperar el orgullo de su padre y los poderes del Olimpo, también implica el rescate de mi hermano y esas respuestas que he buscado de forma tan errática.

—Nix las matará, Dafne. —Un sollozo desgarrado escapa de su pecho—. No puedo permitir que eso ocurra. No puedo perder a mis hermanas.

—No —digo, tajante, negando con la cabeza—. No las matará.

Lykou ladea la cabeza por detrás de Apolo, con un gesto inquisitivo. Es un movimiento tan propio de un cachorrito que, a pesar del dolor, suelto una carcajada. Es posible que me haya golpeado la cabeza más fuerte de lo que pensaba.

Creo que Apolo opina lo mismo, así que sigue curándome a pesar de mis protestas.

Le freno apoyándole un dedo en los labios, antes de que pueda decir nada más.

—Ahora tienes que confiar en mí cuando te digo que no matará a las musas.

Apolo sigue tenso, tiene el cuerpo duro como una roca. Se relaja al sentir el roce de mis dedos, que se deslizan por su brazo hasta que le agarro del codo.

—No las matará —repito—. Es una diosa que se recrea con el poder, ya sea místico o de otro tipo. Sin las musas, se quedaría tan indefensa como un mortal, tal y como le ocurre a Ares. Lo que quieren es derrocar a Zeus, no derribar el Olimpo.

Lykou asiente por detrás de Apolo, entiende lo que quiero decir.

Me aparto de Apolo y me pongo en pie. Por suerte, el mundo ha dejado de dar vueltas.

—Tenemos que matarla, y a Ares también, antes de que destruya nuestras familias.

—Pero primero tenemos que encontrar a las tres musas escondidas aquí. —Echo un vistazo a la caverna—. Después las devolveremos al Olimpo, nos reuniremos con Teseo y nos iremos a... —Titubeo, de repente no lo tengo claro.

—Eleusis —dice Apolo, frunciendo los labios—. Tenemos que llegar al templo sagrado de Deméter antes de que caigan las primeras heladas. Perséfone solo realiza su peregrinaje una vez al año. Si no llegamos a tiempo, solo nos quedará la esperanza de volver a pedirle consejo a Prometeo, aunque puede que Ares ya se haya ocupado de él.

—¿Crees que Hermes y Ares habrán hecho lo mismo con Artemisa? —Siento un escalofrío—. ¿Y con mi hermano? Se arriesgaron mucho al ayudarnos en Foloi. Ahora Ares y la diosa de las sombras saben dónde están.

Apolo tuerce el gesto y se encoge de hombros.

—Mi hermana es muy lista. Seguro que despistará a Hermes y lo embarcará en una búsqueda inútil. Si alguien puede superar la astucia del heraldo, es ella. Los mortales no la valoráis como se merece.

En el campo de batalla, cuando el enemigo te arrebata cualquier punto de apoyo antes de que puedas incorporarte, cuando te deja sin aliados, recursos ni armas, no queda otra opción que ir directos a por ese enemigo. Evoco las palabras de Hipólita:

—Un ejército bien avenido puede combatir durante años, incluso décadas, viendo menguar sus filas debido a campañas imprudentes o venciendo batallas gracias a la astucia de sus líderes. Pero hasta el ejército más poderoso puede caer por culpa de un único traspié —repito—. Nix creerá que nos tiene acorralados y heridos. Tenemos que darnos prisa e ir directos a darle caza.

Lykou se sienta a mi lado, acurrucado junto a mis piernas. Menea la cola, levantando una polvareda, cuando me agacho para acariciarle las orejas. Mis dedos y su pelaje están cubiertos de sangre seca. A pesar de la magia de Apolo y de los sentidos agudizados de Lykou, seguimos sin hallar ni rastro de las tres musas. Están muy bien escondidas.

Yo pensaba que la prueba de ingenio que mencionó Prometeo se refería a mi enfrentamiento dialéctico con la Esfinge, pero al parecer hay algo más. Toda esta sala repleta de oro es un misterio que espera a ser resuelto. El acertijo final de la Esfinge.

Apolo se pasea entre las montañas de oro, tras haber registrado a conciencia los muros de la caverna. Entre medias hay joyas y armas, vasijas y tapices. Un reino cargado de riquezas, sin nadie que pueda saquearlo.

Cuando me encamino hacia el dios, golpeo un plato sin querer. Rebota sobre la arena y se desliza hacia los pies de Apolo. El dios lo recoge, milagrosamente intacto, y, cuando me asomo por encima de su hombro para mirar, se forma una sombra sobre la superficie de arcilla.

El plato tiene el canto adornado con hojas de laurel que giran en espiral hacia el centro, donde se encuentran un aulós, una lira y una cítara.

—El propietario de este plato debía de ser un apasionado de la música —murmuro.

Deslizo un dedo sobre las cuerdas de la cítara y el plato lanza de repente un tañido. Aparto la mano, sobresaltada.

—No es un simple plato. —Los ojos de Apolo se iluminan y comienza a esbozar su primera sonrisa desde que salimos de Foloi. Señala hacia los instrumentos—. Nada les gusta más a las musas que la música y la poesía. A Calíope le apasiona la lira, a Erato la cítara y a Polimnia el aulós. Este plato… —lo sostiene en alto, girándolo hacia la luz del sol que se filtra hasta el interior de la cueva— es la respuesta para encontrarlas.

Apolo deja el plato en el suelo con mucho cuidado, como si temiera que pueda hacerse trizas. No me atrevo a decirle que, si fuera a romperse, lo habría hecho cuando le arreé el puntapié que lo propulsó por la sala. Una vez depositado, Apolo se pone a recorrer la estancia tan deprisa como si Cerbero le pisara los talones. Derriba una montaña de tesoros de una patada. Las monedas de oro tintinean al chocar entre sí, formando una cascada que se desploma hacia la arena, para luego extenderse por el suelo de la caverna como una alfombra dorada.

Y allí, en el centro de la montaña, aparece una lira. Apolo la recoge.

—Si encontramos sus instrumentos, encontraremos a las musas.

Mi rostro se ilumina como un amanecer. Lykou y yo nos sumamos a Apolo en su búsqueda. La caverna es enorme, las pilas de tesoros son incontables, pero juntos buscamos y registramos hasta que los tres instrumentos acaban en manos de Apolo.

—¿Y ahora qué?

Apolo abre la boca para responder, pero titubea y la vuelve a cerrar. Lykou gimotea y le golpea las piernas con las pezuñas. Agarra la lira entre los dientes y la presiona sobre mi pecho antes de ir a buscar el aulós.

—¿Y si tocamos todos los instrumentos a la vez? —Incluso a mí me parece descabellado.

—Prometeo dijo que las musas serían reveladas por medio de una prueba de ingenio y palabras, ¿no es así? —pregunta Apolo. Cuando asiento con la cabeza, continúa—: Tal vez se refiriera a dos pruebas diferentes. Antes has vencido a la Esfinge empleando el ingenio, y ahora debemos recuperar a las musas empleando las palabras. Calíope, Erato y Polimnia son las diosas de la poesía.

—Entonces, ¿he de recitar un poema mientras tocamos estos instrumentos? —Recojo la lira y me siento en el suelo enfrente de Apolo, con las piernas cruzadas.

—No. —Apolo coge la cítara—. Yo recitaré el poema.

—Pues más vale que tengas uno bueno preparado, porque te aseguro que estoy a punto de hacer llorar a todos los músicos de Grecia. Y no de envidia, precisamente.

Apolo señala a Lykou con el pulgar.

—No creo que vayas a sonar mucho peor que un lobo con una flauta.

Lykou frunce el ceño.

Deslizo el pulgar sobre las cuerdas y el ruido que profiere el instrumento puede describirse de muchas formas, salvo melodioso. Con una mueca, Apolo deja su instrumento en el suelo y me agarra las manos. Me pongo colorada mientras endereza la lira sobre mi regazo y me coloca las manos en la posición adecuada.

—A los espartanos siempre se les ha dado fatal la música —dice, aunque esboza una sonrisita para suavizar sus palabras.

—No tengo la excusa de ser espartana. —Agacho la cabeza y disimulo mi rubor tras unos mechones rizados—. Soy motaz, ¿recuerdas?

—No. —Me coloca un mechón por detrás de la oreja y me sujeta por la barbilla para que le mire a los ojos. Me desliza suavemente el pulgar sobre el labio inferior y mi corazón pega un respingo—. No eres nada de eso.

No puedo respirar. Apolo comienza a inclinar lentamente su rostro hacia el mío, bajando la mirada hacia mis labios. Nuestros labios están a punto de rozarse cuando Lykou suelta un gruñido.

—Acabemos con esto.

Carraspeando, me aparto y pruebo a deslizar un dedo sobre las cuerdas. Sigue sonando desafinado. Apolo inclina ligeramente la cabeza y comienza a tocar una melodía con la cítara, a la que se suma Lykou soplando de vez en cuando el aulós. En cuanto logramos asentar un ritmo, Apolo vuelve a mirarme a los ojos y empieza a cantar.

Su voz, más hermosa que el canto de un pájaro, se extiende por el aire. Si antes me parecía que tenía una voz grave y cautivadora, ahora ha alcanzado un nuevo nivel.

El plato comienza a brillar ante nuestros pies, la luz palpita al ritmo del canto de Apolo.

Se me traba la mano entre las cuerdas. El fulgor del plato se atenúa. Retomo la melodía, ruborizada, y el brillo del plato se vuelve cegador. El fulgor se refleja en el oro, provocando destellos por toda la cueva. Lykou toca debidamente la flauta y yo punteo las cuerdas.

El plato ya reluce más que el sol. Me lloran los ojos y Lykou cada vez sopla con menos fuerza, pero Apolo sigue cantando. Y cuando el canto llega a su culmen, el plato se hace trizas.

# CAPÍTULO 33

La música cesa de golpe. Apolo suelta la cítara y recoge los pedazos del plato con manos temblorosas. Me mira con un gesto cargado de angustia, hasta que una voz rompe el silencio:

—¿Apolo?

Todos nos ponemos en pie y nos damos la vuelta.

—¡Apolo!

Las tres musas se aferran a los barrotes de su jaula, saltando de alegría con el rostro surcado de lágrimas. Apolo corre hacia ellas, las abraza a través de los barrotes con un sollozo ahogado.

Dos de ellas son pelirrojas: una tiene el cabello de color bermellón y la otra del color de las amapolas. La tercera luce una melena rubia y centelleante, y todas tienen el rostro alargado y enjuto. Las tres me ignoran por completo.

No es hasta que recojo una espada enjoyada de la pila de monedas oro y la utilizo para romper el cerrojo de la jaula, cuando me dedican toda su atención. Deslizan la mirada sobre mi ropa mugrienta y la espada curvada que tengo en la mano, hasta detenerla sobre mis rizos pajizos y mis ojos grises.

La musa rubia es la primera en hablar, apoyándose una mano en el corazón.

—Te damos las gracias. Sin tu ayuda, habríamos sido esclavas de la Esfinge durante muchos milenios. Yo soy Calíope y estas son mis hermanas, Erato y Polimnia, las musas de la poesía.

Polimnia, la del pelo de color amapola, es la siguiente en hablar:

—Te estaremos eternamente agradecidas.

Lykou gruñe y pone los ojos en blanco, como si quisiera decir: «Pues poneos a la cola».

Apolo dice algo parecido:

—Valoro vuestra gratitud y estoy eufórico al ver que estáis sanas y salvas, pero ¿se os ocurre algún modo de volver a casa?

Las musas cruzan una mirada.

—¿Quieres decir que no tienes un plan?

—Un plan, no. —Me giro hacia el muro de arenisca, hacia cierta bestia que hay al otro lado—. Pero sí tengo una idea.

Cuando empezamos a subir por el túnel que conecta las dos cavernas, el ambiente está cargado y el trayecto parece alargarse hasta el infinito. Cuando mi cabeza topa de repente con un muro en la oscuridad, entiendo por qué. Ares ha debido de clausurar el túnel para que mis nuevos aliados no puedan venir en nuestra ayuda, lo cual explica por qué no hemos tenido noticias de Teseo. Apolo se acerca por detrás, su cuerpo irradia un calor inhumano, y atraviesa el muro de un puñetazo. El hechizo de Ares se rompe fácilmente y el muro de arenisca queda reducido a polvo.

Noto una oleada de aire fresco en el rostro, después paso a través de la abertura y accedo a la caverna que hay al otro lado. Teseo me ayuda a levantarme; tiene las manos tan magulladas y ensangrentadas como yo.

—¿Qué ha pasado? —preguntamos al mismo tiempo.

Teseo señala hacia la pared con los ojos desorbitados.

—Te oí gritar desde el otro lado y también escuché los aullidos de Lykou. Pero, cuando intenté acercarme, el muro quedó sellado. Intenté atravesarlo, pero no pude.

—Nos tendieron una emboscada —le explico, con un nudo en la garganta—. Ares intentó matarnos. Si Lykou no le hubiera herido, lo habría logrado. Hemos encontrado a las musas, pero ahora tenemos que llevarlas de vuelta al Olimpo.

Las musas en cuestión han salido del túnel por detrás de mí. Teseo se queda boquiabierto mientras las observa. Pero yo estoy concentrada en el grifo.

La criatura me devuelve la mirada con unos ojos ambarinos y perspicaces y pega un pisotón en el suelo. Una cadena de hierro se le aferra al cuello, se lo deja en carne viva, despojado de las plumas suaves y mullidas que le cubren la cabeza, las alas y las patas delanteras. A pesar del lustre dorado de sus plumas, el pelaje parduzco de su cuerpo de león está manchado y deslucido.

Lykou se interpone en mi camino y ladra a modo de advertencia. El grifo vuelve a rugir. Le sostengo la mirada, ignorando a Lykou y esas garras brillantes que podrían partirme por la mitad.

Avanzo otro paso, deslizo una mano temblorosa sobre su musculoso lomo. A pesar de su largo cautiverio, anclado a la tierra e inmovilizado, aún conserva una fortaleza impresionante, perceptible en los músculos que recubren su cuerpo.

—Encaramaos a su lomo —digo, girándome hacia las musas.

—¿Estás loca? —exclama Calíope.

Apolo no dice nada, tiene un gesto indescifrable. Erato retrocede un paso y se abraza a él.

—Ese monstruo nos matará.

Miro al grifo a los ojos —los suyos son ambarinos y los míos grises— y me invade una certeza inquebrantable.

—Os llevará a casa a cambio de su libertad.

El grifo asiente con la cabeza. La cadena traquetea cuando se agacha. Polimnia es la primera en acercarse.

—Si Apolo confía en ti, yo también.

Lleva la cabeza alta y, aunque tenga el pelo enmarañado, su porte es más regio que el de una reina. Desliza una mano por el costado del grifo antes de pasar una pierna por encima de su espalda.

Al ver que el grifo no la arroja al suelo, Calíope y Erato se reúnen con su hermana. Apolo asiente con la cabeza para darles ánimos y las musas se encaraman al lomo del grifo. Como no hay tiempo para despedidas, ondeo la espada que tengo en la mano y descargo una estocada. La cadena se rompe con una lluvia de chispas rojizas.

Me aparto cuando el grifo despliega sus alas. Me mira fijamente mientras saca y mete las uñas, arañando el suelo. Fascinada, estoy a su merced. El grifo agacha la cabeza, avanza un paso hacia mí con tiento y suelta una bocanada de aire caliente y pútrido sobre mi rostro y mi pelo. Las musas se abrazan entre sí y se aferran al cuello del grifo para no caerse. Rezo a las Moiras para no haberlas condenado a una muerte distinta.

El grifo inspira hondo y se yergue sobre sus cuartos traseros. Se impulsa, bañándonos con una lluvia de polvo y arena, y desaparece envuelto en un fulgor que hace estremecer el aire.

—De nada. —La arena me hace toser. Miro rápidamente de reojo a los demás, que también están tosiendo y alejándose de la polvareda.

Un puñado de plumas doradas caen revoloteando a mi alrededor. Recojo una y, en comparación, mi mano parece diminuta. La mantícora rompe el silencio:

—Hay pocos obsequios tan valiosos como la pluma de un grifo. Soñarás con grifos durante el resto de tu vida —dice—. El batir de sus alas te seguirá a todas partes.

Apolo se acerca y me ayuda a levantarme. Mientras me sacudo la arena del quitón —un gesto inútil, ya que a estas alturas mi ropa está compuesta sobre todo por tierra y mugre—, Apolo recoge las docenas de plumas que cubren el suelo y arranca un jirón de su peplo, con el que fabrica un saco improvisado para guardarlas. Luego me las da con una sonrisa afectuosa.

—Vosotros también seréis libres. —Me giro hacia las criaturas restantes. Teseo maldice entre dientes, pero no hace amago de intervenir—. Sin embargo, debéis cumplir tres condiciones.

»En primer lugar, debéis jurar por el Olimpo que no nos haréis daño ni a mí ni a mis compañeros de viaje. Ni en esta vida ni en la siguiente. Corremos un gran riesgo al liberaros y, si os aprovecháis de nuestra buena voluntad, padeceréis la ira del Olimpo.

»En segundo lugar —prosigo—, no debéis herir a ningún humano, animal o criatura inocentes. Comprendo la naturaleza de vuestras habilidades y maldiciones, así que sé que os resultará especialmente difícil cumplir esta condición.

—Para eso, bien podríamos morir aquí —mascula el demonio de cabello llameante—. Nuestro sustento vital exige el sacrificio de vidas humanas.

—Vale, está bien —digo, aferrando la espada con más fuerza—. Olvidad esa condición. Está claro que es demasiado pedir que seáis decentes.

—¿Quién decide qué es la decencia? —replica la lamia—. ¿Quién decide qué sacrificios son aceptables para poder seguir viviendo?

Sostengo la espada en alto mientras alzo un dedo de la otra mano.

—Mi última condición es que no os aliéis con la diosa Nix. Se avecina una guerra, lo presiento y, cuantos menos enemigos, mejor.

Primero abro la jaula de la mantícora. A pesar del gruñido amenazante que lanza Lykou, la bestia se acerca a mí, olisqueando el ambiente.

—Recordaré tu olor durante el resto de mi vida —dice. Su inquietante voz me provoca un escalofrío—. Soy demasiado vieja como para cobrarme vidas innecesariamente, como los demás cautivos. Por mi parte, no habrás de temer la muerte de inocentes. Morir libre del cautiverio ya es un regalo. Estoy en deuda contigo, jovencita. Búscame cuando pierdas toda esperanza.

Sin darme tiempo para arrepentirme, rompo el cerrojo de la jaula de la lamia, concediéndole a la bestia una libertad que quizá no merezca.

—Cuando tus aliados mengüen y el fragor de la batalla se vuelva insoportable, has de saber que gracias a este acto podrás contar con los de mi especie —proclama al salir de su prisión, mientras su cola de serpiente traza un rastro sobre la arena.

Me giro hacia el demonio del cabello llameante. Las puntas plateadas de sus garras centellean mientras las ondea por el aire.

—Supongo que debería halagarme que me temas más que a los demás. —Se aferra a los barrotes de la jaula, contrae los labios para revelar un centenar de dientes afilados y plateados—. Pero soy una de las criaturas menos peligrosas a las que te enfrentarás antes de que tu viaje haya terminado.

»Algunas de las cuales ya están a tu lado —añade, señalando a Apolo.

Ignoro esa advertencia flagrante y descargo una última estocada para liberarla. Cuando se marcha, me giro al fin hacia mis expectantes aliados.

Teseo observa a Lykou con aflicción, después nos mira a Apolo y a mí.

—Jamás podré disculparme lo suficiente por lo que te hice, por registrar tus pertenencias, por buscarte por orden de esa mujer. Por quebrantar tu confianza en nuestro viaje. Me has ayudado a derrotar a la Esfinge, la plaga de Tebas, y a recuperar mi reino. Estoy en deuda eterna contigo. Atenas siempre lo estará. Pero ahora necesitas mi colaboración en tu gesta. Así que te ayudaré a completar tu viaje. —Habla de un modo atropellado, amontonando las palabras como si fuera un trozo de soga. Inspira hondo y continúa—: Lo que intento decir es que sería un honor poder acompañarte y llevar esta misión a buen puerto.

Por un lado, me inclino a rechazar su oferta y a insistir para que regrese a Atenas. Sin embargo, mientras contemplo sus rasgos bañados por el sol, al fin alcanzo a comprender al príncipe ateniense. Se guía por las palabras de los dioses, movido de un lado a otro del mundo por influencia suya. Todo cuanto ha hecho ha sido para cumplir su voluntad.

Igual que yo.

—¿Qué te hace pensar que necesito tu ayuda? —inquiero, esbozando una sonrisita.

Teseo se queda boquiabierto un instante.

—Bueno, modestia aparte, soy una maniobra de distracción fabulosa mientras otros se ocupan de llevar a cabo el rescate.

Le agarro de la mano y se la estrecho con fuerza.

—Será un placer contar con tus distracciones.

Nada me apetece más que salir de este paso de montaña. Ignorando la maraña que forman mis pensamientos y el surtido de dolores que me asolan, me pongo en marcha a paso ligero, sin mirar atrás para comprobar si los demás me siguen.

# CAPÍTULO 34

Tras comprar unos corceles en Tebas, cabalgamos sin descanso por la desolada campiña griega, galopamos en dirección al Egeo sobre colinas escarpadas y a través de sombríos pasos de montaña. Vemos pocos viajeros por el camino; nuestras armas descansan sobre nuestras espaldas. La salida y la puesta del sol, día tras día, se burlan de mí y me recuerdan el poco tiempo que nos queda.

Estamos todos tan concentrados en la carretera que casi se me pasa por alto la oscuridad que se asienta a nuestro alrededor, cubriendo el paisaje nocturno a pesar de la presencia de la luna.

Boquiabierta, freno mi corcel. Apolo y Teseo hacen lo mismo al percibir mi gesto de espanto. Los caballos relinchan como protesta, pero quedan eclipsados por el zumbido que resuena en mis oídos.

—Apolo. —Me giro hacia el dios—. Faltan algunas estrellas. —Señalo hacia el lugar donde debería estar Aquila—. La constelación del Águila ha desaparecido, igual que la del Pez. —Las busco en vano por el firmamento. Una tras otra, las estrellas empiezan a desaparecer del cielo, extendiendo el manto de la oscuridad—. Y la de Auriga. ¿Dónde está tu carro? ¿Qué significa esto?

—Los dioses celestiales están perdiendo el control del firmamento. —Apolo habla con semblante serio y los labios fruncidos—. Significa que se nos acaba el tiempo.

Teseo contempla la luna y después mira al dios. Lykou olisquea el ambiente, enseñando los dientes.

—Descansaremos aquí —anuncia Apolo, atajando cualquier posible discusión.

Sin árboles bajo los que cobijarnos, estamos a merced de los elementos, pero no hay muchas opciones para acampar en este desolado paraje.

Lykou trota despacio, percibo una leve cojera en sus andares que le obliga a forzar más una de las patas delanteras. A pesar del dolor, sigue caminado sin rechistar.

Mientras Apolo y Teseo se ocupan de los caballos, yo me acerco al riachuelo que fluye al lado de nuestro campamento. Bajo la superficie se atisban los destellos plateados de unos peces, que salen huyendo cuando me adentro en el agua.

Mis pensamientos forman un torbellino mientras siento el roce del agua sobre la piel. Suelto un suspiro mientras el polvo y la mugre acumulados durante días abandonan mi cuerpo, arrastrados por la corriente. Con cuidado para no irritar la piel quemada de los hombros y el cuello, me froto la suciedad atesorada durante los últimos días de trayecto.

Primero las estrellas, y ahora posiblemente el firmamento al completo. Ciudades enteras arrasadas por el mar, mientras Poseidón pierde el control sobre las olas. No sé si seré capaz de salvar al Olimpo.

Me sumerjo en el agua para despejarme la mente. Unos tenues haces de luz de luna atraviesan la superficie, arrancando destellos de la maldición de Midas que se extiende sobre mi clavícula. La franja dorada me cubre el abdomen casi por completo, desplegando unos tentáculos dorados que me llegan hasta los brazos y las piernas.

El cuerpo de Lykou aparece en el agua, a mi lado. Se tumba de costado y el agua le pasa por encima, mientras apoya la cabeza en una roca sobre la superficie. Cuando me acerco a acariciarlo, enseña los dientes y suelta un gruñido que me hace apartar la mano.

Estoy a punto de salir corriendo del agua cuando Apolo aparece en la orilla, con un atisbo de sonrisa en los labios. Su rostro sigue reflejando las penalidades sufridas en la caverna de la Esfinge. La reticencia a sonreír, la falta de comentarios jocosos y esa tendencia a seguir cada sombra con la mirada.

—¿Te gusta lo que ves? —pregunto en un intento por levantarle el ánimo. Esbozo una sonrisa pícara y cohibida al mismo tiempo.

Apolo suelta una carcajada, con la cabeza inclinada hacia atrás y los ojos cerrados. Me levanto y le salpico con el pie hasta sofocar sus risas. Antes de que pueda contraatacar, salgo del agua y echo a correr hacia mi caballo.

Debería haber sabido que mi torpe intento por coquetear solo conseguiría hacer reír a este dios que ha dejado un rastro de corazones partidos a lo largo de miles de años. Roja como un tomate, me escondo detrás de mi voluminosa yegua, maldiciendo entre dientes a los condenados galanes del Olimpo con sus malditas sonrisas perfectas. Me despojo del quitón empapado y me pongo el único que tengo de recambio. Está igual de sucio y tendré que lavarlo por la mañana.

Cuando termino de vestirme, aparece Apolo con sus insufribles andares de chulo.

—¿Quieres que te lo seque? —Señala hacia mi quitón empapado, que está apoyado de mala manera sobre la grupa del caballo. Se acerca, acorralándome entre la yegua y él.

Su cuerpo robusto despide un calor abrasador. Nuestras caderas se rozan. Muy a mi pesar, me tiemblan las piernas cuando me agarra por detrás de la cabeza, acariciándome los rizos mojados.

—También puedo sacarte el pelo, si quieres.

Tiene una mirada llameante, su pecho irradia un calor que me impacta de lleno. Separo los labios, se me corta el aliento. Estoy sintiendo muchas cosas al mismo tiempo. Podría besarle ahora mismo, con solo ponerme de puntillas y acercar los labios. Podría deslizarle las manos por el pecho, sentir la tersura de esa piel que he admirado desde la distancia. Podría sentir el roce de sus manos por el cuerpo...

Si se lo permitiera.

Las alas del cuervo metálico se me clavan en la piel, trayéndome de vuelta a la realidad. Una voz irritante resuena en el fondo de mi subconsciente para advertirme y recordarme que muchas mujeres se han visto en la misma situación que yo y han sufrido por ello.

Suelto un bufido apenas perceptible y me salgo del muro infranqueable que forma su cuerpo.

—¿No supondría malgastar unos poderes de los que no andas sobrado?

Apolo no dice nada, el fulgor de sus ojos desaparece al momento y luego se encoge de hombros. Intento reprimir la decepción que me produce que haya aceptado el rechazo tan rápido. Se aleja, en dirección a su caballo, y se lleva consigo su calor. Ignorando la opresión que siento en el pecho, me froto los brazos y pregunto:

—¿Qué tal si encendemos una hoguera?

Apolo niega con la cabeza, de espaldas para que no pueda verle la cara.

—Esta noche deberíamos apañarnos sin ello. Prefiero no despertar con un puñal pegado a la garganta porque el fuego haya traído a un grupo de bandoleros.

—Está bien —digo.

Después de anudarme el quitón, despliego mi saco de dormir en el suelo y me acuesto. Mientras me desenredo el pelo, Apolo prepara su propio lecho.

Se tiende de costado, con la barbilla apoyada en la palma de la mano, y me observa mientras prosigo con mi labor. El deje sobrenatural de su apariencia se disipa bajo el influjo de la luna, como si estuviera mudando la piel. Se le eriza la piel de los brazos. Al verlo experimentar los efectos de la mortalidad, se me forma un nudo en el estómago. El hombre que está tendido a mi lado no tiene nada que ver con ese dios que corteja a las mujeres en los banquetes reales y se desenvuelve con la gracilidad propia de un olímpico.

Sus rizos no relucen, las comisuras de sus ojos ostentan las arrugas de expresión acumuladas durante un milenio. Si me fijo bien, percibo un reguero de pecas sobre el puente de su nariz y en lo alto de sus hombros, en contraste con su pálida piel, mientras comienza a asomar una barba incipiente y castaña sobre el mentón y los pómulos.

Este Apolo humano, esta nueva apariencia achacable a la merma en sus poderes, es lo que me atrae y me nubla la mente. En contra de mi sentido común, y a pesar de todas las historias que conozco, lo que más deseo ahora mismo es sentir el roce de sus labios.

—¿Te gusta lo que ves? —me pregunta, imitándome.

Me ruborizo al comprender que me he quedado embobada mirándole. Me pongo colorada y rezo para que la oscuridad lo disimule. Sin embargo, nada escapa a su perspicaz mirada.

—¿En qué estabas pensando?

Al principio me planteo mentirle, pero al final le digo la verdad:

—Pensaba que nunca me habías parecido tan humano.

Un gesto indescifrable cruza el rostro de Apolo. Se pone tenso, aparta la mirada y se encorva al tiempo que lanza un sonoro suspiro.

—Eso significa que el poder de mi familia ya casi se ha agotado.

—Sigo sin entenderlo. —Niego con la cabeza—. ¿Por qué cada vez que rescatamos a más musas tu poder no hace más que menguar?

—Porque no hemos frenado el proceso. Los poderes del Olimpo nos siguen abandonando. Es preciso devolver a todas las musas al jardín de las Hespérides para interrumpir esa fuga de magia.

Apolo se acerca a mí y extiende sus largas piernas, hasta casi rozar las mías.

—En ese caso, estate tranquilo, que no te pediré que me se-
ques la ropa —bromeo, riendo.

Apolo se ríe también, en voz baja, mientras desliza los dedos
sobre la arena. Me tumbo de costado para mirarlo, rozándole
con la rodilla.

—¿Alguna vez lo has deseado?

—¿El qué?

—Volverte humano. —Lo digo tan bajito que me sorprende
que me haya oído, pero Apolo asiente.

—Una vez. Le pedí a mi padre la mortalidad y me la conce-
dió durante un solo día. —Apolo sostiene un dedo en alto. Toca
el cuervo blanco que pende de mi cuello, rozándome la base de
la garganta.

Está tan cerca que alcanzo a ver el contorno de una de las
marcas del hierro que asoma por debajo de su quitón. Reluce
bajo la luz de la luna como si estuviera hecha de plata, a juego
con la marca que tiene en el hombro y con una cicatriz diminuta
en la barbilla que no había percibido antes. Alargo una mano y
la rozo con suavidad.

—¿Fue entonces cuando te hiciste esto?

Se me corta el aliento. Le sostengo la mirada y separo los labios.

Lykou sale del río y se sacude con ímpetu. Nos baña a los
dos con una lluvia de gotitas. Por si no me bastara con tener el
pelo y la ropa empapados, Lykou sigue chorreando cuando se
tumba sobre mi saco de dormir.

Lo aparto, pero el daño ya está hecho: el quitón y la manta
están completamente empapados. Lykou ignora mis protestas, se
pega a mí y me empapa aún más.

—Por favor, Apolo, enciende una hoguera —le ruego—.
No podré pegar ojo si me paso toda la noche tiritando.

Apolo pone cara de fastidio, ignorando el agua que le gotea
por el ceño.

—Pero solo una pequeña. Debería bastar con la protección
del Olimpo.

Irritada, ondeo una mano para señalar hacia la oscuridad que se extiende a nuestro alrededor.

—¿Protección frente a quién? Nadie usa esta carretera, salvo oráculos y vendedores ambulantes.

Apolo no discute, se pone en pie y llama a Lykou para que lo acompañe a recoger leña.

—¿Desde cuándo son tan amiguitos? —murmuro, recostando la cabeza.

No tardo en quedarme dormida, a pesar de lo duro que está el suelo y de lo empapados que tengo la ropa y el saco de dormir.


Sueño con mis hermanos. Deambulamos por el bosque Taigeto, en busca de un ciervo escurridizo. Sonrío, estoy disfrutando de este preciado instante de camaradería.

Pirro y Alkaios se adelantan, desaparecen entre la espesura. Mis oídos captan el eco de su risas, de los chistes que se cuentan. En el mundo real jamás harían tanto ruido durante una caza, porque eso ahuyentaría a la presa.

Pirro entra en mi campo visual, luce unas astas en la cabeza. Ondea una pezuña hacia mí y Alkaios se ríe. Me miran con ojos negros; sus sonrisas y sus bromas se tornan maliciosas.

Avanzo por un bosque onírico, entre árboles con ramas grises y hojas de jade, demasiado realistas como para ser un producto de mi imaginación, huyendo de las burlas de mi hermano. Me persigue el eco de su voz, que se vuelve más siniestra a medida que me adentro en el bosque. Los árboles giran y se retuercen, alargan una ramas larguiruchas para agarrarme del pelo y de la ropa, me roban las armas que cuelgan de mi cintura antes de que pueda reaccionar.

Cuando me quedo desarmada, atravieso la última fila de árboles oscuros y aparezco en una caverna con relucientes muros de piedra. Al igual que en mi último sueño, esta caverna huele a mar. Entre la negrura se oye el murmullo creciente del oleaje. Cuento con que ese hombre alado emerja de entre las sombras y me exponga una nueva profecía, pero la figura que acecha entre la penumbra me deja sin aire en los pulmones.

Los ojos de Nix relucen como rubíes en la oscuridad. Se acerca y sonríe, mostrando sus colmillos afilados. Me hace señas para que me acerque, ondeando sus garras.

«Cobarde, cobarde, cobarde», mascullan las sombras mientras me alejo del alcance de la mujer.

Abro los ojos y emerjo del mundo de los sueños, mientras la fría hoja de un cuchillo se me hinca en el cuello.

# CAPÍTULO 35

—Como muevas un solo músculo —masculla una voz junto a mí—, te perforaré ese cuello tan bonito con esta daga.

Me embarga al pánico, se me entumece el cuerpo. Mis ojos se acostumbran muy despacio la oscuridad. Se oye un forcejeo procedente del otro extremo del campamento, seguido de un gruñido.

El fuego. La maldita hoguera ha atraído hasta nuestro campamento a los únicos bandidos en muchos kilómetros a la redonda. Las ascuas se burlan de mi estupidez, mientras mi agresor me levanta sin apartarme la daga del cuello.

Cuando por fin me acostumbro a la oscuridad, veo cómo Apolo avanza dando traspiés, con un cuchillo presionado sobre su espinazo. A pesar de la falta de luz, veo el rubor que prende sus mejillas al embargarlo la ira. Teseo también se pone en pie, gritando obscenidades a los hombres que lo sujetan. No hay ni rastro de Lykou.

Un verano bajo la protección de un dios y ya se me han olvidado los principios más básicos de un viaje. Quizá sea lo mejor que no me incluyan en el ejército espartano. Ninguno de mis hermanos habría cometido la irresponsabilidad de quedarse dormido sin un arma al alcance de la mano. Praxídice y mi espada están entre mi equipaje y no me sirven de nada.

—No tenemos nada de valor para vosotros. —Me dan ganas de tirarme de los pelos por mi estupidez.

—No buscamos vuestro dinero.

Se me hiela la sangre. Conozco esa voz.

—¿De verdad creíais que no os perseguiría por lo que hicisteis?

El rey Minos y un contingente de soldados entran en mi campo visual, empuñando sus espadas. El hombre que me amenaza con la daga me sujeta con más fuerza. Intento liberar un brazo. Tiene las manos sudorosas, pero me aferra con más fuerza, hincándome las uñas en la piel.

—Atad a los prisioneros —ordena Minos, ignorándome—. Arrojad sus pertenencias al río y pongámonos en marcha.

Mi captor afloja un poco su agarre. Me zafo de él. Los soldados se acercan. Son veinticinco en total. Minos se apea de su caballo. Se le ha acentuado la cojera, pero aun así avanza con paso firme hacia mí y se detiene a escasos metros.

—Ya sabía que no pertenecías a la nobleza. Jamás en mi vida he conocido mujer tan grosera.

—Menudo lince. Tus métodos de deducción son asombrosos. —Fuerzo una carcajada y Minos se pone rojo como un tomate.

—Suéltanos, *anax* Minos —dice Teseo—. No querrás enemistarte con dioses y atenienses por igual.

Minos señala al ateniense.

—Me aseguraré de que tengas una muerte lenta y dolorosa como recompensa por tu traición.

—No si te mato yo primero —replico en voz baja y amenazante.

Minos se acerca para abofetearme. Pero antes de que su mano impacte contra mi mejilla, le agarro por la muñeca. Sostengo su mano en alto, con los dedos extendidos hacia mi rostro como si fueran puñales.

Se oye un grito ahogado y todos nos damos la vuelta. Un aullido ronco resuena al otro lado del cerco de agresores.

Gracias a esa distracción, le arreo un puñetazo al soldado más cercano. Se desploma y suelta la espada. Me agachó para recoger el arma caída. Teseo se zafa de sus captores y rueda por el suelo hasta quedar fuera de su alcance. Apolo se aparta de los soldados, blandiendo una daga con destreza. Sin dejar de mirarme por el rabillo del ojo, la mitad de los hombres de Minos se giran hacia Apolo y Teseo, sopesando la amenaza que plantean.

Como están distraídos, no les da tiempo a reaccionar cuando Lykou se lanza sobre ellos. Apresa a uno y lo saca a rastras del campamento, gritando. Percibo el destello de sus dientes y un fuerte olor a sangre que copa el ambiente. Poco después, Lykou regresa para arrastrar a otro soldado hacia la oscuridad, cuyos gritos quedan interrumpidos por un gruñido escalofriante.

—¿Seguís dispuestos a defender a vuestro *anax*? —pregunto a los soldados restantes con una sonrisa adusta.

Apolo se abre camino a cuchilladas entre la fila de soldados, como si fueran briznas de hierba y él un granjero equipado con una guadaña. Arcos sanguinolentos se extienden por el aire y resuenan gritos a mi alrededor. Puede que Ares sea el dios de la guerra y las matanzas, pero si los espartanos veneran a Apolo por encima de los demás olímpicos, es por algo. El dios de la música y la profecía se abre paso entre los soldados con una eficiencia y una precisión letales, como un guerrero al verse amenazado. El estrépito metálico de las armas al entrechocar rompe la quietud de la noche, mientras Apolo y Lykou se ocupan de los soldados.

Teseo se acerca al rey con una espada corta. Hace girar su arma.

—Tendrías que haberte quedado en tu maldita isla, Minos.

—Matasteis a mi hijo. —Su rostro adopta un tono carmesí que se extiende por su cuello. Desenfunda lentamente el puñal que lleva sujeto a la cintura—. Matasteis a mi hijo, os llevasteis a las musas, que eran mi trofeo, y os haré sufrir por ello. Desearéis que el Minotauro se hubiera cobrado vuestras patéticas vidas en ese maldito laberinto.

—Y lo dice el rey que arrojaba a los ciudadanos que le contravenían a las fauces de su hijo. Eres tan monstruoso como lo fue él. —Teseo se abalanza sobre Minos—. Que los dioses decidan quién merece ser castigado.

Los dos esquivan las acometidas de su adversario antes de alejarse. Minos se lanza sobre Teseo, que detiene el golpe. Una y otra vez, se atacan y se separan. Minos esboza una sonrisa y sus dientes relucen bajo la luz de la luna.

Teseo es mucho más grande que el rey de Creta, pero Minos lo supera en velocidad. Por cada ataque de mi amigo, el *anax* logra asestar dos o tres puñetazos más. Se enzarzan y se apartan. Pero esta vez, Teseo se tambalea. Se afana por permanecer en pie, con una mano presionada sobre el abdomen.

La sangre se me agolpa en los oídos, es más estridente que el bramido de un mar enardecido. Teseo suelta el arma y se tambalea hacia atrás. Me pega un vuelco el corazón. El tiempo se ralentiza.

«Recoge tu daga —me gustaría gritar—. No puedes rendirte, Teseo. Ahora no, cuando estamos tan cerca del final del viaje».

Pero esas palabras se desvanecen cuando Minos se lanza sobre Teseo. Desvía sin esfuerzo el puñetazo que le lanza mi amigo y le clava un puñal en el vientre.

# CAPÍTULO 36

Teseo se desploma sobre el suelo, con la mirada fija en mí. Su sangre se derrama sobre el terreno. Tengo que cauterizar la herida antes de que se desangre. Ruedo por el suelo y me arrodillo junto a mi amigo. Lo pongo boca arriba, dispuesta a contener la hemorragia. Teseo me mira a los ojos. Abre y cierra la boca, le corre un reguero de sangre por la comisura de los labios.

—Tú —mascilla. Alza una mano temblorosa y la apoya sobre mi corazón.

—Estoy aquí, Teseo. —Se me escapa un sollozo—. Apolo te curará pronto.

—Tú —repite. Se atraganta un poco, me mira con desesperación, rogándome que revierta la situación. La sangre que se acumula bajo su cuerpo me mancha las rodillas. Susurra algo, pero lo dice tan bajito que no lo oigo.

Con el rostro surcado de lágrimas, me inclino hacia delante. Teseo presiona sus labios ensangrentados sobre mi mejilla.

—Tú eras el arma —dice—. El arma que debía encontrar para salvar mi reino.

El brillo de sus ojos se apaga y su mano cae desde mi pecho.

No soporto seguir mirando sus ojos inertes, así que alzo la mirada al cielo.

Y grito. Grito como una erinia, canalizando mi furia, mi culpa y mi desesperación. Siento una mezcla de rabia y vacío.

Derramo unas lágrimas ardientes y aprieto los puños como si fueran garras, aferrada al quitón de Teseo. Si los dioses pueden oírme desde el Olimpo, se asustarán de mí.

Me interrumpe una carcajada demoniaca. Me giro, enardecida.

—No tenéis nada que hacer. —Minos se carcajea a escasos metros de mí—. Los dioses han decidido castigarle a él, no a mí.

Me pongo en pie con el puñal de Teseo en una mano. Me tiemblan las piernas, me instan a lanzarme sobre Minos. Una tormenta se desata en mi pecho, retándome a que la libere. Desataría una tempestad sobre este hombre, sin la menor duda. *Kataigída*, me llama Ligeia. Ese nombre nunca había sido tan apropiado como ahora, cuando un tifón catastrófico amenaza con emerger de mi interior.

Por el rabillo del ojo, veo cómo Apolo forcejea contra un trío de captores, mientras que siete guardias contienen a Lykou a punta de espada. Le anudan una soga alrededor del cuello, el blanco de sus ojos reluce bajo la luz de la luna.

No puedo perder a más amigos esta noche.

Tiro el puñal al suelo, despliego los brazos.

—Vamos a comprobar si los dioses me castigan a mí, tal y como han hecho con el rey de Atenas.

Minos acepta el desafío sonriendo de oreja a oreja. Gira en círculo a mi alrededor, buscando algún hueco en mi defensa. Sigo todos sus movimientos. Me acecha como si fuera un depredador. Arrastra ligeramente la pierna izquierda, luce en la rodilla las cicatrices de una vieja herida. Su respiración es trabajosa, fruto de pasar muchas noches al raso.

—¿Sabes cómo conseguí amasar tanto poder? —me pregunta Minos.

Desliza una mirada ávida a lo largo de mi cuerpo, como si fueran sanguijuelas que se extienden por mis brazos y piernas.

—Corre el rumor de que mataste a tus hermanos para conseguirlo —replico.

Tiene el pie izquierdo girado ligeramente hacia mí, listo para atacar. El paidónomo Leónidas me dijo en una ocasión que mis movimientos eran imprudentes, impulsivos, y que debía interpretar mis propios movimientos tanto como los de los demás. Deslizo el pie sobre la arena cada vez que Minos se desplaza. Adopto una posición de combate, preparada para lo que venga.

El *anax* toma la iniciativa, dirigiendo el puñal hacia mi abdomen. Me aparto. Minos vuelve a atacar, esta vez me apunta a la cara. Esquivo el puñetazo y respondo con otro. Cuando le acierto en la barbilla, ruge con rabia.

—Ares me habló de ti. —Minos intenta sorprenderme con un puntapié—. Motaz.

Tropiezo y él aprovecha enseguida la ventaja. Me pone la zancadilla. Antes de que pueda golpearme, me levanto de nuevo.

—Me habló de tu querida criada, Ligeia. —Se relame e intenta clavarme el puñal en el vientre—. De tus hermanos. De la decepción que se llevarán cuando te lleve ante el *anax* Menelao y te presente como la ladrona asesina que eres.

Mi corazón late con fuerza. Hurgo en mi memoria en busca de las técnicas que aprendí en Esparta. Recuerdo una referida a cómo desarmar a un enemigo. Trato de golpearle el vientre desprotegido. Cuando se mueve para bloquearme, me agacho. Hago un barrido con el pie. Minos lo esquiva de un salto. Levanto los brazos justo a tiempo para bloquear el puñal que intenta clavarme entre los ojos.

—Si he sobrevivido tanto tiempo, no ha sido por medio de sacrificios —dice Minos, mientras lanza otra cuchillada que logro esquivar por los pelos—, sino gracias a mi pericia en combate. ¿Crees que no conozco todos y cada uno de los movimientos de combate de los troyanos? ¿De los atenienses, los micénicos y los cretenses? Conozco incluso tus patéticas técnicas espartanas.

Me asesta un puñetazo en la mandíbula que me obliga a girar la cabeza. Me desplomo sin tiempo siquiera para gritar. Se me nubla la vista. Me he mordido la lengua y tengo la boca llena de sangre.

Minos me agarra del pelo. Pego un grito, sofocado por la sangre acumulada en la garganta. Tras presionarme un puñal sobre el cuello, me espeta al oído:

—He matado a todos los espartanos que cometieron la osadía de desafiarme.

El puñal que aferra sobre mi piel está manchado con la sangre de Teseo. Derramo nuevas lágrimas. Veo cómo Lykou lucha a la desesperada contra sus captores. Apolo grita algo ininteligible.

—Te mataré igual que he matado a Teseo. —El cuchillo de Minos se hunde poco a poco en mi garganta—. Igual que he matado a todos esos espartanos.

Pero yo no soy espartana. En realidad, no.

Le agarro del brazo con el que sostiene el cuchillo. Usando todas mis fuerzas, me lo acerco a la boca y le pego un bocado.

Su piel se desgarra bajo mis dientes. Minos chilla y me suelta. Ruedo por el suelo y me pongo en pie. El *anax* me lanza otra cuchillada. Me agacho para esquivarla y le hinco un codo en la garganta.

Minos se queda sin aliento. Se sujeta el cuello y suelta el puñal.

—No decepcionaré a mis hermanos. —Le pego un puñetazo en el abdomen antes de que pueda recobrar el aliento—. Haré que se sientan orgullosos de mí.

Minos se abalanza sobre mí con un rugido salvaje. Esquivo todos sus golpes y le pego un rodillazo en la ingle. Se dobla sobre sí mismo, resollando. Sin titubear, le rompo la nariz.

Tiene el rostro ensangrentado. Esboza una mueca que deja al descubierto sus dientes ensangrentados.

—¿Cómo nos has encontrado? —inquiero.

Le agarro por el cuello del peplo, con el puño en alto, dispuesta a saltarle los dientes. La mirada de Minos se ensombrece.

—Tú no eres la única que tiene amigos en el monte Olimpo.

—¿Quién…?

Me doy la vuelta y la pregunta se disuelve en mis labios. Dos de los hombres que sujetan a Apolo se despojan de sus ropajes, envueltos en una lluvia de chispas naranjas y azules. Mudan la piel y el pelo, se transforman en demonios con la piel traslúcida y la cola bífida.

Después se abalanzan sobre mí.

# CAPÍTULO 37

Los caballos relinchan y se encabritan, tiran de sus riendas hasta que se liberan y salen corriendo despavoridos. Los soldados que sujetan a Lykou huyen, pero no llegan muy lejos. Los demonios se abalanzan sobre ellos, uno por uno, y les clavan sus fauces. No puedo hacer más que observar con espanto cómo les desgarran la garganta.

Apolo me grita que corra. Con unos ojos negros como tizones, los monstruos se lanzan entonces a por mí, desplegando sus garras y lanzando dentelladas al aire. Ruedo fuera de su alcance, agarro una espada que estaba tirada en el suelo e inicio el contraataque. Le alcanzo a uno en una garra y suelta un chillido inhumano.

Más cauto que su hermano, el segundo demonio enseña sus dientes afilados. Retrocedo otro paso y estoy a punto de tropezar con mi saco de dormir. La bestia se acerca un poco más, con movimientos espasmódicos.

Apolo y Lykou rodean al primer demonio. El monstruo gruñe, busca una vía de escape. Abre la boca para esbozar una sonrisa atroz, con los dientes manchados de sangre. Son tan afilados como sus garras.

Yo lucho con el otro. Se lanza a por mi brazo para pegarme un mordisco. Lo esquivo y le asesto una puñalada en el pescuezo. De la herida empieza a brotar un líquido negruzco y humeante, pero el demonio no flaquea.

Oigo un bramido a mi izquierda. En el último momento veo la espada que se dirige hacia mi cuello.

Ruedo por el suelo. La estocada de Minos no da en el blanco, pero unas garras me atraviesan el bajo del quitón.

Sin titubear, ataco a Minos con un revés. El *anax* esquiva la estocada con facilidad. Me pongo en pie justo cuando un demonio se abalanza sobre mí. Chillo al notar unas uñas afiladas como cuchillos en la espalda. Un reguero de sangre me recorre el espinazo.

Caigo de espaldas, junto a la hoguera, y me quito de encima al demonio. La maldición de Midas se desplaza hacia mi mano, formando un guante dorado. Sin pensar, meto la mano en el fuego y agarro el leño más cercano. Las llamas me acarician el rostro mientras azuzo al demonio con la antorcha. La bestia chilla y se sujeta el pecho, en el punto donde le he hincado la rama llameante.

Las lecciones de Alkaios resuenan en mi mente, diciéndome que me mueva más deprisa que mi enemigo. Si pudiera situarme detrás del demonio, tal y como hice con el Minotauro... Sin perder de vista sus amenazantes garras, intento hallar un modo de distraerlo.

Agarro mi saco de dormir con las dos manos y se lo arrojo al demonio a la cara. Doy en el blanco, lo que me concede tiempo suficiente para clavarle el cuchillo en el corazón. La criatura cae al suelo. Chilla y se retuerce bajo el saco de dormir, hasta que profiere un último resuello.

Minos no titubea. Con los dientes ensangrentados, salta por encima de las llamas, con la espada en alto. La clava en el punto donde me encontraba hace un instante. Ruedo por el suelo y extraigo el puñal del cadáver del demonio. Me pongo en pie y bloqueo su siguiente ataque.

«Tienes que tomarme por sorpresa», me dijo Apolo en una ocasión.

Sostengo la espada en alto y Minos hace lo propio. Las entrechocamos. Le pongo la zancadilla en la pierna con la que cojea.

Minos se tambalea y cae directo sobre la hoguera. Lanza un rugido ensordecedor. Sin pensar, descargo el puñal y se lo clavo en la garganta.

Minos tose sangre. Yo empiezo a resollar. Sigo sujetando la empuñadura de la daga con mi mano dorada. Me mira a los ojos, implorándome, mientras abre y cierra la boca para proferir unos balbuceos ininteligibles.

—Ojalá ardas en el Tártaro —le espeto, mientras extraigo el puñal y salpico la tierra con su sangre.

Me giro al oír un golpetazo y un gemido de dolor. Apolo le clava el puñal en el corazón al segundo demonio y Lykou cae al suelo.

Sin mirar a Apolo y a los múltiples cadáveres que le rodean, corro hacia Lykou y me arrodillo a su lado.

—No. No. No —mascullo.

La maldición de Midas se aleja de mi mano mientras le acaricio el pelaje. Lykou no abre los ojos. Abrazada a su cuerpo inerte, dejo correr las lágrimas, con unos sollozos que me sacuden el pecho.

No puedo perder también a Lykou. Está aquí por mi culpa. Lo he arrastrado a través de Grecia solo para conseguir que estén a punto de matarlo por culpa de mi estúpido error. Maldita sea esa hoguera. Tendría que haberle hecho caso a Apolo. Tendría que haberle dejado usar sus poderes para secarme la ropa, pero mi orgullo me ha costado la vida de Teseo y casi la de Lykou.

—Tú fuiste mi primer amor, Lykou —digo, sollozando ligeramente, mientras le toco el pelaje ensangrentado del pecho—. ¿Lo sabías?

Lykou gimotea, abre los ojos con dificultad. Le beso la sien con ternura y le mojo el pelaje con mis lágrimas.

Apolo avanza sin decir nada sobre los demonios inertes. Salta por encima del que abatí yo. Contempla la luna con la mirada perdida. Suelta un bufido y me doy la vuelta, con las mejillas aún humedecidas.

Los cuerpos de los demonios se están marchitando, sus colas bífidas se retuercen. Se están descomponiendo, humeando y emitiendo unos chasquidos horribles mientras sus almas abandonan este mundo.

—Son los hijos de Ares, Fobos y Deimos. —Apolo aparta sus cuerpos de un puntapié—. Seguramente su padre los envió para guiar a Minos hasta nosotros y así impedir que llegásemos a Eleusis.

Acuno la cabeza de Lykou sobre mi pecho. Suelto un grito ahogado cuando la herida de la espalda vuelve a hacerse notar con intensidad.

Cuando se fija en mi espalda machacada, Apolo se acerca corriendo. Suelta un bufido mientras desliza los dedos sobre las profundas heridas. El dolor remite enseguida, pero, a pesar del alivio, me aparto.

—Te quedarán cicatrices —dice Apolo, con la frente perlada de sudor—. No puedo curarlas por completo.

No añade que se debe a que su poder está muy debilitado.

Dejo el cuerpo inerte de Lykou en manos de Apolo.

—Entonces usa las fuerzas que te queden para curarle a él, no a mí. —Lo digo bajito, con la voz entrecortada. Las palabras se me atoran en la garganta. Los ojos inertes de Teseo siguen copando mis pensamientos. Profiero otro sollozo ahogado—. No te queda poder suficiente para los dos.

Apolo sujeta el peso de mi lobuno amigo y yo me incorporo a duras penas. Tengo la vista empañada. Recojo mi saco de dormir ensangrentado y me dirijo renqueando hacia el arroyo. Al sumergir la manta en el agua, mi cuerpo va detrás. Caigo de rodillas, la corriente se lleva la sangre y el cansancio que me envuelven. Froto la manta con una roca, me tiemblan las manos a causa del esfuerzo.

Teseo, Minos, los soldados, los demonios y el Minotauro. Sus rostros se reflejan en el agua, sus muertes me desgarran la piel más que cualquier zarpazo. Los centauros que murieron a causa de nuestra huida desesperada de Foloi, los animales muertos en las jaulas de la Esfinge, la propia Esfinge… Todos me juzgan y todos me odian.

Casi le cuesto la vida a Lykou. Le he costado a Teseo la suya. Las lágrimas corren por mis mejillas y aterrizan en el agua. Debí haber insistido para que regresara a Atenas, pero en vez de eso permití que nos acompañara. Y ha muerto por mi culpa.

Mi mente gira en círculos, pero siempre regresa a las mismas dos palabras.

Mi culpa. Mi culpa. Mi culpa.

Froto y sigo frotando, olvidándome de la sangre y las entrañas que manchan el saco, sumergido en el agua.

Esto es algo más que una misión para devolverle a mi hermano su apariencia humana. Implica algo más que regresar a Esparta. El Olimpo está al borde del abismo, a punto de desmoronarse, y un despiste tonto por mi parte le ha costado a Teseo la vida y casi nos ha costado el éxito de la misión.

Durante mucho tiempo pensé que los dioses eran invencibles. Daba por hecho que su protección jamás flaquearía. He matado a dos bestias mitológicas, me he enfrentado a los demonios del inframundo y he exigido un trato. Pero el remordimiento sigue enroscado en mi estómago como una serpiente arrinconada, por más que me recuerde todas esas cosas.

Unas manos fuertes me quitan la roca. Apolo se arrodilla en el agua a mi lado y me acaricia las mejillas, mientras nuestras miradas se cruzan.

—Estás conmocionada.

No es una pregunta, está exponiendo un hecho, y no encuentro un modo de rebatirlo. He frotado el saco hasta desgastarlo, la piedra ha perforado la tela. Ha salido el sol mientras me afanaba en limpiar la sangre de la manta, el fulgor anaranjado del amanecer ilumina el rostro de Apolo mientras se inclina hacia mí, haciéndome cosquillas en la mejilla con su cálido aliento.

—Lo he matado. —Cada palabra es una espina que se clava a fondo en mi corazón—. He matado a Teseo. Ha muerto por mi culpa.

—No podías saberlo —dice Apolo—. Lo que tienes que hacer ahora es seguir adelante para que Teseo no haya muerto en vano.

—Pero Lykou también podría morir. —Niego con la cabeza—. Y tú.

—Sí, lo sé.

—¿No te da miedo morir? —le pregunto, mirándole a los ojos.

—Mentiría si te dijera que no —responde Apolo, muy serio—. Pero tengo fe en una joven nacida junto al mar, una joven que no se niega a plegarse ante las convenciones de los hombres. Tengo fe en que me salvará, en que me sacaría de la laguna Estigia si fuera necesario. Sobre todo si muero antes de devolverle a Lykou su apariencia humana.

Me tiembla el labio inferior, pero aun así empiezo a esbozar una pequeña sonrisa.

—¿De veras?

—Eres un regalo para el mundo, *kataigída* mía —dice—. Una tormenta, poderosa e incontenible. Te asientas donde te apetece, no sigues más que tus propios dictados.

—Una tormenta puede matar —digo con un hilo de voz.

—Y también puede dar vida.

Apolo me sujeta la cabeza entre sus manos, hundiendo los dedos en mi cabello. La manta se desliza fuera de mi regazo, se marcha impulsada por la imparable corriente. Mientras nos miramos a los ojos, experimentamos un instante de complicidad y comprensión mutua. Apolo me acaricia la palma de la mano con el pulgar. Tiene las manos cubiertas de callos y me reconforta con su roce, pues me recuerda a mis hermanos. Cuando me fijo mejor, percibo un atisbo de luz dorada en sus ojos color turquesa. El olor a madera de cedro que lo sigue a todas partes es más débil ahora que sus poderes están flaqueando, pero me recreo en lo que queda de él.

Al concentrarme en esos pequeños detalles de Apolo, me desprendo de la pena y la conmoción que me atenazan, revoloteo de vuelta al mundo real y aterrizo dentro de mi cuerpo como si fuera la última hoja del otoño.

Recobro la consciencia con un sollozo desgarrado. Apolo me abraza con fuerza, me envuelve entre sus cálidos brazos mientras yo tiemblo y lloro sobre su pecho. Nos quedamos sentados en el arroyo, dejando que el agua fría corra sobre nuestras piernas, mientras el sol comienza a encaramarse por el horizonte.

# CAPÍTULO 38

Varios buitres planean sobre nuestras cabezas, deseando que nos marchemos. El ambiente huele a sangre. Evito mirar los cadáveres repartidos por el suelo mientras recojo los restos de nuestro campamento. Lykou indaga entre las pertenencias de los soldados por si hubiera algo valioso.

—¿Qué vamos a hacer con los cuerpos? —pregunto.

Apolo me ha curado parcialmente la piel de la espalda, aunque la sigo teniendo delicada. Giro el cuello para rebajar la tensión, pero aún noto ciertas molestias.

—¿Qué propones?

Apolo gira el cadáver de Minos con un puntapié. Los ojos inertes del rey me provocan un escalofrío.

—Dejarlos aquí. Las aves carroñeras se ocuparán de ellos —respondo. Apolo alza la cabeza al oír esa respuesta tan seca, frunce el ceño con un gesto inquisitivo—. Menos Teseo. Él se merece un funeral digno de un *anax*.

Lykou ladra para mostrarse de acuerdo y Apolo se aleja sin decir nada para recoger más leña. Construimos un estrado con esa leña y depositamos el cuerpo de Teseo. Le limpio las heridas del abdomen y le vuelvo a trenzar el pelo antes de depositarle en la mano una de las plumas del grifo.

—Te perdono —le digo a su cuerpo. Apolo enciende la pira funeraria. El fuego se extiende deprisa por la madera, despidiendo hilillos de humo que se elevan hacia el cielo—. Solo espero que tú también lo hagas.


Llegamos a Eleusis nueve días después. El templo no es especialmente grande ni ostentoso, está formado por una estancia espaciosa rodeada por muros de piedra y columnas de marfil. Se yergue sobre una colina con vistas al Egeo. La ciudad que se extiende a sus pies está repleta de devotos, aunque el palacio de Eleusis no tiene nada de especial.

Alargo el cuello para mirar el templo de Deméter, achicando los ojos para protegerlos del sol. Noto la presencia de la diosa, tangible como una mano apoyada en la espalda para guiar mis pasos. Los árboles que flanquean la carretera del templo están cargados de frutos, la ciudad está exuberante con cientos de arbustos en flor y rodeada por campos dorados de trigo.

Apolo nos guía colina arriba, agotado y harapiento, a través de un camino sinuoso con vistas a la ventosa Eleusis. Pero, cuanto más nos adentramos en la ciudad, más percibo la merma en los poderes de la diosa. La fruta de los árboles está podrida, se desprende y cae al suelo ante el más mínimo soplo de brisa. Los pétalos de las flores comienzan a marchitarse y flota en el ambiente un olor a podredumbre.

Cedemos el paso a muchos devotos durante el ascenso, todos miran con curiosidad al lobo que camina a mi lado. En lo alto de la colina, el viento nos azota con fuerza, impulsándonos con premura y sin miramientos hacia el interior del templo.

Dentro, los techos son altos y abovedados, de color granate, sujetos por unas columnas talladas y blanqueadas por el sol, tras las que asoman unos muros de piedra de color azul oscuro. En el centro hay una majestuosa estatua de mármol de Deméter, hermosa y etérea, apoyada sobre los dedos de uno de sus pies mientras alarga una mano hacia las alturas, tratando de alcanzar algo que resulta invisible para nosotros.

Apolo aguarda al otro lado de la estatua con los brazos cruzados. Sonríe al ver el asombro con que la observo.

—Se parece muchísimo. Deméter debió de intervenir en su creación.

Deméter. He venido a reunirme con la diosa, no a admirar sus estatuas. Me doy la vuelta y trato de hallar alguna pista en el templo.

Un puñado de devotos murmuran alrededor de la estancia. Muchos se arrodillan en el suelo delante de la estatua para rezar, otros deambulan sin rumbo, con la mirada perdida. Entre ellos hay varios sacerdotes ataviados con peplos marrones, que van repartiendo besos en la frente y palmadas amistosas en el hombro.

Apolo se sitúa detrás de mí, me apoya una mano cálida en la rabadilla. Ese ligero roce me provoca un cosquilleo por todo el cuerpo.

—Sigue a los grifos —dice, desplegando una cálida bocanada de aliento sobre mi pelo. Señala hacia los frescos que hay en lo alto.

Me quedo boquiabierta. Repartidos por el techo de color burdeos hay varios frescos que representan a unos grifos que asoman entre un campo de flores. Sus figuras giran en espiral, comenzando en el centro del techo y ampliando el radio hacia una columna situada al fondo de la estancia, donde Lykou está olisqueando el suelo.

Me separo de Apolo, me acerco a esa columna y apoyo una mano temblorosa sobre la fría piedra. Experimento un fugaz instante de calidez y consuelo al percibir una conexión. Me asomo al rincón. En un espacio diminuto entre el muro y la columna hay una franja de oscuridad impenetrable.

Alargo una mano hacia ella y noto una calidez en los dedos, cuando otra mano me agarra con suavidad. Me dejo arrastrar por ella fuera del templo para acceder a otro mundo.


Mis pies descalzos se posan sobre una superficie de musgo suave y fresca. La sensación es muy agradable. Estoy en el jardín más hermoso que he visto en mi vida. Enredaderas, flores y árboles se alzan imponentes a mi alrededor; los pájaros giran y bajan en picado mientras se oye el eco de unas liras doradas, que interpretan una melodía relajante.

En el centro del jardín se encuentra una mujer de espaldas a mí. Es alta y esbelta, como un ave, va ataviada con un peplo amarillo. Se da la vuelta, deja caer su caliptra sobre sus hombros y me deja sin aliento.

Ligeia venera a la diosa de la cosecha por encima de todos los demás; le tenía dedicado un altar en un rincón de nuestra cocina. Cada noche, se aseguraba de que mis hermanos y yo dejáramos ofrendas en el altar. Sin duda, se pondría eufórica si estuviera ahora en mi lugar.

Deméter tiene una larga melena de ébano que se despliega sobre su espalda, formando una cascada de rizos. Tiene la piel oscura y de una tersura exquisita. Perséfone aparece por detrás de ella y se acerca hacia mí. Guardan un parecido asombroso. Por su aspecto, se diría que Deméter apenas es una década mayor que su hija; las arrugas de expresión en las comisuras de los ojos y la línea que se extiende en mitad de su frente son los únicos indicios de su edad. Son las arrugas propias de cualquier madre.

—Has recorrido un largo camino, Dafne, para ser una joven que no sabe muy bien a dónde se dirige ni de dónde proviene. —Deméter ondea un brazo para abarcar el jardín que nos rodea—. Tómate un respiro. Has padecido mucho y padecerás aún más antes de que este viaje concluya.

Perséfone me apoya una mano en el hombro con suavidad.

—Mi madre y yo estamos vinculadas a todos los seres humanos a través de la tierra. La raza humana sobrevive gracias a las dádivas que les ofrecemos con cada cosecha. Tú, sin embargo, estás mucho más vinculada a nosotras que la mayoría de los humanos.

No necesito preguntar a qué se refiere. Mi herencia misteriosa todavía me persigue. Igual que la muerte. El rostro de Teseo se proyecta en mi mente.

De pronto, me siento abrumada y me dejo caer al suelo. Cuando alzo el rostro hacia las diosas, lo tengo surcado de lágrimas. Con los dedos hundidos en el musgo, pregunto:

—¿Cuántas vidas más me serán arrebatadas?

Deméter se arrodilla a mi lado y me aparta un mechón rizado de la cara.

—La muerte del ateniense no fue culpa tuya y tampoco fue en vano. Serán necesarios muchos sacrificios más antes de que tu viaje llegue a su fin.

No son las palabras de aliento que esperaba oír.

—Mi hija y yo te ayudaremos cuanto podamos. ¿Has averiguado ya la identidad de los traidores del Olimpo?

Alargo una mano para que la vean las dos, mostrando la cicatriz en forma de cuarto creciente que se extiende desde el pulgar hasta la base del meñique. Perséfone retrocede sobresaltada. La diosa de la cosecha me agarra la mano y desliza sus dedos cálidos sobre mi piel.

—Esta cicatriz en concreto —dice, trazando su leve contorno plateado— es fruto de una criatura peligrosa, una que incluso mi hermano teme.

—Nix. —El corazón me retumba en el pecho con tanta fuerza que seguro que las diosas pueden oírlo.

—Fue desterrada hace mucho tiempo a las profundidades del Tártaro. Las consecuencias de suscitar su ira siempre son letales. No sabe lo que es la justicia ni la compasión, solo la venganza y la muerte.

—¿Cómo puede aspirar un mortal a matar a alguien tan poderoso?

—Si pudiera, Nix habría arrasado el Olimpo y asesinado a mis hermanos hace mucho —dice Deméter—. Pero su poder es comparable al de Zeus. Solo un arma forjada en el Olimpo podrá abatirla.

Me descuelgo a Praxídice de la espalda y se la entrego.

—¿Pueden emplearse los poderes olímpicos para transformar esta lanza en algo capaz de destruirla?

Deméter, con los labios fruncidos, hace girar la lanza entre sus manos.

—Haremos lo que podamos. Pero debes entender que nuestras capacidades son limitadas y que no podemos resolverlo todo por ti.

El pánico se agita en mi interior, revolotea por mi pecho como un estornino enjaulado.

—Apolo no puede viajar al Tártaro contigo —prosigue Deméter, inclinando la cabeza. Una paloma desciende del cielo y se posa sobre su hombro—. Es preciso pagar un precio para cruzar la laguna Estigia.

—¿Un precio que ni siquiera un dios puede pagar? —pregunto con voz trémula.

—No hasta que las musas sean devueltas al Olimpo. Ahora mismo, Apolo es casi mortal.

—No desesperes —dice Perséfone, sujetándome por mis temblorosos hombros—. Te prepararemos para el viaje, te equiparemos lo mejor posible. Pero, antes, vamos a hacer algo con ese pelo y a quitarte ese quitón mugriento.


Varios pájaros cantores descienden para despojarme de mi sucio atuendo, mientras Deméter me trenza el cabello y Perséfone me viste con un quitón dorado. El tejido se desliza sobre mi piel como una niebla matutina. El vestido termina a la altura de las rodillas, donde flota como una nube, y sus pliegues se aferran a mi pecho y se mantiene sujeto por un peto de cuero pintado en tonos dorados.

—Este quitón ha sido confeccionado a partir del vellocino más resistente del mundo —dice Perséfone, mientras introduce bajo el peto el colgante de mi madre, junto al pequeño saquito de plumas y el disco de Festo—. El vellocino de oro de Cólquida es impenetrable. Ningún arma creada por el hombre es capaz de perforarlo.

»El dorado te sienta bien —prosigue, mientras me aplica un ungüento refrescante sobre los moratones y magulladuras que salpican mi cuerpo—. Seguro que Apolo opinará lo mismo. Parece bastante encandilado contigo.

—Eso no viene al caso, pequeña entrometida —le reprende su madre, suavizando esas palabras con una sonrisa afectuosa.

Deméter me sujeta por la barbilla y gira mi ruborizado rostro hacia ella. Una salamanquesa de color verde oscuro se refleja sobre la piel de su sien, observándome con tanta atención como la diosa.

—Hice bien al enviar a Ligeia a buscarte.

Me quedo boquiabierta, mientras Deméter asiente con la cabeza.

—Así es. Ligeia fue un oráculo en este mismo templo. Yo misma le concedí el don de la clarividencia, y muchos la veneraban y acudían a ella en busca de consejo.

—Ligeia te sigue venerando por encima de los demás olímpicos —le digo, sonriendo con cariño al recordar el santuario *kepos* que le dedicó a Deméter. Pero mi sonrisa se borra de repente al pensar en mi hogar.

—Utiliza esa tristeza, hija mía. —Deméter vuelve a girar mi rostro hacia ella—. Siempre serás una motaz. Por más carreras y combates que ganes, eso no te convertirá en una espartana. Pero, si transformas esa tristeza en fortaleza, podrías llegar a ser algo más.

—¿Algo más?

—Naciste entre la tempestad y la destrucción, Dafne. Hubo una profecía antes de que llegaras a este mundo. —Se incorpora, mirándome fijamente a los ojos—. Conviértete en la heroína que necesita mi hermano, *kataigída*. La tormenta del Olimpo.

Perséfone me devuelve a Praxídice. El mango de madera palpita entre mis manos, la punta de lanza despide un fulgor sobrenatural.

—Esta lanza se ha convertido en un conducto que canalizará mis poderes y los de mi madre. Quizá no sea suficiente, y tampoco durará mucho. Debes darte prisa.

Inspiro hondo, dispuesta para afrontar este último tramo de mi viaje y los que posiblemente serán los últimos días de mi vida. Ligeia me ha contado historias de los mortales que osaron acceder al reino de los muertos. Muy pocos regresaron con su alma, no digamos ya con vida.

Me adentraré en el inframundo por voluntad propia y la oscuridad me engullirá por completo como si de un festín se tratara.

# CAPÍTULO 39

Perséfone insiste en pasar sus últimos instantes a solas con su madre. Si fracaso, quedará atrapada en el inframundo, el mundo se sumirá en un invierno perpetuo y ya no volverá a ver a Deméter. Me asegura que se reunirá con nosotros por la noche. Apolo y yo cabalgamos hasta situarnos a una distancia prudencial de Eleusis y acampamos en la playa. Lykou se asigna las labores de vigilancia y patrulla la zona. Está inquieto, igual que yo, deseando que este maldito viaje termine de una vez y pueda volver a ser humano.

Los nervios me producen un cosquilleo en el reverso de los brazos y las piernas, un hormigueo que me recorre la piel y me urge a partir. Hacia dónde, no tengo la menor idea. De regreso a Esparta, a la relativa seguridad de mi hogar familiar, o hacia las profundidades del inframundo para poner fin a esto de una vez por todas.

Apolo se dispone a encender una hoguera y evita mirarme a los ojos. Carga con la leña, tropieza sobre la arena y le cuesta prender la más mínima llama siquiera. Cuando salí del jardín de Deméter, Apolo puso los ojos como platos. Lykou echó a correr hacia mí, gruñendo alegremente y frotándose contra mis piernas, pero Apolo permaneció inmóvil un buen rato antes de recordar que estábamos en mitad de un templo muy concurrido. Sonrío al comprender que sigue nervioso, me recreo al verlo turbado por una vez.

La suave crecida del océano hace que las olas se acerquen cada vez más a mis pies extendidos, arrastrando y desplazando la arena mientras el sol emprende su descenso. El mar se ilumina con un fulgor glorioso que pasa de un centelleante tono anaranjado a otro más cálido de color burdeos. Me dan ganas de quitarme el quitón y correr hacia las olas, dejarme envolver por el fresco roce de las aguas. Oigo el crepitar de la hoguera a mi espalda, y Apolo se sienta en la arena a mi lado.

—Antes de que te metas corriendo en el mar —dice con una mirada risueña—, debes saber que Deméter se lo tomará como una afrenta si estropeas ese vestido nuevo.

—¿Cómo has sabido lo que estaba planeando?

—Se te nota en la cara. —Apolo se acerca y nuestros muslos se rozan—. Estás deseando meterte en el mar desde que llegamos.

Apolo contempla las aguas. Yo lo miro embobada, mientras los cálidos tonos del atardecer arrancan destellos cobrizos de su cabello y resaltan sus pómulos.

—¿Puedo preguntarte algo? —Se me acelera el corazón, que revolotea como las alas de un fénix.

—Lo que sea.

—¿Quién es mi padre?

—Eres el vástago de una profecía, Dafne —dice Apolo, cogiéndome de la mano.

—Eso no responde a mi pregunta.

—He dicho que podías preguntarlo, no que yo fuera a responder.

—Ya estamos otra vez con ese jueguecito. —Me giro hacia él para escrutar su rostro—. ¿Por qué no me lo dices?

—¿Me creerías si te dijera que no lo sé?

—No.

Vuelvo a girarme hacia el océano. Apolo me apoya un dedo en la barbilla y me gira la cabeza hacia él.

—Tu padre es aún más poderoso que yo.

—Si no soy una simple mortal —replico—, ¿por qué no soy inmune a las armas o a la enfermedad? Ni siquiera poseo sentidos agudizados ni una fuerza extraordinaria. ¿Y qué me sirve la herencia de un dios, si de todos modos voy a morir salvando su hogar?

Apolo se queda callado un rato y frunzo el ceño cuando me suelta la mano.

—Eso solo son las bendiciones y maldiciones de los dioses. Tus dones son algo más.

Abro la boca, a punto de replicar, cuando Apolo aparta los rizos que se han escapado de su trenza. Contengo el aliento.

Dirige la mirada hacia mis labios, percibo en él una avidez creciente.

Le agarro la mano que me desliza por el cuello y la estrecho con firmeza entre las mías. El colgante que pende alrededor de mi cuello me dice que no lo haga. Las palabras de Nix avivaron el fuego de las dudas que arden en mi interior. Todavía estoy de duelo, pero me dejo llevar sin concederme tiempo para cuestionar mis actos.

Nuestros labios se funden en un beso cálido y dulce. Prende un fuego en mi interior que reduce a cenizas las dudas y los miedos. Y de esas cenizas emerge un deseo tan intenso que incluso duele. Nuestros labios se encuentran una y otra vez, girando y entregándose el uno al otro.

No puedo resistirme a deslizar las manos por su pecho. Gimo al sentir el roce de sus labios. Apolo me hunde las manos en el pelo, lo suelta para que se despliegue libremente alrededor de nuestros rostros. Lykou, la playa, las musas, mi destino... Todo eso desaparece. Me dejo llevar mientras se desploman esos muros que levanté con tanto esmero cada vez que noto el roce de su lengua sobre mis labios, como un bosque bajo la furia descontrolada de un incendio.

Pero no puedo dejar que me consuma por completo.

Me obligo a apartarme. Apolo tiene una mirada frenética, sus ojos reflejan un anhelo insaciable, sus manos siguen hundidas en mi cabello. Separa los labios y yo contengo el impulso de inclinarme para besarlos de nuevo. Con un hondo suspiro, me separo suavemente de sus brazos antes de que haga algo de lo que me podría arrepentir.

—Ha sido… No sé lo que ha sido —admito, tiritando ahora que estoy fuera del radio de su calidez.

—Yo tampoco lo sé —dice Apolo, que alarga un brazo hacia los pliegues de mi quitón y agarra el tejido con un gesto desesperado.

Le agarro las manos, en parte para asegurar que no sigan avanzando y en parte porque quiero sentir el roce de nuestros dedos entrelazados.

Contemplo nuestras manos unidas con un tembleque en los labios. Apolo me suelta las manos y me acaricia el rostro. Debería detenerlo, pero el deseo sigue nublándome el juicio. Acerca sus labios una vez más.

Se oye un gruñido ronco que nos frena en seco.

Me giro lentamente, embargada por una sensación de fatalidad. Lykou nos observa desde el otro extremo de la hoguera. Sus ojos despiden un brillo furioso. Pone una mueca que deja al descubierto sus colmillos perlados.

—Lo siento, Lykou —digo, incapaz de encontrar una explicación—. Yo…

Me interrumpe con un gruñido estremecedor. Apolo se incorpora lentamente, sosteniendo la mirada de mi amigo. Lykou concentra su ira, ciega e impetuosa, sobre él. Los dos se observan, la mirada del lobo se torna cada vez más salvaje hasta que ya no queda nada de mi amigo en su interior.

Consumido por la furia y el instinto animal, Lykou salta sobre las llamas.

Apolo levanta el brazo en el último momento. Lykou se cuelga de él, le hinca los dientes tan a fondo que hace gritar al dios. Percibo el olor metálico de su sangre olímpica.

—¡Lykou, no! —Me levanto y agarro a mi amigo por el cogote.

El lobo le suelta el brazo a Apolo y se retuerce para intentar zafarse. Lo libero antes de que me pegue un mordisco, me aparto de un salto y tropiezo con la arena.

Sus colmillos relucen bajo la luz de la luna, manchados con el icor de Apolo. Se me corta el aliento. Se está librando una batalla al otro lado de sus ojos; su humanidad y su instinto animal pugnan entre sí para decidir si debe desgarrarme la garganta.

Apolo desenfunda un puñal. Alzo una mano para contenerlo.

Lykou parpadea. Percibo un gesto de reconocimiento en su mirada, el blanco de sus ojos se ensancha. Su humanidad gana la batalla por última vez. Da media vuelta y desaparece entre la noche, aullando.

—¡No! —Me incorporo y echo a correr tras él—. Te necesito, Lykou.

Una mano fría me agarra del brazo. Perséfone emerge de entre las sombras y me sujeta a su lado con firmeza.

—Suéltame. Debo ir a buscarlo. —Estoy al borde del llanto—. No puedo perderlo también a él.

Perséfone niega con la cabeza.

—Pronto dejará de ser el Lykou al que conociste en Esparta.

—Pero no puedo dejarle marchar.

Me zafo de ella, agarro mis armas y me las cuelgo de la cintura. Tiro del cuello de mi quitón, pues de repente lo noto muy ceñido. Todo esto es culpa mía.

—No lo encontrarás esta noche. —Perséfone me bloquea el paso—. Y, aunque esperases a mañana, no podemos entretenernos buscando a tu amigo. Quién sabe cuánto queda hasta que el poder del Olimpo haya desaparecido por completo.

Miro a Apolo para que me respalde, pero él dice:

—Mi prima tiene razón, Dafne. No podemos perder más tiempo.

El corazón me insta a replicar, a buscar a Lykou a pesar de todo y que se pudra el Olimpo. Me siento frustrada y desesperada, pego un chillido entre la oscuridad. Grito hasta que me duele la garganta, con los pulmones ardiendo. Caigo de rodillas. Apolo me sujeta. Me acurruco a su lado, mis gritos dejan paso a unos sollozos que me dejan exhausta y aferrada al dios.

Mientras el sol completa su descenso por el horizonte, las estrellas se asoman al cielo nocturno, de una en una. Nunca he prestado mucha atención a las historias que cuentan las estrellas, pero ahora me pregunto si alguna de ellas será la trágica historia de la hija de Esparta y de los amigos que murieron y a los que perdió a causa de su egoísmo.

# CAPÍTULO 40

La ausencia de Lykou es tan tangible como una cuchillada que se vuelve más honda a cada paso. Noto el peso de la mirada de Apolo durante mi aparatoso y decidido avance. Su tensión aumenta cuanto más nos acercamos al inframundo, como un sol que se alza solo para ser eclipsado por una fría helada. Caminamos juntos sobre la arena, nuestras pisadas quedan amortiguadas por el murmullo constante del oleaje y el canto de las aves marinas.

Perséfone camina por delante de nosotros, se desplaza sobre la arena plateada con la gracilidad propia de un ciervo. Hace una noche fresca y despejada, y la luna, pese a ser apenas una esquirla, ilumina nuestro camino como si fuera un faro.

Cargamos con nuestro equipaje a la espalda. Praxídice rebota entre mis omoplatos, llevo los puñales que me quedan prendidos de los muslos y una espada que me llevé de Foloi colgada a la cintura.

Una pequeña ensenada interrumpe el terreno arenoso hasta topar con los acantilados que se alzan a nuestra derecha. Perséfone se adentra en el agua. Sopla una ráfaga de viento que alborota la superficie bañada por la luna. El agua se agita y se estremece, burbujea y chisporrotea alrededor del cuerpo de Perséfone hasta escindirse, formando dos olas inmensas que revelan un sendero de piedra ante sus pies.

Perséfone lo atraviesa a paso ligero, danzando como un espectro plateado hasta el final del sendero, donde desaparece por una caverna situada en la pared del acantilado. La sigo con cuidado para no patinar sobre las resbaladizas rocas, con temor a que las enormes olas me arrastren, y me adentro con cautela en la negrura de la caverna.

Las olas aumentan de tamaño y rompen, encerrándonos en el interior. Se enciende una hilera de antorchas que descienden en espiral por los muros de una estrecha escalera de caracol.

Perséfone reanuda la marcha, desciende por esas escaleras que huelen a humo y salmuera, cubiertas de percebes y escamas de pescado que reflejan la luz de las antorchas. Las sombras se encaraman por las paredes, un recordatorio de mi descenso hacia las entrañas de Cnosos. Tomo aliento para serenarme. No es momento de permitir que el miedo me controle.

Llegamos hasta una inmensa caverna con el suelo cubierto de arena oscura. Una laguna de aguas negras y etéreas fluye ante nuestros pies, engullendo la arena con avidez y extendiéndose a través de la gruta, con unos destellos rojos y verdes que se mecen arriba y abajo al ritmo del oleaje. Retrocedo un paso para no tocar esas aguas siniestras. Si me adentrara en ellas, aunque solo fuera unos centímetros, me robarían el alma y consumirían mi cuerpo. Es la laguna Estigia.

No tenemos que esperar mucho junto a la orilla. Silencioso como la luna en cuarto creciente, un pequeño barco emerge de entre la niebla. Sin velas, ni banderas, y ni siquiera un remo que lo impulse, el barco surca las aguas hacia nosotros. De pronto me tiemblan las piernas y agarro uno de mis puñales por acto reflejo.

El barco topa pesadamente con la orilla, el vetusto casco de madera rechina mientras se desliza sobre la arena negra. Caronte nos observa desde la proa. Es un anciano encorvado, con la piel curtida y apergaminada, bajo la que se le marcan los huesos. Tiene los ojos negros y hundidos.

Unos brazos invisibles despliegan la pasarela de embarque, que se sostiene en equilibrio precario sobre la barandilla mientras Perséfone corre hacia la cubierta. La seguimos con cautela, con los brazos extendidos para mantener el equilibrio. La cubierta del barco se mece bajo mis pies al ritmo del hipnótico vaivén de las olas de Estigia.

Caronte se aleja de la proa. Arrastra un pie a su paso mientras cruza el barco, mirándome a los ojos. Cuando se encuentra a pocos centímetros de mí, se detiene y ladea la cabeza.

—¿Qué quiere? —le pregunto a Perséfone.

Apolo responde por ella con voz ronca:

—El barquero de la laguna Estigia siempre exige un pago. —Carraspea—. Exige algo valioso, algo inusual. Algo que justifique cruzar la laguna de los muertos.

No llevo encima nada de valor, salvo las monedas que robé de la guarida de la Esfinge. Me descuelgo el saquito del cuello, deposito las monedas sobre mis manos y se las ofrezco al barquero. Con un gesto de aburrimiento supino, Caronte recoge las monedas.

—¡No, espera!

Antes de que pueda detenerlo, las arroja por encima del hombro. Las monedas caen a la laguna con un sonido sibilante. Me dan ganas de retorcerle el pescuezo, pero así no llegaré hasta Nix. Conteniendo mi temperamento, saco las plumas de grifo que quedan en el bolsito. Centellean entre mis manos callosas, a pesar de la falta de luz.

Esta vez, Caronte sonríe y hace un gesto ávido con las manos. Deposito en ellas las plumas y tuerzo el gesto al verme separada de su magia. Ya me preocuparé por el viaje de vuelta cuando haya rescatado a la última musa.

Caronte se guarda las plumas en el morral que lleva a la cintura y asiente con la cabeza. Me he ganado un pasaje en este barco.

Pero algo me sigue reconcomiendo por dentro, algo que me dice que en este navío hay algo más. Recuerdo unas palabras que hablaban de océanos y sacrificios.

—Los confines de Okeanós —digo con voz áspera y ronca—. Esto es el confín del océano, del mundo.

Perséfone se gira de golpe hacia mí. Apolo se muestra igual de confuso; los dos fruncen el ceño de un modo tan similar que denota que son parientes.

Caronte también me observa, con un destello sagaz en sus ojos de obsidiana.

—Dos de las musas están aquí. —Me giro hacia el agua oscura que roza el costado del barco—. Su presencia será revelada por medio de un sacrificio.

Apolo toma aliento y da un paso al frente.

—¿Qué clase de sacrificio?

El barquero ladea la cabeza por toda respuesta, sin dejar de mirarnos.

—Ninguno que podáis cumplir —interpreta Perséfone.

—¿Qué me dices de mi pasaje a bordo de este barco? —pregunta Apolo. Da un paso más, con una mano apoyada en el corazón—. Me quedaré en esta orilla de la laguna Estigia si me devuelves a las musas.

Abro la boca para protestar, pero el suelo del barco se abre de repente y por la abertura asoma una mano temblorosa. De las entrañas del navío emergen dos musas que suben a la cubierta, maltrechas y exhaustas, pero sonríen de oreja a oreja al vernos.

—Talía —dice Apolo, que corre a abrazarlas—. Euterpe.

Las musas lloran, devolviéndole el abrazo, aferradas a su desgastado quitón mientras hunden la cabeza en sus brazos y su pecho. Seguro que no esperaban volver a ver a su hermano, seguro que pensaban que morirían solas en las entrañas del barco de Caronte.

Me giro de nuevo hacia el barquero, que me observa, expectante.

—Sabías que vendríamos a buscarlas. —No es tanto una pregunta como una acusación—. ¿No le debes lealtad a Hades? ¿Y al Olimpo?

Caronte niega con la cabeza y, aburrido ya de escucharme, se dirige hacia la parte frontal del barco.

—Tiene que haber algo más que pueda intercambiar por un pasaje para Apolo.

Me descuelgo a Praxídice del hombro —un regalo del rey Menelao, obtenido con sudor y sangre— y se la ofrezco a Caronte. El barquero niega con la cabeza, rechaza mi oferta con un gesto de aversión, como si fuera una ofensa. Me palpo el cuerpo, buscando inútilmente otra ofrenda, mientras Apolo se me acerca por detrás, sumido en un silencio que no me ayuda en nada.

—Dafne, para.

Lo ignoro y agarro el collar de Ligeia. Abro la cadenita con dedos temblorosos y apoyo el colgante metálico sobre la palma de mi mano. Sin pensármelo dos veces, para no poder arrepentirme, se lo arrojo al barquero. Caronte agarra el collar con sus dedos esqueléticos el cuervo gira sobre sí mismo en el aire y el colgante deja de girar, pero, cuando estoy a punto de suspirar de alivio, Caronte me lo devuelve mientras niega con la cabeza, tajante.

—Apolo ha intercambiado su travesía por la laguna Estigia por el rescate de Talía y Euterpe —dice Perséfone. Sus palabras resuenan sobre las aguas—. El dios de la profecía ya solo podrá transitar entre el reino de los vivos y el de los muertos cuando la última musa haya regresado al Olimpo.

Con el labio temblando como una hoja al viento, me giro hacia el dios que lleva a mi lado desde el principio.

—Dijiste que te necesitaría —le recuerdo, con un deje de amargura en la voz apenas perceptible—. Aquella noche, en el bosque, dijiste que te necesitaría más de lo que podía imaginar. Te equivocabas.

—Nunca me he alegrado tanto de estar equivocado.

Antes de que pueda reaccionar, Apolo se acerca, me inclina suavemente la cabeza hacia arriba con las manos y se agacha para besarme.

Sin contenerme, canalizo mis tempestuosos sentimientos en ese beso. Desesperación, miedo y añoranza, todos ellos bullen en mi interior al sentir el roce de su lengua sobre mis labios. Apolo es el sol y yo soy la tierra que se despliega bajo sus labios. Las chispas que hay entre los dos amenazan con prender de nuevo, sumiendo mi mundo en un incendio, así que me aparto con el aliento entrecortado.

Apolo apoya con firmeza su frente sobre la mía.

—Nunca me había alegrado tanto de estar equivocado —repite, susurrando, con los labios apoyados sobre mi mejilla.

—Lleva a esas musas al Olimpo —le digo—. Y yo te traeré a la última.

Antes de que pueda responder, me separo de él. Con un último gesto de aliento, Apolo desciende por la pasarela, seguido de Euterpe y Talía.

Le doy la espalda a la orilla y me giro hacia Caronte y Perséfone.

—¿Nos vamos?

# CAPÍTULO 41

En una ocasión, cuando mis hermanos y yo estábamos explorando una cueva en el bosque Taigeto, nos perdimos entre sus laberínticos pasadizos. Durante horas, seguimos unas luces fragmentadas que se proyectaban sobre los muros de la caverna con la presunción de que nos conducirían al exterior, pero en vez de eso nos adentramos cada vez más en la montaña. No fue hasta el día siguiente cuando volvimos a salir, astrosos y agotados, sirviéndonos de las corrientes de aire para guiarnos hacia la salida.

Siempre pensé que el inframundo, situado a miles y miles de leguas bajo la tierra, sería un laberinto parecido de muerte y espanto, sumido en una oscuridad eterna que engulle cualquier atisbo de luz y de esperanza.

Pero me equivocaba. No hay que temer la oscuridad ni lo que acecha en ella, sino las luces engañosas.

La laguna Estigia despide destellos de muchos colores: rojo y azul, verde y amarillo, luces que se agitan como lazos movidos por la brisa. Y en vez del inhóspito techo de una caverna, el cielo nocturno se extiende sobre nuestras cabezas. Las estrellas relucen por el firmamento, el reflejo de la luna se atisba ligeramente en el agua que acaricia los costados del barco.

Alkaios solía contarme las historias que oía de labios de los pescadores que visitaban Esparta, procedentes de la otra punta del Mesogeios, otros llegados desde poblados vecinos y algunos venidos desde miles de leguas de distancia, desde tierras oscuras y frías. Alkaios me habló de las luces mágicas que colorean el cielo nocturno en esos lugares, cuyo reflejo se extiende sobre la tierra cubierta de nieve. Los habitantes de esos territorios creen que esos colores los dejan las almas de sus seres queridos al pasar. Los colores de la laguna son tal y como imagino que serán las luces de esos parajes helados. Noto una opresión en el pecho al pensarlo. Me apoyo una mano en el corazón.

El nerviosismo de Perséfone resulta palpable, no para de mover las manos y los dedos de sus pies aletean dentro de sus *kothornoi*. Entonces recuerdo que ella no está aquí por decisión propia, como yo. Trago saliva para aflojar el nudo que siento en la garganta y me acerco a Perséfone.

—¿Estás asustada? —le pregunto, pues no sé qué otra cosa decir.

—¿Asustada? —Perséfone me observa, su rostro se ilumina con una levísima sonrisa. Cuando sonríe se acentúa el parecido con su madre—. Estoy entusiasmada. Hace muchos meses que no veo a mi esposo.

—¿Te entusiasma quedarte aquí encerrada durante meses? ¿O durante toda la eternidad, si fracaso?

—¿Ligeia te contó que antes me llamaba Kore y que Hades no me secuestró? Vine aquí por voluntad propia. —Me mira con suspicacia—. Las historias que cuentan de él no son del todo ciertas. No me arrancó de los brazos de mi madre. Hades es un buen hombre y un marido cariñoso.

Me aferro con fuerza a la barandilla del barco.

—Apolo me ha dejado muy claro que las historias que cuentan sobre ti y tu familia están tergiversadas.

—Bueno, no todas. —Perséfone suspira e inclina la cabeza—. Como sin duda habrás descubierto, Ares no tiene nada de bueno.

—Me está esperando allí, ¿verdad? —El rostro del dios de la guerra se proyecta en mi mente y me flaquean las piernas—. Con Nix.

—Eso creo —asiente Perséfone—. Debió de ser quien la liberó. —Una mueca endurece su primoroso rostro—. Debí sospecharlo cuando empezó a pasar más tiempo de lo normal aquí abajo, pero pensé que solo intentaba mantenerse alejado de Afrodita después de una de sus muchas discusiones.

Trago saliva. Tengo la garganta reseca y dolorida.

—Tal vez no esté siendo del todo sincera cuando te digo que no estoy asustada. Si fracasas, echaré de menos a mi madre y a los vivos. —Vuelve a proyectar la mirada hacia las aguas—. Pero, si echo de menos la luz del sol y los cultivos que germinan, siempre puedo pasear por los Campos Elíseos. Tengo a Cerbero para que me haga compañía y, al contrario de lo que puedas pensar, Caronte es un conversador excepcional.

Enarco las cejas mientras miro al barquero con un gesto dubitativo. Caronte nos ignora deliberadamente y mantiene la mirada fija en el horizonte.

—¿Amas a Hades? —pregunto con timidez, y me pongo roja como un tomate cuando Perséfone se gira hacia mí con una sonrisa pícara.

—¿Y tú amas a Apolo? —Su sonrisa se ensancha al ver que mi rubor se acentúa.

Cuando abro la boca para responder, Perséfone deja de sonreír de repente. Me pone de rodillas y presiona mi rostro sobre la cubierta del barco.

—¡Oye! —Intento zafarme, pero es en vano.

La doncella que está arrodillada a mi lado es tan fuerte como cien caballos juntos. Me presiona con más fuerza sobre la cubierta mientras me susurra con vehemencia:

—No mires arriba. El olmo produce falsos sueños y esperanzas vanas. Si lo miras, tu alma se extraviará.

Aunque tengo la mirada fija en la cubierta, oigo los susurros del olmo, los gritos de mis seres queridos e incluso los de esos niños aún no nacidos a los que quizá no llegue a conocer. Profieren insultos y mascullan burlas, hacen promesas y me proponen tratos.

Dejo de forcejear con Perséfone mientras me envuelven las palabras del árbol.

—El dios no te ama. Para él solo eres un juguete —susurra una voz.

—Pirro y Alkaios están muertos, ¡esta misión es inútil! —exclama otra—. Mataste a tu madre y ahora has matado también a tus hermanos.

Respiro despacio, tomo aliento, lo suelto y cierro los ojos con fuerza. Hinco las uñas en la cubierta, pero me niego a girarme.

—Jamás serás una espartana. Eres una forastera, ahora y para siempre —se burla otra voz—. Serás la perdición del pueblo de Esparta, provocarás guerras y dejarás un río de sangre a tu paso.

Las ramas del olmo se inclinan para deslizarse sobre mi espinazo. Con los ojos todavía cerrados, espero hasta que Perséfone me suelta y los susurros se disipan.

—Has pasado la prueba del olmo. —Su melena oscura ondea sobre su espalda, movida por una brisa repentina—. Ya hemos llegado.

Me pongo en pie a duras penas, me tiemblan las piernas. La enorme entrada del inframundo se alza ante nosotras. A ambos lados hay unas enormes cancelas de ónice, coronadas por unos lobos metálicos de color negro. Al otro lado de las puertas, Hades aguarda junto a su inseparable Cerbero.

El rey del inframundo no tiene nada de especial en comparación con los demás olímpicos. Hades apenas es un par de centímetros más alto que yo y tiene la piel pálida. Su rostro, aunque agraciado, no posee esa belleza antinatural y arrebatadora con la que han sido bendecidos los demás dioses.

Hades solo tiene ojos para Perséfone, y ese rostro que inspira pavor en millones de mortales se ilumina con una sonrisa de bienvenida.

—Amor mío —dice, al tiempo que la envuelve en un cálido abrazo.

»Dafne —añade, girándose hacia mí. Tiene el rostro enjuto, rodeado por una larga cabellera blanca, con unos ojos azules gélidos y penetrantes—. Te estaba esperando.

Las tres cabezas de Cerbero esbozan una mueca que deja al descubierto unos dientes más largos que mis brazos y más gruesos que mi torso. La cabeza central me observa, examina las armas que engalanan mi cuerpo, evaluando la amenaza que supongo para su venerado dueño. Me corre el sudor por la espalda, noto el impulso de agarrar la espada que llevo a la cintura.

Pero antes de que pueda decidirme, Cerbero alarga una de sus cabezas, a la velocidad del rayo, y me lame de la cabeza a los pies.

—Hueles a lobo —dice Hades, ladeando la cabeza—. Cree que eres de su especie.

Pensar en Lykou me produce una nueva oleada de tristeza. Acaricio a Cerbero por detrás de sus inmensas orejas. Con una sonrisa y una última palmadita en la cabeza, sigo a Hades y a Perséfone. Se oye un aullido lastimero a nuestra espalda, así que aprieto el paso.

Gritos, tanto de euforia como de desconsuelo, resuenan por la inmensa caverna mientras me encaramo a una montaña que ofrece vistas al valle de la muerte. Esto es el inframundo: tiene todo cuanto veía en mis ensoñaciones y en mis pesadillas febriles, y mucho más.

Sobre mi cabeza no se extiende un techo cavernoso, sino un cielo azul que despide una luz etérea. Si no hubiera bajado por esas escaleras, no sabría que me encuentro por debajo de la tierra. A mi derecha se extiende el río Cocito, un reguero plateado que se extiende por los Prados Asfódelos, con tallos dorados de heno y árboles con hojas propias del otoño. Fuera del alcance de mis ojos mortales, en el horizonte cerúleo, se encuentran los Campos Elíseos y las islas Afortunadas.

Hay un palacio de basalto que se yergue hacia las alturas, con unas torres espigadas que reflejan los tonos dorados, azules y verdes del paisaje. Las gigantescas puertas de roble del hogar de

Hades y Perséfone dan paso a un vestíbulo espacioso, repleto de amplias escalinatas que se extienden en todas direcciones.

Subo por una de ellas hasta llegar a otra sala inmensa, ocupada por una docena de chimeneas y una mesa alargada de madera negra como el azabache. Allí, delante de mis narices, hay un plato con una montaña de queso feta. Me entra un hambre canina, que me provoca el incontenible deseo de lanzarme sobre la comida para atiborrarme. Pero entonces recuerdo algo que me previene de devorar todo cuanto hay a la vista:

«Jamás comas ni bebas nada en el inframundo. —La voz de Ligeia resuena en mi mente—. De lo contrario, no volverás a ver la luz del sol del mundo mortal».

A pesar de los gruñidos de mi estómago, me obligo a darle la espalda a la comida. Perséfone asiente al ver mi reacción, después avanza entre las mesas cargadas con miles de alimentos y bebidas de todo tipo.

Hades se dirige a la única ventana de la estancia, que ofrece una panorámica completa del inframundo. A través de ella resuenan unos susurros, tangibles como cortinas ondeando bajo una suave brisa. Voces familiares y desconocidas se arremolinan alrededor de mis oídos. Juraría haber percibido la presencia de Teseo.

Abro la boca para preguntarle a Hades por esas voces, pero Perséfone niega con la cabeza para contenerme.

—Hades no está aquí. —Por como dice eso de «aquí», resulta obvio que Hades se ha abstraído de nosotras; su mente se ha puesto a divagar por los campos y los ríos que se extienden más abajo—. Ha ido a cumplir con su deber. Regresará enseguida.

Asiento con la cabeza.

—¿Y cuál es su deber?

—Mi deber es no juzgar a estas almas. —Hades sale de su ensimismamiento con un suspiro de fatiga. Se encorva antes de proseguir—: Mi deber es no influir en su destino. Es asegurar que los caídos continúen su camino.

Hades contempla los campos, con la espalda todavía encorvada.

—Cuando las musas desaparecieron, el inframundo se sumió en el caos. Los Elíseos están llenos de almas indignas y las aguas del río Cocito se han secado. Aunque las demás musas hayan regresado al Olimpo, los poderes del inframundo son inestables. —Se gira, tiene los ojos hundidos y rodeados por unos cercos oscuros—. Es preciso matar a Nix y devolver a las nueve musas al jardín de las Hespérides antes de que el reino de los muertos se imponga al de los vivos.

—En ese caso, deja que mate a esa *kuna* —digo, sosteniendo en alto mi espada.

✳

Seguimos adentrándonos en el inframundo, descendemos por escaleras de caracol y atravesamos largos pasillos sombríos, en compañía de los susurros de los muertos. Unas antorchas con llamas verdes y rojas iluminan el camino, pero se apagan en cuanto pasamos de largo. Los susurros cesan de repente cuando llegamos a una última antorcha, cuya llama verdosa se aviva, revelando una puerta de hierro. La estancia está en silencio, me fijo en el picaporte ennegrecido de la puerta que conduce al Tártaro.

Me asaltan las dudas. Mi cuerpo es un amasijo de cicatrices y heridas aún por curar. No pude salvar a Teseo e incluso he perdido a Lykou. ¿Y si no logro matar a Nix? ¿Y si no puedo salvar a la última musa? Soy la última persona en la que el Olimpo debería depositar sus esperanzas.

Como si me leyera la mente, Hades dice:

—Lo que hallarás al otro lado de esta puerta supondrá un desafío, Dafne. Nix sabe que vienes a por ella, así que pondrá a prueba tu coraje, tu determinación y tu lealtad.

—Que el Olimpo te guíe y te proteja —dice Perséfone, estrechándome la mano con fuerza—. Yo no puedo acceder al Tártaro. Al otro lado de esta puerta solo hay muerte, y mis dones se basan en la vida.

Perséfone y Hades se dan la vuelta y suben por la escalera, cogidos de la mano. La luz de la antorcha comienza a extinguirse en su ausencia, así que alargo una mano temblorosa hacia el picaporte. Tenso los brazos a causa del esfuerzo para girarlo. La puerta se abre y a través del umbral emerge un hedor a muerte y putrefacción que me impregna el rostro y los brazos como si fuera una capa de sudor frío.

Empuño mi espada y me adentro en la oscuridad.

# CAPÍTULO 42

Las sombras me envuelven con avidez. La maldición de Midas se activa de repente en lo alto de mi pecho y se estremece con cada paso que doy. Como si supiera lo que me aguarda en la oscuridad.

Miles de ojos minúsculos, que relucen como piedras de ónice, se abren de golpe. Están por todas partes, pestañeando, junto a mis pies y por encima de mi rostro. Me siguen, encaramados a un millar de patitas diminutas. El ambiente se torna sofocante.

Nix ha enviado un comité de bienvenida a recibirme.

Unas arañas minúsculas, cuyos ojos relucen en la oscuridad, me guían hacia el siguiente desafío de Nix: una mujer que se encuentra reclinada sobre un trono centelleante, construido con telarañas plateadas. Me recibe con una sonrisa artera, con sus patas largas y aterciopeladas apoyadas sobre los brazos del trono. Tiene unos ojos oscuros y ovoides con los que me lanza una mirada firme y calculadora.

Aracne —la mejor tejedora de Grecia, condenada a ser la reina de las arañas— se incorpora y se acerca hacia mí.

—Nix me dijo que vendrías.

No me sorprendo lo más mínimo al verla. No es de extrañar que, al haber sido maldecida de por vida por Atenea, la reina de las arañas quiera vengarse del Olimpo y se haya aliado con Nix.

Sus hijas y ella no serían las guardianas del lugar más temible del reino de los muertos si no pudieran matarme fácilmente.

De las paredes cuelgan unas antorchas que despiden unas llamaradas plateadas que iluminan a las arañas que me rodean con avidez. Las patas y los brazos de Aracne, que son finos y alargados, están cubiertos por una capa de terciopelo lila que se estremece al ritmo de sus movimientos. Tiene el rostro ovalado y también de color lila, con unos enormes ojos de ónice. Inclina la cabeza hacia un lado, se incorpora y avanza un par de pasos lentamente. Sus dedos de los pies y las manos culminan en unas garras que repiquetean sobre el suelo de piedra.

Blando mi espada a modo de advertencia.

—Nix lleva mucho tiempo esperándote. —Aracne avanza otro paso. Sus arañas la imitan—. Es una lástima que no llegues a conocerla. Mis hijas te devorarán, te despellejarán antes de que puedas salir de esta estancia.

Evito mirarla a la cara por miedo a quedar presa de su hipnótica mirada. En vez de eso, me fijo en el vestido plateado que envuelve su flexible cuerpo. Las arañas trazan un círculo a mi alrededor y Aracne las imita. El corazón me palpita con fuerza en el pecho, como las alas de un fénix. Si mato a la reina, ¿sus hijas caerán también o solo servirá para enfurecerlas?

Me acerco con cautela hacia el tapiz más cercano y bajo la espada. Finjo examinarlo brevemente. La tela plateada de Aracne, el mismo material que conforma su vestido, representa un paisaje marino, aderezado con un barco y unos delfines en pleno salto. Es una preciosidad, pero eso no se lo voy a decir a ella. Tengo que herir su famoso ego si quiero hallar un modo de salir de esta. No puedo escapar de sus hijas y, aunque pudiera, no sabría adónde ir.

—Tendrás que disculparme. Nunca me han gustado demasiado los tapices. ¿Se supone que eso es... una marsopa? ¿Y se supone que eso es un barco? —Me inclino hacia el tapiz, pero guardando las distancias—. Me estará fallando la vista. Al principio pensé que era gente bailando. Me habré confundido con un fresco de mejor calidad que vi en Cnosos.

Aracne suelta un quejido y sus arañas corretean con frenesí alrededor de mis pies.

—Perdóname, nunca he tenido muy buen ojo para el... arte.

Tuerzo el gesto y, fingiendo que no he reparado en su creciente furia, examino las telarañas que sujetan el tapiz del techo.

—Estos son los mejores tapices del mundo —dice Aracne, mientras contempla su obra con una sonrisa de orgullo—. Obras de arte sin la menor tacha. Lo único capaz de romper estos hilos son las garras que los tejieron.

Chasquea los dedos ante mis ojos. Tienen una pátina negruzca y aceitosa en la punta de las garras. Al percibir mi interés en ellas, Aracne ondea las garras tan cerca de mí que percibo su olor empalagoso.

—Es el veneno más doloroso del mundo. A todo el que se cruza en mi camino le aguarda una muerte lenta y agónica.

Chasquea de nuevo las garras, a escasos centímetros de mi nariz.

—No existe antídoto.

Se me erizan los pelillos de la nuca, pero decido ignorar esa sensación. El siguiente tapiz es el más grande de la estancia, sostenido en alto por unos hilos finísimos. Está colgado delante de un arco, posiblemente la única salida de la habitación, y representa a los dioses rodeados por un cerco de llamas gigantescas. Reconozco a Atenea por el mochuelo que está posado sobre su cadáver decapitado. Se me seca la boca de repente.

Noto el aliento cálido y dulzón de Aracne en el cuello. La diosa de las arañas se cierne por detrás de mí. Noto una tirantez en las cicatrices de la espalda mientras me estremezco y resisto el impulso de apartarla. Extiende sus garras sobre mi cabeza.

—Tienes un pelo precioso. Como un campo de trigo al atardecer —murmura. Mi frente se cubre de sudor—. Una vez conocí a una princesa con un pelo igual que el tuyo. Era tan encantadora como el amanecer y tan tozuda como una mula. Mis hijas me contaron que padeció una muerte atroz.

Me doy la vuelta y empuño mi espada ante ella.

—¿Por qué te has aliado con Nix? ¿En qué te beneficia la caída del Olimpo? ¿Vale la pena destruir a la humanidad para vengarte de Atenea?

—¿Y en qué te beneficia a ti tener éxito? ¿De verdad crees que Zeus se desprenderá de un arma como tú una vez que haya recuperado a las musas? —Aracne sonríe, revelando un millar de dientes plateados, como una hilera de diamantes.

»Tú y yo estamos en el mismo bando —prosigue, apartando mi espada como si no fuera más que una voluta de humo—. Somos víctimas de los dioses, obligadas a participar en sus retorcidos juegos.

—Yo no soy un peón —replico, apretando los dientes.

Estoy harta de que me digan lo contrario, como si no tuviera elección. Yo he elegido salvar a las musas y cumplir mi papel en este viaje.

Nuestros rostros están muy cerca. Veo destellos azulados en el pelaje lila que le cubre las mejillas, una pátina roja sobre sus ojos oscuros al reflejar la luz de la antorcha. Me pregunto qué aspecto tendría antes de que la maldijera Atenea. ¿Sería una mujer hermosa o vulgar? Sea como sea, le bastó con eso. Puede que su habilidad para tejer sea legendaria, pero si por algo es famosa Aracne es por su arrogancia.

—Este de aquí es precioso. —Me giro y alargo un brazo hacia el tapiz más grande—. ¿De verdad está hecho con tela de araña?

Aracne alarga una mano hacia mí. Se la cerceno con la espada, provocando una lluvia de sangre. Recojo la mano del suelo mientras las arañas avanzan, inundando la estancia con sus chillidos furiosos. Aracne se desploma, gritando y sujetándose el muñón ensangrentado.

Me lanzo hacia el tapiz y corto las endebles sujeciones con la mano cercenada de Aracne. El tapiz se viene abajo y cubre el cuerpo de Aracne, que sigue gritando. Las arañas se apresuran a liberar a su reina de su prisión de tela. Me embarga una sensación de triunfo. Corro hacia la salida.

Pero algo me agarra de los pies. Caigo al suelo con un grito ahogado. Me golpeo la cabeza. Se me han quedado los pies pegados a las fibras del tapiz.

Lanzo una estocada, pero solo consigo que la espada se quede pegada a la tela. Las arañas me alcanzan, me clavan los dientes como si fueran un millar de agujas. Pego un grito ensordecedor y noto un escozor ardiente bajo la piel. Me retuerzo de dolor mientras el veneno de las arañas se extiende por mis venas.

Aracne se empieza a reír, sus carcajadas resuenan por la estancia. Pega un zarpazo para desgarrar el tapiz de tela que la aprisiona. Se incorpora lentamente, sujetándose el muñón donde hasta hace poco se encontraba su mano. De la herida brota una sangre negruzca.

—Lo lamentarás, mortal. Los siguientes hilos que tejeré estarán hechos con tu piel y tu cabello. Ese veneno es mi último regalo para ti, humana. Reza para que te quite la vida antes de que lo haga Nix.

Me pongo de rodillas, pero estoy aturdida, el suelo empieza a dar vueltas. Sirviéndome de la mano de Aracne, corto las tiras que me sujetan las sandalias a las piernas y me las quito de un puntapié.

Resollando, dolorida y ensangrentada, atravieso el arco y empiezo a caer en medio de una oscuridad insondable.

# CAPÍTULO 43

Caigo, girando sobre mí misma y haciendo aspavientos, hacia las entrañas del inframundo. La oscuridad me envuelve con su manto, oigo el silbido del viento al pasar y aterrizo al fondo del abismo con un chapoteo gigantesco.

Resuello al sentir el impacto y trago un puñado del agua negruzca que me rodea. El frescor del agua mitiga el escozor que se extiende por mis brazos; las mordeduras de araña se han hinchado e inflamado. Dolorida, nado hacia la orilla y me arrastro sobre la arena. Mi cuerpo se convulsiona, la cabeza me da vueltas mientras expulso una cantidad insólita de agua de mis pulmones.

Me tiendo boca arriba, con los brazos y piernas extendidos sobre la arena. El techo que se extiende sobre mí forma una expansión negra e infinita. No sé desde dónde he caído ni adónde debo ir a continuación. He aterrizado en una catacumba sin salida, donde padeceré una muerte lenta y dolorosa, mientras el veneno se adueña de mi cuerpo y Nix logra destruir el Olimpo con éxito. Lanzo un sollozo ahogado.

—Maldita sea Artemisa y maldito sea el Olimpo. Malditos sean el Tártaro y el *sýagros* que pensó que sería buena idea dejar a Apolo a cargo de las musas —grito, aporreando el suelo.

Las únicas armas que me quedan son Praxídice y un único puñal. Aracne se quedó mi espada y he perdido su mano durante la caída. El veneno me matará aunque consiga escapar de este agujero y matar a Nix. Aunque logre salvar el Olimpo, jamás volveré a ver a mis hermanos. Y todo por culpa de otro error imprudente.

—Voy a morir aquí —digo, sin dirigirme a nadie en particular.

Mi rostro se cubre de lágrimas y una risa histérica emerge de mis labios. Resuena por la caverna hasta convertirse en un chillido lastimero. No paro de reír hasta que me arde la garganta; entonces, toso y boqueo en busca de aliento. Me seco las lágrimas bruscamente con el reverso de la mano.

Percibo un destello rojizo en el otro extremo del agua. Se mece arriba y abajo, como una esfera llameante. El instinto me dice que me aleje, que busque otro modo de salir de este abismo. Pero no me quedan más opciones.

Rodeo el lago con paso renqueante, dejo que la luz me guíe. Cuando desaparece, deslizo una mano por el borde de la gruta hasta que encuentro una abertura en el muro de piedra, junto a mis pies. Me introduzco por ella a gatas y una docena de antorchas se encienden para revelar un túnel alargado.

La persona que me espera al otro lado no es ninguna sorpresa y tampoco me recibe con los brazos abiertos.

Ares está cruzado de brazos, plantado con firmeza sobre la arena. La luz carmesí de las antorchas hace que su rostro resulte más amenazante, una amalgama de rasgos afilados y porciones ocultas entre las sombras. El buitre que lleva tatuado en el pecho está en pleno vuelo, con las alas extendidas a ambos lados.

—*Prodótis* —digo con voz ronca.

—Mataste a mis hijos —dice con voz áspera y desgarrada; nada que ver con esa actitud imperativa que mostró en la cueva de la Esfinge. Aunque no sentía ningún cariño hacia esos demonios, seguían siendo sus hijos, y yo se los arrebaté.

—Me amenazaron y estuvieron a punto de matar a mi amigo —replico—. ¿Cómo justificas tú los crímenes que has perpetrado?

357

Ares esboza una sonrisa gélida y se acerca a unos pasos.

—Esto no tiene nada que ver con Nix. —Ondea un brazo, mostrando el muñón donde antes se encontraba su mano—. Los dioses, tu queridísimo Apolo, mi estirpe y yo no somos tan diferentes de los mortales. Apostamos, bebemos, hacemos el amor, fundamos civilizaciones y jugamos con unos poderes que escapan a la comprensión de la mayoría. Fingimos ser dignos de esos poderes, pero en nuestro interior hay una debilidad. Ansiamos el cariño y la admiración, pero, al contrario que vosotros, también lo necesitamos para sobrevivir. Sin vuestro afecto y veneración, no somos nada. Esto se debe a los poderes que mi familia ostenta de un modo tan irresponsable. No se merecen los dones del Olimpo.

—¿Y tú sí? —replico—. ¿Crees que esto no te afectará? Perderás tus poderes, tal y como le ha ocurrido a tu familia. De lo contrario, ya habrías recuperado la mano.

Un gesto indescifrable aparece en los ojos oscuros de Ares. Un gesto de duda, tal vez, o incluso de inseguridad. No sabría decirlo. Pero no tarda en desaparecer.

—Estalló una guerra, mucho antes de que yo naciera. Mi padre salió victorioso y su recompensa fue el Olimpo.

Me quedo muda. No sé qué decir.

Ares pone una mueca desdeñosa y me pregunto si solo será capaz de esbozar esos gestos tan desagradables.

—Pero mi padre no se merece el poder ni el trono del Olimpo. Me aseguraré de que ambos terminen en manos de su legítimo heredero.

—¿Y ese quién es? —Carraspeo y de repente noto un regusto a sangre. No me queda mucho tiempo.

—Seguro que esperas que tu muerte siga beneficiando a esos traidores que se hacen llamar dioses. —Ares está enardecido—. Confías en que airee todos mis secretos para llevártelos a la tumba y así poder compartirlos con Hades. No soy un necio, mortal.

—Qué lástima.

Ares se inclina hacia delante, me olisquea la curvatura del cuello. Me estremezco mientras me lanza una mirada penetrante, con un fulgor en los ojos equiparable a las llamas de un millar de hogueras.

—Puedo librarte de tus penurias, ahorrarte la lenta agonía del veneno. Nix se pondría furiosa conmigo.

Ares sonríe, como si la idea de suscitar la ira de Nix lo estimulara. Se me revuelve el estómago cuando me desliza una mano por un lateral del rostro, apartándome unos rizos de los ojos antes de sujetarme. Ares es mucho más grande que ella. Posee un tamaño descomunal. Ella también intentó provocarle antes, así que no voy a dejar que me afecte.

—Estarías mucho más guapa bañada en tu propia sangre.

El dios de la guerra me agarra cada vez más fuerte del pescuezo, y se me entrecorta la respiración. Me arden los pulmones y se me nubla la vista.

—Ahórrate el dramatismo para tu próxima función, Ares.

Ares se da la vuelta y me suelta. Tosiendo, me tambaleo hacia el muro más cercano, con una mezcla de pánico y alivio mientras Hermes avanza hacia nosotros. Su cabello oscuro e hirsuto ha perdido su lustre, su piel bronceada está cubierta por una pátina de sudor. Lleva puestas sus famosas sandalias aladas y empuña de nuevo el caduceo, pero los animales que cubren su piel están inmóviles, incluso inertes.

—Tu presencia resulta tan desagradable como siempre, hermano —dice Ares, apretando los dientes, mientras observa a Hermes con una aversión apenas contenida.

—¿Le caes bien a alguno de tus hermanos, Hermes? —pregunto con voz ronca, a causa de mi garganta magullada—. Según parece, las historias sobre tus enredos no son exageradas.

Hermes entra en mi campo visual mientras el efecto del veneno de araña se acentúa. Apoyo una mano en la pared.

—Pero ¿no crees que estás llevando este enredo demasiado lejos?

El heraldo me observa y yo trato a la desesperada de localizar en su mirada algo que me indique que esto es una farsa, que no se ha aliado de verdad con ellos. Pero mis esperanzas se extinguen como una llamarada cuando se gira hacia Ares y dice:

—Nix se habría enfadado mucho si le hubieras arrebatado la oportunidad de torturar a la chica.

—Puede considerarlo una compensación —dice Ares, ondeando el muñón del brazo para recalcar sus palabras.

Desenfundo mi último puñal de la vaina que llevo colgada del muslo.

—Quitaos de mi camino, los dos.

—¿Apolo te ha contado cómo desaparecieron las musas en un primer momento? ¿O el motivo por el que se vio obligado a unirse a ti en esta absurda gesta? —me pregunta Ares.

—Sí. —Debería ignorarle. Debería reunir las fuerzas que me quedan y abatirlos a los dos—. Me lo ha contado todo.

—Todo, no —replica Hermes, enarcando una ceja, con una osada expresión de hastío.

Ares se me acerca con gesto arrogante, me observa como un niño fascinado con una mariposa, segundos antes de arrancarle las alas. Desliza un dedo encallecido sobre la cadenita que me rodea el cuello y se detiene justo antes de tocar el cuervo blanco.

—Esto fue un regalo para el gran amor de Apolo.

»Como sin duda habrás oído, y puede que incluso experimentado, Apolo es todo un galán. A juzgar por el patético gesto acaramelado de tu mirada, tú tampoco eres inmune a sus encantos. No eres la primera en caer víctima de ellos —prosigue Ares—. Hace siglos, hubo una princesa llamada Coronis.

Ese nombre me suena de algo y, aunque no recuerdo los detalles concretos, empiezo a encontrarme mal.

—Apolo la quería más que a su propia vida. Más que a Grecia y que a su familia. Estaba dispuesto a sacrificar su divinidad por ella. Hasta que un espía suyo, cierto cuervo blanco —Ares engancha el collar con el dedo y me impulsa hacia él—, le dijo que Coronis no le correspondía. La princesa se había enamorado de otro. En un arrebato de celos, Apolo y su hermana, esa fulana vengativa de Artemisa, le arrebataron el trono a Coronis y la dejaron abandonada en mitad del mar con su amante.

Noto una gelidez en el estómago que se extiende como una ventisca, helándome las venas como si fueran hilos de escarcha.

—Mientes.

Ares suelta un bufido, me observa con algo que recuerda a la compasión.

—Yo nunca miento. Hermes, por el contrario... —Mira al heraldo—. Sus motivos siempre son cuestionables. Pero eso no viene al caso. El reino de Flegiantis cayó tras el exilio de su princesa; se sumió en el olvido, y con él desapareció una cantidad notable del poder del Olimpo. Zeus se enfureció tanto como no ha vuelto a pasarle desde entonces.

»Apolo y Zeus combatieron durante cien años. Los golpes que intercambiaron el dios de la profecía y el *anax* del Olimpo derribaron montañas y redujeron continentes enteros a cenizas. Zeus dejó a su hijo al borde de la muerte. El icor de Apolo se derramó durante el último día y la tierra despidió un olor sublime. —Ares adopta un gesto dichoso, esboza una sonrisa—. Jamás olvidaré ese olor ni el ansia que despertó en mí. Por desgracia, los dioses de la tormenta y la profecía llegaron a un acuerdo. Durante un milenio, Apolo ha cuidado de las musas como castigo.

Apolo me dijo aquella vez, con una mirada gélida: «Por más cruel que pueda ser Ares, actúa movido solamente por su deseo de hacer la guerra. Yo he hecho cosas mucho peores, azuzado por los caprichos de mi corazón».

Me flaquean las piernas. Me digo que es a causa del veneno, pero mi corazón sabe que estoy mintiendo.

—Seguro que te han dicho a menudo lo mucho que te pareces a ella.

No quiero..., no puedo mirarle a los ojos.

—¿A Coronis?

Ares asiente.

—Te habría encantado Flegiantis. Sus mujeres eran fuertes e independientes, guerreras como tú.

Ares suelta el colgante. Impacta contra mi pecho con un golpe seco, como si estuviera hueco y lo hubiera abandonado mi corazón.

—Ten por seguro que Apolo no quiere a nadie tanto como se quiere a sí mismo. Y, menos aún, a ti.

Trago saliva, me empieza a faltar el aire. Pero mantengo la cabeza alta, me niego a dejar que el dios de la guerra vea la tempestad que se ha desatado en mi interior.

—¿Por qué, Hermes? —Las lágrimas de la derrota se agolpan en las comisuras de mis ojos—. ¿Por qué has traicionado a tu familia? Creía que amabas a las musas.

—Nuestro padre no es digno de ocupar el trono. —El heraldo se interpone entre nosotros. Su cuerpo es un muro infranqueable—. Por eso estoy haciendo lo mejor para ellas. Lo que Apolo es incapaz de hacer a causa de su egoísmo.

—¿Esa es la mentira con la que intentas convencerte, hermano? —se burla Ares.

Hermes ignora el comentario.

—Tú puedes parar esto, Dafne.

—Hermes —insisto con un tono suplicante—. Dime por qué.

—Esto no se limita a las musas. —El heraldo avanza otro paso hacia mí—. La historia de mi familia está plagada de sangre y de más traiciones de las que puedas imaginar.

—No te creas —replico—. He tenido sangre y traiciones de sobra durante este verano.

—Es cierto. El Olimpo y la traición parecen ir de la mano. —Hermes me aparta un rizo empapado de sudor—. Pero yo puedo cambiar eso.

Se me acelera el corazón.

—Quieres quedarte con el trono —susurro.

Hermes deja la mano inmóvil, entre ambos, y achica lentamente los ojos.

—Parece que la mortal es más astuta de lo que pensaba —dice Ares con una risita.

—Dafne. —De pronto, Hermes esboza un gesto implorante—. Puedo curarte y llevarte de vuelta a Esparta, borrarte la memoria.

—Pero no puedes devolverme a mi hermano. —Alzo la cabeza, desafiante—. Y no hay poder en todo el Olimpo capaz de traer de vuelta a las musas de entre los muertos.

Hermes se queda inmóvil, con los ojos desorbitados.

—¿Qué has dicho?

Enseño los dientes, inclino el rostro hacia él para que pueda oler el odio que despide mi aliento.

—He dicho que no podrías devolverle la vida a las musas. Ares amenazó con matarlas, y lo conseguirá si tu padre no tiene poder para protegerlas.

El heraldo retrocede como si le hubiera abofeteado, su cuerpo comienza a temblar.

—Estás mintiendo.

—Yo no miento —replico—. Ares quiere arrebatarles su poder para entregárselo a otra persona.

Nos giramos a la vez hacia Ares, que se ha quedado inmóvil detrás de su hermano, con gesto enardecido y los hombros en tensión.

—Hermano. —Ares alza los dos brazos y su única mano ante él—. No te precipites.

Hermes empuña el caduceo.

—¿Planeabas asesinar a nuestras hermanas? Las musas son nuestra familia, el conducto del poder del Olimpo.

—No merecemos su poder, Hermes —exclama Ares, ondeando el muñón—. Haré lo que sea necesario para impedir que caiga en malas manos.

—Incluso asesinar a nuestra familia —dice el mensajero, con una frase que desemboca en un bramido.

Los muros de la caverna empiezan a temblar, la luz rojiza titila a nuestro alrededor.

—¿Desde cuándo te has vuelto tan santurrón? —se burla Ares—. Solo te preocupa cuando son tus poderes los que están en cuestión.

Podría pasar de largo junto a ellos y no se darían ni cuenta.

Pero, en vez de eso, aprovechando que Hermes está distraído, saco mi último puñal y se lo clavo en la espalda.

Con un alarido, el mensajero cae de rodillas. Los temblores cesan y la luz deja de titilar. Le extraigo el puñal de la espalda y Hermes se convulsiona antes de caer al suelo de bruces. Apunto el filo manchado de icor hacia el corazón de Ares. El dios de la guerra no muestra el más mínimo atisbo de miedo.

—Ha sido muy astuto provocar un enfrentamiento entre nosotros. Pero Hermes aún no está muerto, y yo tampoco. —Ares pasa por encima del cuerpo de su hermano, con una sonrisa atroz—. ¿No habría sido más inteligente apuñalarme primero a mí?

Está muy cerca. Casi tanto como para que nuestros pechos se rocen.

—¿No crees que deberías haberme apuñalado a mí primero?

Ares descarga un puño a la velocidad del rayo. No me da tiempo a reaccionar antes de que me golpee en el estómago.

Y entonces aúlla de dolor.

—¿Qué clase de ardid es este?

Se apoya la mano en el pecho, tiene los nudillos magullados. Mi quitón dorado permanece intacto.

—Con vestido áureo o sin él, aún puedo matarte —ruge.

Tiene razón. A pesar de mi atuendo mágico y de mi *dory* imbuida de poder, y aunque me encontrase en plena forma, Ares seguiría siendo más fuerte. Ni siquiera el mejor adiestramiento podría ayudarme a vencer a un dios curtido por miles de años de conflictos bélicos. Y él también lo sabe.

—Podría partirlo como si fuera una ramita. —Desliza sus nudillos encallecidos a lo largo de mi brazo expuesto.

Me mira fijamente, pero yo giro la cabeza hacia otro lado. Me fijo en su pecho desnudo. El buitre tatuado no ha cambiado de postura, sigue con las alas extendidas. Me sostiene la mirada, sin parpadear, completamente inmóvil. Ares continúa acariciándome el brazo con la mano buena, mientras el otro brazo pende inerte junto a su costado. Aferro con fuerza la empuñadura de mi daga. Ares percibe el movimiento y pone una mueca.

—Suelta ese cuchillo, mortal, antes de que te rompa la muñeca.

—Se me ocurre un lugar mejor donde depositarlo.

Lanzo una cuchillada. Ares bloquea el golpe con el brazo bueno. Me cambio de manos el puñal y lo agarro con la izquierda. Descargo otra cuchillada junto a su brazo derecho, que carece de mano con la que sujetarme, y le clavo el puñal en el costado.

El arma se introduce hasta la empuñadura y le fractura una costilla; el impacto me provoca un calambre en el brazo. Unas lágrimas de rabia y de dolor relucen en los ojos de Ares. El dios cae de rodillas, agarrando el puñal con la boca abierta. Regueros negruzcos de icor se deslizan por las comisuras de sus labios. Varios mechones oscuros penden sobre su rostro, contraído en una mueca furiosa.

—Sin el poder de las musas, eres tan mortal como yo.

Deslizo un dedo sobre las alas del buitre, cuya inmovilidad delata la creciente mortalidad de Ares. El dios de la guerra se desploma sobre el suelo. Paso por encima de él y me adentro en el Tártaro.

# CAPÍTULO 44

En el centro del Tártaro hay una fosa en la que yacen las almas de los condenados, gimiendo y llorando, torturados durante toda la eternidad. Y allí, observándome entre el inquieto trajín de las almas, hay una mujer. Entre tanta algarabía de prisioneros, tardo un instante en comprender que la he encontrado. Es la única alma que permanece en reposo, sentada en mitad de la fosa, mientras me observa con ojos inertes.

«Y el último, el más laureado, se ha sumado a Tántalo en su tormento eterno y exigirá sacrificar el cuerpo y el alma».

Me invade la euforia. Estoy boyante, un atisbo de esperanza comienza a asomar entre el cansancio y la sensación de derrota. Aún tengo posibilidades de triunfar y de salvar a la última musa. Pero primero debo hallar un modo de sacarla de ahí.

Rodeo la fosa y me acerco con tiento al borde. Muchos de los prisioneros me divisan, me observan desde las profundidades de su prisión y emergen de su estupor colectivo, luchando entre sí en una disputa desesperada por conseguir la libertad. No puedo hacer nada por ellos. Me giro para buscar algo que puede ser de utilidad y me topo con el árbol que se burla de los prisioneros. De sus ramas penden varios frutos, fuera del alcance de las almas. Alrededor de la corteza oscura se extiende una enredadera.

Con una sonrisa adusta, empiezo a trepar. Me impulso y tiro de mi agotado cuerpo. Me sudan las manos, así que mi agarre es un poco precario y cada vez tengo los brazos más entumecidos a causa del veneno. Me tiemblan todos los músculos del cuerpo y me palpitan las sienes de tanto apretar los dientes. Resisto el dolor y me impulso hacia la rama.

Pego un par de tirones de la enredadera para comprobar su solidez y su resistencia, después de arrancarla del árbol. Empiezan a caer frutos hacia los prisioneros que hay en la fosa y se desata el caos. Los condenados chillan y luchan para hacerse con ellos, pero, cuando le lanzo la enredadera a la musa, ninguno lo advierte.

La musa ignora los frutos y se anuda la enredadera a la cintura con dos vueltas. Tiro con fuerza para auparla, a pesar del dolor, centímetro a centímetro. Ella me observa, se aferra tan fuerte que se le blanquean los nudillos. Un prisionero advierte su ascenso y profiere un chillido horrible e inhumano. La musa patalea para apartar las manos de los condenados, que se encaraman unos a otros para tratar de alcanzarla.

Cuando está a punto de alcanzar el borde de la fosa, el suelo que piso comienza a temblar y se me va nublando la vista. Ya sea por los menguantes poderes del Olimpo o por el veneno que se está adueñando mi cuerpo, se me agota el tiempo. Con manos temblorosas, pego un último y enérgico tirón de la enredadera. Entonces se me cierran los ojos y la oscuridad me envuelve.


Alguien arrastra mi cuerpo magullado y maltrecho a través del Tártaro, como un cadáver conducido hacia su tumba. Me sacuden unas violentas convulsiones mientras el veneno termina de asentarse. Noto el roce frío de una mano alrededor del tobillo que alivia el escozor del veneno mientras me arrastra por el áspero suelo.

Suelto un quejido. La mano me suelta el tobillo y un grito de dolor escapa de mis labios. Estoy aturdida, pero oigo que alguien me llama. Es un sonido lejano, pero va ganando en intensidad a medida que me arranca inexorablemente de mi estupor.

—Despierta, por favor —me ruega una chica—. No tenemos mucho tiempo antes de que nos encuentre.

Me siento como si me hubiera caído encima todo el peso del Egeo. Debí de caerme del árbol cuando me desmayé. La cabeza me duele horrores, pero al flexionar los dedos con cuidado compruebo que no me he roto los huesos de la mano ni de los brazos. Menos mal. Sin embargo, noto una preocupante falta de sensibilidad en los dedos del pie derecho.

Alzo la cabeza y veo el despojo en que se ha convertido mi pierna derecha.

Profiero un sonido ahogado, a medio camino entre un grito y un sollozo. Dejo de pensar en mis heridas para mirar a la musa y no puedo evitar esbozar un gesto suplicante y lastimero.

—Me llamo Clío. —Se apoya una mano en el corazón y me dedica una sonrisa que me reconforta a pesar del dolor.

La musa se inclina sobre mi pierna y me alegra ver que ha recogido a Praxídice; la llevaba colgada de los hombros. Me resultará casi imposible lanzarla con una sola pierna de apoyo, pero aun así será bastante más fácil que con un brazo roto.

—Tienes suerte de portar el vellocino de Crisómalo. Ha evitado que te rompieras las costillas con la caída. En cuanto a tu pierna, intenté curarte —dice, deslizando los dedos sobre mi extremidad destrozada—. Pero mis poderes me han abandonado.

—Habría sido una pérdida de tiempo —digo, aceptando la mano que me ofrece para incorporarme sobre la pierna buena. Después añado, demasiado bajito como para que ella lo oiga—: De todos modos, no tardaré en morir.

Para comprobar cuánto peso puedo soportar, doy un paso con la pierna mala. Un dolor atroz me recorre el cuerpo. Pego un grito y caigo al suelo. Tardo un buen rato en lograr incorporarme de nuevo. Clío se acerca a ayudarme.

—Contigo a mi lado, seguro que lograremos escapar —dice con una confianza excesiva y una voz demasiado chillona y quebrada como para engañar a alguien.

La cabeza me da vueltas. ¿Es que no cesará nunca el dolor? ¿No se acabarán nunca las pruebas? Además de la rabia y el malestar, siento una resignación que aumenta con cada paso que doy a duras penas. En el fondo, el dolor de la pierna es lo de menos, porque lo más probable es que muera antes de ver el final de este viaje. Lo único que me queda es devolver a la última musa al Olimpo y confiar en que sea suficiente para restaurar su poder.

—Hay que darse prisa. Algo oscuro y peligroso nos persigue. —Clío mira de reojo hacia las sombras que se ciernen sobre nosotras.

Se levanta una corriente de aire frío. Yo también percibo una presencia que nos observa desde las sombras. Regueros de sudor me recorren el espinazo.

Es Nix.

Arrastro la pierna rota mientras cargo mi peso sobre los hombros de la pobre Clío. Se me saltan las lágrimas a cada paso que doy. Profiero unos gemidos lastimeros y humillantes cada vez que mi pierna tropieza con alguna piedra. Apenas logro mantener la consciencia cuando me golpeo el talón de la pierna mala con una roca del camino.

—¿Sabes a dónde vamos? —susurro, aunque no sé por qué lo digo. Sea lo que sea lo que acecha en la oscuridad, está claro que ya sabe que hemos llegado.

Clío menea la cabeza con vehemencia.

—Solo hay dos maneras de salir del Tártaro, y yo prefiero evitar la furia de Ares y Hermes. Que, por cierto, siguen vivos. —Me sujeta con firmeza el antebrazo, su mano es como un bálsamo que mitiga la comezón del veneno—. ¿No podrías haber matado a esos traidores cuando tuviste la ocasión?

—Creí que lo había hecho —me disculpo, encogiéndome de hombros.

Seguimos avanzando entre la insondable oscuridad. La punta de Praxídice sigue luciendo, aunque el brillo es leve y titila cuanto más nos adentramos en ella. Flota una fría neblina que trae el olor salino del mar, que supone un alivio y una inquietud al mismo tiempo. La niebla viene acompañada de un zumbido que va ganando en intensidad.

Entramos con paso renqueante en una enorme caverna. En el centro hay un estanque embravecido. El agua se sacude de un lado a otro como el oleaje en mitad de una tormenta. En lo alto se extiende un techo cavernoso, idéntico al que había sobre la fosa, cubierto de estalagmitas resplandecientes y grietas que muestran el cielo estrellado que se encuentra al otro lado. Ya no nos quedan fuerzas para seguir en pie; Clío cae de rodillas y yo de costado, boquiabiertas y jadeantes.

Contemplamos esos agujeros burlones y nos invade la desesperanza, los ojos de Clío se cubren de lágrimas. Yo también estoy al borde del llanto, aunque mis lágrimas son el resultado del dolor estremecedor que se extiende por mi cuerpo.

Es en este momento, perdida ya toda esperanza, cuando la oscuridad decide hablarnos:

—Has llegado muy lejos, Dafne de Esparta. —Es una voz melosa que nos envuelve como una tela de araña—. Pero eres débil. Te estás quedando sin fuerzas. ¿Quién te salvará ahora?

Nix, la diosa engendrada a partir del caos y la oscuridad, aparece ante nosotras. Es la personificación de la noche y está dispuesta a derramar la sangre de cualquiera que le impida sumir el mundo en la oscuridad.

La maldición de Midas se estremece en mi vientre, se extiende por mi piel para envolverme los brazos y el pecho. No sé si será el último don que me ha concedido Artemisa, o el tirón final de su correa.

Clío suelta un grito ahogado y se cobija detrás de mí. Se lo permito, mientras le descuelgo de los hombros la última arma de mi mermado arsenal. La madera blanca de Praxídice se desliza hacia mis dedos expectantes. Mantengo el equilibrio sobre la pierna buena y apunto hacia el corazón de la reina de la oscuridad.

Nix no se molesta ni en mirar la *dory*; profiere una carcajada gutural que resuena por toda la caverna.

—Mis poderes no dependen de las musas. Tus armas mortales no sirven de nada.

Se acerca lo suficiente como para dejarme ver la oscuridad ignota que acecha detrás de sus ojos, la sonrisa maliciosa que esbozan sus labios. Tiene unos dientes blanquísimos, tal y como los recordaba, rodeados por unos labios oscuros y carnosos. Sus dedos culminan en unas garras largas de color rubí que emiten chasquidos a cada paso que da. Con una mueca de dolor, inclino la lanza hacia atrás, preparada para lanzarla. La punta despide un brillo antinatural.

Nix avanza otro paso. Lanzo a Praxídice.

Mi puntería ha sido certera. La base de bronce de la lanza asoma del pecho de la diosa, después de que la *dory* le haya atravesado el cuerpo limpiamente. Noto una levísima punzada triunfal en el corazón. Empieza a manar icor de la herida.

Nix profiere un suspiro exagerado, se saca la lanza del pecho sin torcer el gesto siquiera. El corazón y el alma se me hacen trizas al ver cómo la parte sobre la rodilla.

—Jovencita estúpida —dice, sonriendo con un gesto de decepción.

Se acerca con paso firme. Sus ojos son dos esferas de rubí incrustadas en un rostro que posee una belleza escalofriante. Las sombras se extienden por detrás de su cuerpo, alargando sus oscuros tentáculos hacia mí.

—Ya nada puede salvarte.

# CAPÍTULO 45

El hedor de la muerte flota en el aire, una advertencia que aguarda en segundo plano a que la diosa de la noche acabe conmigo.

Alzo los puños e ignoro el dolor incesante y atroz que siento en la pierna. Caeré luchando hasta mi último aliento. Nix se acerca otro paso, sus caderas ondulan a medida que las sombras se alzan a su alrededor, cubriendo la distancia que nos separa.

Debo ganar tiempo para hallar un modo de escapar. No puedo matarla yo sola, pero, si logro llevar a Clío al Olimpo a tiempo, puede que los dioses recobren el poder necesario para ayudarme.

—¿Por qué ahora? ¿Por qué quieres destruir el Olimpo y a los demás dioses?

—El Olimpo es algo más de lo que te ha contado tu querido Apolo. Esto no es una simple venganza.

Nix ondea una mano hacia mí. De la palma emerge una sombra, retrocedo para evitar que me alcance.

Lanzo un grito ensordecedor cuando cometo el error de apoyarme sobre la pierna rota, pero Clío evita que me caiga al suelo. Todo me da vueltas, concentro la mirada sobre los ásperos muros, viscosos a causa de la neblina. Retrocedo arrastrando los pies, para alejar a Clío de Nix.

—No hay salida —solloza la musa, que se aferra con sus deditos a la parte superior de mis brazos.

Nos acercamos peligrosamente al borde del estanque. El agua acaricia la orilla, nos salpica las piernas con su espuma. Miro de reojo al agua, que se ha convertido en un remolino vertiginoso sin fondo a la vista. ¿Podría ser nuestra última esperanza?

—Vas a tener que saltar —grito para hacerme oír entre el bramido del agua.

—No lo dirás en serio. Me mataré.

—No hay otra salida —insisto—. ¿Qué otra opción tienes? Debes regresar al Olimpo y enviar ayuda. No puedo derrotarla yo sola.

Miro de reojo hacia atrás. Clío se asoma a la orilla, mordiéndose el labio. Nix vuelve a sonreír.

—La musa puede intentar escapar si quiere. Pero nadie abandona el Tártaro sin el permiso de los dioses.

—En ese caso, menos mal que los dioses exigen su regreso. —Me giro de nuevo hacia Clío y grito—: ¡Salta!

La musa se lanza al agua y desaparece entre las olas. La sonrisa de Nix se torna feroz. Ganaré tiempo para Clío aunque sea lo último que haga.

Le asesto un puñetazo a Nix. Le acierto en la barbilla y se le gira la cabeza de golpe hacia un lado.

Entonces, con una fortaleza insólita, la diosa me arroja por los aires. Aterrizo sobre la pierna mala y pego un grito tan fuerte como para que lo hayan oído en Esparta.

El rostro sonriente de Nix aparece y desaparece de mi campo visual. Un escalofrío me recorre el dolorido cuerpo. Con una garra, la diosa agarra el colgante de mi madre y me lo arranca del cuello. Sin mirar siquiera el cuervo blanco, lo arroja al estanque. Después me pega un zarpazo en el pecho, y sus uñas rechinan al impactar contra el quitón dorado.

Nix aparta la mano, sujetándose la muñeca. Sus garras han perdido el filo, se las partió al chocar con la resistente coraza dorada que cubre mi cuerpo. Registro el suelo a tientas en busca de algún arma. Mis dedos se topan con el mango de Praxídice. Nix pone una mueca y me pega un pisotón en el brazo. Suelto un chillido, mi muñeca amenaza con romperse entre su talón y el frío suelo de piedra. La diosa me arrebata la lanza antes de que pueda empuñarla. Clava los dos pedazos en la tierra, a ambos lados de mi abdomen, y me aprisiona. Se me saltan las lágrimas a causa del dolor. Nix se agacha, mientras me mantiene la muñeca inmovilizada. Forcejeo en vano para intentar zafarme. Me agarra con fuerza por la barbilla y susurra:

—Lo que más me gusta de los mortales es cuando están a punto de morir. Su desesperación, la agonía, el duelo. Como las hojas que caen en otoño, rojas y negras, el color de la sangre y la desolación. Tu caída será igual de vistosa.

Aparta el pie y, con la pierna y el brazo buenos, me impulso para alejarme. Me he quedado sin opciones ni armas, pero no pienso morir postrada. Me incorporo a duras penas sobre la pierna buena, en un intento por mantenerme firme.

—Sin las musas, tu plan ha fracasado —exclamo, mientras mi sangre salpica el suelo que piso. Mi muerte se acerca. Espero que Perséfone haya dicho la verdad—. Los olímpicos llegarán en cualquier momento.

—Para ser mortal, has demostrado una resistencia admirable. —Nix me mira fijamente, con los labios fruncidos—. Tal vez esclavice tu alma. Fui una necia al dejar en manos de Ares la responsabilidad de destruirte. Fui demasiado arrogante al creer que sería pan comido.

—Es un placer ser el incordio que te mereces.

Nix se abalanza sobre mí. Retrocedo por acto reflejo. La pierna rota me traiciona y caigo al suelo con un gemido ahogado. Me quedo paralizada por el dolor.

—Voy a disfrutar haciéndote pedazos. Y, cuando termine, iré a buscar a tus hermanos y haré lo mismo con ellos.

Nix me agarra por los restos deshilachados de mi quitón. Me pone en pie y me pega un cabezazo. Veo las estrellas mientras ella vuelve a arrojarme hacia el otro lado de la estancia. Me golpeo la cabeza contra el duro suelo de piedra y el oscuro abismo de la muerte aparece ante mis ojos.

En ese abismo se me plantea una elección. Puedo agarrar las ascuas agonizantes de mi alma para insuflarles nueva vida o puedo dejarme llevar por la exquisita frialdad de la oscuridad que me envuelve.

Percibo la dulzura aterciopelada de Hades. Me acaricia la mejilla y me tira del brazo. A pesar del dolor atroz que me recorre el cuerpo, el roce de sus manos reverbera por todo mi ser.

—Déjame morir —le ruego al dios de la muerte.

—Debes vivir —susurra Hades—. El Olimpo aún te necesita.

—¡Dafne!

Una esperanza prende en mi interior. Clío ha debido de llegar sana y salva al Olimpo y ha enviado ayuda. Me giro hacia el origen de ese sonido y la esperanza se extingue de repente, como la llama de una vela. Apolo emerge corriendo de la oscuridad con un arco que apunta, no hacia el corazón de Nix, sino hacia el mío. La diosa de la noche se carcajea, exultante, mientras ondea un dedo en dirección a Apolo.

—Ah, el pusilánime dios del sol. ¿Por fin te has decidido a abandonar a tu padre? Aunque me temo que llegas tarde a la fiesta.

—Apolo. —Su nombre escapa a duras penas de mis labios.

Apolo tensa aún más el arco.

Oteo la cueva en busca de otra arma a mi alcance, pero lo único que me ofrece son los fragmentos de mi *dory*. Alzo la mirada al cielo en busca de consejo. Atisbo el brillo de la luna en cuarto creciente a través de las grietas del techo.

Me apoyo a duras penas sobre una rodilla. Me arde el cuerpo, mi alma prende con una última llamarada. No puedo confiar en los dioses que me traicionaron, que dejaron morir a mi madre y me arrebataron a mi hermano. No pienso fiarme del dios que le destrozó la vida a una mujer solo porque no le correspondía.

Vuelvo a mirar hacia la luna en busca de respuestas. Tiene una silueta curvada como la cornamenta de un ciervo, y pienso en Pirro, atrapado para siempre en el cuerpo de un venado. Su rostro se materializa en mi mente, me grita que siga luchando.

Alargo un brazo hacia la luna, invocando el icor de los dioses que corre por mis venas.

Entonces agarro el arco de Artemisa. La luna se vuelve sólida entre mis dedos temblorosos. Una estrella se alarga y centellea en mi otra mano, transformándose en una flecha plateada.

Los dioses no me salvarán, pero yo sí puedo salvarles a ellos.

Nix pierde la sonrisa, la sustituye por un gesto de horror y pasmo. Mientras el veneno y la hemorragia consumen los últimos instantes de mi vida, logro articular estas palabras:

—¡Te has deleitado con mi dolor! ¡Has disfrutado viéndome caer! —rujo, mientras se me oscurece la vista—. ¡Ahora verás cómo me alzo!

Apolo lanza su flecha, a la vez que yo apunto con la mía hacia el corazón de Nix y disparo.

# CAPÍTULO 46

Me quedo un rato suspendida en la oscuridad, incorpórea, inerte, libre del dolor, aunque no de la agonía propia del alma humana. Forcejeo para resistirme a la oscuridad que me envuelve, con movimientos lánguidos y no del todo conscientes. El abismo me impulsa hacia la negrura, como si me arrastrara una corriente invisible.

Fuera del trance, una luz centelleante me ciega y me inunda con un calor abrasador que se adentra en los restos de mi corazón. Hades me coge en brazos como si fuera una niña. Los dolores de mi cuerpo mortal han desaparecido, son un mero recuerdo. Me acurruco sobre el pecho de Hades, buscando la calidez que emana de él, mientras me levanta del suelo.

—Lleva a Pirro a casa —murmuro sobre su robusto pecho—. He cumplido mi parte.

—Sí, has cumplido. Y con creces.


Un dosel de seda se extiende sobre mi cabeza. Una cálida brisa me acaricia las piernas, las vuelvo a introducir bajo las blancas pieles. Con un gruñido, me cubro el rostro con las manos y deseo que la luz desaparezca. Noto otro cosquilleo en el cuello y en el lóbulo de la oreja.

—Es hora de levantarse, Dafne. Aún me debes la revancha.

No puedo evitar sonreír.

—Aun a la pata coja, te daría una paliza. Vete, Lykou. Creo que me he ganado el derecho a descansar durante un siglo entero.

Se recuesta a mi lado con languidez, entrelazando nuestras piernas. Alargo con tiento una mano y la deslizo sobre su brazo bronceado para comprobar que es Lykou de verdad, que está vivo y que ha dejado de ser un lobo. Con una sonrisa, se lanza sobre mí para fundirnos en un abrazo.

—Por favor, dime que no es un sueño —le ruego, con la cabeza apoyada en su pecho. Mi rostro se cubre de lágrimas.

—¿Arrumacos en la cama? Menudo sueño sería ese.

Perséfone sonríe desde los pies del lecho, mientras Hades le pasa un brazo por los hombros. Deméter asoma por detrás de ellos, sonriendo.

Me apoyo sobre los codos antes de palparme las piernas, que han sido curadas con mimo y esmero. Ya no tengo la pierna rota, no me molestan las costillas cada vez que tomo aliento, y la maldición de Midas ya no reviste la totalidad de mi cuerpo.

—¿Cómo…, cómo es que sigo viva?

Ares esboza una sonrisa con sus delgados labios.

—Ya te lo dije, Dafne. Mi labor es asegurar que los caídos continúen su camino. Y tú tenías que llegar al Olimpo.

Miro a través de la abarrotada estancia hacia la terraza con vistas a una ciudad montañosa repleta de palacios con columnas. Me desarropo, decidida a correr hacia la terraza para ver más. Pero Lykou me apoya una mano en el pecho para impedir que me levante de la cama.

—Al igual que mi hermano y yo somos gemelos, también lo son nuestros arcos. —Artemisa aparece al lado de Deméter, ataviada con un peplo de seda de color esmeralda. Lleva en las manos el arco en forma de luna creciente, fabricado con plata centelleante y más fino que un arco normal—. El mío permite arrebatar cualquier vida, mientras que el de Apolo sirve para concederla. Cuando caíste, Apolo te clavó la flecha que lanzó con su arco, y así Hades pudo guiar tu alma hacia el Olimpo.

—¿Y Nix? ¿Está muerta?

—Destruiste su cuerpo. —Hades me mira brevemente—. Pero no había ningún alma que guiar.

—Una lástima —dice Artemisa—. Esa bruja merece pudrirse en el Tártaro por toda la eternidad.

—Tu padre opinaba lo mismo —dice Hades, girándose hacia su sobrina con gesto severo—. Pero ella logró escapar de su prisión.

—¿Qué ha sido de Ares? —No quiero que el dios de la guerra me aceche con deseos de venganza—. ¿Y Hermes?

—Mis hermanos han huido.

Una diosa imponente aparece junto a la cama, ataviada con una reluciente armadura azul. Tiene el cabello largo y corvino, igual que su hermano, y un mochuelo tatuado en el hombro izquierdo. El mochuelo bate sus alas, estirándose desde la oreja hacia la nariz de la diosa, y gira la cabeza de un lado a otro. Atenea inclina la cabeza antes de proseguir:

—No hace falta que te preocupes por Ares ni por Hermes. Siempre puedo encontrar a mis hermanos, y lo haré.

Sin decir nada más, Atenea dedica una reverencia a los presentes antes de marcharse, espada en ristre.

—Que melodramática. —Un rizo de color caoba pende sobre los ojos de Artemisa mientras contempla la marcha de Atenea.

—Nunca ha sido de pararse a disfrutar del momento —añade Perséfone.

—Lo ha heredado de su padre.

Una mujer desconocida entra en la habitación, vestida con un quitón morado de seda, con una melena larga y oscura adornada con plumas doradas y de pavo real. El rostro enjuto y tostado de Hera no muestra ningún atisbo de afecto ni gratitud.

—Si ya has terminado de hacerle perder el tiempo a mi familia —dice, con una expresión gélida en sus ojos de amatista—, mi esposo te está esperando en el panteón.

Advierto la mueca que pone Hades y la breve mirada de preocupación que cruzan Artemisa y Perséfone. Hera abandona la estancia, envuelta en el aleteo de su quitón de color lila y el de su melena oscura. Deméter niega con la cabeza mientras la reina del Olimpo se aleja.

—No te tomes a pecho los desaires de Hera, Dafne. —Alarga un brazo para acariciarme el rostro con una de sus cálidas manos—. Es una mujer orgullosa y, aunque le alivia ser libre, ante todo sigue siendo una madre. A pesar de sus pecados, Hera nunca dejará de querer a Ares.

Me levanto de la cama y descubro que voy vestida con un centelleante quitón de color marfil. En compañía de Lykou, y seguida por una comitiva de dioses, recorro los pasillos del Olimpo en busca del dios que ha estado a mi lado hasta el final.

Apolo me espera en el panteón, sentado sobre un trono de mármol, mientras juguetea con los bordados dorados de su quitón de color rubí. A su alrededor hay catorce tronos reservados a los dioses y diosas del Olimpo, columnas imponentes que son testigo de sus acaloradas discusiones, y unos robles inmensos que rodean el conjunto.

Lykou se sitúa a mi lado y nos cogemos de la mano. Los dioses y diosas avanzan como una corriente de agua para ir a ocupar sus asientos. Zeus, el monarca de los dioses, una versión más grande y fornida que su hijo, me observa con los ojos entornados desde el trono central. A su derecha está el asiento vacío de su hermano Poseidón y a su izquierda está su esposa Hera, con la barbilla apoyada en un puño. Atenea y Deméter conversan en voz baja al lado de Hera, y junto a ellas está Afrodita, con gesto de pasmo. Enfrente, Artemisa y Apolo me dedican sendas sonrisas de aliento, con el trono vacío de Hermes entre ambos. Dioniso y Hefesto ocupan los últimos asientos. Perséfone y Hades se han desplazado hacia un lateral, mientras Hestia, la hermana de Zeus, aviva el fuego de la chimenea situada en el centro del panteón.

He salvado a estos dioses, he protegido y recuperado la fuente de su poder, pero también he cometido varias afrentas por el camino. Aunque los dioses son magnánimos, también son justos. Prometí ayudar a un enemigo jurado de Zeus, el titán Prometeo, a alcanzar la libertad. He apuñalado a dos dioses, he matado a los hijos de Ares y no he sido demasiado discreta ni respetuosa con mis comentarios acerca de los olímpicos.

Y me morí.

Pero ¿mi sacrificio habrá sido suficiente para librarme de pasar toda la eternidad a su servicio?

# CAPÍTULO 47

No pienso amilanarme. Me yergo, aprieto los puños y observo con la cabeza alta a los dioses que me evalúan y me juzgan. Lykou también se pone firme, con la espalda recta.

Zeus adopta el mismo gesto indescifrable que su hijo y, al igual que su esposa, apoya la barbilla en un puño. Cuando habla, sus palabras se extienden por el panteón como una tormenta inminente, envueltas en el eco ronco y amenazador de un trueno. Las llamas de la chimenea se estremecen.

—El tiempo tiene la mirada puesta en ti, Dafne.

Parpadeo una vez, dos, y hasta una tercera. Eso no es lo que esperaba oír de labios del rey del Olimpo. Con las manos aferradas por detrás de la espalda, mascullo:

—¿Qué significa eso?

—La diosa de la noche no ha sido destruida, ni mucho menos. Sus maquinaciones contra mi familia apenas han comenzado. —Zeus se recuesta en su asiento y se desliza un pulgar inmenso sobre la frente—. Mi padre y Nix fueron aliados en el pasado y, desde el día en que destruí a Cronos, hemos mantenido una tregua indefinida. No sé por qué decidió romper esa tregua y declararle la guerra al Olimpo, pero sin duda lo descubriremos.

»Con Ares y Hermes desaparecidos, y con Nix meramente herida... —Zeus titubea, aferrado a los brazos del trono con tanta fuerza que el mármol se agrieta—, el equilibrio entre dio-

382

ses y hombres es frágil. Su afecto y su veneración están disminuyendo.

»El Olimpo te necesita, Dafne —prosigue Zeus—. ¿Aceptarás tu herencia y te convertirás en la Tormenta del Olimpo?

Abro y cierro los puños por detrás de la espalda; un reguero de sudor me recorre el espinazo. Enderezo los hombros.

—¿No he sacrificado ya bastantes cosas por los dioses?

—Te daremos los medios para convertirte en la guerrera más poderosa que Esparta ha conocido. —Zeus ondea una mano y multitud de espadas, lanzas, yelmos y armaduras aparecen y desaparecen sobre la chimenea.

—Ya soy una gran guerrera.

—Estarías muerta de no ser por la sangre de mi familia —replica Zeus, esbozando una mueca—. El icor que corre por tus venas.

—De igual modo que habría desaparecido el jardín de las Hespérides y que vosotros habríais perdido todos vuestros poderes.

Ondeo un brazo para referirme a los dioses, sentados en sus tronos de mármol. Los dioses cruzan unas miradas nerviosas. Zeus endurece el gesto al oír mis palabras. Resuena un trueno en la lejanía y se me erizan los pelos de los brazos. Pese a todo, alzo la cabeza, desafiante.

—Nix sigue suelta por el mundo. —Zeus me señala el corazón. El cielo se oscurece de repente, unos nubarrones negros se agolpan para bloquear la luz del sol—. Y vendrá a por ti antes que cualquiera de nosotros. Acepta mi oferta y los dos nos beneficiaremos por igual de la alianza. Te equiparemos, te adiestraremos y te empoderaremos para que puedas acabar con la diosa de la noche… Pero solo si accedes a ejercer como nuestra emisaria en el reino de los hombres.

Aunque he empezado a sentir un respeto renovado hacia los poderes que ostentan estos dioses, no puedo evitar seguir dudando de sus intenciones. Evito mirar a Apolo y Artemisa, y acerco la mano hacia el lugar donde hasta hace poco se encontraba el colgante en forma de cuervo.

Miro a Lykou. Él sabe mejor que nadie lo que supone sufrir el castigo de los dioses. Me sostiene la mirada y me estrecha suavemente la mano.

Por Lykou, por Pirro, por Ligeia y por toda Esparta, seguiré participando en los juegos de los dioses. Porque, tanto si acepto la oferta de Zeus como si no, la venganza de Nix los alcanzará.

—Promete que no volverás a incluir a mi familia ni a mis amigos en tus maquinaciones... —Titubeo, las palabras se me quedan atoradas en la garganta—. Y accederé a ser tu emisaria.

Zeus sonríe y las nubes se disipan.

—¿Dafne?

Me doy la vuelta al oír mi nombre y de inmediato se me saltan las lágrimas.

Pirro corre hacia mí, me pega un abrazo con el que me levanta del suelo. Vuelve a ser humano y está sano y salvo. Sus rizos pelirrojos me hacen cosquillas en la nariz mientras me deposita en el suelo, con los ojos empañados.

—Sabía que lo conseguirías.

—Te he echado de menos —digo, conteniendo una nueva remesa de lágrimas—. No puedo creer que estés vivo.

Cuando Pirro me suelta, Perséfone y Hades son los primeros en acercarse. Con una sonrisa afectuosa, extienden un brazo hacia mí. Pongo los ojos como platos cuando cada uno deja caer una piedra preciosa en mis manos: una es de ónice y la otra dorada como un girasol. Las dos tienen un tacto cálido y reconfortante.

—Son unos amuletos —explica Hades—. Un recordatorio de la deuda que hemos contraído contigo. Si alguna vez necesitas que saldemos esa deuda, no tienes más que soplar sobre esas gemas.

—Gracias —susurro.

La siguiente en acercarse es Atenea. Es altísima. Se agacha hasta que el mochuelo azul que lleva tatuado en el hombro queda a la altura de mis ojos.

—Puedes hacerle una pregunta al mochuelo, la que quieras. Es el mejor regalo que puedo hacerte: el don de la sabiduría infinita.

Antes de que pueda pensar qué preguntar, Atenea se yergue de nuevo.

—No hace falta que sea ahora. Espera a sentir la necesidad imperiosa de responder a una pregunta; de lo contrario, malgastarías la oportunidad.

Deméter me da una piedra preciosa muy parecida a las de Perséfone y Hades, aunque esta es de color amapola.

—Sé lo mucho que quieres a tu gente, así que toma esta gema y entiérrala en los campos de Esparta. Os asegurará cosechas copiosas durante los años venideros.

Entonces se levanta Afrodita, que frunce la nariz con un gesto desdeñoso. Se aparta su larga cabellera de ébano por encima del hombro y me lanza una mirada vehemente y penetrante, que se adentra hasta mi alma. La mirada fulminante que me lanza la diosa de la sexualidad no guarda mucho afecto, que digamos.

—No te debo nada —mascula, mientras sale airada del panteón.

Hera comparte la misma opinión y sale tras ella, sin mirarme siquiera.

El siguiente en acercarse es Dioniso, que ondea ante mi nariz una cílica enjoyada llena de vino.

—Prueba un sorbo, Dafne, y olvida su actitud. El cariño que sienten por Ares y Hermes les ha nublado el juicio.

Un largo trago de vino atraviesa mi gaznate y despliega una calidez por mi interior.

Hefesto promete forjar armas y armaduras diseñadas especialmente para mí. Artemisa no me promete nada ni me hace ningún regalo. Pero me basta con su sonrisa para saber que siempre será mi aliada.

Entonces, envuelto en el batir de unas alas, un rostro familiar avanza entre los dioses hasta situarse frente a mí. Advierto las miradas de recelo que le lanzan Artemisa y su padre, así como la mirada torva que le dedica Afrodita.

Varios murciélagos revolotean alrededor de su cabeza, formando una especie de corona. De vez en cuando aterriza alguno sobre su frente, fundiéndose con su piel como los tatuajes de Ares y Hermes. Tiene el pelo largo y oscuro, peinado con raya en medio, que le pende a la altura de los hombros. Sigue teniendo unas arruguitas muy marcadas en las comisuras de los ojos y conserva el olor de la cueva marina en la que nos conocimos. Con una sonrisa radiante, apoya una mano arrugada sobre la mía.

—Hasta ahora no hemos tenido ocasión de presentarnos. Puedes llamarme Hipnos. —Ladea la cabeza mientras me observa—. Mi madre se pondrá furiosa cuando descubra mi traición, pero fue necesario.

—Eres hijo de Nix. —Me quedo paralizada por la sorpresa—. ¿Traicionaste a tu propia madre para ayudarme?

—Para ayudar al Olimpo. —Hipnos ondea un brazo para señalar a los dioses, sus plumas se erizan plumas con ese movimiento—. Debías conocer la traición de Hermes y la ira de Ares. De lo contrario, le habrías entregado las musas al dios de la guerra.

—¿Y por qué no se lo mostraste a Zeus? —inquiero—. ¿Por qué no se lo contaste a Hera, Hades o Poseidón? ¿Por qué no detuviste a tu madre?

—Mi poder no es nada comparado con el suyo. ¿Y de verdad crees que se habrían fiado del hijo de su peor enemiga? —Hipnos niega con la cabeza—. No, habrían dudado de mí, tal y como hizo Apolo aquella mañana en el Egeo.

Apolo no puede evitar sentirse abochornado.

—Tenías que ser tú —dice Hipnos, señalándome con un dedo largo y arrugado.

—Si puedes controlar mis sueños, ¿por qué no impediste que Nix se adentrara en ellos? ¿O en los de Teseo?

Al pronunciar el nombre de mi aliado siento una punzada de dolor en el pecho.

—¿Quién crees que les enseñó ese hechizo a las náyades? —replica Hipnos, riendo.

—Vaya… —Eso no me lo esperaba—. Gracias.

—De nada, *kataigída* —dice Hipnos—. Te dejo a solas con tus admiradores, pero volveré a visitarte para devolverte el favor.

Hipnos se da la vuelta y desaparece entre la maraña de olímpicos. Antes de que me dé tiempo a procesar sus palabras, nueve musas se acercan a mí. Alegres, eufóricas y, lo más importante, vivas.

Me rodean y me abrazan, me besan en las mejillas, lanzan vítores y me cubren de palabras de cariño y agradecimiento. Están sanas y salvas y han vuelto a casa. Le haré prometer a Apolo que enseñe a estas mujeres a defenderse por sí mismas.

Clío deposita sobre mis manos la materialización de su gratitud: una manzana dorada e impoluta. Se me erizan los pelillos de la nuca mientras una oleada de energía me recorre el cuerpo.

Ligeia me contó muchas cosas sobre las manzanas doradas de las Hespérides. No solo conceden la inmortalidad, también pueden producir una tremenda devastación. Sin duda, Caos estará aguardando su momento para causar problemas de nuevo. Al tener una manzana en mi poder, el destino del mundo entero dependerá de mí. Otra vez.

Me dan ganas de devolverle la manzana a Clío, pero, ante la mirada atenta de los dioses y las musas, no puedo hacer más que forzar una sonrisa de gratitud. Me asomo sobre las cabezas de las musas y cruzo una mirada con Apolo, cuyo gesto delata que comprende mi apuro.

Este no es un obsequio que tomarse a la ligera.


Me siento abrumada ante tantos obsequios y elogios mientras Zeus me conduce hacia las puertas. Caminamos lentamente por el sendero de mármol, flanqueado por árboles de multitud de especies. Algunos son tan altos como las nubes y extienden sus ramas espigadas hacia el sol. Otros son pequeños y más suaves que el pelaje de un zorro. Al otro lado de la arboleda, atravieso las curvadas puertas de oro del Olimpo. Lykou y Pir inician el descenso desde el monte Olimpo por delante de nosotros, conversando amigablemente.

—¡Espera! —Me giro para mirar al regente del Olimpo—. ¿No me he ganado que seas honesto conmigo?

Zeus me mira con un gesto fingido de decepción.

—He sido honesto en todo momento.

—En ese caso, dime quién es mi padre. —Me planto frente a él, retándole a que me niegue esa información—. ¿A qué olímpico puedo achacar la muerte de mi madre?

—Tu padre... —Zeus vuelve la mirada hacia las puertas doradas, hacia los palacios que se alzan al otro lado— no forma parte del Olimpo.

—¿Qué? —Me quedo pasmada, retrocedo un paso.

—Pero eso no significa que no haya sitio aquí para ti —dice Zeus, ondeando una mano para referirse a su hogar—. Tal vez no pueda contarte quién es tu padre, pero sí puedo decirte que has heredado un poder considerable y que mi familia te necesitará en los años venideros.

Zeus se da la vuelta para marcharse y yo cometo la osadía de agarrarle del peplo.

—Tienes que decirme algo más. Un lugar, un nombre, lo que sea.

—No puedo. —Me aparta las manos de su peplo—. Debes descubrirlo por ti misma, y lo harás. Antes de lo que crees.

Asiento, mordiéndome la lengua para contener el impulso de replicar.

—Volveremos a vernos, Dafne.

Y, tras guiñarme un ojo, Zeus me deja junto a la puerta con Apolo.

Apolo y yo nos quedamos mirándonos durante mucho rato. Tengo ganas de abrazarlo, de besarlo e inspirar hondo su aroma a madera de cedro. Fuerzo otra sonrisa, mientras reprimo a duras penas el impulso de lanzarme a sus brazos.

—Apolo...

Después de todo lo ocurrido, me sigue costando creer que lo hayamos logrado, que hayamos sobrevivido con el cuerpo y el alma intactos.

Apolo me desliza el pulgar por la mandíbula. Mi corazón pega un respingo. Cierra los ojos e inclina la cabeza hacia mí.

Quedan tantas preguntas por responder: sobre mi pasado, sobre la princesa Coronis y sobre lo que quiere Apolo de mí.

—No puedo permitir que me destruyas —susurro.

Apolo se aparta como si se hubiera quemado.

—Creía que ya habíamos superado eso, Dafne.

—Lo de Coronis, no. —Me tiemblan los labios—. ¿Por qué no me hablaste de ella?

—Coronis murió hace cientos de años —replica Apolo, dejando caer los brazos.

—Destruiste un reino entero porque esa mujer tuvo la osadía de no corresponder tu amor. —Niego con la cabeza—. ¿Qué harías con Esparta si yo actuara igual?

—No es lo mismo. —Apolo se acerca todavía más y me estrecha el rostro entre sus manos—. Tú me amas.

Un torrente de lágrimas se despliega por mis mejillas.

—No, Apolo. Me enamoré de tu apariencia humana, no de lo que eres ahora. No de ese dios que puede arrasar mi mundo por un simple rechazo.

Le apoyo las manos en el pecho, cálido y robusto, e inspiro hondo el olor a cedro antes de apartarme. La confianza mutua que forjamos a lo largo del verano ha desaparecido.

—No puedo ignorar tus antecedentes. —Un sollozo ahogado escapa de mi pecho—. Y no puedo confiar en ti.

—¿Qué puedo hacer? —Sus ojos, de un azul insólito, me suplican—. Dime lo que tengo que hacer para recuperar tu confianza.

Niego con la cabeza. Cuando respondo, lo hago con un hilo de voz apenas audible:

—No lo sé.

—Pues, hasta que lo sepas —añade, apartándome unos rizos de la cara—, estaré esperando.

—Y, hasta entonces, te veré cuando los dioses decidan volver a utilizarme.

Sin mirar atrás, me doy la vuelta y sigo a Lykou y a Pirro pendiente abajo.

Podría traicionarme a mí misma y probar un bocado de esa manzana dorada, concediéndome así una eternidad para vivir, luchar, amar y volver a forjar esa confianza junto a Apolo. A lo largo de este viaje he aprendido que el fuego habita en mi interior y que la llama que Apolo prende en mí es demasiado peligrosa para mi alma mortal.

No necesito más corazones calcinados ni huesos carbonizados.

# EPÍLOGO

El otoño trae consigo hojas doradas y vientos penetrantes. Me arrodillo en mitad de los cultivos marchitos de Esparta, sin preocuparme del barro que me mancha las rodillas. Ligeia me obligará a lavar mi ropa enlodada más tarde, pero no será nada comparado con lo que supuso frotar la sangre del hijo de Ares.

Ligeia se mostró exultante cuando regresé a Esparta. Lykou, Pirro y yo nos adentramos en la ciudad en plena noche, como si fuéramos bandidos. Pero, como si hubiera vaticinado nuestro regreso, nuestra doncella nos recibió ante las puertas de la ciudad y se negó a escuchar nuestras ridículas excusas.

Cuando me fui de Esparta, Ligeia justificó la ausencia de Lykou y Pirro diciendo que se fueron a cumplir un encargo importante para el rey Menelao y que yo me fui de peregrinaje para dar gracias por haber vencido en las Carneas. Al tratarse de una excusa que exigía secretismo, nuestros familiares y escasos amigos no cuestionaron nuestra ausencia. En cuanto a los monarcas, somos demasiado plebeyos como para que advirtieran nuestra falta.

Alkaios se mostró suspicaz con nuestro regreso, pero intentó disimularlo detrás de una sonrisa radiante. Sus ojos oscuros reflejan muchas preguntas aún sin formular ni responder, pero no ha comentado nada sobre el extraño asunto de nuestra desaparición.

Aunque agradezco esa inusual muestra de consideración por su parte, no se me escapa el modo que tiene de felicitar a Pirro por cumplir una tarea tan importante para el rey, mientras que a mí solo me recibe con un gesto forzado de respeto. Eso me habría enfurecido en el pasado —y puede que la hubiera tomado con él—, pero ahora entiendo su reticencia a mostrarme afecto.

Alkaios no solo se vio obligado a ejercer como padre con Pirro y conmigo, a la tierna edad de seis años, sino que además tuvo que resignarse al hecho de que no somos hijos del mismo padre. Jamás tendremos esa camaradería fraternal que Pirro nos muestra a los dos, y con el tiempo he terminado por aceptarlo.

Tras una primera noche sin apenas pegar ojo en mi propia cama —demasiado cómoda en comparación con los agrestes caminos de Grecia—, me despierto temprano. La luz dorada del amanecer ilumina mi camino, el sol reluce sobre la franja dorada que se extiende a través de mi abdomen, desde la cadera hasta el hombro contrario. Los restos de la maldición de Midas son un recordatorio constante de que aún sigo al servicio de los dioses. Aunque ahora esté inmóvil e inerte, no soy tan tonta como para creer que no podrá ser revivida.

Los campos de Esparta están secos y desolados, el suelo se agrieta bajo mis pies. Arrodillada, con la gema de Deméter en la mano, no me quedan fuerzas ni ganas para maldecir a esos dioses que pueden disponer de mi vida a su antojo. Ligeia nos contó anoche a Pir y a mí que la mayoría de las cosechas en Grecia se han echado a perder; ojalá tuviera más gemas como la de Deméter para compartirlas con los demás. Pero, por ahora, antes de tener que pedirle nada al Olimpo, me resigno a contentarme con las propicias cosechas futuras de Esparta.

Hago un agujero en la tierra, mientras el sol se encarama por el horizonte y sigue su trayectoria habitual. Hinco los dedos en el suelo, apartando raíces y fango. Con las uñas manchadas de arcilla y cubierta de polvo hasta los codos, arrodillada dentro de un agujero que me llega hasta la cintura, me apresuro a concluir mi labor antes de que lleguen los campesinos y vean el estropicio que he causado. Cuando considero que ya he cavado lo suficiente como para que la gema no pueda ser desenterrada, la hundo suavemente en el suelo con el pulgar.

La tierra que se extiende bajo mis rodillas comienza a estremecerse y a despertar; los poderes de Deméter se extienden bajo la superficie para insuflar vida a las plantas. Con una leve sonrisa, me incorporo. Es inútil sacudirme la tierra del quitón; estoy cubierta de barro desde la barbilla hasta los dedos de los pies. Con un suspiro, salgo del agujero.

—Debí suponer que me seguirías.

Me aguarda una mano bronceada, extendida para ayudarme a salir. Acentúo mi sonrisa al ver el rostro de Alkaios, que me devuelve el gesto. Acepto la mano que me ofrece mientras sopeso el significado de su gesto inquisitivo y de la sonrisa que estamos compartiendo.

—Seguro que tienes montones de preguntas.

—Pero todas pueden esperar hasta que estés lista para responderlas con sinceridad —dice Alkaios.

Retomo mi labor y no replico cuando mi hermano se agacha para ayudarme. Tapamos el agujero, enterrando la gema de Deméter y cualquier rastro de mi paso por aquí, mientras comienza a levantarse una neblina matutina.

Cuando terminamos, nos alejamos de los campos en dirección al bosque Taigeto. Cuando atravesamos la primera hilera de árboles, recuerdo con claridad la última vez que aparté estas ramas. Los gritos y los vítores de las Carneas resonarán para siempre en mi memoria.

Si me lo pidieran, volvería a ocupar el puesto de Pirro. Sin importar el precio. Me apoyo una mano en el corazón y esbozo una sonrisa cargada de esperanza.

Volvería a hacerlo sin dudarlo.

# NOTA DE LA AUTORA

Las historias cobran un significado distinto en función de quién pase las páginas. Cuando empecé a escribir la historia de Dafne, mi objetivo era arrojar luz sobre las subestimadas mujeres de la historia y la mitología griegas. Quería concederles el lugar que se merecían. Adiós a las esposas celosas y las damiselas en apuros; aquí tenemos mujeres fuertes y complejas que cuentan su propia historia. En la antigua Grecia, las mujeres tenían muy pocas libertades, si es que disfrutaban de alguna. Lugares como Esparta, donde se les concedían más derechos y privilegios, eran la excepción, por eso han sido una fuente inagotable de ideas, tanto para literatura histórica como la contemporánea.

En mi intento por arrojar luz sobre esas historias, he tenido que tomarme ciertas licencias creativas con la cronología mitológica. Teseo no murió a manos de Minos, sino de Licomedes, el rey de Esciros. Fue Edipo, y no Dafne, quien derrotó a la Esfinge de Tebas en un combate de ingenio. Nisea no fue arrasada por el mar, y se cree que las Carneas se celebraban a finales de verano o principios de otoño. Pero eso es lo bonito de los mitos: son historias en constante cambio. Podemos tomar de ellas lo que más nos interese y dejarnos llevar por la fantasía. Es probable que los expertos y estudiosos de la antigua Grecia tuerzan el gesto y se lleven las manos a la cabeza en más de una ocasión durante el viaje de Dafne. ¿Qué le vamos a hacer? Solo diré que la historia a menudo la escriben los vencedores, que normalmente son hombres, pero es Dafne quien ha vencido esta batalla en concreto.

Mi viaje personal por la mitología griega comenzó cuando era pequeña gracias al atemporal *Libro de los mitos griegos de D'Aulaire*, escrito por Ingri y Edgar Parin d'Aulaire. También he leído muchos otros libros, ensayos y artículos mientras me documentaba para la historia de Dafne. Estoy en deuda eterna con las obras *Ancient Greek Civilization*, de David Sansone; *The History and Culture of Ancient Sparta*, publicado por Charles River Editors; *Soldados y fantasmas: mito y tradición en la antigüedad clásica*, de J. E. Lendon; *Los mitos griegos*, de Robert Graves; *Los espartanos: una historia épica*, de Paul Cartledge; *The Archeology of Greece*, de William R. Biers; «Ideology and "the Status of Women" in Ancient Greece», de Marilyn Katz; «The Rise of Women in Ancient Greece», de Michael Scott; *The Rise of the Greeks*, de Michael Grant; y *The Landmark Xenophon's Hellenika* y *The Landmark Thucydides*, ambos editados por Robert B. Strassler.

# GLOSARIO GRIEGO

*aeráki* – brisa

agón – competición

ágora – parte designada de la ciudad donde los mercaderes podían vender sus productos y donde se hacían los anuncios municipales

*ánandros* – insulto griego, se dice de quien se considera un cobarde

*anassa* – reina

*anax* – rey/emperador/líder tribal

aulós – flauta de dos cañas

caduceo – cetro

caliptra – tela fina empleada a modo de velo

Carneas – festividad espartana en honor de Apolo

cílica – taza para beber vino

cítara – versión profesional de la lira de dos cuerdas

clámide – capa corta que cubría los brazos e iba sujeta del hombro derecho; solía ser empleada por los hombres

cótabo – juego para beber de la antigua Grecia

*diokitís* – general

*dory* – lanza de tres metros de longitud empleada por los soldados de infantería espartanos; solía estar hecha de madera, a menudo con una punta de hierro y una base de bronce

éforo – político electo de Esparta

*gymnasion* – escuela gimnástica en la que los griegos se entrenaban y practicaban una serie de actividades físicas; la mayoría se encontraban en Esparta

himatión – un capa más grande y pesada que la clámide, utilizada por ambos sexos; podía utilizarse a modo de capa o, a falta de un quitón, anudarse alrededor del cuerpo y sobre los hombros

*hómoioi/espartiatas* – hombres espartanos con plena nacionalidad

Jacintias – festival de tres días para honrar a los héroes espartanos, sobre todo a los de guerra

*kataigída* – tormenta

*kepos* – porción de terreno cultivado entre casas, muy similar a un jardín o un huerto; a menudo considerado un espacio sagrado

*kline* – diván

*koprophage* – insulto; persona que come excrementos

*kosmetikos* – maquillaje/cosméticos

*kothornoi/kothornos* – botas/sandalias de suela gruesa con correas que a menudo llegaban hasta la rodilla

*kyna* – perro, empleado como insulto

*lambda* – letra del alfabeto griego (Λ), empleada para referirse a Laconia o Lacedemonia, que se pintaba en los escudos espartanos

lira – pequeña arpa en forma de U con unas cuerdas sujetas a una barra

meandro – también conocido como «greca»; un diseño encontrado habitualmente en frescos, joyas o en los bordados de la ropa de la realeza

Mesogeios – mar Mediterráneo

motaz – clase social en Grecia; «no espartano»; no se les concedían los mismos derechos civiles que a los espartanos, pero aun así disfrutaban de muchas libertades

*ochre* – maquillaje en polvo para los párpados y las mejillas

paidónomo – instructor militar espartano

panteón – templo circular con cúpula

peplo – vestido largo que pende holgadamente sobre los hombros y que se anuda a la cintura

*petteia* – juego similar a las damas, el ajedrez y el *backgammon*

*pithos* – vasija grande que solía emplearse como recipiente de almacenaje

*pixis* – caja cilíndrica con tapa independiente

*prodótis* – traidor

quitón – rectángulo confeccionado con lino o lana que se envuelve o anuda alrededor del cuerpo

ronfalla – bracamante/espada

*sýagros* – cerdo, empleado como insulto

*symmacho* – aliado

# AGRADECIMIENTOS

Este libro tiene su origen en las páginas de mi infancia. No sería una realidad sin mi arraigada pasión por la lectura y la mitología griega. Eso se lo debo a mi madre, Sheila, que me regaló mi primer libro de mitología griega hace muchos años. Gracias por alentar mi pasión por las historias, por guiarme y cogerme de la mano en este viaje en apariencia interminable. Por encima de todo, esta novela existe gracias a ti.

Gracias a Scott, que me llevó a Grecia por primera vez. Me encantó trasladar a estas páginas el tiempo que compartimos en familia entre las ruinas de Cnosos. Espero que podamos regresar pronto a Creta. Gracias a Charlotte, la mejor hermana del mundo, por inculcarme la pasión por el senderismo. Las mejores ideas para esta historia se me ocurrieron durante nuestras larguísimas caminatas por las Highlands.

Gracias a mi familia de Alaska, por vuestro cariño y vuestra fe inquebrantable en mí y en este viaje, sobre todo a mis maravillosas abuelas. Sin vosotras, seguiría siendo una rebelde sin causa.

Gracias a Bunny, por tu apoyo y tu infinita sabiduría. A Amy, por tus risas y tu amistad, y por permitir que me acoplara varios meses en Barristers a comerme todo tu chocolate y a beberme todo tu café mientras escribía el primer borrador de la historia de Dafne. Gracias a mi *yogi* favorita, Molly, que fue la primera persona a la que le conté que había recibido esa llamada y con la que siempre puedo contar para que me dé sabios consejos. Gracias a Autumn, mi prima en la dicha y en la adversidad, y mi mayor animadora. A Elliott, que siempre ha tenido los mejores consejos cuando más los necesitaba.

Gracias a la maravillosa profesora Erica Hill por alentar mi pasión por la arqueología griega y por animarme a perseguir mis sueños. El mundo necesita más profesores como tú.

Gracias de corazón a mis correctores, lectores y amigos escritores.

Esto no habría sido posible sin vosotros: Ellie M., Carly H. Diana U., Katy P., Mike C., Rosiee T., Laura N., Rose D., Katie M., Hershey, Wendy G., Carol H. y Rifka. Vuestros consejos y apoyo son lo que han hecho realidad este libro.

Estoy en deuda eterna con mi maravilloso editor, T.S, por su fe inquebrantable en la historia de Dafne. Tus aportaciones han hecho que esta historia brille tanto como Eos, la diosa de la aurora. Al equipo de Jimmy —Jenny Bak, Laura Schreiber, Caitlyn Averett, Erinn McGrath, Josh Johns, Daniel Denning, Charlotte LaMontagne, Flo Yue, Jordan Mondell, Liam Donnelly, Scott Bryan Wilson, Tracy Shaw, Blue Guess y Alexis Lassiter, Shawn Foster, Danielle Cantarella, Ned Rust, Linda Arends, Janelle DeLuise y, por último Jimmy Patterson—, gracias de corazón por apostar por Dafne y por mí, y por hacer llegar esta historia a los lectores.

Un millón de gracias a mi maravillosa agente, Amy Elizabeth Bishop. No podría haber tenido una aliada mejor. Gracias por tu sabiduría, tu paciencia y tu entusiasmo hacia este libro. Gracias a Lauren Abramo por mover el libro alrededor del mundo.

Gracias a Nizhoni y Mazel Tuff, que se merecen todo el salmón y los abrazos del mundo.

Por último, gracias a Zach, el amor de mi vida, por su sabiduría y su apoyo incondicional. No cambiaría por nada del mundo las risas, la alegría y el cariño que traes cada día a mi vida.

OTROS TÍTULOS DE
**FAND★M BOOKS**

*Nací para esto*
Alice Oseman

*Sin amor*
Alice Oseman

*La memoria del errante*
Alba Quintas Garciandia

*Todos hablan de ella*
L. E. Flynn

*Tres*
Haizea M. Zubieta

*Stay Gold*
Tobly McSmith

*El amor y otras maldiciones*
Sandhya Menon

*Cenicienta ha muerto*
Kalynn Bayron
*Fábulas feroces*
Nikita Gill

*Llama al halcón*
Maggie Stiefvater

*Una sombra latente*
Katharyn Blair